Ingrid Kretz

DIE FEUERMAGD
von Dillenburg

BRUNNEN
Verlag GmbH · Giessen

Die Bibelstellen sind der gemeinfreien Bibelübersetzung Elberfelder 1905 entnommen.

MIX
Papier | Fördert gute Waldnutzung
FSC® C014496

Lektorat: Carolin Kotthaus
Umschlagfoto: Stephen Mulcahey / Arcangel (Frau);
www.lagis-hessen.de (Dillenburg und Wappen)
Umschlaggestaltung: Laura Kosevski / Daniela Sprenger
Druck: GGP Media GmbH, Pößneck
ISBN Buch: 978-3-7655-3654-0
ISBN E-Book: 978-3-7655-7674-4
www.brunnen-verlag.de

Aus meinem vorigen Haus
jagt mich Gott mit Feuer aus,
er rettet mir damals das Leben
und hat mir dieses neue Haus dafür gegeben.
Gott bewahr es vor Feuer, Armut und Not …

Inschrift am Gasthaus Zum Hirsch

Sei mir gnädig, o Gott, nach deiner Güte:
nach der Größe deiner Erbarmungen
tilge meine Übertretungen!

Psalm 51,1

Ich sehe Feuerzeichen aufsteigen in Dillenburg
gleich hier in Haiger

Prophezeiung von Johann Thönges Schnabel
8. Mai 1723

De Leu de Mäuler ze stoppe miß mr vill Struh ho.

Altes nassauisches Sprichwort

Zum 300. Gedenkjahr des Dillenburger Stadtbrandes 1723

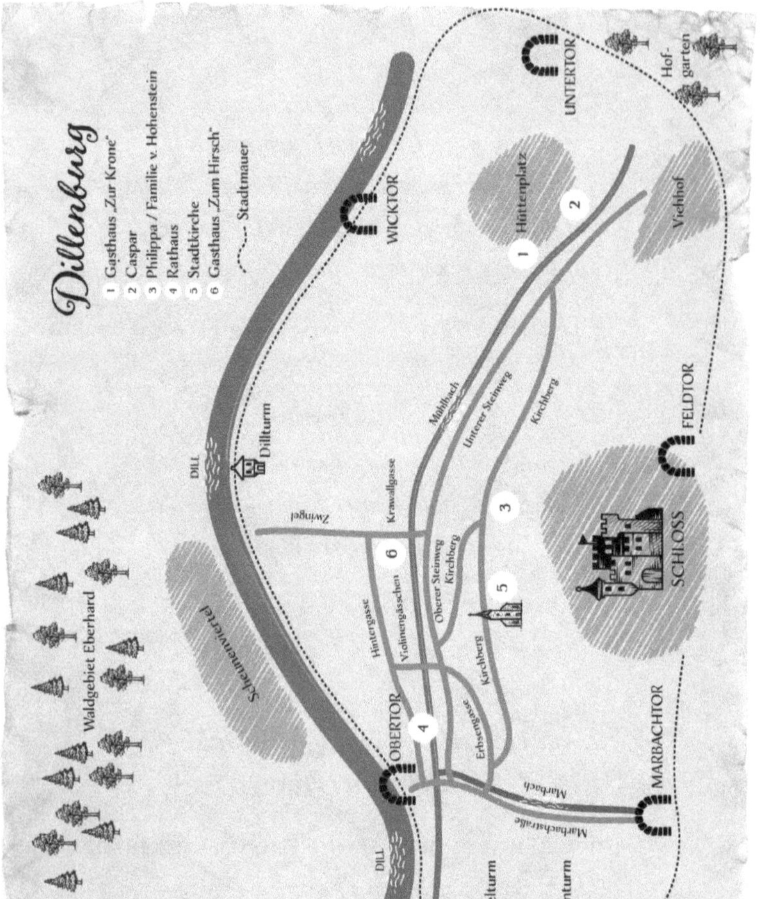

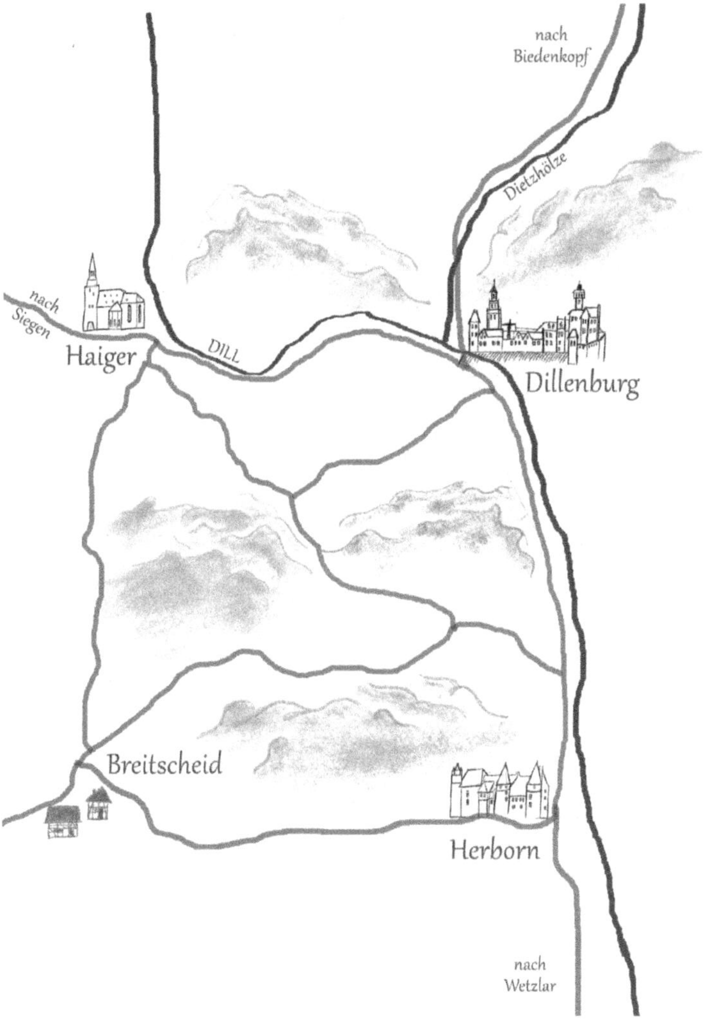

Dillenburg – Haiger: ca. 6,5 km / Dillenburg – Herborn: ca. 8 km
© Kim Lilly Burmester / TSK Film und Video Thomas Kaulich

DRAMATIS PERSONAE

Historische Personen sind mit einem * versehen.

Dillenburg

Wilhelm II*, Fürst und Regent von Nassau-Dillenburg, genannt *Der Gute*
Dorothea Johanna*, Fürstin und seine Frau
Philippa Schwarz, Magd der Hohensteins und Freundin von Elsa
Caspar Vogt, Ratsschreiber und Philippas Verlobter
Matthias Vogt, Ratsherr, Bergwerksbesitzer, Witwer und Vater von Caspar
Katharine, Haushälterin und Gesindemeisterin der Vogts
Thea, Küchenmagd der Vogts
Ulrich von Hohenstein, Magister, Ratsherr und Dienstherr von Philippa
Sybilla, seine Frau und ihre Kinder **Marie**, **Melusine**, **Georg**, **Jakob** und **Severin**
Enners, Diener der Hohensteins
Hiltgunt, Haushälterin der Hohensteins
Grete, Magd der Hohensteins
Johannes L. von Spina*, Schlosskommandant und Nachbar der Hohensteins
Simon Horn, Ratsherr und Freund von Ulrich von Hohenstein
Gertraud Horn, seine Frau und Freundin von Sybilla von Hohenstein
Andreas Schäfer, Ratsherr und Zunftmeister der Wollweber
Arnold Wolmar*, fürstlicher Kurschmied, Pferdearzt und Freund von Caspar
Johann Philipp Dilthey*, Kanzleidirektor
Betradis, Magd von Dilthey
Alexander Eisentraut, Ratsherr und Zunftmeister der Bäcker
Johann Daniel*, Ratsherr
Johann Philipp Weller, Stadtwachtmeister und Wirt
Heydersdorff*, Wirt vom Gasthaus *Zur Krone*
Reichmann, Kammerrat
Schramm, Ratsherr
Kuhmichel, Hausbesitzer
Lugardis, Hebamme

Johann Konrad Neuendorff*, Oberpfarrer
Philipp Daniel Brand*, II Pfarrer von Dillenburg
Johann Heinrich Arndorf*, Hofprediger und Burgkaplan
Johann Henrich Tilemann II*, Amtmann und Richter
Ludwig Henrich Göst*, der jüngere Bürgermeister und Zunftmeister der Pfeifenmacher
Johann Jost Weis*, der ältere Bürgermeister und Schöffe
Burkhard Philipp Hoffmann*, Rentmeister
Jost Henrich Stahl*, Wundarzt, lat. Chirurgus
Dapping*, Kammerrat
Gottfried Craft, Advokat und Verteidiger von Elsa
Kromm*, Landmesser
Susewind*, Hofmaler
Georg Wilhelm Friedrich*, Hof- und Stadtapotheker
Meister Hermann, Wagnermeister
Vier Präzeptoren*, Habicht, Horch, Knipper und Otterbein

Wissenbach

Johannes Weitzel*, Müller

Herborn

Elsa Petry, Magd der Baldus', genannt *Das Mensch**
Christian Baldus, Ratsherr, Zunftmeister der Uhrmacher und Dienstherr von Elsa und Hedwig
Minna, seine Frau
Hedwig, Magd der Baldus'
Kunn, Magd und Schwester von Elsa
Thies Küster, Tagelöhner und Liebhaber von Elsa
Irma Westerhof, Kräuterfrau
Johannes Meckel*, Hufschmied
Bilscher*, Stadtfähnrich und Löschhelfer
Schneider, Stadtphysikus
Weid*, Wundarzt, lat. Chirurgus

ZEITTAFEL

1723

Johann Sebastian Bach wird Thomaskantor in Leipzig.
In Russland wird die Stadt Jekaterinenburg gegründet.
Karl IV ist Kaiser des Heiligen Römischen Reiches und Großmeister des Ordens vom Goldenen Vlies.
Der berühmte britische Architekt Sir Christopher Wren starb in hohem Alter. Er baute 51 Kirchen, darunter die St Paul's Cathedral, nach dem Großen Brand von London in 1666 wieder auf.
Der neue Erzbischof von Köln heißt Clemens August I von Bayern.
Das Fürstentum Nassau-Dillenburg, dessen Sitz im Schloss Dillenburg ist, wird von Fürst Wilhelm II, genannt *Der Gute*, regiert.
Eine Brandkatastrophe zerstört am 8. Mai die gesamte Innenstadt von Haiger.
Nur eine Woche später, am 15. Mai, erleidet die Nachbarstadt Dillenburg eine große Feuersbrunst.

1724

Wiederaufbau der Altstadt und des Rathauses von Dillenburg.

1

Dillenburg, 1723

Das Schreien war nicht zu überhören. Die Stimme klang schrill und verzweifelt zugleich. Philippa Schwarz, die junge Magd im Haus des Magisters von Hohenstein, stand am Küchentisch und hatte bis gerade mühsam den Teig auf dem mehlbestäubten Holztisch geknetet. Erschrocken hielt sie nun inne und fuhr sich mit dem Ärmel über die verschwitzte Stirn.

„Mach auf, Philippa!"

Wer rief denn nach ihr? Da! Jetzt hämmerte diese Person auch noch an die wuchtige Haustür aus Eiche. Philippa blies sich eine widerspenstige, hellbraune Haarsträhne aus dem Gesicht und das markante Gesicht von Caspar Vogt, dem jungen Ratsschreiber der Residenzstadt Dillenburg, von dem sie eben noch fantasiert hatte, verflüchtigte sich vor ihrem inneren Auge. Wie gut, dass niemand ihre Gedanken lesen konnte!

Noch immer klopfte es laut. Wer mochte das sein?

Sie zog die Augenbrauen zusammen. Ihre Herrschaften, Magister und Ratsherr Ulrich von Hohenstein und seine Frau Sybilla waren bestimmt noch nicht zurückgekehrt. Nach dem Mittagsmahl waren sie mit allen fünf Kindern aufgebrochen, um der kranken Tante in Donsbach einen Besuch abzustatten. Aber wenn sie es nicht waren, wer bat dann am frühen Nachmittag so vehement um Einlass?

Für einen Moment war es nun still. Noch nicht mal eine Fliege surrte. Doch dann setzte das durchdringende Pochen wieder ein und Philippa hörte erneut ihren Namen. Die Stimme musste zu einer Frau gehören. Sie klang nicht mehr so laut wie zuvor, aber immer noch deutlich hörbar. Vielleicht war es eine Nachbarin, die dringend Butter oder Eier borgen wollte, weil Gäste unangekündigt eingetroffen waren?

„Grete!“, rief Philippa.

Nichts rührte sich.

Warum mussten ausgerechnet heute Nachmittag ihre Haushälterin Hiltgunt und der alte Diener Enners gleichzeitig weg sein? Die Herrin hatte ihnen vorhin etliche Aufträge erteilt, die sie auf dem Markt erledigen sollten. Normalerweise mussten sie vormittags einkaufen, aber heute waren seltene Händler in der Stadt, sodass die Hausherrin entschieden hatte, die beiden nachmittags nochmals loszuschicken, um ein Tuch aus Flandern und ganz bestimmte Gewürze aus dem Orient zu kaufen.

Das Tuch hatte die Herrin am Vormittag ausgesucht und weil es so teuer war, sollte es jetzt mit von der Schneiderin vorgegebenen Maßen gekauft werden. Die Frau Magister sei dekadent, flüsterte man hinter vorgehaltener Hand, was das auch immer bedeuten sollte. Gertraud, die junge Ehefrau des Ratsherrn Horn, hatte jenen Ausdruck einmal beiläufig mit einer Spur von Bewunderung erwähnt.

Als Gewürze waren Pfeffer und Muskatnuss gewünscht. Gertraud, die beste Freundin der Herrin, wünschte sich seit langem ein Kind, und wie Philippa mitbekommen hatte, sollte eine um den Hals gehängte Muskatnuss dabei helfen.

Verwirrt dachte sie darüber nach, dass man hinter vorgehaltener Hand die merkwürdigsten Dinge flüsterte, wie man eine Kinderschar bekam. Philippa hatte gehört, dass eine Muskatnuss, die wie ein Talisman getragen wurde, Wunder wirken sollte. Von derart magischen Dingen hielt sie aber nichts. Sie vertraute auf die christliche Lehre und was Oberpfarrer Neuendorff in der einen oder anderen Predigt verkündet hatte: Kinder seien ein Segen und die Leibesfrucht eine Gabe Gottes.

Blitzschnell gingen ihr all diese Gedanken durch den Kopf, während das Klopfen weiterhin ertönte.

„Grete, da ist jemand an der Haustür!“, versuchte es Philippa noch einmal.

Doch die andere Magd gab keine Antwort. Wahrscheinlich jätete sie hinter dem Haus Unkraut. Philippa seufzte. Es würde ihr wohl nichts anderes übrigbleiben, als selbst nachzusehen. Mühsam befreite sie ihre Hände vom Teig, der pappig und wie ein leidiges Insekt an ihnen haftete, und wischte sich mit dem Handrücken nochmals über die Stirn. Das Kneten war und blieb eine mühselige, schweißtreibende Arbeit.

„Ich komme ja schon.“ Sie sagte es mehr zu sich selbst und blickte neugierig zum Küchenfenster, das zum Hof ging. Wie praktisch wäre es, läge die Küche neben der Haustür statt im Untergeschoss. Wie bei Ratsherr Horn, mit dem der Hausherr befreundet war. Dann hätte man gleich jeden Besucher im Blick.

Philippa versuchte mithilfe ihrer Schürze die Teigreste abzukriegen, aber der kleistrige Sauerteig ließ sich nicht restlos abwischen. Über ihrem braunen Rock und der leinenen Bluse trug sie eine bis eben mustergültig geplättete Schürze, die jetzt hoffnungslos ruiniert war.

„Philippa!“

Sie fuhr zusammen. „Jaaa!“ Sie starrte auf ihre klebrigen Hände. Es blieb ihr nichts anderes übrig, als in diesem Zustand die Tür zu öffnen. Sie verließ die Küche und eilte die Treppe hoch. Mit dem Ellenbogen drückte sie auf den Türgriff, rutschte jedoch ab, sodass die Klinke gegen ihren Arm knallte. Ihr entfuhr ein Schrei, es tat böse weh.

Die schwere Tür schwang auf. Das Gesicht, das sie anstarrte, wirkte verzerrt und die weit aufgerissenen Augen ließen Philippas Herz rasen.

„Elsa? Was … was machst du denn hier?"

War das wirklich ihre Freundin aus Breitscheid, die sie seit Kindertagen kannte? Jetzt waren sie beide neunzehn Jahre alt, im heiratsfähigen Alter und dienten als Mägde. Was war passiert, dass Elsa wie vom Teufel gejagt mit verkrampftem Blick vor ihr stand? Eigentlich war sie das bezauberndste Mädchen im Dorf, aber nun klebten die tiefschwarzen Haare feucht und wirr am Kopf und ihre Haube hing wie ein abgeworfener Reiter an ihr herunter. Der elegante Glanz ihrer Mähne war verschwunden. Nie hatte Philippa Elsa derart aufgewühlt erlebt.

Elsa keuchte mehr als dass sie sprach. „Kann ich reinkommen?"

„Reinkommen?" Philippas Mund blieb offen stehen. „Wie stellst du dir das denn vor? Das darf ich nicht!" Nicht auszudenken, was Hiltgunt und Enners ihr an den Kopf werfen würden, wenn sie mitbekamen, dass jemand Fremdes die Türschwelle überschritten hatte. Verwirrt starrte Philippa auf die junge Frau vor ihr. „Aber was machst du hier in Dillenburg? In diesem Aufzug?" Abgekämpft, mit Tränen in den Augen und blass. Außerdem war sie irgendwie merkwürdig angezogen. Ein seltsam anmutender erdfarbener Rock, der sie wie eine Matrone aussehen ließ, und mit schmutzigem Saum. Die helle Bluse und das Mieder waren fleckig und verschwitzt. Das Licht der Nachmittagssonne zeichnete Elsas Umrisse deutlich ab und malte lange Schatten auf den Fußboden.

Elsas Hände griffen nach Philippas. „Du musst mir helfen!", flehte sie und sah sie aufgewühlt an.

Als erwache sie aus einer Ohnmacht, löste sich Philippa aus ihrem Griff und wich einen Schritt zurück, um das Gesicht ihrer Freundin zu betrachten. Meergrüne Augen unter hochgezogenen, fein geschwungenen Brauen verrieten Verzweiflung und

Angst. Ihr Mund stand offen, wobei ihre makellosen Zähne sichtbar waren.

Mit einem Schluchzer schlug Elsa die Hände vors Gesicht. Instinktiv legte Philippa die Arme um sie und drückte sie an sich. Elsas Herzschlag jagte wie ein Pferd im Galopp. Sie roch verschwitzt, und dazu schien ein merkwürdig, süßlicher Geruch in der Luft zu schweben, den Philippa nicht zu deuten vermochte und der sich mit der Ausdünstung vermischte. Elsa schluchzte immer wieder laut auf und klammerte sich an Philippa wie ein Mieder, das zu eng geschnürt war.

„Aber was ist denn nur los?!" Sie befreite sich aus Elsas Umklammerung und trat einen Schritt zurück „Was willst du hier? Musst du nicht arbeiten? Es ist Mittwoch!"

„Philippa, ich brauch deine Hilfe!" Es klang mehr als bestürzt. Verstohlen sah sie sich nach allen Seiten um und senkte die Stimme. „Kann ich nicht doch reinkommen?"

Philippa hob den Kopf und ließ ihren Blick über die Straße schweifen, auf der ein Pferdekarren entlangholperte. Sonst war niemand zu sehen. Selbst von dem meist schreienden Kind des Schlosskommandanten nebenan drang kein Laut herüber. Doch ob jemand hinter einem Fenster verborgen Elsas Besuch beobachtete, konnte sie nicht ausmachen. Das Schicksal ihrer Vorgängerin kam ihr in den Sinn, als sei es gestern gewesen.

„Das geht nicht. Was denkst du, was passiert, wenn die Herrschaften erfahren, ich lasse jemand rein, während sie unterwegs sind? Dann kann ich auf der Stelle meinen Beutel packen!"

„Du musst mir helfen!" In Elsas Augen standen Tränen. „Bitte! Das kriegt doch niemand mit."

„Woher weißt du, dass ich alleine bin?"

Elsas Stimme klang zerknirscht. „Ich hab das Haus beobachtet."

Irgendwo schlug eine Tür, dass Philippa zusammenfuhr. In ihrem Kopf arbeitete es. Sie konnte Elsa auf keinen Fall hereinlassen, wenn sie nicht ihre Stelle riskieren wollte. Wie sollte sie das begründen, wenn die Hohensteins zurückkehrten und Elsa in diesem desolaten Zustand antrafen? Hiltgunt und Enners würden ebenfalls eine Erklärung verlangen und an die Befehle erinnern, die Ulrich von Hohenstein den Bediensteten in seinem Haus gegeben hatte. Dazu gehörte, dass sie Bettler und überraschende Besucher nicht ins Haus lassen durften. Vor allem nicht, wenn die Herrschaften nicht zu Hause waren.

Elsas Aussehen gab ihr zu denken. Hier stimmte etwas nicht. Jetzt fing sie auch noch an zu zittern. Sollte sie nicht doch ...? Nochmals glitten ihre Blicke an der Freundin entlang. Trostlosigkeit stand Elsa ins Gesicht geschrieben. Bluse und Rock waren zwar nicht zerrissen, der Rock aber mit bräunlichen Flecken übersät. Was hatte das alles zu bedeuten? So ungepflegt und zerlumpt hatte sie sie noch nie gesehen. Allerdings lag ihr letztes Treffen auch über ein halbes Jahr zurück. Ob sie überfallen worden war? Ja, so musste es gewesen sein. Dann musste sie ihr beistehen!

Eine innere Stimme wollte sie warnen, doch dann kam ihr eine Idee. Zögernd nickte Philippa und senkte die Stimme. „Komm bei Einbruch der Dämmerung in den Hof. Ich lasse die Küchentür angelehnt, die nach hinten führt. Meine Kammer, besser gesagt mein Bett, ist in einer Nische beim Herd.“ Beschwörend senkte sie die Stimme. „Sieh zu, dass dich niemand dabei beobachtet.“

„Ich danke dir!“, seufzte Elsa und zog sich geschwind mit beiden Händen die Haube tief ins Gesicht. Noch bevor Philippa etwas erwidern konnte, drehte sie sich um und hastete weg Richtung Stadtkirche, bis sie hinter einer Hausecke aus Philippas Blickfeld entschwand.

Der schwere Brotteig lag wie ein böses Omen vor ihr auf dem Tisch, als Philippa zurückkehrte. Sofort machten sich Bedenken breit, falsch entschieden zu haben. Aber wer würde eine Freundin zurückweisen, wenn sie Hilfe brauchte? Daran zweifelte sie nicht. Diesen flehentlichen Blick konnte man nicht vortäuschen. Nicht Elsa. Sie war ihre Spielgefährtin gewesen, seit sie denken konnte.

Als sie vierzehn waren, ging Elsa nach Herborn als Magd und sie selbst diente bei einem Ehepaar, das sie ständig wegen Nichtigkeiten schlug. Dank einer göttlichen Fügung kam sie zu den Hohensteins. Schnell war sie sich bewusst, dass sie damit viel Glück gehabt hatte. Andere Dienstmägde litten jahrelang, ohne dass sie an ihrem Dilemma etwas ändern konnten. Sybilla von Hohenstein war streng, aber freundlich und gnädig, was man nur von wenigen Herrinnen behaupten konnte.

Philippa griff ins Mehl und formte aus dem Teig gleichmäßig große Kugeln, die sie mit dem Handballen und kreisenden Bewegungen zu Laiben flachdrückte. Bevor sie die Brote auf ein flaches, langes Holzbrett setzte, ritzte sie mit einem Messer ein H für „Hohenstein" in die Mitte eines jedes Laibes.

Was war Elsa passiert? Hatte sie etwas Verbotenes getan? Freche Worte geäußert? Möglicherweise sogar etwas gestohlen?

„Das riecht aber gut!" Enners stand plötzlich in der Tür. Sie hatte ihn gar nicht heimkommen hören. „Stell dir vor, die Händlerin hat mir sogar ein Stück von der Zimtstange geschenkt!" Er hielt das kleine Gewürzstück vor Philippas Nase. „Na? Riecht doch gut, oder?"

Der Schrecken hätte nicht größer sein können. Hatte sie dermaßen lang Tagräume gehabt oder war es erst eben gewesen, dass Elsa an der Tür gewesen war?

„Äh … Zimt? Der muss teuer gewesen sein!"

Der alte Knecht grinste. „Soll die Köchin doch …"

Weiter kam er nicht, denn Hiltgunt steckte den Kopf zur Tür herein und sah von einem zum anderen. „War was?"

„Nein. Warum fragst du?“ Philippa war die Lüge zu schnell über die Lippen gekommen – jetzt stockte sie und wurde sich dessen bewusst. Ihre Wangen wurden heiß.

Hiltgunt musterte mit strengem Blick die Brotlaibe. „Du warst noch nicht im Backes?“ Jeder Ort hatte ein gemeinschaftliches Backhaus, durch das Holz eingespart und die Brandgefahr gemindert werden sollte. Philippa, wie auch viele der anderen Frauen liebten es, dort Brot zu backen, weil es immer wieder Gelegenheit für einen geselligen Plausch lieferte.

Philippa schüttelte den Kopf. „Ich gehe, wenn ich hier fertig bin.“

„Du musst mit dem Aufheizen sofort anfangen. Wie willst du das Feuer sonst noch rechtzeitig auf die richtige Temperatur kriegen?“ Hiltgunt trat neben sie und senkte die Stimme. „Hast du mir nichts zu beichten?“

Philippa schluckte und senkte den Kopf.

Die pausbäckige Haushälterin stupste sie sanft in die Seite und hob das Kinn. „Enners, nun sieh mal nach den Hühnern! Sie haben noch nichts zu fressen gekriegt. Die Abfälle stehen immer noch rum.“ Als Enners keine Anstalten machte, die Küche zu verlassen, wurde sie bestimmender. „Nun geh schon, wir müssen mal ein Frauengespräch führen.“

Der Knecht griff nach einem Eimer neben dem Herd und schlich aus der Küche. Hiltgunt sah der abgezehrten, vornüber gebeugten Gestalt hinterher, dann packte sie Philippa am Arm. „Ich hoffe für dich, dass er nicht gesehen hat, dass ein Weibsbild aus der Tür kam. Du kannst Gott danken, dass seine Augen trübe sind. Sonst würden hier die Kochtöpfe wackeln. Also sag mir, wer hier bei dir war.“ Sie strich ihre Schürze glatt und sah sie eindringlich an.

Ihre schlimmste Befürchtung war eingetreten. Philippa biss sich auf die Unterlippe. Ihr blieb nichts anderes übrig, als die Wahrheit zu sagen, zumindest annähernd. In kurzen Worten gestand sie, dass eine Freundin einen Rat gebraucht habe und sie danach gegangen sei. „Ich habe sie nicht reingelassen!“

„Kind, wenn ich nicht wüsste, dass du ein achtbares Mädchen bist, würde ich es der Herrin melden.“ Kopfschüttelnd fuhr sie mit einem Seufzen fort: „Nun sieh zu, dass du keine Dummheiten machst und geh wieder an die Arbeit!“

„Danke, Hiltgunt.“ Sie nickte der Haushälterin zu, deren Haar vollständig unter der Leinenhaube verhüllt war, was ihre roten Apfelbäckchen auffallend hervorhob. Mit ihrem weißen, tadellosen Kragen über der Weste machte sie dem Haus Hohenstein alle Ehre. Vielleicht kam ihr zugute, dass ihre Mutter Näherin gewesen war – deshalb duldete Hiltgunt auch weder einen abgesprungen Knopf noch eine aufgetrennte Naht. Sie ging als leuchtendes Beispiel voran, was die Herrin lobenswert fand.

Philippa respektierte die Herrin. Sie hatte eine Art, die es ihr leicht machte, Anordnungen zu befolgen. Andererseits erwartete sie unbedingten Gehorsam von der Dienerschaft. Vor einiger Zeit hatte es mal eine Magd gegeben, die eine Landstreicherin reingelassen hatte. Die Magd war mit Schimpf und Schande und ohne Lohn aus dem Haus gejagt worden. Niemand, der das mitgebekommen hatte, wollte das gleiche Schicksal erleiden. Sie am allerwenigsten. Doch wer würde seiner besten Freundin in einer Notlage nicht helfen? Irgendwie fühlte sie sich hilflos und ihre Kehle war trocken. Sie schlug die Augen nieder und erklärte mit kratziger Stimme: „Die Laibe sind backfertig. Ich hole nur schnell die Reisige im Schuppen.“

Die Familie war bereits zu Hause, als Philippa vom Backes zurückkehrte. Sie hatte den Ofen angeheizt und morgen früh würde die Glut nochmals richtig entfacht, bis das Backen losgehen konnte. Die jüngeren Kinder hüpften an ihr hoch und wollten auf den Arm genommen werden, was sie gern tat.

Schnell bereitete sie den Abendbrottisch und sorgte dafür, dass die Jüngsten ihre Milchsuppe und ihr Brot ohne Einwand aßen. Jakob und Georg, vier und fünf Jahre alt, zappelten gern am Tisch, was ihr Vater nicht duldete.

Nachdem sie die Kinder zu Bett gebracht hatte, das Geschirr gespült und die Küche gefegt war, wusch sie die Kaminseiten ab, die mit Delfter Kacheln umkleidet waren. Der Magister hatte sie von einem befreundeten Niederländer geschenkt bekommen, der im Fürstenhaus zu Gast gewesen war.

Die verwandtschaftlichen Beziehungen des Fürsten mit der Niederlande gingen auf den berühmten Ahnen Wilhelm von Oranien zurück und seitdem, hatte der Magister erwähnt, kamen immer wieder Niederländer ins Schloss zu Besuch.

Philippa betrachtete beständig fasziniert und staunend die Kacheln mit ihren blauen, religiösen Motiven aus dem Markusevangelium auf weißem Hintergrund. Ebenso stolz wie auf die ausländischen Keramiken war die Herrin auf ihre vielen blank geputzten Kessel, Kasserollen, Töpfe und Waffeleisen, die über dem Herd hingen.

Nachdem sie die Kacheln blitzblank poliert hatte, schaute Philippa nochmals nach dem Herdfeuer. Es war ihre oberste Aufgabe, dafür zu sorgen, dass es nicht ausging. Deshalb schlief sie auch nicht wie das übrige Gesinde unter dem Dach oder im Stall, sondern hatte ihr Nachtlager gleich neben dem Herd. Diese klitzekleine Schlafecke – es war nicht viel mehr als eine Lücke – ließ Philippa fast wie eine Hausherrin vorkommen. Möglicherweise deshalb, weil sie nicht wie andere Mägde zu dritt oder viert in einem Bett schlafen musste.

Es war bereits dämmrig, als sie erschöpft unter ihre Strohdecke schlüpfte. Wie abgemacht sperrte sie die Küchentür nach draußen nicht ab. Während sie so dalag, senkte sich die Dunkelheit über die Stadt. Teller auf den Holzborden an den Wänden zeichneten sich schemenhaft ab. Ein Teil des wuchtigen Holztisches, der Platz genug bot, dass Küchenmägde und Köchin gleichzeitig arbeiten konnten, erschien ihr wie eine schwarze Absperrung. Wie gern würde sie jetzt schlafen. Sie war todmüde. Irgendwann wurden ihre Augenlider schwerer und schwerer und die Nacht versenkte mit ihrer Schwärze sämtliche Gegenstände.

Ein Geräusch ließ sie hochschrecken und in die Nacht lauschen, doch es blieb still. Sie musste doch wach bleiben! Würde Elsa kommen? Würde sie tatsächlich unbemerkt bleiben? Was wäre, wenn Philippa einschlief und Diebe durch die unverschlossene Tür ins Haus gelangten? Oder die Hausherrin gerade in dem Moment noch mal nach einem Getränk fragte, wenn Elsa in der Tür stand?

Fragen über Fragen stürzten mit Gewissensbissen auf sie ein. Je näher der verabredete Zeitpunkt kam, desto wilder klopfte Philippas Herz. Erschöpft betete sie darum, dass Gott ihr verzeihen würde und ein Einsehen mit der Not ihrer Freundin haben mochte. Versprach der allmächtige Vater im Himmel nicht in einem der Psalmen, allen Menschen ein Retter zu sein, die ihn darum baten? *Und rufe mich an am Tag der Bedrängnis; ich will dich erretten, und du wirst mich verherrlichen.* Wie tröstend waren ihr heutzutage diese Bibelverse, obwohl es ihr als Kind keinen Spaß gemacht hatte, den Befehlen des Pfarrers zu gehorchen und die vorgegebenen Texte auswendig zu lernen.

Es war nur ein Schatten, der am Küchenfenster vorüberhuschte, doch um ein Haar hätte Philippa vor Furcht laut aufgeschrien. In dieser mondlosen Nacht war alles finster, mysteriös und beklemmend. Gerade in dem Moment, als die Kirchturmglocke die volle Stunde schlug, öffnete sich wie von Geisterhand die Tür. Das Quietschen ließ Philippas Atem stocken.

2

„Phillie?“

Es war nur ganz zart, beinahe ein Flüstern, doch Philippa war plötzlich hellwach, sprang von ihrem Lager auf und tapste mit nackten Füßen zur Tür.

„Komm rein“, wisperte sie und schob ihre Freundin Richtung Bett. Elsa, die offensichtlich nichts sah und ins Stolpern geriet, griff nach einem nicht vorhandenen Halt. Mit Getöse krachte ein irdenes Gefäß auf den Boden, was Philippa schockiert innehalten ließ. Mit eisigem Griff hinderte sie ihre Freundin am Weitergehen und lauschte in die Düsternis. Die Geräuschlosigkeit im Haus dröhnte in ihren Ohren. Als alles ruhig blieb, flüsterte sie: „Bleib erst mal hier. Du kannst jetzt deine Kleidung ablegen.“

„Nein“, entschied Elsa, „das ist zu gefährlich.“

Philippa verlangte: „Dann zieh aber wenigstens deine Schuhe aus. Hier“, sie wies mit einer Hand zu einer Wandvertiefung, „schlafen wir.“ Sie drückte Elsa sanft an der Schulter, um anzudeuten, sich auf dem Strohsack niederzulassen. Dann glitt sie neben sie und starrte an die niedrige Zimmerdecke.

Schweigend lagen die beiden jungen Frauen nebeneinander. Nach einer Weile hielt es Philippa nicht mehr aus. „Was ist mit dir?“, raunte sie. „Bist du nicht mehr bei den Baldus’?“

„Ich musste weg.“

„Musste? Was ist passiert?“

Es kam keine Antwort. Nur ihre Atemzüge durchbrachen die Stille. Warum wollte sie ihr nichts erzählen? Sie waren doch Freundinnen! Oder war es so schlimm gewesen, dass es unaussprechlich blieb? Ihre Gedanken rasten.

Sie erinnerte sich, dass sie als Kinder unzertrennlich gewesen waren und sich damals am Ufer des Rolsbach einen ewigen Freundschaftsbund geschworen hatten. Wie Elsa heute dazu stand, wusste sie nicht, doch für sie blieb Elsa, auch wenn sie sich nicht mehr oft sehen konnten, ihre Freundin. Für sie war die Zusammengehörigkeit ein wahres Versprechen.

Breitscheid war ihrer beider Heimatdorf. Nur ganz selten kam Philippa noch heim. Wenn sie sonntags nach dem Kirchgang den Wunsch verspürte, nach Hause zu gehen, war ihr bei genauem Überlegen klar, dass sie kaum Zeit hätte, sich bei den Eltern aufzuhalten. Der Weg war fast drei Wegstunden weit und manchmal wollte sie sich sonntags einfach nur ausruhen.

Während sie grübelte, vernahm sie ein leises Schluchzen, das mehr und mehr anschwoll. Philippa spürte, wie Elsa von einem Weinkrampf geschüttelt wurde. Impulsiv schlang sie die Arme um sie und hielt sie ganz fest. Es war eine gefühlte Ewigkeit, in der Elsa wiederholt schniefte und heiße Tränen ins Kissen fielen. Schockiert von Elsas Gefühlsausbruch, drängte Philippa auf eine Erklärung: „Jetzt sag mir endlich, was los ist!"

Das Schluchzen, wenn auch nun etwas verhaltener, wollte nicht aufhören. Doch dann hörte Philippa Elsas zarte, aber verzweifelte Stimme: „Ich kann doch nichts dafür. Ich wollte das nicht."

„Was? Was wolltest du nicht?"

„Ich kann das nicht sagen!"

„Was denn?"

Elsa gab keine Antwort. Welches Geheimnis mochte sie umgeben?

Philippa ergriff ihre Hand. „Vertraue mir. Ich halte dicht."

„Wirklich? Schwörst du es?" In Elsas schwach zu erkennenden Augen lag ein tiefes Bitten.

„Die Heilige Schrift verbietet Schwören, das weißt du genau. Aber ich verspreche dir, nichts und niemandem was zu verraten."

Für einen Moment war es totenstill.

„Das Kind …" Ein erneuter Schluchzer verschluckte den Rest des Satzes.

„Was für ein Kind?" Philippa zog die Augenbrauen zusammen. „Du … du bist doch wohl nicht schwanger?"

„Nein … ja … nein, also ich habe das Kind bereits gekriegt."

„Du hast was?" Philippa stöhnte auf und in ihrem Kopf pochte es wie Hammerschläge. „Wann?"

Draußen kläffte irgendwo ein Hund. Dann war wieder alles ruhig.

„Vorgestern … hab ich es geboren."

„Was sagst du da?" Bestimmt redete Elsa wirres Zeug.

Die Stimme klang piepsig. „Doch."

Philippa schluckte. Hier stimmte etwas nicht. Warum war sie nach Dillenburg gekommen? Wie hatte sie das nur geschafft? Sie musste doch von der Geburt geschwächt sein. „Eine Wöchnerin gehört ins Bett. Warum hat die Hebamme dir erlaubt aufzustehen? Und was um Himmels willen willst du hier?"

„Ich hatte keine."

Das konnte sie nicht glauben. Ihr Puls klopfte heftig. „Warum nicht? Wer hat dir geholfen?"

„Niemand. Ich war allein."

„Warum? Wo war die Hebamme?"

Philippa spürte förmlich, wie Elsas unschuldiges Gesicht sich zu Angst verzerrte und hörte ihr bitteres Seufzen. „Wer weiß davon?"

„Ich habe mit niemandem darüber gesprochen."

Das klang unglaublich, und doch ahnte Philippa, dass es wahr war. Sie verstand nur nicht die Zusammenhänge. Ihre Stimme wurde lauter. „Wo ist dein Kind? Und warum bist du hier?"

Es kam keine Antwort. Elsas Gesicht hatte sich in die Armbeuge von Philippa gegraben und benetzte sie mit Tränen. Philippa ließ Elsa zunächst weinen, doch als eine beklemmende Stille entstand, wurde sie drängender. „Erzähl mir, wo dein Kind ist!" Sie rüttelte an ihrer Freundin. „Und warum erfahre ich erst jetzt, dass du längst verheiratet bist?"

Mehr und mehr wurde Philippa von hilfloser Furcht erfasst. Hier war etwas ganz und gar nicht in Ordnung. Vielleicht war Elsa auch einfach verwirrt? Wahrscheinlich wusste sie selbst nicht, was sie da redete.

Elsas Kopf fuhr hoch. „Ich weiß nicht ein noch aus!"

Ihr Schrei hatte bestimmt alle im Haus geweckt. Philippa versteifte sich, ihr Mund blieb vor Schreck offen und sie wagte nicht mehr zu atmen. Nur Elsas erneutes Schluchzen erhob sich in die Ruhe der Nacht. Philippa sah sich bereits mit ihren wenigen Habseligkeiten aus dem Haus schleichen. Aber sie hatte keinen Mut, Elsa nochmals zu sagen, sie möge leise sein – schließlich hatte sie selbst eben die Stimme erhoben. Aber wie sollte man auch über diesem Geständnis ruhig bleiben?

Wo war das Neugeborene? Es gehörte doch zu seiner Mutter! Der Schrecken über die Beichte saß tief. Er hatte alle Hoffnungen zerstört, dass es eine überzeugende Erklärung für Elsas Auftauchen gab. Jetzt war offensichtlich alles zu spät.

Philippa lauschte wieder in die Nacht hinein, doch nichts geschah. Niemand erschien in der Küche. Kein Enners, keine Hiltgunt und auch keine Herrin. Im Haus war alles gespenstisch leise.

Endlich wagte sie, sie weiter auszuforschen. „Sag endlich, wo ist dein Kind?"

Elsas Antwort war kaum vernehmbar. „Im Himmel."

Ungläubig und mit weit aufgerissenen Augen starrte sie ins Dunkle. „Du meinst, es ist tot?", schrie Philippa erschrocken. „Jetzt erklär mir endlich, was du von mir willst." Sie rüttelte wild an ihrer Freundin. Es war nicht ungewöhnlich, dass ein Kind die

Geburt nicht überlebte, aber dass Elsa jetzt hier bei ihr war, verstand sie ganz und gar nicht. „Warum bist du auf der Flucht?"

„Ich bin nicht verheiratet!"

„Oh!" Philippa schlug sich mit der Hand vor den Mund. Das erklärte manches. Allerdings nicht alles. „Wer ist der Kindsvater?"

Elsa schwieg.

„Komm, jetzt sag's!" Sie rückte von Elsa ab. Voller Mitgefühl sah sie ihre Freundin an und Tränen stiegen in ihr hoch. „Und warum ist es tot?"

Plötzlich wurde die Küchentür aufgestoßen und in der Dunkelheit drohte eine Stimme. Sie gehörte zu Hiltgunt. „Was ist das für ein Krach hier? Philippa! Was ist los?" Ein schwaches Licht schwang hin und her.

Schockstarre ergriff Philippa. Sie stierte mit offenem Mund auf den Schattenriss. Jetzt war alles zu spät. Sie gab Elsa einen Schubs und spürte, wie sie neben den Strohsack rollte, wobei sie die Decke über sich zog.

Auf einmal schaukelte das Licht über Philippa. Hiltgunts Mondgesicht wirkte wie eine Fratze. Der Besatz der Schlafhaube umrahmte ihre aufgeregte Miene. „Ich warte auf eine Erklärung!"

„Ein Albtraum", keuchte Philippa und ihre Stimme klang aufgebracht, was sie in Wahrheit auch war, „ich muss ganz schlecht geträumt haben. Wahrscheinlich hab ich da laut um Hilfe gerufen."

„Mach gefälligst nicht so einen Lärm!" Ein Seufzen entglitt der Haushälterin. „Und schlaf wieder. Du weckst ja sonst das ganze Haus auf."

Philippa nickte brav und spürte, wie ihre Muskeln verkrampften. Ihr Körper fühlte sich wie in Leichenstarre an. Als Hiltgunt weg war und die Küche wieder in völliger Dunkelheit lag, lauschte sie in die Nacht. Es war wieder ganz ruhig im Haus. Vorsichtig zog sie an ihrer Decke.

„Ich … ich wollte das nicht … glaub mir, ich wollte das wirklich nicht!“ Die Verzweiflung in Elsas erstickter Stimme hätte nicht schlimmer sein können. „Du musst mir glauben, Phillie, du bist doch meine Freundin!“

Sie würde so gerne glauben, wenn sie wüsste, was. „Was wolltest du nicht? Sag bloß, du hast da was gemacht?!“ Philippa wurde heiß und kalt. Sie fürchtete sich vor der Antwort.

Elsa fing wieder an zu zittern und schlug sich die Hände vors Gesicht. „Ich habe nichts gemacht! Es lag einfach so da, so blau. Da, da wusste ich auch nicht … – was sollte ich denn tun? Ich war doch allein!“

Auf das Eingeständnis war sie nicht vorbereitet. Allein. Elsa hatte ein Kind ohne Hilfe der Amme oder sonstiger Frauen auf die Welt gebracht. Dass sie das überhaupt überlebt hatte, grenzte an ein Wunder. Aber warum war sie von Herborn nach Dillenburg entflohen? Und was hatte sie nicht gemacht?

Es kostete sie größte Überwindung, es auszusprechen. „Hast du ihm was angetan?“ Sie meinte, der Kopf neben ihr werde geschüttelt. Doch es kam keine Antwort.

„Sag!“

Die Antwort kam zögernd. „Nein.“

„Warum bist du jetzt hier?“

„Sie suchen mich.“

„Allmächtiger Gott!“ Es war ihr rausgerutscht, obwohl sie wusste, dass Blasphemie bestraft wurde. „Warum hast du dich nicht als Witwe ausgegeben?“

„Das glaubt mir doch niemand. Hier auf dem Land spricht es sich schneller herum, als ein Geier sein Opfer packen kann.“

Reiche waren reich. Arme arm. Dazwischen war nichts. Fast nichts, bis auf eine Schwangerschaft, diesmal die von Elsa – und die Geburt eines Kindes, das nicht mehr lebte.

„Hat es denn gelebt? Bei der Geburt, meine ich?“ Sie kam sich vor wie der Richter beim Peinlichen Verhör gemäß der Constitutio Criminalis Carolina, der gültigen Rechtsprechung von Strafverfahren. Kaiser Karl V hatte sie vor zweihundert Jahren erfunden und seitdem war sie die Richtschnur für Prozesse – etwas, das es bis dahin noch nicht gegeben hatte.

Philippa richtete sich auf und rüttelte ihre Freundin an der Schulter. „War es ein Mädchen oder Junge?“

Elsa bewegte den Kopf hin und her, was Philippa nur ganz schwach erkennen konnte.

„Ein Junge. Der Kleine kam ganz blau auf die Welt. Ich wusste doch gar nicht, was ich da tun sollte. Da war noch so ein Band dran …“ Offensichtlich hatte Elsa genauso wenig Ahnung vom Kinderkriegen wie sie selbst. „Ich glaube, er hat nicht geatmet.“

„Er war tot?“

„Nein“, gestand sie zögernd und kaum hörbar, „er hat schon geatmet, aber nur ein bisschen. Ich hab ihn bloß angesehen. Immerzu musste ich ihn anschauen.“ Sie zog die Nase hoch. „Ein echtes Menschenkind. Als er zu wimmern begann, kriegte ich Panik, weil ich hörte, wie eine Magd nach mir rief. Ich … ich hab ein Stück Stoff, das ich zum Abseihen der Kuhmilch dabei hatte, über ihn gelegt. Dann war er still.“

„Still? Was hast du gemacht?!“

„Nichts.“ Elsa schniefte. „Ich hab doch das Stück Stoff bald wieder weggenommen. Aber da war er schon tot.“

„Und die andere Magd?“

„Sie hat mich nicht gefunden und ist dann wieder weg. Aber das Kind hing noch an dieser Schnur dran, die in meinen Leib ging. Also habe ich dran gezogen. Ein glitschiges Gespinst kam da raus. Mit Blut und so.“ Ihre Stimme wurde immer leiser. „Dann war alles still. Alles.“

Merkwürdig klang das, was Elsa berichtete. Für einen Moment dachte sie an Caspar Vogt. Ein Hoffnungsschimmer brach hervor. Sie stellte sich vor, wie es wäre, wenn er endlich ihr Ehemann sein würde. Dann wäre sie vielleicht auch eines Tages schwanger. Wie es dazu kam, darum rankten sich rätselhafte Geschichten, von denen sie nicht alles glauben wollte, was ihr zu Ohren gekommen war und ihr flammende Röte ins Gesicht trieb.

Gleichzeitig zog sich das Geheimnisvolle rund um die Entstehung eines Kindes bis zur Geburt. Schon immer hatten die Gebärenden in einem abgeschirmten Zimmer ihr Kind zur Welt bringen müssen. Mit Hebamme und Mutter, Schwiegermutter, anderen weiblichen Verwandten oder Nachbarinnen. Noch nie hatte ein Mann dabei sein dürfen, denn das sei ein schlechtes Omen, hieß es.

Niemand hatte ihr erzählt, was da passierte. Irgendwann holten sie heißes Wasser, saubere Leintücher und man hörte Schreie. Erst von der Schwangeren, dann die eines Neugeborenen, wenn es denn lebte. Was aber dazwischen geschah, war nebulös und fremd. Kein Wunder, dass Elsa unter Schock stand. Ihr hatte bei der Geburt weder jemand geholfen noch das Kind versorgt. Jetzt war es tot und Elsa auf der Flucht.

Augenblicklich wurde Philippa klar, dass man Elsa für eine Kindsmörderin hielt. Ob sie es nun tatsächlich war oder nicht.

„Du darfst heute Nacht hier bleiben. Vor Tagesanbruch musst du aber verschwinden, hörst du?“

„Ja.“ Elsa drückte Philippa einen Kuss auf die Wange. „Danke. Ich danke dir von Herzen.“

Bald hörte sie gleichmäßige Atemzüge. Wie erschöpft musste Elsa sein, dass sie auf der Stelle eingeschlafen war. Mitleid und Entsetzen angesichts des Berichts wechselten sich ab. Verzweifelt faltete Philippa die Hände und bat Gott, er möge Elsa einen Weg zeigen, wie es für sie weitergehen konnte. Und wenn sie Schuld auf sich geladen hatte – oder Blut vergossen hatte, was Philippa nicht glauben wollte und Elsa niemals zutrauen würde –, möge der allmächtige Gott ihr vergeben. Es klang alles ungeheuerlich – wie ein echter Albtraum. Und wo sie das Kind hingetan hatte, darüber hatten sie gar nicht mehr sprechen können. Würde es Sinn machen, wenn Elsa sich morgen dem Pfarrer anvertraute? Oder sollte sie lieber weglaufen? Aber wohin sollte sie gehen?

Schemenhaft erkannte Philippa den Herd, dessen Knistern verstummt war. Heiliger Georg! Fast hätte sie das Feuer vergessen. Schnell stand sie auf und legte noch einen Scheit auf die kleine Glut, bevor sie wieder zu Elsa unter die Decke kroch.

Wie lange Philippa noch wach gelegen hatte, konnte sie am nächsten Morgen nicht mehr sagen. Nur, dass in ihren wirren Träumen die Gerichtsknechte das Haus der Hohensteins auf den Kopf stellten und sie, Philippa, gebunden wegführten. Erst beim Anbruch des neuen Tages fiel sie erschöpft in einen unruhigen Schlaf.

Geräusche von draußen ließen sie aufschrecken. Mit der Morgendämmerung verschwommen die Ängste der Nacht und ein neuer Tag zog herauf. Vogelgezwitscher mahnte sie, dringend nach dem Herdfeuer zu sehen. Sie tastete nach Elsa, doch der Platz neben ihr war leer. Fast schien es, als habe sie den nächtlichen Besuch nur geträumt.

Bei genauerem Hinsehen bemerkte sie eine große, noch nicht ganz eingetrocknete Blutlache auf dem Leinen. Vorsichtig, als könne sie sich an einer ansteckenden Krankheit infizieren, beugte sie sich über das Laken und roch daran. Es war der gleiche Geruch, der ihr gestern Nachmittag aufgefallen war – das Blut von Elsa. Das Blut des Todes! Philippa schüttelte sich.

Was hatte sie nur getan, dass sie Elsa Unterschlupf gewährt hatte? Ging ihre Freundschaft hier nicht zu weit? Wenn das herauskam, würde sie nicht nur ihre Stellung verlieren. Vielleicht drohte ihr das gleiche Schicksal, vor dem Elsa auf der Flucht war. Nein, sie würde nichts und niemandem etwas erzählen. Sie war zum Schweigen verurteilt.

*

Im Verlauf des Tages wurde sie von den Vorbereitungen für ein feierliches Abendessen abgelenkt, die ihre Gedanken an Elsa in den Hintergrund rückten.

Der Magister hatte wieder mal Gäste angekündigt, wie es öfters vorkam. Den ganzen Tag über hatten Philippa, Grete und Hiltgunt damit zu tun, eine delikate Ochsenschwanzsuppe mit Fleischklößchen, Hühnerpastete, einen Schmorbraten, saure Kartoffeln und verschiedene Gemüse vorzubereiten. Eine Hausmachersülze holten sie aus dem Vorrat im Erdkeller.

Die Gäste, zwei Niederländer und ein Beamter vom Schloss, machten keinen Hehl daraus, dass sie die Kochkunst im Hause Hohenstein bewunderten, und entschädigten damit die Hausangestellten für die viele Mühe.

Philippa half beim Auftragen und beim Bewirten, schenkte Wein aus einer vergoldeten Weinkaraffe ein, was Enners wegen seiner zittrigen Hände schon länger nicht mehr gelang, und machte große Augen, als einer der Männer von der beschwerlichen und langen Reise erzählte.

Philippa schnappte ein paar Worte wie Paardenkoets, Prinsenmolen und Kolen auf, die ihr fremd waren. Zum Glück verabschiedeten sich die Gäste nach einem höflichen Blick auf die Uhr so frühzeitig, dass sie es nach dem Aufräumen noch schaffte, sich in der Abenddämmerung am Dillufer mit Caspar zu treffen.

Er wartete bereits in der Nähe des Wicktors, umgeben von Obstbäumen und ein paar Büschen. Offenbar war sonst niemand hier draußen. Je näher sie kam, umso heftiger ging ihr Puls.

„Wie schön, dass du noch kommen konntest", sagte er, während sie in gebührendem Abstand vor ihm stehen blieb.

Sie nickte und sog die kühle Abendluft ein. Seine Augen blieben liebevoll auf ihr ruhen. Wie immer wühlte seine Nähe sie auf. Ob sie das als ein Zeichen von Liebe deuten durfte?

„Entschuldige! Wartest du schon lange?", fragte sie und nestelte fahrig an den Bändern ihrer Haube. „Wir hatten noch Gäste zum Abendessen."

„Philippa", schmunzelte er und Grübchen zeigten sich unter seinem Bart, „du brauchst dich doch nicht zu entschuldigen. Keine Zeit ist mir zu lange. Waren es namhafte Besucher?"

Sie lächelte ihn an – ihr Herz machte einen kleinen Sprung bei seinen liebevollen Worten. „Ja. Zwei Niederländer, ein Patrizier aus Rotterdam und der Besitzer einer Porzellanmanufaktur aus Delft, die mein Herr von Besuchen beim Fürsten kennt. Dazu ein Hofbeamter zum Übersetzen. Der Magister kann nur teilweise Niederländisch." Sie kicherte. „Kennst du die Sprache? Ich dachte zuerst, ihnen wäre was im Hals steckengeblieben. Ganz hinten."

Sie lachten beide. Caspar räusperte sich. „Du meinst, es war wirklich der Besitzer dieser weltberühmten Keramik bei euch?", fragte er.

Philippa nickte. „Und die Herrin war von seinem Gastgeschenk, einer Schale in edelster Ausführung, mehr als entzückt."

„Sieht das Porzellan wirklich so einzigartig aus, wie man hört?"

Sie breitete die Arme weit aus und sah zum Himmel, dessen Farben gerade verblassten „Es ist wunderschön und das Blau leuchtet regelrecht." In ihrer Begeisterung hatte die Herrin Grete die Schale gegeben, als diese die Hand danach ausgestreckt hatte, und ihr im gleichen Augenblick wieder entrissen. Es war kurios gewesen, denn jeder im Haus wusste, wie ungeschickt die Magd manchmal sein konnte. „Weder Grete noch ich durften das teure

Teil spülen. Hiltgunt höchstpersönlich musste es tun. Die niedere Arbeit. Du hättest mal ihr Gesicht sehen sollen!"

Er grinste und seine Augen strahlten sie an, dass sie sich diesem Moment kaum entziehen konnte. Sie erwiderte seinen Blick und ihr Herz wurde weit. Was für ein wunderbarer, vollkommener Abend!

Ein Geräusch riss sie aus dem Zauber. Ganz in der Nähe stampfte eine Wache am Stadttor vorbei Richtung Ufer und verschwand aus ihrem Blickfeld. Dann war es wieder ruhig bis auf das leichte Rauschen des Wassers, das sie jetzt nur noch erahnen konnte.

Der Wind wehte ihr eine Strähne ins Gesicht und sie blinzelte. Sie musste wieder an die Abendgesellschaft im Haus denken. „Ich wusste gar nicht, wie viele Fuhren Kohle aus unserer Gegend nach Rotterdam verkauft werden. Die Herren haben sich darüber unterhalten."

„Ich hörte davon. Augenscheinlich ist das ein einträgliches Geschäft. Gibt es auch Händler in Breitscheid?"

„Nein. In unserem Dorf leben fast nur Bauern, bis auf ein paar Häfner. Die Winter sind eisiger und länger. Aber im Sommer, wenn die Felder leuchten und der Duft von Kräutern die Luft durchdringt, gibt es kein schöneres Fleckchen Erde."

Caspar sah sie nachdenklich an. „Gibt es denn dann wenigstens genug Feuerholz?"

Sie schüttelte den Kopf. „Die Eisblumen bleiben über Monate an den Fenstern, dass man nicht nach draußen sehen kann. Sogar der Dorfbrunnen vereist manchmal."

„Man schmelzt Schnee, wenn Wasser fehlt, habe ich gehört", sagte er mitfühlend. „Ich habe keine Ahnung, wie schwer das Leben der einfachen Leute ist."

Sie dachte daran, wie erschöpft man abends einschlief und vor der Morgendämmerung aufstand, um sein Tagwerk zu meistern.

Hier war es auch nicht anders. Sie sog die Abendluft tief ein, als müsse sie die trüben Gedanken abschütteln. „Und nun lass uns von etwas Schönem reden."

Er nickte. „Würde es dir gefallen, wenn ich dir ein Gedicht schreibe? Ich hörte", schmunzelte er, „dass Frauen Poesie mögen."

Sie lachte überrascht auf, kam aber nicht mehr dazu, ihm zu antworten. Plötzlich hörten sie ein Schnaufen ganz dicht bei ihnen. Philippas Kopf fuhr herum.

Beide hatten die große, kräftige Gestalt mit dem zerzausten Haarschopf, die unvermittelt bei ihnen auftauchte, nicht kommen sehen. Blitzartig bog sich ein Arm wie ein Schraubstock um ihren Hals. Philippa stockte der Atem und sie zuckte zurück. Ein Messer blitzte vor ihren Augen, das der Fremde ihr nun an die Kehle hielt. Schreckensstarr brachte sie kein Wort raus. Der Kerl stank erbärmlich. Mit aufgerissenen Augen starrte sie Hilfe suchend zu Caspar.

Doch er war ebenso von Furcht betäubt wie sie. Zwischen seine Brauen hatte sich eine tiefe Falte gegraben. Doch irgendetwas in seinem Blick, der auf den Kerl gerichtet war, irritierte sie. Was war mit ihm? Kannte er den Mann etwa?

„Her mit der Kohle!", befahl der Hüne nahe an ihrem Ohr. Sie wand sich, wobei sein filziger Bart sie streifte. Abscheu überkam sie. „Sonst werde ich dem Täubchen hier einen Garaus machen. Und dir ebenso."

Himmel steh uns bei! Nach einer Schrecksekunde schnellte Caspar nach vorn, holte aus und traf mit der Faust den Kopf des Fremden. Der geriet ins Taumeln, dass sie fast mit ihm hingefallen wäre, während er dabei mit dem Messer in der Hand durch die Luft fuchtelte.

Todesangst ergriff sie! Philippa schloss die Augen. Sie war wie erstarrt und versuchte, sich auf den Beinen zu halten, während sie gleichzeitig ein weiteres Stoßgebet nach oben schickte. Sie rechnete mit dem Schlimmsten. Als sie vorsichtig blinzelte, taumelte Caspar gerade zurück und sein Hut fiel auf den Weg. Er schien unverletzt zu sein, nur der Ärmel seines Gehrocks klaffte auseinander. In Caspars Augen war keine Angst zu sehen, vielmehr eine wilde Entschlossenheit. Noch immer klemmte der Arm des Mannes wie ein abgebrochener Ast um ihren Hals.

Trotzdem wollte sie „Lauf weg, Caspar", rufen, aber es drang nur ein Schluchzen aus ihrer Kehle. Ihre Stimme war wie verstummt. Wo war die Wache, die eben noch hier entlanggegangen war? Gab es niemanden in der Nähe, der ihnen helfen konnte? Tränen stiegen in ihr auf.

Der Fremde knurrte verächtlich und verstärkte den Würgegriff. Es schnürte ihr das Herz zu, als Caspar erneut mutig einen Schritt auf ihn zu machte, aber sofort glänzte das Messer jetzt vor seinem Gesicht.

„Verschwinde!", forderte Caspar ihn unerschrocken auf, doch als nichts passierte, rief er: „Und gib sie frei, du Feigling! Schäm dich! Eine wehrlose Frau als Pfand."

War Caspar doch verletzt? Aus seinem Ärmel tropfte Blut!

„Geld!", forderte erneut der Hüne entschieden.

„Lass sie los, dann gebe ich dir was", keuchte Caspar. Nur zögernd lockerte der Mann den Griff. Caspar knöpfte seinen Rock auf und tastete nach einem kleinen Beutel, dem er Geldstücke entnahm. Seine Hände zitterten. „Da!", hielt er ihm ein paar Münzen hin. „Mehr habe ich nicht."

Eine fleischige behaarte Tatze raffte das Geld und ließ es in seinem Wams verschwinden. Dann stieß er Philippa mit solcher Wucht von sich, dass sie stolperte und hinfiel. Der Boden war hart und kalt. Ihr Arm bekam das meiste ab. Sie verzog das Gesicht, rieb sich den Ellbogen und bewegte ihn. Er schien nicht gebrochen.

„Wehe, ihr rührt euch vom Fleck", drohte der Mann, bevor er mit einem anderen Kerl, der nach einem Wink wie aus dem Nichts hinter einem Busch vortrat, Richtung Gerberviertel flüchtete.

Caspar sah ihnen einen Moment hinterher, dann beugte er sich zu ihr und half ihr auf die Beine. „Philippa, bist du verletzt?" Seine Stimme klang heiser und voller Sorge.

„Nein." Sie klopfte sich den Staub ab und reckte den Hals, ob die Männer wirklich verschwunden waren. Die Kehle tat noch ein bisschen weh. Ihre Empörung war größer als der Schmerz und sie schüttelte den Kopf. „Der Halunke gehört hinter Gitter. Ebenso sein Kumpan."

„Viel wichtiger ist, dass er dir nichts getan hat." Caspar griff wie selbstverständlich nach ihrer Hand und hielt sie fest. Seine war warm und gab ihr ein Stück Vertrauen. „Dir ist wirklich nichts passiert?"

„Nein", tat sie ab, „es gibt höchstens blaue Flecke." Sie sah ihn mit klopfendem Herzen an.

„Und du? Hattest du keine Angst?"

„Doch." Er lächelte dünn. „Wohl war mir nicht, aber die Sorge um dich war größer als die Furcht."

„Oh, Caspar!" Seine Worte legten sich wie Balsam auf ihr Herz. „Wo war denn die Wache?"

„Anscheinend beim Kartenspiel."

„Wir brauchen mehr Leute, die für Sicherheit sorgen."

Er seufzte. „Philippa, selbst wenn wir noch mehr Wachleute hätten, gibt es keinen wirklichen Schutz. Einzig unser Herr im Himmel hat alles in der Hand, davon bin ich überzeugt. Auch dein Leben und meines."

Sie kaute nachdenklich auf der Unterlippe. „Dein Vertrauen möchte ich haben", sagte sie leise. „Ich dachte immer, mich könnte nichts erschüttern."

Ihr Herz machte einen Satz, als Caspar den Kopf neigte und für einen Augenblick glaubte sie, er würde sie küssen. Doch dann sagte er: „Ich weiß auch nicht, woher ich den Mut hatte. Dabei hasse ich Gewalt."

Sie nickte und schlang die Arme um sich. Plötzlich fing sie zu schlottern. War es wegen der Kühle? Oder auch ein wenig wegen des Schrecks? Sie erinnerte sich an Caspars Gesichtsausdruck von eben und blickte zu ihm hoch. „Du hast eben so merkwürdig geschaut. Sag mal, kanntest du den Hünen?"

Caspar zögerte, dann gestand er: „Der Kerl stand schon mal vor Gericht. Jetzt trägt er einen Bart, aber ich habe ihn an der Stimme erkannt. Er ist nicht von hier. Den anderen hab ich noch nie gesehen."

„Dann werden sie hoffentlich bald gefasst sein und im Gefängnis verschwinden", erwiderte Philippa. „Was fällt denen ein!"

Er fältelte die Stirn und sah sie einfühlsam an. „Ich glaube nicht, dass sie das aus Habgier gemacht haben. Das hat der Hüne damals auch nicht. Er hatte nur Hunger."

„Caspar", fragte sie verwundert und wurde sich mit einem Mal bewusst, dass er noch immer ihre Hand hielt. Sie entzog sie ihm mit glühendem Kopf. „Willst du damit sagen, du hast noch Mitleid mit denen? Doch wohl nicht."

„Philippa, dir ist Gott sei Dank nicht viel passiert. Das ist das Wichtigste." Er hielt inne. „Ich habe kein Mitleid mit den Männern, aber ich hege auch keinen Groll. Bestimmt brauchen sie das Geld zum Überleben. Da kann ich ihnen noch nicht mal Schlechtes wünschen." Er bückte sich, hob den Hut auf und klopfte den Staub ab, bevor er den Dreispitz wieder aufsetzte.

Sein Geständnis rührte sie an. Trotzdem empörte sie sich: „Aber er hat dich verletzt!" Sie trat einen Schritt vor und berührte ihn sanft am Unterarm. Der Hunger war auch in ihrer Familie ständiger Begleiter. Aber deshalb wurde niemand bestohlen oder überfallen. „Da!"

Erstaunt starrte er auf das Blut an ihren Fingern. „Oh, hab ich nicht gemerkt." Vorsichtig betastete er die Wunde. „Ist wirklich nicht schlimm. Du brauchst dich nicht sorgen." Er zog ein Tuch aus seiner Weste und wischte ihr über die Hand.

„Danke." Sie wunderte sich über seine Ruhe und sah ihn verunsichert an. „Bist du wirklich kein Stück wütend auf ihn?"

„Man muss sein Hassgefühl verscharren, sonst verfolgt es einen."

„Ich weiß nicht." Sie schüttelte den Kopf und schimpfte. „Das war ein Straßenräuber! Ich will mir nicht vorstellen, was hätte passieren können."

„Ist doch nur ein Kratzer", tat er ab und schluckte, „und den Rock lasse ich nähen."

Das klang vernünftig, trotzdem zwang sie sich, erneut aufsteigende Tränen der Enttäuschung wegzublinzeln. Es hätte so ein romantischer Abend werden können. Ihre Augen wanderten an ihm entlang. Der Gehrock hatte offenbar nur einen kleinen Blutfleck abbekommen. Anders dagegen sein Hemd, dessen Ärmel besudelt aussah.

Caspar bemerkte ihr Zögern und warf einen Blick zum Wicktor. Es lag jetzt fast vollständig im Dunkeln. „Wenn du darauf bestehst, werde ich den Vorfall melden, aber ich habe wenig Hoffnung, dass man die Kerle findet. Männer wie sie kennen Winkel, von den selbst wir nicht wissen, dass sie aus der Stadt führen."

Philippa nickte und rang sich ein Lächeln ab. Der Wind hatte aufgefrischt und sie zog das Umschlagtuch enger. „Ich werde noch darüber nachdenken."

Als spürte er ihr Frösteln, zog er seinen Gehrock aus und legte ihn um ihre Schultern. Das strahlend weiße Hemd beeindruckte sie, wenn man von dem desolaten Ärmel absah. „Wollen wir Richtung Dillturm gehen? Für einen Spaziergang bis ins Feldbachwäldchen ist es jetzt zu spät, fürchte ich. Die Stadttore schließen, bevor wir zurück sind.“

„Danke.“ Der schwere Brokat umschloss wärmend ihre Schultern. Das weitläufige Gebiet um die St.-Nikolaus-Kirche war nur von Feldern und einem Hof umgeben. Vor allem war man dort um diese Zeit allein. „Mmh.“ Während sie kurz überlegte, ob es in der Nähe des Gerberviertels stank, ergriff er wie selbstverständlich ihre Hand und zog sie mit sich.

Sie genoss es. An seiner Seite zu gehen, erfüllte sie mit einem großen Glücksgefühl. Vergessen war der Albtraum von eben. Nirgendwo wollte sie heute lieber sein. Wie mochte es sich erst anfühlen, wenn man in aller Öffentlichkeit als Paar auftreten durfte? Gab es etwas Kostbareres?

Unweit des Dillturms, nicht von den Wachposten zu erkennen, zog er sie zu einer alten Bank nahe der Stadtmauer, ohne sie loszulassen. Eigentlich saßen sie viel zu nahe beieinander. Verwirrt sah sie ihn an. Ihr Herz klopfte bis zum Hals und ihr Atem ging flach.

Er wirkte verlegen. „Ich kann an nichts anderes mehr denken, seit ich dich das erste Mal sah.“

Sie erinnerte sich an den Tag, als sie auf dem Markt eingekauft hatte und ihr der vollbeladene Korb aus der Hand gerutscht war. Der junge Herr Gerichtsschreiber war plötzlich da und hatte ihr, der Magd, geholfen, das Gemüse wieder aufzulesen. Das hätte er nicht tun brauchen, schließlich gehörte er zu den höhergestellten Bürgern der Stadt. „Mir geht es genauso“, gestand sie mit klopfendem Herzen. „Dabei hatte ich nicht geglaubt, dass diese Begegnung mein Leben auf den Kopf stellen würde.“

„Weiß jemand, dass wir uns treffen?“

„Nein“, gestand sie und blickte auf ihre verschlungenen Hände.

„Ich habe Angst, dass es nur ein Traum ist." Sie ahnte Bedenken, denn auf den Dörfern war das unausgesprochene Abkommen – Feld bei Feld, Hof bei Hof – allgegenwärtig.

Caspar zog ihre Hand an seine Brust. „Ich möchte mehr von dir erfahren. Ob wir die gleichen Dinge mögen, ob der Glaube für dich wichtig ist und ob du von einem Zeichen vom Himmel träumst, dass du mit mir ins Licht trittst."

Meinte er das wirklich ernst? Aus dem Dunkel der Ungewissheit in das Licht der gemeinsamen Zukunft? Spürte er die Sehnsucht in ihrem Herzen? „Da, wo ich herkomme, ist das Leben nicht sorgenfrei. Der Kampf ums tägliche Brot hat schon manchen Traum zerplatzen lassen."

„Doch es darf nie verhindern, dass es einen geliebten Menschen gibt, der einen in den Arm nimmt, wenn man sich einsam fühlt oder der einem Zuversicht und Trost gibt. Philippa", bat er, „lass meine Hand nie mehr los. Lass uns herausfinden, welchen Weg wir gehen sollen."

Sie hielt den Atem an und lächelte beherzt. Es war zu schön und seine Worte zu innig. Durfte sie ihm wirklich glauben oder würde er sie irgendwann wie eine gebrauchte Halsschleife durch eine andere ersetzen? Und dann belächeln? Schließlich war sie nur eine arme Dienstmagd.

3

Caspar ließ die Rathaustür hinter sich ins Schloss fallen und trat auf die Straße. Die Nachmittagssonne hatte den Zenit bereits überschritten und blendete ihn. Für einen Moment schloss er die Augen und straffte die Schultern. Jetzt wirkte seine hochgewachsene, schlanke Gestalt noch eindrucksvoller. Mancher war der Meinung, er habe die Figur von seinem Vater geerbt. Aus Erzählungen wusste Caspar, dass seine verstorbene Mutter eher klein und zierlich gewesen sein musste, und ihre Familie keine Hünen hervorgebracht hatte.

Von dem sonnigen Frühlingstag hatte er in der Amtsstube kaum etwas mitbekommen. Als Gerichtsschreiber lag seine Aufmerksamkeit auf der Niederschrift von Verhandlungen. Heute waren es nur zwei kleine Prozesse gewesen, einer wegen eines Diebstahls und der andere wegen Verleumdung. Bei erstem hatte Amtmann und Richter Tilemann Gnade walten lassen und dem Angeklagten lediglich ein paar Jahre im Stockhaus aufgebrummt. Das hätte viel schlimmer ausgehen können. Im Gefängnis, das sich im Dillenburger Schloss befand, würde er hoffentlich zur Besinnung kommen und künftig die Hände von anderer Hab und Gut lassen. Und der andere Angeklagte, als Lästermaul berüchtigt, kam mit einer Geldstrafe davon und musste sich bei seinem Opfer entschuldigen.

Caspars Gedanken waren während der langweiligen Verhandlungen immer wieder abgeschweift. Zu Beginn seiner Amtstätigkeit hatte ihn jede noch so geringfügige Anklage oder Verteidigung interessiert, doch inzwischen waren kleine Vergehen für ihn zur Gewohnheit geworden.

Seine Augen wanderten zur Dillenburg, die sich auf einer steilen Hochfläche über der Stadt erhob. Der Sitz von Fürst Wilhelm II von Nassau-Dillenburg wirkte wie ein gewaltiges Versprechen auf seine Untertanen. Jeder Dillenburger wusste um die Begeisterung des Fürsten, neue Gebäude bauen zu lassen.

Zwar herrschte Kaiser Karl VI über das Heilige Römische Reich, doch Wilhelm besaß alle Insignien, das Land Nassau-Dillenburg zu regieren und ihm vorzustehen. Der Kaiser habe sogar einen Beruf erlernt, flüsterte man sich unter der Hand zu. Das Handwerk des Büchsenmachers habe er sich angeeignet und Caspar vermutete, dass er das nur auf Befehl seines Vaters getan hatte. Denn die Habsburger hatten so ihre eigenen, nicht unbedingt weltfremden Ansichten, was ein künftiger Kaiser beherrschen sollte.

Unauffällig stellte sich das Stockhaus dar, das sich gegen Osten unter den zahlreichen Gebäuden und Türmen des Schlosses regelrecht mit der Mauer verwob. Als Fenster dienten nur wenige kleine Öffnungen, die schon beim bloßen Betrachten Beklemmungen hervorriefen. Wie mochte es erst hinter den Gefängnismauern aussehen!

Am Fuß der Mauer, die den gesamten Schlossberg zur Stadtseite umarmte, stand die evangelische Stadtkirche. Direkt daneben hatte man das Pfarrhaus gebaut, dessen Fachwerk typisch für die Häuser im gesamten nassauischen Gebiet war: aus Holz im Skelettbau gezimmert, die Gefache mit Lehm und Stroh ausgefüllt und weiß getüncht. Wer genug Geld besaß, ließ noch bunte Schnitzereien und einen Spruch ins Gebälk ritzen. Gewöhnlich waren die meisten Dächer hier in der Stadt ebenso wie in den Dörfern mit Stroh gedeckt. Nur reiche Leute konnten sich Schindeln oder Schiefer leisten.

Auf der anderen Seite der Kirche südwestwärts standen noch ein paar Häuser. An einem davon blieb sein Blick hängen. Es war gepflegt und gehörte der Familie Hohenstein. Irgendwo dort drin ging Philippa sicher gerade ihrer Arbeit nach.

„Kommst du noch mit in den *Hirsch*?" Freundschaftlich legte sich eine Hand auf Caspars Schulter. „Wir sind heute ja ausnahmsweise mal früher fertig."

Die Stimme von Ratsherr Schäfer riss ihn aus seinen Gedanken. „Da hast du recht", erwiderte Caspar und sah ihn von der Seite an. „Morgen vielleicht. Ich muss heute Abend mit meinem Vater eine wichtige Sache bereden."

„Das kannst du ein andermal auch noch. Komm endlich mal mit. Du bist der Einzige, der nie dabei ist!"

„Bitte verzeih, ich schätze euch alle, aber es ist eine dringende Angelegenheit." Er spürte, wie ihm das Blut bis unter den Scheitel emporstieg und fühlte sich ertappt. In Wahrheit lag ihm nichts an den Wirtshauswahrheiten, die dort bei starkem Trunk und Stunden später noch in weinseliger Laune diskutiert wurden.

„Dir gehen wohl nie die Ausreden aus?" Die dunklen, eng beieinanderliegenden Augen Schäfers schienen ihn zu durchdringen. Sein würdiger Gesichtsausdruck wechselte ins Reizbare. „Sind wir dir nicht genehm?", höhnte er. „Wenn du eines Tages wie dein Vater im Rat sitzen willst, solltest du dich frühzeitig kümmern!"

Caspar bemerkte die hochgezogenen Augenbrauen, die mit seiner steilen Stirnfalte Schäfer nicht sympathischer machten. Allerdings hatte er drei Töchter zu verheiraten und das mochte wohl ein Grund für seinen Tadel sein. Unter Stand dürften sie auf keinen Fall vermählt werden, hatte er mal angemerkt. Schließlich sitze er nicht nur im Rat, sondern sei auch Zunftmeister der Wollweber.

In Caspars Hals klebte ein unsichtbarer Kloß, der ihn am Schlucken hinderte. Keine dieser heiratsfähigen Weiber interessierte ihn. Sie waren ausnahmslos schrill, ohne jegliches Mitgefühl und als Mutter seiner zukünftigen Kinder unvorstellbar.

Stumm sahen sich die beiden ungleichen Männer an und Caspar senkte verlegen den Blick.

Der Schatten, der auf Schäfers Gesicht gefallen war, verschwand. Offenbar hatte er seine Hoffnung, ihn als Schwiegersohn zu bekommen, noch nicht ganz aufgegeben. Schweißperlen rannen unter seiner gepuderten Perücke von der Schläfe dicht am Ohr entlang. Zu Caspars Erstaunen zwinkerte Schäfer nun. „Ach, so ist das! Darf man erfahren, wer die Auserwählte ist?"

Er hoffte wohl immer noch, dass die in letzter Zeit „zufälligen" Gespräche nach dem Kirchgang, bei denen Schäfer stets eine seiner Töchter in seine Nähe schob, endlich gefruchtet hatten. Wer wünschte sich nicht einen Schwiegersohn, der ein gutes Einkommen hatte, gesund und kräftig wirkte und dessen Vater Bergwerksbesitzer war und zudem im Stadtrat saß.

„Nein … ich … also …", Caspar geriet ins Stottern. Stand ihm seine Verliebtheit auf der Stirn geschrieben? Unmöglich konnte jemand davon wissen. Er hatte niemandem von seinen Gefühlen erzählt. Oder war sein Treffen mit Philippa beobachtet worden? Nachdenklich fuhr er sich mit der Hand über den verletzten Arm. Die Wunde brannte noch, aber sie heilte auch. „Bitte verstehe, dass ich dazu noch nichts sagen kann."

„Tja, wer sein Herz riskiert …" Schäfer spitzte die Lippen und grinste. „Wie gesagt, der Weg in den Rat wartet auf dich und es wäre dann noch mehr drin." Er stieß ihn mit dem Ellenbogen brüderlich in die Seite und sah ihn forschend an. „Na? Du weißt doch, dass nicht nur ich dich schätze."

Capars Mund fühlte sich ausgetrocknet an. Vielleicht sollte er doch einmal mit in den *Hirsch* gehen. Ob Schäfer dann allerdings Ruhe gab, war ungewiss.

Zu seinem Erstaunen beließ es der Ratsherr dabei. „Dann nichts für ungut", lüftete Schäfer den Hut und entfernte sich.

Die Kirchturmuhr schlug die fünfte Stunde und dröhnte vom Kirchberg über die Stadt. Das Gasthaus *Zum Hirsch* lag auf seinem Heimweg. Caspar war froh, dass er jetzt mit seinen Gedanken allein war und formulierte die eine oder andere Version seines Anliegens, das er seinem Vater vortragen wollte. Heute musste er ihm endlich von Philippa erzählen und ihn bitten, ihm seinen Segen zu geben, damit er ihr einen Antrag machen konnte. Das Glück für eine gemeinsame Zukunft trug allein ihren Namen: Philippa Schwarz. Er wisperte ihren Namen und spürte sofort, wie sein Blut pulsierte.

Seine Stelle als Gerichtsschreiber gab ihm die Möglichkeit, an die Gründung einer Familie zu denken. Natürlich hätte er seinen Vater bitten können, ihn finanziell zu unterstützen, aber das kam nicht in Betracht. Es war für ihn eine Frage der Ehre.

Bei seiner Bewerbung für das Amt war seine ausgewogene und schöne Handschrift eines der Argumente gewesen, aufgrund dessen er nach seinem Studium der Rechte mit den Protokollen betraut worden war. Er hoffte, in nicht allzu ferner Zukunft auch mit richterlichen Befugnissen bevollmächtigt zu werden und damit sein Einkommen als Beamter aufstocken zu können. Der Gedanke daran zauberte ihm ein Lächeln ins Gesicht.

Er blinzelte und sah zum Obertorbrunnen, an dem eine Dienstmagd Wasser schöpfte, während ein paar Frauen neben ihr plaudernd und lachend beieinanderstanden. Caspar hörte das Gurgeln des Mühlbachs, der in unmittelbarer Nähe in die Hintergasse abbog und einen Bogen machte, um hinter dem Gasthaus *Zum Hirsch* geradewegs bis zum Untertor entlangzuplätschern.

Nicht weit hinterm Untertor wurde der Mühlbach von der Dill verschluckt, die das Tal bereits in die Schlossseite und die Weinbergseite geteilt hatte. Dillenburg hatte viele Gewässer: den kleinen Marbach, den Mühlbach und die Dill.

Der vertraute, beißende Geruch von den Häusern der Gerber nahe der Dill schlug ihm entgegen. Nicht weit vom *Hirsch*, dessen Hof an die Hintergasse grenzte, gingen die Leute ihrer übelriechenden Arbeit nach. Sie brauchten das Wasser, um die Tierhäute zu Leder zu verarbeiten. Und am liebsten machten die Städter einen großen Bogen um das stinkende Viertel der Gerber. Die rückwärtige Seite der Häuser grenzte unmittelbar an den kleinen Fluss und ihre Grundmauern reichten tief hinab bis ans Ufer.

Der Aasgeruch wand sich um die Hausecken und verband sich mit der Ausdünstung von Auswürfen in den Rinnen und Dämpfen von frischem Brot zum gewohnten typischen Stadtgeruch. Süßliche Dünste von Fleisch und Blut aus der Schweinemetzgerei schienen durch die Gassen zu tanzen.

Caspar entschied, einen kleinen Umweg über den Kirchberg zu nehmen. Der steile Weg führte hinter der Erbsengasse direkt unter der Stadtmauer entlang, vorbei an den wenigen Häusern dort, darunter das Haus des Hofküsters, bis er das stattliche Pfarrhaus und die Kirche erreichte.

Er blieb kurz stehen, sog die Luft tief in sich auf und genoss den erhabenen Blick über die dicht gedrängten, schmalen Häuser von Dillenburg. Er fühlte einen tiefen Frieden in sich.

Hinter der Dill breiteten sich nach dem Scheunenviertel Felder und Wiesen im Muster eines Schachbrettes aus. Der auf der anderen Talseite liegende Bergkamm war beliebt und wer mal dort spazieren gegangen war, schilderte eine faszinierenden Szenerie von Schloss und Stadt.

Als er sich dem Haus Hohenstein näherte, wurde sein Hals eng. Es stand direkt neben einem anderen vornehmen Bauwerk, das dem fürstlichen Schlosskommandanten Johannes von Spina als Wohnhaus diente. Caspars Herz schlug wilder und er verlangsamte den Schritt. Scheu warf er einen Blick zum Haus Hohenstein, in dem Philippa arbeitete und wohnte.

Im Vorgarten blühten Apfelbäume vor den Fenstern und Steinbrech säumte den gepflasterten Weg zum Haus. Es war kein großer Garten, denn die Fläche, die man dem Hang beim Bauen abgetrotzt hatte, war mäßig. Wer seinen Grund und Boden wie hier sinnvoll aufteilte, konnte trotzdem Nutzgarten und Viehzeug halten.

Kinderstimmen drangen vom Garten bis zur Straße. Ob Philippa mit ihnen draußen war? Das Gartentor war geschlossen, doch hinter dem Haus schien es lustig zuzugehen. Kindergelächter und eine aufgekratzte junge Stimme veranlassten ihn, stehen zu bleiben. Das konnte nur sie sein! Ihr helles Lachen drang bis zur Straße. Könnte er doch nur einen Blick auf sie werfen!

Für ihn war sie die schönste Frau, die er je kennengelernt hatte. Er liebte ihr ausdrucksvolles Gesicht, ihre brünetten Zöpfe, die sie gewöhnlich unter einer schlichten Haube versteckt hielt, und ihre makellose, alabasterfarbene Haut, die ihre bernsteinfarbenen Augen erstrahlen ließ.

Er wusste, dass sie nicht nur Magd im Hause Hohenstein war, sondern dass man ihr hin und wieder sogar die Aufsicht über die Kinder anvertraute. In Gedanken hörte er ihre Antwort, als er sie mal dazu befragt hatte. „Ich freue mich über ihre Späße“, hatte sie geantwortet und nicht gewagt, ihm in die Augen zu schauen. Daraufhin hatte er liebevoll ihre Wange berührt. Wie schön mochte es erst sein, wenn sie mit eigenen Kindern herumtollte? Ihren gemeinsamen Kindern! Er spürte, wie ihm bei diesem Gedanken warm ums Herz wurde.

Nur zögernd ging er weiter. Ein paar Zimmerleute, Mägde mit Wassereimern und der Zunftmeister Eisentraut begegneten ihm. Direkt hinter dem Gasthaus *Zur Krone,* ein wunderschönes, gepflegtes Fachwerkhaus mit bunten Schmuckelementen, dem man seine hundertjährige Geschichte nicht ansah und das sogar schon fürstliche Gäste beherbergt hatte, bog er zum Hüttenplatz ab. Ihm war berichtet worden, dass es in der *Krone* sogar tapezierte Wände gäbe. Selbst gesehen hatte er sie leider noch nicht.

Vor seinem Elternhaus verharrte er einen Moment, bevor er es betrat. Es war eine ansprechende Wohnstatt, auf die sein Vater stolz war. Mit ihren imposanten zwei Geschossen und den kunstvoll verzierten Balken war sie ein Blickfang.

Das Gebälk hatte ein Maler mit braunrotem Farbton gestrichen. Bei den blumigen Ausschmückungen dominierten weiße, gelbe und grüne Farbtöne und die Balkeninschrift, die wie ein ständiger Segen am Holz klebte, begrüßte jeden Besucher.

Die Haushälterin musste ihn gesehen haben und öffnete ihm die Tür. Überrascht von Katharines ernstem Gesichtsausdruck hob er fragend die Brauen. Sie nahm ihm wortlos den Gehrock ab und wies die Küchenmagd an, ihm einen Kaffee zu kochen, bevor sie in einem Zimmer verschwand.

Katharine war heute ungewöhnlich wortkarg. Meist berichtete sie ihm schon beim Eintritt in kurzen Sätzen, was Wichtiges am Tag geschehen war. Sie war entgegen sonstigem Gesinde nahezu ein Teil der Familie geworden. Seine Mutter hatte bei der Geburt seines kleinen Bruders viel Blut verloren und war zwei Tage später verstorben. Die Wehen hatten viel zu früh eingesetzt und der kleine Junge war zwar lebend zur Welt gekommen, doch obwohl sein Vater noch eine Amme herbeiholen ließ, erlosch sein kleines Lebenslicht.

Damals war Caspar drei Jahre alt gewesen. Erinnern konnte er sich nicht mehr an die Zeit der Trauer, die seinen Vater und das ganze Haus erfasst hatte. Von einer neuen Frau wollte Vogt nichts wissen, zu tief hatte er seine Frau geliebt.

Katharine war schon damals im Haus der Münters tätig gewesen und seine Mutter hatte sie bei ihrer Heirat nach Dillenburg mitgenommen. Vater legte ihr nach Mutters Tod Caspar ans Herz.

Gewissenhaft und mit viel Liebe, als sei er ihr eigener Sohn, zog die Haushälterin ihn auf.

Katharine brachte ihm das Sprechen bei und beaufsichtigte seine Tischmanieren. Wenn er nicht einschlafen konnte, wiegte sie ihn in den Armen und sang dazu. Als er größer wurde, versorgte sie seine Blessuren, die er sich beim Klettern draußen im Garten holte. Was er besonders an ihr schätzte, war ihr großes Herz, das ihn mit Wohlwollen durch seine Studienzeit begleitete.

Sie selbst war bis heute ledig und hatte keine eigenen Kinder. Heiraten durften Dienstboten nur, wenn der Zukünftige eine Familie ernähren konnte und die Obrigkeit die Eheschließung erlaubte, was sie ihnen oft genug nicht gestattete.

Vaters Verwandten schüttelten nur den Kopf, als das Trauerjahr vorbei war und er immer noch keine Anstalten machte, sich eine neue Frau zu suchen. Sie drängten ihn regelrecht, eine neue Ehe einzugehen. Er dagegen stürzte sich in die Arbeit und ernannte Katharine zur Haushälterin. Das Gerede der Verwandten und Nachbarn tat er als dummes Geschwätz ab, was es auch war.

Selbst nach Jahren zeigte sein Vater kaum Interesse, sich neu zu vermählen. Seine Mutter war einer angesehenen bürgerlichen Familie entstammt und hatte damals nur mit großen Bedenken der Eltern heiraten dürfen.

Sein Vater kam aus einer Bauernfamilie und Caspar vermutete, dass er den gesellschaftlichen Aufstieg nicht verlieren wollte. Seine ganze Energie steckte er deshalb in die Grube *Neuer Muth*, in der Kupfer abgebaut wurde und die er vor Jahren gekauft hatte.

Als Junge durfte er seinen Vater manchmal nach Nanzenbach zu der Grube begleiten, die an einem Hang oberhalb vom Dorf lag und deren Eingang geradewegs in den Berg führte. Sie faszinierte ihn und jeder Besuch glich einem Abenteuer.

Wie mühsam sich die Bergleute in den Berg kämpften, begriff

er damals noch nicht. Der Gewinn machte seinen Vater zu einem reichen und angesehenen Mann, was ihm ermöglichte, das Haus zu bauen – sein ganzer Stolz. Dazu kam, dass sein Vater inzwischen in den Rat der Stadt berufen worden war. Er ging in seinen vielfältigen Aufgaben auf. Wie es in seinem Inneren aussah, wusste Caspar nicht wirklich. Zumindest ließ Vater es sich bis heute nie anmerken, falls er etwas in seinem Leben vermisste.

Eine Magd stellte nun eine Tasse mit dem dampfenden Getränk auf den Tisch.

Caspar blickte zu ihr. „Danke. Ich möchte jetzt Katharine sprechen. Bitte sag ihr Bescheid."

„Ja, Herr." Das Mädchen knickste respektvoll und huschte aus dem Zimmer.

„Irgendetwas ist heute anders", meinte Caspar forschend, als Katharine erschien. „Gibt es etwas, was ich wissen sollte?"

Die Haushälterin faltete die Hände vor der weißen Schürze und hob die Schultern. „Ihr Vater ist nochmals fort. Er hat anschirren lassen und ist mit der Kutsche weggefahren."

Er hatte wiederholt gewünscht, sie möge ihn mit Du ansprechen, was sie aber, seit er erwachsen war, nicht mehr tat. Caspar blickte in das nahezu faltenfreie Gesicht der älteren Frau und kräuselte die Stirn. „Hat er nicht gesagt, wohin er wollte?" Er nahm einen Schluck Kaffee und genoss den herben Geschmack.

Sie schüttelte den Kopf und hob bedrückt die Augenbrauen. „Er ist schon seit Stunden weg." Stockend sprach sie weiter. „Ein Bote kam vorbei. Was er gesagt hat, weiß ich nicht. Es muss Ihren Vater sehr aufgeregt haben, denn er wurde kreidebleich. Daraufhin ist er sofort aufgebrochen."

Das war in der Tat ungewöhnlich und steigerte das Gefühl der Unruhe. „Es wird doch hoffentlich niemand aus der Verwandtschaft gestorben sein!"

„Ich denke, das hätte er sicher erzählt. Als Ihre Tante heimging, hat er sofort alle gerufen, um es bekannt zu geben."

„Stimmt. Das war letzten Sommer." Nachdenklich stellte Caspar die Tasse ab und legte die Hand ans Kinn. „Hier in der Stadt muss er keine Kutsche benutzen", konstatierte er. „Ob er wohl irgendwo weiter weg gebraucht wurde ...?"

„Er hat kein Wort gesagt. Fast hatte ich Angst um ihn ..." Sie schluckte und senkte die Stimme. „Er trug den gleichen Gesichtsausdruck wie damals, als Ihre Mutter und das Kind gestorben sind."

Caspar wich die Farbe aus dem Gesicht. „Glaubst du, dass er zur Zeche gefahren ist?"

„Ich weiß es nicht." Die Haushälterin rieb sich über die kräftigen Arme, als fröstele sie. „Wäre da nicht der Obersteiger zuständig, wenn sich jemand verletzt hätte?"

„Mag sein." Er betrachtete die kleine, rundliche Frau. Ihre mütterliche Art hatte ihm schon von klein auf ein Gefühl der Ruhe und Geborgenheit gegeben. Er wollte einfach nur glauben, dass nichts passiert war. „Dann hoffen wir, dass er bald zurück ist."

4

Das Essen musste über zwei Stunden warmgehalten werden, bis Matthias Vogt endlich zurückkehrte. Er wirkte verändert. Die Schultern des stattlichen Mannes waren vornübergebeugt, als er sein Haus betrat. Achtlos warf er einer Magd Gehrock und Hut zu und ließ sich mit einem tiefen Seufzer auf einen Stuhl am Esstisch fallen. Caspars Gruß erwiderte er nur mit einem Nicken. Sein Gesicht wirkte verschlossen und die fahle Gesichtsfarbe ließ Caspar nichts Gutes ahnen. Sein Vater hielt die Lippen fest aufeinandergepresst, sodass sie blutleer wirkten.

Die Dienerschaft tischte auf, doch Vogt stocherte nur in den Mairüben herum und ließ die Hälfte des Lammrückens, den er sonst gerne aß, auf seinem Teller liegen.

„Vater, was ist passiert?", fragte Caspar in das Schweigen. „Wo bist du gewesen?"

Es dauerte eine gefühlte Ewigkeit, bis Vogt sich auf den schweren Tisch abstützend äußerte. „Es gab ein Grubenunglück", stammelte er und endlich hob er den Blick, um Caspar in die Augen zu sehen. Vaters Augen ähnelten dem Schiefer, den man seit Jahrhunderten Meilen entfernt bei Gladenbach aus dem Berg holte. Trotzdem hatte Caspar das Gefühl, er sehe durch ihn hindurch.

„Ist jemand verletzt worden?"

Schwer hob und senkte sich die Brust von Vogt. Er sah müde und angeschlagen aus. Innerhalb weniger Stunden war aus dem kraftstrotzenden Vater ein alter Mann geworden. Seine Perücke war verrutscht und zeigte blondes schütteres Haar, das ihm fast bis auf die Schultern reichte. „In einem Schacht gab es einen Einsturz. Im ersten Moment vermutete man nur einen Bergschlag, was sich aber nicht bestätigt hat. Ein junger Bergmann ist von herabfallendem Gestein erschlagen worden." Vogt fuhr sich mit der Hand über die Stirn, als müsse er den Staub der Grube abwischen. „Die Kumpel haben ihn erst Stunden später bergen können."

Furcht und Enttäuschung machten sich in Caspar breit. In seinem Kopf drehten sich die Gedanken wie in einem Karussell und er fühlte sich plötzlich furchtbar egoistisch. Es war ein tragisches Unglück geschehen, doch in ihm pochte nur der Gedanke, dass er nun wahrscheinlich wieder nicht das aussprechen konnte, was ihm auf der Seele brannte. Sein Mitgefühl galt den bedrückten Menschen, doch er musste trotzdem endlich Gewissheit haben, wie seine Zukunft aussehen würde.

Thea, die Magd der Vogts, brachte einen Krug Wein und zwei Gläser. Entgegen der Gewohnheit nahm Vogt ihr den Krug ab. „Ich mach das selbst", erklärte er und goss beide Gläser voll. „Du kannst gehen."

Als sich die Tür hinter ihr schloss, meinte Caspar mit matter Stimme: „Das hat die Bergleute bestimmt mitgenommen." Er konnte sich nur vage ausmalen, was solch ein Unglück mit den Männern machte. Tag für Tag stiegen sie in den schwarzen Schlund unter der Erde, in die Grube *Neuer Muth.* Mühevoll brachen Bergmänner seit über zweihundertfünfzig Jahren Kupfer aus den Felswänden und ihre Rüböl-Lampen hatten keine besondere Leuchtkraft, was es ihnen noch schwerer machte. Er konnte noch nicht mal erahnen, wie es sich bei nahezu ständiger Dunkelheit arbeiten ließ. „Weiß man schon, wie es passiert ist?"

Vogt hob leicht die Schultern. „Du weißt, jede Schicht ist riskant. Die Grubenlampe ist gefährlich. Es braucht noch nicht mal eine Unachtsamkeit, um eine Explosion anzustacheln." Er seufzte. „Aber sei gewiss: Das Unglück wird genau untersucht."

„Wer hat die Familie benachrichtigt? Der Obersteiger?"

„Ja. Aber er ist doch noch ein junger Kerl, wie der tote Kumpel.

Deshalb habe ich ihn nach Oberscheld zur Familie begleitet. Der Tote hatte bereits Frau und Kinder."

Caspar wollte sich nicht vorstellen, wie es jetzt in der Trauerfamilie zuging. Die junge Witwe – womöglich noch schwanger – und ihre Kinder würden es in Zukunft nicht leicht haben. Da konnte man nur hoffen, dass die Verwandten sie unterstützten.

Von draußen drangen Geräusche von Pferdefuhrwerken und Rufe der Kutscher herauf. Bestimmt kamen in der *Krone* neue Gäste an oder es war wieder eine der Postkutschen, die regelmäßig hier einen Zwischenaufenthalt einlegten. Zahlreiche Pferde und Gespanne konnten in den Stallungen des Gasthauses versorgt werden, was es Reisenden leichter machte, bei der Durchreise in Dillenburg Station zu machen. Jedes Ross wurde gleich mit einem mit Hafer gefüllten Futtersack und Wasser versorgt.

Im Haus war es still. Auch Caspar und sein Vater schwiegen. Vogt hatte bereits das zweite Glas Wein geleert, während Caspar noch immer am ersten nippte. Sein Vater schien nun entspannter zu sein. Trotzdem zögerte Caspar, das Gespräch auf sein Anliegen zu lenken.

Plötzlich richtete sich sein Vater auf. „Was wolltest du eigentlich mit mir besprechen? Gestern schien es dir wichtig zu sein."

Irritiert vom plötzlichen Themenwechsel starrte Caspar ihm ins Gesicht. Die buschigen Augenbrauen waren in die Höhe geschnellt und bewachten seine Augen, die jetzt in der Abenddämmerung fast wie die einer Stallkatze leuchteten. Vaters Blässe war einer Rötung gewichen.

Caspar nickte und atmete tief ein. „Nun, Vater, du hast mich bereits öfters ermutigt, an meine Zukunft zu denken", begann er beherzt. „Ich bin jetzt fünfundzwanzig und glaube, das ist ein gutes Alter."

Ein Ausdruck des Erstaunens wandelte sich in ein flüchtiges Lächeln. „Dem kann ich nur zustimmen“, erwiderte Vogt und rückte sein Jabot zurecht.

Es ermutigte Caspar weiterzusprechen. „Vater, ich denke darüber nach, mich zu vermählen.“

Vogt drückte den Rücken durch und musterte ihn voller Stolz. „Das freut mich. Wie ich dich kenne, hast du schon eine Idee, stimmt's? Wie heißt die Auserwählte?“

„Philippa Schwarz.“

Nach einem Augenblick der Verwunderung zog sein Vater eine Braue hoch. „Schwarz? Wer soll das sein?“

„Sie wohnt bei den Hohensteins. Du bist ihr bestimmt dort schon mal begegnet.“

Caspar war die Wirkung des Namens nicht entgangen. Sein Vater zog düster die Augenbrauen zusammen. „Sie *wohnt* bei den Hohensteins? Ich will hoffen, du weißt, was sich gehört.“

Seine Stimme wirkte ruhig, aber Caspar kannte ihn gut genug, um zu wissen, dass es unter der Oberfläche brodelte. Bedrohlich brodelte!

Unwillkürlich sprang er auf. „Sie ist eine achtbare junge Frau. Ihre Aufgaben im Hause der Hohensteins sind –“

Weiter kam er nicht. „Aufgaben?? Willst du damit sagen, sie ist eine Dienstmagd?“ Wie durch eine Wolke drangen die Worte zu ihm durch. An der Schläfe seines Vaters pochte eine Ader. „Seit wann geben wir uns mit Gesinde ab?!“

Caspar sah ihn entsetzt an. „Ihre Eltern sind aufrechte Leute.“

„So?“ Er hob die Augenbrauen. „Also mittelos.“

Er ignorierte seinen Spott. „Mich hat unsere Haushälterin aufgezogen wie einen eigenen Sohn. Damals kam sie dir wohl grade recht.“

„Das ist etwas völlig anderes!“

Caspars Herz begann zu rasen. Wie konnte es ihm gelingen,

seinen Vater zu überzeugen, dass Philippa einen lauteren Charakter besaß? Zurückhaltend und voller Liebenswürdigkeit, gepaart mit einem anziehenden Lächeln. „Ich bitte dich zu bedenken, dass sie sogar die Kinder der Hohensteins beaufsichtigen darf, was den Aufgaben einer Kinderfrau gleicht."

Sein Vater senkte beschwörend die Stimme: „Sie ist wie alle anderen. Will Ansehen und Geld. Glaub mir, darauf ist sie aus."

„Bitte", bemühte sich Caspar, und bemerkte, wie seine sonst beherrschte tiefe Stimme vor Aufregung krächzte, „lass mich doch erklären." Nur am Rande nahm er wahr, dass sein Vater ebenfalls aufgestanden war, das Glas ergriff und die Neige hinunterkippte. Verzweiflung überkam Caspar. „Sie ist die erste Frau, die mein Herz berührt und zugleich alle Werte und Fähigkeiten verkörpert, die ich mir für eine gemeinsame Zukunft wünsche!"

„Caspar! Sieh doch mal, was du schon alles hast." Gönnerhaft breitete er die Arme aus. „Das hier wirst du einmal alles erben. Mein Haus, mein Bergwerk, mein Geld. Und meinen angesehenen Namen. Was willst du denn noch?"

„Philippa heiraten. Sie für immer lieben."

Vogt seufzte tief. „Liebe bedeutet manchmal zu verzichten. Um ihretwillen und um deinetwillen."

Caspar glaubte sich verhört zu haben. Warum war sein Vater nur so starrköpfig? Er trat einen Schritt näher an ihn heran. In seinem Kopf begann es zu rauschen. Er rang nach Atem und versuchte, seine Stimme möglichst unbefangen klingen zu lassen.

„Philippa ist eine Dienstmagd, ja. Aber was sagt das über sie aus? Ist sie deshalb eine Frau zweiter Klasse? Die Familie von Hohenstein ist voll des Lobes, sie vertrauen ihr und sie haben sie mit weiteren Aufgaben betraut. Sie darf sogar die Kinder, fünf an der Zahl, anleiten. Ich bin überzeugt, sie wird eines Tages eine vorbildliche Mutter abgeben."

„So weit denkst du bereits?“, höhnte sein Vater, dass es Caspar die Röte ins Gesicht trieb. „Ich glaube, deine jugendlichen Triebe reden dir etwas ein, das du nüchtern und bei Verstand betrachtet als Hirngespinste abtun wirst. Für deine Bedürfnisse wird es auch einen anderen Weg geben.“

Was meinte er damit? Er musste es doch besser wissen. Wie konnte er jetzt, da er mit Geld und Ansehen gesegnet war, als Besitzer einer Grube und als Ratsherr an Einfluss gewonnen hatte, sich über andere erheben? Wenn Vaters Eltern hören könnten, was ihr Sohn laut aussprach, würden sie sich im Grabe umdrehen. Wer gab ihm das Recht, sich dermaßen über andere emporzuheben? Hochmut hatte noch nie zu etwas getaugt!

In Caspar grollte und rumorte es. In Gedanken schickte er ein Bittgebet zu Gott. Er bat um Frieden für das Gespräch. Hoffentlich meinte sein Vater das nicht wirklich ernst. In der Heiligen Schrift gab es Beispiele, was Großtuerei mit den Menschen machte. Wie etwa König Nebukadnezar, der seinen Stolz über den Bau von Babel als seine Stärke und seine Macht demonstrierte. Obwohl er gewarnt wurde, blieb er uneinsichtig. Gott zeigte ihm auf, dass allein *er* Allmacht besaß und verwirrte den Geist Nebukadnezars. Wie ernst waren diese biblischen Worte.

Am liebsten hätte er seinem Vater dies alles auch noch an den Kopf geworfen. Doch was würde das bewirken? Würde er sich nicht selbst über seinen Vater stellen? Für den Moment hätte er sich Luft verschafft, aber er musste und wollte weiter mit ihm zusammenleben. Warum durfte er sein Herz nicht einer jungen Frau schenken, für die er mehr als nur Sympathie empfand?

„Und was hältst du für mich als angemessen?“, presste er schließlich hervor. „Doch nicht eine der Schäfer-Töchter?!“ Ein bitterer Zug umspielte seinen Mund. „Warum hast du aus Liebe heiraten dürfen und ich nicht? Oder war es damals doch Berechnung?“

„Du unterstellst mir Kalkül?!“ Sein Vater starrte ihn entsetzt an und seine Augen schienen sich zu verdunkeln. „Was erlaubst du dir!“

Was machte gesellschaftlicher Aufstieg aus den Menschen? Aus seinem Vater? Veränderte die Wahl zum Ratsherrn einen Menschen dermaßen, dass er Herkunft und Liebe vergaß? „Die Frage ist doch berechtigt, oder? Du hast dich einen Dreck darum geschert, was deine oder ihre Eltern dachten“, rief Caspar außer sich und seine Stimme füllte mit einem Mal den Raum, wie ein Schatten, den die Sonne an die Wand schlug, „und hast Mutter geheiratet. Ich sehe nicht ein, dass für mich andere Maßstäbe gelten sollen!“

„Oh doch! Bei dir bedeutet es den Verlust unseres Einflusses.“ Vogt starrte ihn wie ein wild gewordener Stier an und stemmte die Hände in die Hüfte. Nur ein Augenlid zuckte nervös. „Was Gott verhüten möge!“

Caspar schauderte und verschränkte die Arme vor der Brust. „Ich achte deine Lebensleistung und was du erreicht hast, Vater“, mit Mühe hielt er seine Stimme im Zaum, „aber ich glaube, mit dem Überstülpen der Perücke hat sich dein Denken verändert.“

„Du redest dummes Zeug! Ich bin einzig an deinem Wohl interessiert“, wies er ihn zurecht.

Caspar schüttelte den Kopf. „Ich habe längst mitbekommen, dass du mich verkuppeln willst. Aber ich mag Schäfer nicht. Und seine Töchter auch nicht.“

Vogt beugte sich zum Tisch, griff völlig ungerührt nach der Karaffe, um sich nachzuschenken, und nahm einen großen Schluck. Seine Stimme klang plötzlich süffisant. „Ratsherr Schäfers Töchter sind bestens erzogen und können sich in jeder Gesellschaft formgewandt bewegen. Sie sehen reizend aus, finde ich.“

„Reizend? Der Gedanke an *sie* reizt mich. Leider nicht in der

Art, wie du und Schäfer es sich vorstellen. Ihr Getue empört mich zuhöchst." Caspar lachte trocken auf. Ihm war, als hätte mit einem Mal der Disput alle Geräusche im Haus verschluckt. Nur der Bratengeruch hing immer noch im Zimmer. In Caspar breiteten sich Gefühle von Enttäuschung und Zweifel aus. Die Wünsche seines Vaters ließen ihn fürchten. Wahrscheinlich würde er alles tun, um eine Verbindung zu verhindern.

„Warum willst du mich quälen?"

„Will ich nicht. Ich möchte nur die Frau meines Herzens an meiner Seite wissen."

Vogt blies verächtlich Luft aus. „Ich könnte dich enterben."

Caspar hob das Kinn und wagte einen letzten Versuch. „Philippa kann sogar lesen und schreiben!"

„Was kümmert es mich!", schleuderte Vogt ihm entgegen. „Du müsstest wissen, dass es nichts Bedauernswerteres gibt, als jetzt, wo ich es geschafft habe, unter Stand zu heiraten!"

„Bedauernswert?" Fassungslos starrte Caspar auf seinen Vater und in seinen Kopf hämmerte es immerzu. „Philippa hat einen tadellosen Leumund und etwas, was viele nicht besitzen: Herzensbildung!"

„Woher willst du das wissen?", herrschte er ihn an. „Wenn das Geld stimmt, passt auch die Liebe."

Die Worte stachen in seine Seele. Er biss die Zähne aufeinander. Doch anstatt erschüttert zu schweigen, ging er zum Gegenangriff über. Caspar zeigte aufs Fenster. „Die Töchter des Wollwebermeisters haben auf jeden Fall kein Herz. Hast du nicht gesehen, wie letztens eine von ihnen nach einem bettelnden Weib getreten hat? Wir standen doch ganz in der Nähe, als sie vorbeigingen." Er verschränkte die Arme und funkelte ihn konsterniert an. „Sollte wohl lustig sein. Und anstatt Ekel über solch ein Benehmen zu empfinden, haben die Schwestern sich belacht. Nein, Vater, nicht mit mir!"

Vogt machte eine Handbewegung und verzerrte seinen Mund, als lache er. „Sie haben sich doch nur einen Scherz erlaubt."

„Nein! Armut ist nicht zum Lachen. Und schon gar nicht zum Auslachen!"

Die Luft schien zu knistern. Caspar versuchte es mit einem neuen Ansatz: „Bei Philippa fühle ich mich zu Hause. Ohne sie bin ich wie ein Soldat ohne Heimat."

Vogt stand in der guten Stube mit den zu Fäusten geballten Händen auf dem Rücken und starrte durch das Fenster. Sein Blick wanderte durch den Vorgarten, in dem die Obstbäume in voller Blüte standen.

Caspars Augen folgten seinem Blick. Sie blieben am Haus Stremmel hängen, das mit seinen drei Stockwerken und umgeben von Scheunen auf der anderen Seite des leicht ansteigenden Hüttenplatzes stand. Im unteren Stockwerk befand sich eine Gastwirtschaft und daneben das dazugehörige Gesindehaus. Kinder und Betrunkene rutschten mehr oder weniger freiwillig gleichermaßen bei Frostwetter das Gefälle herunter.

Ihm lag nichts an den geselligen Runden in der Gastwirtschaft. Vielleicht auch, weil er beim Blick aus dem Fenster manche sonst braven Kumpel in unliebsamen Situationen erblicken musste, die ihn abschreckten, weil sie kein Maß kannten. Mal benahmen sie sich unsittlich oder prügelten sich wegen nichts. Immer waren zu viel Wein und Bier der Grund dafür.

Jetzt schüttelte Caspars Vater erneut vehement den Kopf. „Nein, ich kann es nicht erlauben. Meinen Segen bekommst du nicht", grollte er und wurde so laut, dass es sicher jeder im Haus mitbekam, „und keinen einzigen Dukaten. Sie ist keine passende Frau für dich!"

„Vater, in diesem Fall werde ich mich gegen dich entscheiden." Caspar wunderte sich über seinen Mut, als er laut und bestimmt fortfuhr: „Selbst wenn du mir alles verweigerst: Ich werde Philippa einen Antrag machen.“

„Das wirst du nicht!“, wetterte Ratsherr Vogt, drehte sich um und hob die Faust. „Ich lass mir von dir nicht meinen Einfluss kaputtmachen! Man wird mich auslachen: Eine Magd als Schwiegertochter!“

Wie gern würde er den Segen seines Vaters erhalten, denn nach der Hochzeit würden sie hier mit ihm unter einem Dach leben müssen. Die Ablehnung seines Vaters würde zu unerträglichen Spannungen führen, vielleicht sogar seine Ehe gefährden.

Caspar hinterfragte sich: War sein Wunsch tatsächlich auch der Wille Gottes? Selbst in der Bibel wurden junge Frauen und Männer gefragt, ob sie mit den von den Eltern vorgeschlagenen Ehen einverstanden waren. Hatte also nicht Gott selbst die Zuneigung zweier Liebender gestiftet?

Caspar flehte schon lange um Gewissheit darüber. Oder sollte er den Rat des Pfarrers einholen? Trotz allem – mit jedem Tag wuchs die Gewissheit, dass sie die Richtige war, tiefer in ihm. Entgegen mancher jungen Frau aus Patrizierfamilien war Philippa gottesfürchtig, fröhlich und warmherzig, sie wusste mit den täglichen Pflichten umzugehen und zeigte eine liebevolle Seite zu Kindern. Alleine das machte ihn noch sicherer.

Er merkte: Etwas in ihm war in diesen Minuten geweckt worden und er würde sich, egal was kommen würde, immer für Philippa Schwarz entscheiden. Selbst wenn sein Vater ihn aus dem Haus warf oder womöglich enterbte!

*

Der holprige Pfad, den Philippa am nächsten Morgen zum Brunnen nahm, war von einem nächtlichen Regenguss aufgeweicht worden. Er führte direkt unterhalb der Stadtkirche zum Oberen

Steinweg. Von dort war es nicht weit bis zum Obertor. In den letzten Tagen hatte sie schlecht geschlafen. Immer wieder gingen ihr die Bilder von dem Überfall durch den Kopf. Was blieb, waren ein mulmiges Gefühl und der Stolz über Caspars mutiges Benehmen.

Sie war ziemlich spät dran und rannte mehr als dass sie ging. Deshalb bemerkte sie die Baumwurzel zu spät, die aus der Erde ragte, und geriet ins Straucheln. Die beiden Wassereimer blieben ohne Dellen, als sie fiel, aber ihre Schuhe und ihr Kleid litten erbarmungslos. Glücklicherweise war sie nicht auf Pferdeäpfel gestürzt. Ohne sich um die Flecken und den Riss im Rock zu kümmern, eilte sie zum Obertorbrunnen, der jedoch leider von zwei sich lautstark unterhaltenden Mägden belegt war. Offenbar hatten sie alle Zeit der Welt.

Philippa stellte die Eimer hin und prüfte gründlich ihr Kleid. Wenn der Schlamm getrocknet war, würde sie den Rock ausbürsten und die Flecken am Ärmel mit Gallseife und Wasser behandeln müssen. Sie seufzte. Dazu der entsetzliche Riss! Im Nähen war sie alles andere als eine Leuchte. Wie sie jetzt aussah, würde sie weder Hiltgunt noch der Herrin unter die Augen kommen dürfen.

„Gott zum Gruße, Philippa!"

Die markante Stimme riss sie aus ihren Gedanken. Sie drehte sich um und blickte in ein lächelndes Gesicht.

„Caspar!" Ihr Herz begann zu tanzen. Das Glücksgefühl, ihn unvermutet zu sehen, war unbändig. Im gleichen Moment schämte sie sich, wie sie auf ihn wirken musste. Nach einer Schrecksekunde besann sie sich aber. Was scherte sie ihre Aufmachung! „Ich war wohl etwas zu schnell. Schau mal, wie ich aussehe." Sie lächelte befangen und zeigte auf ihren desolaten Rock. „Und das am frühen Morgen."

Er schmunzelte. „Du kriegst das wieder hin."

Beide lachten. „Du bist vor der Zeit unterwegs", stellte sie fest.

Gewöhnlich war um diese Zeit noch kein Ratsherr auf der Straße zu sehen. Sie warf einen prüfenden Blick über die Schulter, um zu sehen, ob die beiden Mägde noch immer den Brunnen besetzten. Es war so und sie drehte sich wieder zu ihm.

„Mein Studentenleben ist schon lange vorbei. Jetzt habe ich viel zu tun."

„War es so, wie die Leute erzählen? Wenig studieren, viel rauchen und zur Belustigung auf der Laute spielen?", neckte sie.

„Und wenn der Geldbrief von zu Haus kam, den Boten noch mit ‚Tritt ein, Erwählter' begrüßen?", ergänzte er aufgekratzt.

Irgendwie passte zu Caspar keine Bequemlichkeit. Sie warf ihm einen amüsierten Blick zu. „Ja, die schönste Zeit geht mal zu Ende. Jetzt musst du arbeiten, du Armer."

„Was ich gerne tue", plauderte er und deutete hinter sich, Richtung Rathaus. „Ich möchte noch ein paar Vorbereitungen treffen, bevor alle da sind, weil es heute mehrere Verhandlungen gibt." Er beugte sich etwas vor und sie konnte sein herbes Parfüm riechen. Seine Augen schienen sie zu liebkosen. „Und wie geht es dir?"

„Gut. Aber ich muss mich beeilen. Ein Geigenlehrer hat sich für heute Nachmittag angekündigt, bis dahin soll das Haus glänzen. Melusine wird Unterricht bekommen. Ich freue mich so für sie." Sie liebte es, wenn die Hohensteins Hausmusik machten. Das war mehr, als sie je für sich erhofft hatte.

Caspar wurde nachdenklich. „Ich hätte als Kind die Möglichkeit gehabt, ein Instrument zu erlernen, aber nicht gewollt. Jetzt bedauere ich es."

Die beiden Mägde verließen – jetzt tuschelnd – den Brunnen. Philippa griff nach den Eimern. „Der Brunnen ist frei", entschuldigte sie sich und blinzelte ihn mit klopfendem Herzen an. Mit jeder Begegnung fügte sich ein Mosaikstein nach dem anderen zu einem einzigartigen Bild, das ihre gemeinsame Zukunft zeigte.

Nachts träumte sie von roten Haaren und tiefliegenden, liebevollen Augen. Trotzdem mahnte eine innere Stimme, sich nicht in etwas zu verrennen und legte sich wie ein schwerer Getreidesack auf ihre Seele, aber sie wollte sich nicht für ihre Gefühle schämen.

„Wann sehen wir uns wieder?", fragte Caspar und berührte sie wie zufällig an der Hand. „Übermorgen? Würde dir eine Ausfahrt mit der Kutsche gefallen?"

„Wir zwei alleine?" Sie prustete los. Das war zu gewagt. „Du fantasierst."

„Stimmt." Es klang nicht enttäuscht. „Dann eben am Untertor. So gegen sieben?"

Philippa nickte und zwinkerte ihm zu. „Nur bitte nicht mehr am Wicktor."

Das Herzklopfen, das die Verabredung am Untertor ausgelöst hatte, wich einem flauen Gefühl, als Philippa bald darauf einen Brief erhielt. Seit sie hier in Dillenburg lebte, hatte sie nur selten einen bekommen, und der letzte war von ihrem Vater, in dem er vom Tod ihrer Großmutter erzählt hatte. Vielleicht waren es ja heute ein paar nette Worte von zu Hause. Während sie den Bogen auseinanderfaltete, erkannte sie die Schrift ihrer Mutter. Sie berichtete von ihrer Sorge um ihre jüngere Schwester Alma:

„... und ich fürchte um ihr Leben, das durch Auszehrung bedroht ist. Falls Du sie nochmals lebend sehen möchtest, bitte ich Dich, baldigst nach Hause zu kommen ..."

War ihre Schwester dem Hungertod nahe? Oder hatte sie Tuberkulose? Alma war ein zierliches Mädchen, das gerne singend über den Hof hüpfte und die tägliche Arbeit ohne Murren tat. Sie war wie der Sonnenschein für ihre Familie. Dass ihr Leben in Gefahr war, zerschnitt Philippa das Herz. Hier konnte nur noch Gott helfen. Würde sich der Allmächtige herabneigen und ihre Bitten erhören? Wenn Alma starb, würde es ihnen allen das Herz zerreißen. Außerdem hätte Mutter keine Hilfe mehr. Die Arbeit war unmöglich alleine zu schaffen. Das wiederum bedeutete, dass auch Philippas Dienst in Gefahr und eine endgültige Heimkehr unumgänglich war. Was würde dann aus ihren Träumen? Aus Caspar und ihr? Solche Bilder schossen Philippa durch den Kopf, während ihr heiße Tränen die Wangen hinunterliefen.

Sofort eilte sie zu ihrer Herrin und bat um Erlaubnis, sich freizunehmen. Diese zeigte Verständnis, äußerte jedoch Bedenken, ob Philippa den fast dreistündigen Weg zu Fuß bewältigen konnte.

„Es wäre gut, wenn dich jemand begleitet. Eine junge Frau wie du, die alleine unterwegs ist, fordert Bösewichte geradezu heraus."

Sie hatte recht, auch wenn Philippa der Gedanke an eine Anstandsdame albern vorkam. Ein großer Teil der Strecke führte entlang der Alten Rheinstraße, die schon seit dem Mittelalter als Handelsweg Dillenburg mit den Städten am Rhein verband, dann wieder durch Wälder und unwegsames Gelände. Reisen, ob zu Fuß, Pferd oder Kutsche war immer gefährlich und Überfälle alltäglich.

„Die Schwester einer Freundin, Kunn, könnte mich begleiten", hoffte Philippa, „und vielleicht nimmt uns ja noch jemand auf seinem Karren mit." Für eine Kutschfahrt fehlte ihr das Geld. Sie seufzte und verflocht die Hände ineinander. „Ich fürchte nur, dass sie nicht mitkommen kann."

„Das werden wir sehen. Grete kann ich leider nicht entbehren, sonst würde ich sie mitschicken und du bräuchtest dir keine Begleitung suchen." Der Herrin Gesicht zeigte Mitgefühl. „Bevor du aufbrichst, brauche ich dich allerdings noch, um mich zum Hutladen zu begleiten. Ich habe zwei Modelle bestellt und muss heute zur Anprobe."

Philippa nickte und ihr Herz blieb beschwert. Der Schmerz

über die kranke Schwester stach in ihr. Ob sie es rechtzeitig nach Hause schaffen würde? Kunns strenge Herrin würde bestimmt verhindern, dass sie mitdurfte. Sie war bestimmt darüber unterrichtet, dass Kunn Elsas Schwester war. Das machte die Sache nicht leichter.

Wenig später betraten sie den kleinen Hutladen im Oberen Steinweg, der Atelier und Laden in sich vereinte. Die Hutmacherin war noch im Gespräch mit einem Kunden. Als er sich umdrehte, stockte Philippa der Atem. Caspar!

Er schien freudig überrascht, unterdrückte aber eine Bemerkung, um formvollendet zuerst die Herrin, dann Philippa zu grüßen.

„Der Herr Gerichtsschreiber“, freute sich die Herrin und verwickelte ihn in eine kurze Unterhaltung, bevor er mit einer Hutschachtel unterm Arm, einem Lächeln auf den Lippen und einer Verbeugung den Laden verließ.

Philippa hatte keine Augen für die geschickte Maßarbeit der Hutmacherin und die Begeisterung der Herrin, sondern blieb gedankenverloren im Hintergrund. Bevor die Herrin die Anprobe eines Strohhutes mit einer Auswahl von Bändern und Tüll erörterte, drehte sie sich plötzlich zu Philippa um.

„Der Herr Geschichtsschreiber kann noch nicht weit sein. Lauf ihm nach und bitte ihn zu mir. Ich muss dringend etwas mit ihm besprechen.“

Wie sollte sie das denn verstehen? Was wollte die Herrin von ihm? Philippa schaute offenbar derart verwirrt drein, dass die Herrin ihren Befehl wiederholte und sie mit einer Handbewegung rausscheuchte. Tatsächlich holte Philippa Caspar noch vor der *Krone* ein.

„Meine Herrin möchte mit dir reden“, sagte sie etwas außer

Atem und blieb stehen. „Würdest du bitte noch mal zurückkommen, Caspar?"

„Frau von Hohenstein? Gern." Verwundert warf er einen kurzen Blick in die Hutschachtel, schien zufrieden und kehrte mit ihr um. „Ich dachte schon, ich hätte was vergessen", entschuldigte er sich. „Weißt du, was sie möchte?"

„Nein." Philippa versuchte, ihren Schritt seinem anzupassen. „Sie hat aber nicht gesagt, dass wir rennen sollen."

Er lachte laut auf, verlangsamte das Tempo und sah sie von der Seite an. „Du meinst, wir dürfen unseren Spaziergang genießen?"

Sie nickte beschwingt. Es war ein beglückendes Gefühl mit ihm an der Seite, ohne sich um ihren Ruf fürchten zu müssen oder um andere Leute zu scheren. Auch nicht um den neugierig schauenden Ratsherrn, der ihnen begegnete und vor dem Caspar grüßend den Hut lüftete. Dann aber kam Philippa ein erschreckender Gedanke: „Caspar, warte mal kurz – denkst du, sie hat was von uns erfahren?"

Ihre Frage schien ihn zu amüsieren. „Bestimmt nicht. Ich kann mir nicht vorstellen, dass sie mich in einem Hutgeschäft dazu befragen würde."

Sybilla von Hohensteins kunstvoll gebrannter Lockenkopf, jetzt verborgen unter einem breitkrempigen, noch ungeschmückten Wollfilz, fuhr herum, als sie in den Laden eintraten. Ohne lange Vorrede bat sie Caspar um seine Unterstützung für Philippas Heimkehr. Philippa wusste nicht, wie ihr geschah. Innerhalb weniger Minuten schaffte es die Herrin, Caspar samt seiner Kutsche für die Reise zu verpflichten und mit einem Umweg über Herborn auf den Westerwald zu fahren. Dass Kunn Philippa begleiten könnte, dafür wollte sie gleich noch einen Boten mit einer entsprechenden Depesche an die Frau des Schneidermeisters schicken, bei dem sie in Diensten stand.

Philippa bedankte sich aus vollem Herzen. Das war mehr als sie je erhofft hatte, obwohl sie wusste, dass die Frau des Magisters ihr von Beginn ihrer Arbeit im Haus an wohlgesinnt gewesen war. Zurück auf dem Kirchberg seufzte die Herrin. „Es gibt allerdings eine Bedingung, dass du frei bekommst!"

Philippas Mut sank. Warum jetzt noch eine Einschränkung?

„Wir erwarten in drei Tagen hochrangige Gäste. Da wirst du hier dringend gebraucht. Ich will, dass du bis dahin zurück bist. Das musst du mir hoch und heilig versprechen!"

Philippa knickste, unsicher, was sie davon halten sollte. „Ja, sehr wohl, gnädige Frau." Sie rang mit sich. War es unverschämt, noch eine weitere Bitte zu äußern? Obwohl dieser Gedanke Schuldgefühle bei ihr hervorrief, frage sie: „Dürfte vielleicht Kunn meine Mutter noch zwei, drei Tage länger unterstützen, falls es notwendig ist?"

Der Herrin erstaunter Blick blieb auf ihr liegen. Sie schien mit sich zu ringen, bevor sie tief Luft holte und nachsichtig nickte. „Ich werde es im Brief erwähnen." Wie angekündigt betraute sie unverzüglich einen Boten, die Depesche zu überbringen.

Am nächsten Morgen stieg Philippa zu Caspar auf den Zweispänner, den er selbst lenkte. Der Boden war trocken und die Wolken am Himmel sahen nicht nach Regen aus. Sie verließen die Stadt durchs Untertor und mit einem Mal fühlte sich Philippa trotz der Sorge, was sie in Breitscheid erwartete, frei wie ein Vogel. Für die gut halbstündige Wegstrecke bis Burg, wohin Kunn ihnen hoffentlich entgegengegangen war und zusteigen würde, waren sie allein, und das mit der Zustimmung der Herrin. Geschenkte gemeinsame Zeit!

Philippa genoss den Fahrtwind im Gesicht und schloss die Augen. Sie fühlte sich für einen Moment dem Himmel so nah. Die

Pferde liefen leichtfüßig und ihr Schnaufen verwob sich mit dem Flüstern der Natur zu einer wohltuenden Melodie, nur kurz unterbrochen von einem Fuhrwerk, das ihnen entgegenrollte. Wäre die kranke Schwester nicht, das Leben hätte nicht herrlicher sein können. Plötzlich griff Caspars Hand nach ihrer. Sie blinzelte und sah ihn von der Seite an. Er hielt beide Zügel in der anderen Hand und ein Lächeln umspielte seine Lippen.

„Was hättest du getan, wenn Frau von Hohenstein dir den Besuch zu Hause verweigert hätte?", fragte er.

Philippa zögerte. „Die Frage hat mich auch beschäftigt. Vermutlich hätte ich meine Stelle aufgegeben. Es gibt Dinge im Leben, die kann man nicht nachholen, wie etwa der Familie nahe zu sein in schweren Tagen oder eine Versöhnung zur rechten Zeit."

„Aber deine Eltern sind auf dein Einkommen angewiesen. Sie haben auch keinen Erben, der den Hof weiterführt."

Ihre beiden älteren Brüder waren bereits im Kleinkindalter verstorben. Die einzige Hilfe im Haus und auf dem Feld war die zwölfjährige Alma. „Ich weiß, trotzdem würde ich sie unterstützen, indem ich mich noch mehr einschränken würde, vielleicht Flickarbeiten für andere übernehme oder das letzte Schwein verkaufen oder …" Hoffentlich traf das alles nicht ein. Ihr bäuerliches Leben war genug von harter Arbeit und Missernten geprägt. „Wir hätten zumindest uns als Familie."

„Und was würde aus uns?"

Er meinte es ernst mit ihr. Das spürte – nein – das *wusste* sie. Die Sehnsucht nach ihm wurde fast übermächtig. „Ich bete", und das sagte sie feierlich und aus tiefstem Herzen, „dass ich mich nicht entscheiden muss."

Wenig später trafen sie Kunn an der verabredeten Stelle am Wegesrand, wo sie zustieg und sie den ansteigenden Weg Richtung Westerwald nahmen. Kunn wirkte freundlich, aber wortkarg und angespannt. Sie kam ja auch bestimmt nicht mehr oft nach Breitscheid. Von Philippa würde Kunn nicht erfahren, dass Elsa bei ihr Schutz gesucht hatte, aber sie dankte ihr für die Bereitschaft zu helfen. Natürlich würde Kunn Gelegenheit haben, ihre eigenen Eltern zu besuchen, und vielleicht half es ihnen, sich in ihre Enttäuschung über Elsa zu schicken. Nach einem kurzen, oberflächlichen Gespräch verfielen sie für den Rest der Reise in nachdenkliches Schweigen, bis auf einer Anhöhe das Dorf vor ihnen lag, eingebettet in grüne Hügel mit einem klaren Fernblick. Hier war es spürbar kühler als in Dillenburg. Bald gelangten sie zum Hof, der aus einem heruntergekommenen Haus und alten Verschlägen bestand. Caspar bestand darauf, ihre Familie kennenzulernen. Mit einem flauen Gefühl angesichts ihrer Armut bat Philippa ihn ins Haus. Sie schämte sich, doch Caspar nahm sowohl ihr als auch ihren verunsicherten und überraschten Eltern mit seiner herzlichen Art schnell die Scheu. Alma lag bleich und abgemagert in der Stube, fast zu schwach, um Philippa zu erkennen.

Während Philippa in die leere Vorratskammer starrte, hatte Caspar den Ernst der Lage erfasst und bestimmte, einen Arzt zu holen. Er drückte ihrem Vater so viel Münzen in die Hand, dass es neben Arznei auch für Brot und Gemüse vom Markt reichte. Dann machte Caspar sich wieder auf den Heimweg. Mit zerrissenem und dankbarem Herzen winkte Philippa ihm nach. Würde sie ihn wiedersehen?

Der Arzt verschrieb Pulver und Kräutermischungen, die Alma stärken sollten und empfahl täglich eine kräftige Brühe. Tatsächlich fuhr ihr Vater mit Kunn zuerst zum Apotheker und dann auf den Markt, und sie kehrten mit Arznei und einem vollen Korb zurück. Bald köchelte eine Hühnerbrühe auf dem Herd. Voller Sorge saß Philippa die meiste Zeit des Tages an Almas Bett, verabreichte ihr die Arznei, flößte ihr Brühe ein und hegte einen Hoffnungsschimmer, als ihre Schwester am zweiten Tag die Augen aufschlug und ein schwaches Lächeln zeigte. Erst jetzt traute Kunn sich, ihren Eltern einen Besuch abzustatten, von dem sie gegen Abend still und bedrückt zurückkehrte.

Am Abend saß Philippa mit ihrer Mutter in der Stube, wo ihre Mutter Flachs sponn, was sie normalerweise in den Wintermonaten tat. Wahrscheinlich war sie seit Almas Krankheit nicht mehr nachgekommen, weil alles auf ihren Schultern lastete. Flachs wurde gewöhnlich an der Scheunenwand getrocknet. Wer die Flachsbüschel verbotenerweise über den Herd hing, riskierte einen Brand. Kunn hatte sich mit einer Flickarbeit in ihre Kammer zurückgezogen, was es ihnen erlaubte, frei zu reden.

„In der Gelbermühle hat es endlich einen Stammhalter gegeben", berichtete ihre Mutter die Neuigkeiten aus dem Dorf. „Der Müller hat sich vor Freude hemmungslos betrunken und etliche Runden im Gasthaus geschmissen."

„Nach vier Mädchen", nickte Philippa, „ist das verständlich."

Ihre Mutter hob eine Braue und stimmte nur halbherzig zu. „Was aber kein Grund ist, über die Verhältnisse zu leben. Ich hörte, er musste anschreiben lassen." Sie strich sich eine stahlgraue Strähne aus dem Gesicht. „Und die Försterwitwe hat der Schlag auf dem Acker getroffen.

„Sag, die Försterin war doch noch gar nicht alt, oder?"

„Noch nicht mal fünfzig."

Nachdenklich stach Philippa die Sticknadel in das Leinentuch, das für Almas Aussteuer gedacht war.

„Ein paar Familien wollen auswandern. Einige nach Ostpreußen", wusste ihre Mutter, „wo auch immer das ist. Andere sind noch unschlüssig, wohin es gehen soll."

„Und das geht so einfach?", fragte Philippa. „Brauchen sie keine Erlaubnis der Obrigkeit?"

„Doch. Die haben sie gekriegt." Einen Moment hielt ihre Mutter inne. Dann fragte sie: „Hast du das von Elsa gehört? Sie soll schwanger gewesen und jetzt verschwunden sein. Da wird einem ja übel!"

Philippa zögerte, bevor sie die Schultern hob und schwieg. Im Dorf achtete man streng darauf, sich zu benehmen. „Was werden denn die Leute sagen?", gehörte zur ständigen Ermahnung.

„Die Petrys trauen sich gar nicht mehr auf die Straße", ließ ihre Mutter nicht locker. „Wie kann sie ihnen das nur antun!"

„Es wird so viel erzählt", meinte Philippa gedehnt und kaute auf ihrer Lippe, „aber ob das alles stimmt? Was können Eltern dafür, wenn ihre Tochter –"

„Sie bezahlen dafür", fiel ihre Mutter ihr ins Wort, bremste mit einer Hand das Schwungrad am Spinnrad und ihre Augen blickten unerbittlich „und ich hoffe, dass du uns so keine Schande machst!"

Sie nickte. Die Familie würde schief angesehen und nicht mehr gegrüßt werden, wie man es jetzt Petrys antat. In Philippas Herz brannte es. Sie nahm sich vor, sie noch vor ihrer Abreise zu besuchen. Nicht nur, um vielleicht Näheres zu erfahren, sondern vielmehr um der Familie zu zeigen, dass sie nicht von allen geächtet wurde.

Am letzten Nachmittag machte sich Philippa zu der Familie auf, ohne daheim ihr Ziel zu nennen, weil sie mit Widerstand rechnete. Spätestens, wenn sie ins Haus der Petrys einkehrte, würde es Gerede im gesamten Dorf geben. Aber bis ihre Eltern davon hörten, würde sie auf dem Rückweg nach Dillenburg sein.

Auf dem Misthaufen vorm Haus stoben die Hühner weg, als sie sich näherte, und zwei kleine Kinder in dreckigen Kitteln spielten auf der Erde. Das mussten Elsas jüngere Geschwister sein, die sie noch nicht kannte. Die Haustür stand offen. Als sie die Küche betrat, wie sie es früher fast jeden Tag gemacht hatte, stand Elsas Mutter am Tisch und spülte das Geschirr vom Mittagessen.

„Philippa?" Ihr Gesicht wirkte bestürzt und zerbrechlich wie der Ton, aus dem die Teller gefertigt waren. „Du?"

Philippa nickte und zögerte nur einen Moment, bevor sie zu ihr ging und sie in stillem Verstehen umarmte. Elsas Mutter deutete auf die Bank am Küchentisch, wo sie sich hinsetzten. Hier hatte sie früher ihrer Freundin beim Pflaumenentkernen geholfen, Äpfel für das Mus geschält, altes Brot gekaut und über ihre Streiche gelacht, obwohl sie selten gesättigt vom Tisch aufstanden.

„Was für eine Sünde!", schluchzte Elsas Mutter und barg ihr Gesicht in den Händen. „Was habe ich nur verkehrt gemacht? Mein armes, liebes Mädchen. Ich dachte, sie sei klüger. Niemand wird ihr helfen, wenn das wahr ist. Ihr Vater will sie nicht mehr sehen." Sie schniefte und fuhr sich mit der Schürze übers Gesicht. „Warum konnte sie nicht warten bis zur Ehe? Sie hatte es uns hoch und heilig gelobt, als sie nach Herborn ging. Sie war so fest in ihren Auffassungen. Wir waren so stolz auf sie. Warum hat sie dann alle Mahnungen verworfen? Ich hoffe, Kunn sieht ihre Schwester als Abschreckung."

Was konnte sie ihr Tröstendes sagen? Nichts. „Vor falschen Versprechungen ist niemand gefeit", sagte Philippa nachdenklich. „Sehnen wir uns nicht alle nach Liebe? Wahrer Zuneigung?"

„Ja, was wären wir ohne liebende Herzen."

So kannte sie Elsas Mutter. Philippa wog ihre Worte ab. „Wo hätte Elsa hingehen können? Wer hätte sie aufgenommen?"

Elsas Mutter kniff die Lippen zu einem Strich zusammen und schwieg.

Philippa kräuselte nachdenklich die Stirn. Trotz weiterer Nachfragen erfuhr sie nichts Näheres. Offenbar wussten die Petrys nicht viel mehr als sie selbst. Über den Besuch Elsas im Haus Hohenstein schwieg Philippa. Sie hatte es versprochen und daran würde auch der heutige Besuch nichts ändern. Es schien, als wolle Elsas Mutter sie gar nicht mehr gehen lassen und entließ sie nur schweren Herzens, mit Tränen der Enttäuschung, Hoffnungslosigkeit und Einsamkeit in den Augen, denn niemand wollte mit der Schande in Verbindung gebracht werden.

Am nächsten Morgen strahlte ihre Mutter sie an. „Alma hat wieder angefangen zu sprechen. Ich glaube, sie hat es geschafft."

Davon konnte sich Philippa gleich überzeugen, als sie zu ihrer Schwester in die Kammer eilte. Ihr Oberkörper war, durch Kissen im Rücken gestützt, ein wenig aufgerichtet und Almas immer noch tiefliegende, dunkel umrandete Augen zeigten einen ersten Hoffnungsschimmer, der Philippa zu Tränen rührte. Noch war es zu früh, um darüber Gewissheit zu haben, aber Almas Lebenswille schien wieder geweckt und vielleicht hatte Philippa ein klein wenig dazu beigetragen.

Das Schlimmste schien überstanden. Und dann war es auch schon an der Zeit, zu den Hohensteins zurückzukehren. Kunn durfte tatsächlich noch ein paar Tage bleiben, um ihrer Mutter zu helfen. Ihr Vater, noch immer voller Lob über Caspars großzügige Versorgung, hörte sich im Dorf nach einer Rückfahrgelegenheit um. Schon bald fuhr Philippa auf dem Karren eines Bauern bis Herborn mit und ging den Rest zu Fuß nach Dillenburg.

5

Der Sonntag begann in Dillenburg mit harmlosen Schäfchenwolken am Himmel und bis auf einige Rauchschwaden deutete nichts auf das nächtliche Drama hin, das Dillenburgs Nachbarstadt wenige Stunden zuvor heimgesucht hatte: Der „Feuerteufel“ hatte Haiger gefressen, samt Haut und Haaren, wie Enners behauptete. In der Brandnacht hatte man den blutroten Himmel weit über Dillenburg hinaus sehen können.

Tags zuvor waren wieder einige Beamte vom Schloss und Freunde der Hohensteins aus den Niederlanden zu Besuch gewesen. Die Herrin hatte alles bestens organisiert und unter Hiltgunts Aufsicht hatte es den Gästen weder an schmackhaftem Essen noch an gutem Wein gefehlt.

Philippa war am Samstagabend völlig erschöpft ins Bett gefallen und hatte tief und fest geschlafen – so tief, dass sie den Aufruhr im nächtlichen Dillenburg nicht mitbekommen hatte. Wie sie aus den aufgeregten Berichten der Hohensteins beim sonntäglichen Frühstück erfuhr, war in der Nachbarstadt in den späten Abendstunden ein Feuer ausgebrochen. Vom Haigerer Obertor sei über die Obere Mühle, den Freithof bis zum Grabentor alles abgebrannt. Etliche Menschen, die vor den Flammen geflohen waren, hatten noch nachts an den Dillenburger Stadttoren um Schutz gebettelt, der ihnen auch gewährt worden war.

„Mich würde nicht wundern, wenn die Leute unserem Fürsten auch noch das Schlosstor einrennen“, seufzte Hiltgunt, während sie mit Philippa zur Kirche ging.

„Warum sollten sie das tun?“

„Na weil sämtliche Haigerer obdachlos geworden sind, natürlich!“

Philippas Schrecken über die grausame Realität hätte nicht größer sein können. Es zerriss ihr das Herz. „Ich mag das gar nicht glauben", murmelte sie mitfühlend und sah Hiltgunt von der Seite an. Das Gesicht der Haushälterin war ungewöhnlich blass. „Die armen Menschen. Wir müssen ihnen helfen!"

„Recht hast du." Hiltgunt griff sie am Arm und zwang sie damit, stehen zu bleiben. „Aber das hier hat uns was zu sagen! Ganz Haiger ist ein Aschefeld. Verstehst du?"

Der Ton, in dem sie mit ihr sprach, sagte ihr, es sei besser zu schweigen, obwohl Philippa nicht genau verstand, worauf Hiltgunt hinauswollte. Meinte sie damit das Jüngste Gericht? Oder dass das Feuer eine Strafe Gottes gewesen sei? Sie nickte, obwohl sie Hiltgunts Meinung nicht teilte. Vielleicht brachten Fürbittengebete und die Predigt etwas Zuversicht in ihre aufgeschreckten Seelen. Das hoffte sie auch für sich selbst und dachte an Daheim. Hoffentlich wirkte die Arznei und erhielt das Leben von Alma.

Kurze Zeit später erklang die Stimme des Oberpfarrers Johann Konrad Neuendorff von der hölzernen Kanzel: „Nicht immer sehen wir in Leid, Angst, Hunger und Gefahr die sorgende Hand unseres Gottes. Doch er hat uns eine Zukunft und Leben verheißen. Ewiges Leben. Und er wird die jetzt noch verdunkelte Sonne zu unserem ewigen Leben hell machen. Amen."

Seine Stimme hallte über die schweigende Gemeinde hinauf zur dreiseitigen Empore bis zur Orgel, die erst vier Jahre zuvor die alte abgelöst hatte. Voller Stolz hantierte der Organist jetzt dreizehn Register und genoss die Bewunderung der einfachen Leute, wenn er gleichzeitig Manual und Pedal bediente.

Nachdem der Pfarrer seine Predigt beendet hatte, erhob sich die Kirchengemeinde zum Vaterunser, gleichzeitig begann der Küster, die Glocken zu läuten. Die eindringlichen Worte von Neuendorff hallten in Philippa nach. Er vertrat heute den zweiten Pfarrer

Philipp Daniel Brand, um die Notwendigkeit der Spenden für die Not leidenden Haigerer zu bekräftigen. Als Vorbild benannte er Fürstin Dorothea Johanna, die sofort die unvorstellbar große Summe von vierhundert Gulden gespendet hatte.

Philippa leierte das auswendig gelernte Gebet herunter und ließ die Gedanken schweifen. Interessant, dass die Haigerer Kirche, wenn man vom beschädigten Dach absah, fast unversehrt geblieben war. Ob der Herrgott ein wenig Erbarmen zeigte und den Leuten immerhin einen Platz zum Beten ließ?

Energisch und mit Hinweisen auf die erste Christenpflicht forderte die Geistlichkeit die Dillenburger zu Spenden für die Brandgeschädigten auf. Es hatte nicht nur unzählige Obdachlose gegeben, nein, ein paar Leute – es war sogar von einem Dutzend die Rede – waren umgekommen, obwohl Männer von der Eisenschmelze Haigerhütte mit unbändiger Kraft von außen einen Durchschlupf in die Stadtmauer gebrochen hatten, um den Verzweifelten zu helfen. Auch etliche Stück Vieh konnten auf diese Weise gerettet werden.

Wie Philippa im Nachhinein erfuhr, war der Rettungsversuch das Gespräch in der Stadt und in den Dörfern und manche Neugierige samt Kindern machten den eine Wegstunde langen Spaziergang zu dem großen Loch, durch das sie dann die verkohlten Reste der Bauten anstarrten.

Der Pfarrer hatte erzählt, dass einige Dillenburger Familien Verwandte aufgenommen hatten, vor allem die, die Haus und Vieh verloren hatten und erst mal eine Bleibe brauchten.

Philippa war froh über die vielen Menschen, die ein großes Herz hatten und trotz ihrer Knappheit die Not leidenden Familien mit Nahrung und Kleidung unterstützten. Die Grundbedürfnisse überschwemmten die Trauer, für die noch keine Zeit blieb.

Plötzlich verspürte Philippa instinktiv, dass sie beobachtet wurde. Vorsichtig hob sie den sittsam gesenkten Kopf und blinzelte unter der Haube hervor. Ihr Blick ging zwischen den Frauen vor ihr hindurch und wanderte zur Kanzel, die von einem mit geschnitzten Ornamenten ausgeschmückten Schalldeckel gekrönt war, der über dem Geistlichen thronte.

Der Oberpfarrer hielt die Augen geschlossen, während er betete. Philippas Blick ging zu den Männern, deren Bänke wie üblich seitlich vor dem Altar angeordnet waren. Es sollte wahrscheinlich verhindern, dass die Frauen ständig in ihrem Blickfeld waren und sie womöglich von der Predigt abgelenkt wurden. Die meisten Männer standen jetzt mit geschlossenen Augen und gesenkten Köpfen da, ihre Hüte vor die Brust gepresst.

Nur einer hatte offensichtlich nichts für das Gebet übrig, sondern hielt den Kopf sogar gedreht und starrte ihr geradewegs in die Augen, als ob der Teufel ihr persönlich drohte. Es war Ratsherr Vogt! Währenddessen hallte der monotone Bass des Pfarrers wie ein Singsang über die Gemeinde hinweg.

Philippa durchfuhr es wie ein Blitz, trotzdem hielt sie dem kalten Blick von Vogt stand, der wie ein Geier seine auserkorene Beute fixierte. Ihr war sofort klar, dass Caspar ihm von ihr erzählt haben musste. Aus welchem Grund taxierte er sie sonst mit einer solch unverschämten Herablassung, dass sie zu zittern begann? Erst als das Amen ausgesprochen und den Gläubigen der Segen ausgeteilt war, brachte sie es fertig, die Augen abzuwenden.

Ihr Herz hämmerte bis zum Scheitel. Sie ließ sich auf die Holzbank fallen. Nur schwer gelang es ihr, sich zu beruhigen. Es würde sie nicht wundern, wenn Caspars Vater Erkundigungen über ihre Familie eingezogen hatte: eine Bauernfamilie aus Breitscheid, die mit Schwielen an den Händen ihren Lebensunterhalt bestreiten musste und selbst gebackenes Brot aß, wie fast alle im Dorf. Leider sagte man den Dörflern auch nach, dass sie es liebten, an freien

Abenden zu saufen. Warum sonst ließ der Fürst das Läuten der Weinglocke streng beachten, die um acht Uhr abends geläutet wurde, im Winter sogar eine Stunde früher?

Philippa verließ mit Hiltgunt, der Herrin und den Kindern die Kirche und warf ihr Opfer am Ausgang in den Klingelbeutel. Grete war zu Hause geblieben, um das Mittagessen vorzubereiten und den kleinen Severin zu beaufsichtigen. Dicht gedrängt standen die Frauen auf dem kleinen Platz vor der Stadtkirche. Philippa hielt Jakob an der Hand, der neben ihr und Marie, der ältesten Tochter der Hohnsteins, gesessen hatte.

„Marie, Melusine!“, sagte ihre Herrin freundlich, aber entschieden, „geht schon mal nach Hause. Ihr könnt Grete zur Hand gehen und den Tisch decken. Nehmt Georg und Jakob mit, sie langweilen sich doch nur, während wir hier noch ein wenig plaudern.“

Während die Mädchen taten, wie ihnen geheißen, trat Philippa an die Seite. Langsam fiel die Anspannung von ihr ab und sie bemerkte, wie die Männer das Gotteshaus verließen. Caspar ging an der Seite seines Vaters und begrüßte mit ihm die Umstehenden. Diskret schweifte sein Blick über die Menge, bis er Philippa entdeckte. Ein Lächeln huschte über sein Gesicht und sie nickte verstehend.

Als sein Vater sich noch im Gespräch mit dem Bürgermeister und ein paar Räten befand, kam Caspar zu ihr und steckte ihr bei der Begrüßung ein Stück Papier zu, das sie sofort in ihrer Rocktasche verschwinden ließ. Mit einem Augenzwinkern verabschiedete er sich und schlenderte weiter.

Erst nach dem Mittagessen, als die Kinder wie gewöhnlich angehalten waren, sich ruhig zu verhalten, holte sie den Zettel hervor.

„Heute Abend um sechs im Köppelgarten. Ich warte auf dich. Caspar.“

Sie lächelte. Der Köppelgarten lag oberhalb der Marbachstraße und war von Äckern, ein paar Wiesen und einem kleinen Waldstück, dem Gründchen, geprägt. Vom Hang aus hatte man einen schönen Blick über die Stadt bis zum Waldgebiet Eberhardt und dem angrenzenden Weinberg, wo es einen Bereich mit Weinstöcken gab, der ihm den Namen gab. Manchmal ging sie dort mit den Kindern spazieren.

Offenbar mochte Caspar diesen Flecken ebenso wie sie. Ihr Herz machte einen Sprung und ihre Gedanken wanderten zurück an die Zeit, als sie sich näher kennengelernt hatten. Hin und wieder hatte sie Caspar auf dem Kirchplatz gesehen und eines Tages war er ihr auf dem Marktplatz zu Hilfe gekommen.

Ihr gefiel sofort seine sympathische Art sie anzusehen, seine blitzenden, warmen Augen und ebenso seine markanten Wangenknochen. Ihre erste Verwirrtheit, dass jemand Höhergestelltes einer Magd zu Hilfe eilte, zeigte, dass er mehr als gute Manieren besaß. Sie war nicht nur von seinem sympathischen Äußeren beeindruckt, sondern dass er sehr höflich zu ihr gewesen war, als sei sie eine Dame gewesen, der ein Missgeschick passiert war. Das hatte ihr einen winzigen Blick in sein Herz erlaubt und damit ihres gewonnen. Vom ersten Augenblick an hatte eine seltsame Verbundenheit zwischen ihnen bestanden – trotz ihrer verschiedenen Stände.

Bald hatte sie eine Vertrautheit erfasst, die sie nicht erklären konnte. Wie ein behutsames Abkommen, eine Harmonie, die ihr unerklärlich blieb und wie eine verborgene Sehnsucht von ihr Besitz nahm.

Im Laufe des Nachmittags veränderte sich der Himmel. Wolkentürme zogen auf und ließen den zunächst klaren sonnigen Tag schwül und sommerlich werden. Philippa befürchtete, dass ein heftiges Gewitter herannahen und ihre Pläne zunichtemachen würde.

Dessen ungeachtet erlaubte die Herrin ihr, einen Spaziergang zu machen. Philippa trat aus dem Haus und lief den Kirchberg herunter. Schon bald merkte sie, dass ihr ein junger Bursche folgte. Er wirkte umtriebig und etwas an seinem Verhalten mahnte sie zur Vorsicht. Wenig später erreichte sie die Marbachstraße, die von einem kleinen Bach gesäumt wurde. Sie sah sich um. Vielleicht tanzten auch einfach nur Hirngespinste in ihr, die der Blick von Bergwerksbesitzer Vogt in ihr ausgelöst hatte.

Der Junge blieb in einiger Entfernung stehen und beobachtete scheinbar den Bachlauf. Womöglich suchte er einen geeigneten Platz zum Angeln.

Außer ihr waren noch ein paar Spaziergänger unterwegs und sie grüßte freundlich. Die Frau Amtmann Tilemann hatte sich besonders elegant herausgeputzt. Sie trug einen hochmodischen, weit ausladenden Rock und auf ihrem Kopf thronte ein wahres Monstrum, breit wie ein Wagenrad und dicht mit Federn geschmückt. Die Mode, insbesondere für die Damen, war einem steten Wandel unterworfen. Für Dienstmägde wie sie galt das nicht. Manchmal träumte sie von Kleidern in bunten Farben, doch ihre Anstellung ließ es nicht im Entferntesten zu. Gewisse Farben waren nun mal höhergestellten Leuten vorbehalten. Überaus traurig machte sie das nicht, aber welche junge Frau schwärmte nicht hin und wieder von so etwas?

Sie überquerte die Straße und warf einen Blick über die Schulter. Ein paar Kinder spielten am Brunnen und sie musste lächeln. Wenn es heute nicht Sonntag wäre und sie in sauberen Kitteln und Schürzen gekleidet sein würden, säßen sie bestimmt am Rand des Marbachs und würden ihre Füße im Wasser baumeln lassen.

Über einen steilen Weg vorbei am Grabenturm erreichte sie die Lichtung. Als sie sich umsah, entdeckte sie den Jungen weiter unten. Er folgte ihr also doch! Am liebsten hätte sie ihn zur Rede gestellt. Rasch wandte sie sich ab und machte einen hastigen Schritt nach vorne, stolperte über einen dicken Stein und verfing sich mit dem Rock. Im letzten Moment konnte sie sich abfangen, aber der Stoff zerriss am Rocksaum. Wie ungeschickt von ihr! Als sie sich aufrichtete, war der Junge verschwunden. Die Straße und die Felder waren fast menschenleer, nur ein Hund streunte hinter ihr nahe der Stadtmauer mit den beiden Wehrtürmen.

Offenbar sah sie bereits Gespenster. Insgeheim schalt sie sich, dass sie einen braven Jungen verdächtigte, ihr nachzuspionieren, weil sie in Wahrheit nicht bei ihrer Verabredung beobachtet werden wollte.

Seit jenem Markttag letzten Sommer begann ihr Herz immer zu rasen, wenn sie Caspar Vogt sah. In seinen leuchtenden Augen konnte sie lesen, dass er sie mochte. Freude und Zuneigung spiegelten sich darin. Abgesehen vom Gottesdienst trafen sie sich anfänglich beim Brunnen am Viehhof oder in der Nähe des Obertors. Das war harmlos und unverfänglich, um einander besser kennenzulernen, und ihre Unterhaltungen fanden in schicklichem Abstand statt. Mit jeder Begegnung wurde ihre Verliebtheit aber größer, inniger und bald beherrschten Zukunftsträume ihre Gedanken. Inzwischen verabredeten sie sich regelmäßig. Ob ihre Treffen allerdings unter einem guten Stern standen, bezweifelte sie seit heute Vormittag stark.

Die Kirchturmuhr schlug sechs Mal. In der Ferne hörte sie ein Grollen und besorgt sah sie zum Himmel, der sich mittlerweile völlig verdunkelt hatte.

Vor ihr lag verträumt die kleine Stadt. Manchmal hatte sie Sehnsucht nach daheim, nach Breitscheid – nicht unbedingt nach den frostklirrenden Wintern, die zum Westerwald gehörten, vielmehr nach ihrer Familie, den Nachbarn und vertrauten Menschen, die sie von Jugend auf kannte. Dort lebten fast ausnahmslos einfache Leute und teilten das gleiche Schicksal: schwere körperliche Arbeit, Hunger nach Missernten, die Last der Abgabe des Zehnten und die Demut vor Gott, der über Leib und Leben, Gesundheit und Tod entschied.

Eine Hand legte sich jetzt plötzlich auf ihre Schulter. Erschrocken schrie Philippa auf.

„Psst", raunte die bekannte, geliebte Stimme von hinten ins Ohr. Sie seufzte erleichtert und drehte den Kopf. Caspar schmunzelte und nahm ihre Hand. Seine war warm und kraftvoll. Ein Rausch des Wohlbehagens erfasste sie. Sein Gesicht war ganz nah.

„Wo … wo bist du so überraschend hergekommen?", stammelte sie und Röte überzog ihre Wangen. „Es war doch niemand hier."

Er lachte leise. „Ich stand dort", er zeigte auf eine mächtige Buche am Waldrand, „und wollte dich ein wenig erschrecken."

„Das ist dir gelungen." Sie lachte. Mit großem Herzklopfen betrachtete sie sein markantes Gesicht. Als er den Kopf ein wenig neigte, entdeckte sie ein paar blonde Strähnen in seinen rotblonden Haaren. Sein fuchsiger Vollbart war gepflegt und ließ ihn noch männlicher wirken. „Du trägst keine Perücke?", fragte sie ihn neckend.

Caspar legte den Kopf schief und schaute sie amüsiert an. „Doch nicht jetzt. Du hast ja keine Ahnung, wie stark man darunter schwitzt", grinste er. Noch immer hielt er ihre Hand, die er auch nicht losließ, als sie in ihrer Nervosität versuchte, sie ihm zu entziehen. Er blieb unbeirrt ganz dicht vor ihr stehen.

Sie wich seinem intensiven, weichen Blick aus, noch immer mit erhitztem Kopf, was er mit einem Schmunzeln bemerkte.

Als sie schwieg, meinte er. „Was ist los? Du wirkst so bedrückt."

„Der Brand in Haiger … Es ist einfach schrecklich", sagte sie leise, „findest du nicht?"

Er nickte. „Heute Nacht bin ich noch bis zum Marbachtor gelaufen. Ich wollte auf den Köppel, um etwas von dem Ereignis mitzubekommen, aber die Wachen wollten das Tor nicht öffnen. Du stellst dir nicht vor, wie der ganze Himmel geglüht hat. Ich habe mir gedacht, dass es schlimm sein muss, deshalb bin ich hier oben entlang. Da vorne gibt es einen versteckten Ausgang – das wissen nur wenige. Vom Köppel hat man einen großartigen Blick nach Haiger und nach allen Seiten. Ich konnte den Feuerball sehen, der dort aufstieg. Wenig später kamen die ersten Leute zu Pferd und zu Fuß durchs Obertor, das man endlich geöffnet hatte. Auch Alte und Kinder waren darunter. Ein paar hatten sogar Vieh dabei – Ziegen und Schweine, dazu ein paar Habseligkeiten … Was sie halt noch so in Sicherheit bringen konnten."

Offensichtlich beschäftigte ihn die Katastrophe von Haiger genauso wie sie. Die Stadt lag nur eine Stunde Fußmarsch entfernt und es hörte sich so an, als wären bei der großen Feuersbrunst tatsächlich die meisten Gebäude verbrannt.

„Weißt du, wie das Feuer entstanden ist?", fragte sie.

„Wenn man den Gerüchten Glauben schenken will, ist es durch die Unachtsamkeit eines Bäckers entstanden. Vielleicht hat er heimlich geraucht, so wie viele es tun. Ich weiß es nicht. Die genaue Ursache werden Untersuchungen zeigen. Vielleicht hat er ja auch trotz des Verbots abends gebacken", befürchtete er angespannt. „Offenes Feuer ist und bleibt eine große Gefahr, der man sich immer bewusst sein muss."

Sie nickte und dachte an die hohe Strafe, wenn man erwischt wurde. „Allein die Befürchtung, dass Leute im Feuer umgekommen sind, finde ich schmerzlich."

„Ja. Es gab Tote", sagte er und wirkte traurig, „und Verletzte, die Brandwunden hatten oder durch herabstürzende Teile in ihren Häusern zu Fall gebracht wurden. Jeder hat ja versucht, so viel wie möglich zu retten, ob nun Kinder oder Hausrat. Manchen ist das zum Verhängnis geworden."

„Ich kann's nicht glauben", stieß sie bedrückt hervor, schlug die Hand vor den Mund und musterte den Feldweg. „Ich finde es gut, dass der Pfarrer heute alle ermahnt hat, für die Geschädigten zu spenden." Ihr fiel das Benehmen von Ratsherr Vogt ein, aber sie zauderte, es Caspar zu erzählen, schließlich war es sein Vater.

„Das wollen wir tun. Wir könnten sicher mit Broten, Decken und Kleidung helfen. Und mit einer Geldspende", erwiderte Caspar mit fester Stimme und runzelte die Stirn. „Wie schlimm es dort zugegangen sein muss, können wir nur erahnen. Es gibt Dinge, die wünscht man seinem ärgsten Feind nicht. Nein, erst recht nicht Feuer."

Feuer – Strafe ... In diesem Augenblick kam ihr Elsa in den Sinn kam. Das Leid der Haigerer und die eindringlichen Worte während der Predigt hatten sie heute vollkommen in Beschlag genommen, sodass ihr die Fürbitte für ihre Freundin entfallen war. Dabei hatte sie jedes Gebet dringend nötig. *Heute Abend, Elsa,* versprach sie insgeheim, *werde ich für dich zum Herrn flehen. Dass sich für dich alles zum Guten wendet.*

Caspar musste ihren ernsten Gesichtsausdruck bemerkt haben. „Du musst dich nicht ängstigen."

Sie lächelte dünn. „Das ist es nicht. Ich musste an eine Freundin denken, der es nicht so gut geht."

„Du hast ein großes Herz." Er sah sie gerührt an und seine Augen leuchteten steingrau.

Ihr Herz hämmerte noch immer unaufhörlich. Was war nur mit ihr los? Er stand so nahe vor ihr, dass sie seinen Duft aus Sandelholz und Zimtrinde riechen konnte und ihr Verstand drohte sich aufzulösen.

Nur der Ernst in seiner Stimme riss sie aus ihren Gedanken:

„Hast du noch mal etwas von deiner Schwester gehört? Oder von deinen Eltern? Wie freundlich sie mich empfangen haben!"

Sie schüttelte den Kopf. „Nein, aber ich deute das als ein gutes Zeichen. Als ich sie verließ, war Alma auf dem Weg der Besserung. Meine Familie ist dir sehr dankbar. Ohne deine Hilfe hätte sie bestimmt nicht gerettet werden können."

Er lächelte. „Gern geschehen, ich möchte helfen, wo ich kann. Gott hat mich so reich gesegnet – davon gebe ich gerne ab."

Philippa schluckte und nickte. „Und ich bin mir neu bewusst geworden, dass ich mich bei Hohensteins mehr als satt essen kann. Die Herrin hat sich rührend meiner angenommen. Niemals hätte ich gedacht, dass sie mir sogar die Heimreise organisiert. Ich bin ihr dafür sehr dankbar."

Er lächelte warmherzig und nickte. „Sie hat Herz gezeigt, wo andere Frauen ihres Standes manchmal hart und arrogant reagieren. Außerdem", er sprach leise und ruhig, „bekommt sie Respekt von ihren Dienstboten. Irgendwie erinnert sie mich an meine Mutter. Man erzählt sich, sie habe so das Herz meines Vaters erobert."

Philippa meinte, einen gequälten Ausdruck auf seinem Gesicht zu entdecken. Viel zu früh hatte er auf die Liebe seiner Mutter verzichten müssen. Offenbar hatten es sein Vater und die Haushälterin aber geschafft, ihm die Werte weiterzugeben, die seiner Mutter wichtig gewesen waren.

Still standen sie einen Moment beieinander. Kein scheues Schweigen, sondern ein wortloses Verstehen. Philippa wurde unter seinem festen Blick verlegen und verflocht die Hände ineinander. Als sie den Mund öffnete, um das Schweigen zu durchbrechen, legte er sanft den Finger auf ihre Lippen.

„Philippa", flüsterte Caspar mit Inbrunst in der Stimme. „Ich merke immer mehr, wie wichtig du mir geworden bist. Dass ich nicht mehr ohne dich sein will, sondern mein ganzes Leben mit dir verbringen möchte und alle meine Gedanken mit dir teilen will." Langsam sank er auf ein Knie. „Liebste, möchtest du meine Frau werden?"

Für einen kurzen Moment vergaß sie zu atmen. Zögernd blickte sie zu ihm hinunter und hielt seinem liebevollen Blick stand, der alles versprach: Aufrichtigkeit, Zuneigung, Verstehen.

So viele Fragen waren in ihr und doch wollte sie über keine nachdenken. Nicht, ob sie standesgemäß für ihn sei. Nicht, ob er sie als nur Gespielin haben wolle, wie es leider immer wieder vorkam. Nicht, was er zu tun gedachte, wenn seine Familie nicht mit seiner Wahl einverstanden war ...

Ihr Schweigen deutete er als Absage. „Bitte, geliebte Philippa", flehte er und blieb vor ihr knien.

Zärtlich fuhr sie ihm mit der Hand durchs Haar. Es war kräftig und leuchtete durch die Abendsonne auf. Die Strahlen vermischten sich mit dem seidigen Glanz zu einer Flut aus Gold und Kupfer. „Ja", hauchte sie, „ja, ich will dich immer lieben." Sie schluckte und hielt nur mit Mühe ihre Tränen zurück.

Caspar erhob sich, sodass sie wieder zu ihm aufsehen musste. Er war fast einen Kopf größer als sie und legte jetzt seine freie Hand um ihre Taille. Ehe sie sich's versah, nahm er sie in seine Arme und küsste sie mit einer Inbrunst, dass ihr schwindelig wurde. Ein wohliger Schauder durchzog sie. Nur ungern ließ sie es geschehen, dass er sich von ihr löste.

Er sah sie ernst an. „Ich verspreche dir, Liebste, dass wir beide glücklich werden. Ungeachtet dessen, wer das verhindern oder als nicht angemessen bezeichnen möchte."

Sie senkte den Blick. Caspars Jabot hing jetzt alles andere als mustergültig um seinen Hals. Ein Knopf seines Gehrocks musste eben abgesprungen sein. Ihre Augen suchten die festgetretene Erde unter ihr ab, konnte ihn aber nirgends entdecken. Am Knie seiner Hose zeichneten sich grüne Flecken und Staub ab.

Caspar hatte den Ratsherrn Vogt mit keiner Silbe erwähnt, doch Philippa begriff sofort und blickte ihm nun wieder in die Augen. „Denkst du dabei an deinen Vater?“

Um seinen Mund tauchte erneut ein schmerzhafter Zug auf. Nachdenklich sah er zu Boden. „Ich habe ihm gesagt, dass ich dir einen Antrag machen werde.“

„Du hast was?“ Sie schnappte nach Luft und ahnte, was er geantwortet hatte, aber sie wollte es von ihm hören. „Und was hat er gesagt?“

Er strich ihr sanft über die Haube und seine Augen ruhten jetzt wieder auf ihr. Sie versprachen, was er dachte. „Ich werde um dich kämpfen.“

Ihr Herz begann aufgeregt zu hämmern. Ob es durch die Brisanz ihres innigen Gesprächs kam? Sie spürte, wie sich ein paar Tränen ihren Weg bahnten und übers Gesicht rollten. Es würde kein einfacher Weg vor ihnen liegen, zumindest, wenn sie ihn gemeinsam beschreiten wollten.

Caspars Lippen küssten die Tränen weg. Wieder presste er sie an sich. „Vertrau mir“, flüsterte er, „vertraue mir einfach.“

Ein gewaltiger Donnerschlag ließ die beiden auseinanderfahren und im nächsten Moment fielen auch schon dicke Tropfen vom Himmel herab. Caspar nahm sie wortlos an der Hand und gemeinsam liefen sie ein Stück den Weg hinunter, bevor sie abbogen und er sie an einem Garten vorbei zog.

„Wo willst du hin?“

„Ich habe eine Idee. Der Pfad hier zwischen den Häusern führt zum Obertor. Er ist ein bisschen steil“, erklärte Caspar. Sein Griff wurde stärker. „Gib acht.“

„Ist das eine Abkürzung?“ Ein heftiger Schauer brach über ihnen nieder und der Boden wurde glitschig. Vorsichtig setzte sie einen Fuß vor den anderen. Mit der freien Hand hob sie den Rock an. Wie gut, dass Caspar ihr Halt gab.

„Nicht unbedingt.“ Er grinste.

Der Trampelpfad endete direkt neben den Wachen am Obertor. Caspar sprach einen Gruß und ging mit Philippa durch das offen stehende Stadttor in Richtung Bleiche, zur Linken begrenzt durch eine Felswand, die steil aufwärts bis zum Köppelgarten reichte.

Sie war verunsichert. „Caspar! Sollten wir nicht umkehren?“ Wieder tauchte ein Blitz den Himmel in ein gleißendes Licht, gefolgt von Getöse. Vögel und Insekten hatten sich längst verflüchtigt.

Vor einer in den Felsen eingelassenen Tür blieb er stehen. Er schob den Riegel zurück. „Hier haben wir unseren Felsenkeller. Komm!“

Sie folgte ihm in den niedrigen Gang. Noch nie hatte sie einen Felsenkeller von innen gesehen. Nur wenige wohlhabende Bürger besaßen diese neumodische Art von Kühlung. An den Seiten stapelten sich Kisten mit Gemüse. Er blieb stehen, griff nach einer mit Äpfeln befüllten Holzkiste und leerte sie vorsichtig. „Hier, inmitten unserer Vorräte, sind wir vor dem Gewitter in Sicherheit. Setz dich.“

Sie löste die Bänder und zog ihre durchnässte Haube ab. Während sie auf dem umgestülpten leeren Kasten hockten, sah Philippa nach draußen, wo der Regen auf den Wiesen hüpfte, die sich bis zur Dill ausbreiteten. Er hatte ebenfalls seinen Dreispitz abgenommen, von dem die Nässe perlte, und legte sanft den Arm um sie.

Er zog sie näher. „Wirst du deinen Eltern schreiben, dass wir uns verlobt haben?“

„Wenn dein Vater zugestimmt hat. Die Enttäuschung wäre sonst zu groß.“

„Du vertraust mir nicht", murrte er leise und küsste sie sanft hinters Ohr. „Ich bin voller Zuversicht."

Es kitzelte und sie spürte, wie eine berauschende Woge der Liebe über ihr zusammenbrach. Seine Hand glitt über ihr nasses Haar, versuchte vergeblich, ihren Zopf zu lockern, und sie schloss die Augen, als er sie küsste. Erst nach einer kleinen Ewigkeit lösten sie sich wieder voneinander.

„Deine Träume sollen sich erfüllen."

„So?", neckte Philippa ihn. „Als Kind wollte ich immer Kerzenzieherin werden. Meinst du, dieser Traum erfüllt sich auch noch? Es hat mich fasziniert, wenn wir auf dem Krammarkt ein paar Kerzen kauften. Leider waren wir nur selten dort. Das Geld war immer knapp."

„Einen Handwerksberuf wolltest du erlernen? Wie gut, dass daraus nichts geworden ist", lachte er. „Sonst ständest du jetzt am Marktstand auf dem Westerwald und ich wäre dir nicht begegnet. Wünschtest du dir denn keine Familie?"

„Doch. Viele lärmende Kinder und einen fürsorglichen Ehemann, wie mein Vater es ist. Im Dorf gehört er zu den wenigen Männern, die es ernst meinen mit dem Bibelwort, wo es heißt, dass die Männer ihre Ehefrauen lieben sollen.

„Das ist eine wichtige Ansage an uns Männer." Sein Tonfall war ernst geworden. „Ich will alles tun, es zu beherzigen."

„Und es ist keine Erfindung der Frauen, wohlgemerkt", sagte Philippa und grinste. Dann legte sie den Kopf schief und sah ihn an. „Aber wie kann das gelingen, wenn einer Heirat womöglich wirtschaftliche Gründe zugrunde liegen?"

„Ich glaube, man muss es wollen. Liebe ist auch eine Entscheidung, es sind nicht nur Gefühle." Er küsste sie erneut. „Obwohl Gefühle etwas Berauschendes haben und ich alles dafür tun möchte, dass unsere für die Ewigkeit sind", raunte er. „Gott will, dass wir einander wie Betrunkene lieben und ernsthaft die Ehe leben wie eine göttliche Wahrheit."

Seine Worte rührten sie zu Tränen. Sie löste sich von ihm und schniefte. Dann sah sie ihm in die Augen, die trotz des Halbdunkels wissend glänzten. „Caspar!"

Er drückte sie bewegt an seine durchfeuchtete Brokatjacke. „Ich will dich immer lieben."

Eine Weile blieben sie still umschlungen sitzen. Dann aber durchfuhr sie ein Schreck. Wie spät war es? Sie hatte alles um sie herum vergessen!

Ihr Blick zum Eingang zeigte, dass es aufgehört hatte zu regnen und auch nicht mehr donnerte. Sie war völlig durchnässt und merkte erst jetzt, wie kalt ihr geworden war. Rasch löste sie sich aus Caspars Umarmung und sprang auf. „Ich muss heim!"

Schnell füllten sie die Äpfel wieder in die Holzkiste und stellten sie zu den anderen Vorräten, bevor sie den Heimweg antraten. Das Obertor stand zum Glück noch offen. Bis auf die Wachen schienen alle Leute daheim zu sein. Nahe der Erbsengasse trennten sie sich mit einem letzten verstohlenen Händedruck.

Gerade als Philippa den Kirchberg hochlaufen wollte, kam eine junge Frau um die Hausecke. Sie wirkte genauso erschrocken wie sie selbst. Es war ihre Freundin Betradis, die bei Kanzleidirektor Dilthey in Diensten stand. Manchmal trafen sie sich bei Besorgungen oder saßen in der Kirche nebeneinander. Irgendwann hatten sie sich befreundet, obwohl sie sich nicht oft verabreden konnten. Jetzt sahen sie einander verwundert an – verwundert deshalb, weil sie beide nass bis auf die Haut und alleine unterwegs waren. Und eine unausgesprochene Frage über ihnen hing ...

Betradis öffnete den Mund. „Du? Was …?" Sie stockte und biss sich auf die Unterlippe. Ihre Augen glänzten, als habe ihr jemand die Sterne vom Himmel geholt.

Philippa begann zu kichern und legte den Zeigefinger auf den Mund. „Psst."

Sie prusteten los, als wollte noch keine von ihnen ihr Geheimnis lüften, mit wem sie sich getroffen hatten.

„Caspar?", flüsterte Betradis dann, worauf Philippa nickte.

Sie erinnerte sich, wie sie vor einiger Zeit Betradis in einem vertrauten Gespräch mit einem jungen Mann gesehen hatte „Und du? Heißt er vielleicht Tobias?"

Betradis blickte sie bedeutungsvoll an und lachte.

„Wir sehen uns bald", versprach Philippa und tätschelte den Arm von Betradis, bevor sie den Rock raffte, um nach Hause zu eilen.

Caspar hatte offengelassen, wann sie sich wiedersehen würden, vielleicht auch, weil er an seinen Vater gedacht hatte. Wie würde er den Antrag aufnehmen? Würde er um jeden Preis eine Beziehung verhindern? Ratsherr Vogt hatte viele Freunde innerhalb des Stadtrates und würde seine Kontakte nutzen, sie beide auseinanderzubringen. Es wäre nicht das erste Mal, dass Liebende durch familiären Druck ihre Verbindung und den Wunsch nach einer gemeinsamen Zukunft aufgeben mussten.

In der folgenden Nacht wälzte sich Philippa ruhelos im Bett hin und her. Ihre Fürbitte für Elsa und das tote Kind hatte sie als Erstes in ihr Nachtgebet eingeschlossen. Hoffentlich konnte Elsa ihre Unschuld beweisen, was bestimmt schwierig werden würde. Wer würde ihr glauben, dass es einfach aufgehört hatte zu atmen? Oder was wäre, wenn Elsa ...? Hatte sie vielleicht in ihrer Verzweiflung etwas Unerhörtes getan? Nein, diesen Gedanken wollte und konnte sie nicht zu Ende denken. Elsa war doch keine Mörderin!

Philippa rief sich zur Vernunft und vertraute darauf, dass Gott ihrer Freundin beistehen würde. Schon ein paarmal war in einer

Predigt von Oberpfarrer Neuendorff zu hören gewesen, man möge Gott seinen Kummer zuwerfen. Nicht anderen Menschen, sondern dem, der Himmel und Erde geschaffen hatte. Und gleichzeitig durfte man darauf vertrauen, dass er sich um einen kümmern würde. Hatte Gott nicht seine Güte in ihrem Elternhaus gezeigt? Alma würde sich erholen und ihre Familie hatte mithilfe von Caspar fürs Erste genug Geld, um nicht hungern zu müssen.

Gestärkt und mutig kreiste jetzt ihr ganzes Denken um Caspar. Er war so gutaussehend mit seinem schmalen Gesicht und der ausdrucksstarken Nase. Ebenso gefiel ihr die Art, wie er mit ihr sprach und sich um andere Menschen sorgte. Er benahm sich nicht aufschneidend, wie viele Burschen es taten, um ein Mädchen zu beeindrucken. Stattdessen zeigte er immer wieder einen eher fürsorglichen, besonnenen Charakter, der sie sehr anzog. Fürs Erste würde sie weder ihrer Familie oder den Hohensteins von seinen Absichten erzählen – bis er mit seinem Vater gesprochen hatte!

Nächste Woche war Pfingsten – vielleicht gelang es ihr zwischen den Vorbereitungen, sich mit ihm zu treffen. Wahrscheinlich wusste er selbst noch nicht, wie er seinen Vater überzeugen konnte, einer Heirat zuzustimmen.

Das erste Licht des neuen Tages erhellte noch nicht das Haus, da stand Hiltgunt bereits in der Küchentür, die Hände in die Hüften gestemmt und mit hochrotem Gesicht, als habe sie schon den ganzen Tag am Herd gestanden. Sofort beschlich Philippa ein ungutes Gefühl. Bevor der Ausbruch in Form einer Schimpftirade über sie hereinbrach, dämmerte es ihr. Das Herdfeuer! Wie hatte sie das nur vergessen können. Ruckartig setzte sie sich auf, der Schreck ließ sie augenblicklich wach sein.

„Du hast das Feuer ausgehen lassen! Philippa! Was ist denn nur los mit dir?“ Hiltgunt trat näher und ließ ihrem Ärger freien Lauf.

Ihre Augen glichen glühenden Kohlen. „Und warum ist der Sauerteig nicht schon angesetzt? Zum Donnerwetter, sollen wir denn verhungern?"

Wenn es nötig war, konnte Hiltgunt in Gestalt einer strengen Haushälterin auftreten. Im Grunde ihres Herzens war sie den Mägden und Knechten wohlwollend verbunden, aber Faulheit oder Nachlässigkeit duldete sie nicht.

„Es tut mir leid", stieß Philippa erschrocken hervor. „Ich … ich weiß auch nicht. Ich habe wohl verschlafen." Tränen schossen ihr in die Augen. In ihrer Verliebtheit und Sorge hatte sie an nichts anderes mehr denken können.

Die Wirklichkeit war in ihrem Denken wie ausradiert gewesen. Als sie nach Hause gekommen war, war der Tisch bereits abgeräumt gewesen und die Kinder lagen im Bett. Der aufregende Abend hatte ihr Hungergefühl vertrieben und sie war schon bald auf ihren Strohsack gekrochen. Nicht lange danach hatte sie den Nachtwächter auf der Straße sein Lied singen gehört. Er kontrollierte jeden Abend, ob in den Häusern das Licht gelöscht war und kein lichtscheues Gesindel herumlief.

Es war ihr schon lange nicht mehr passiert, dass sie vergessen hatte, noch nach dem Feuer zu schauen. Jetzt war es zu spät.

Bis der Herd wieder richtig aufgeheizt war, würde es dauern. Die geplante Hühnersuppe wäre bis zum Mittag sicher nicht fertig. Ganz abgesehen vom Brotteig, der vorbereitet werden musste. Jedes Haus hatte seinen festen Tag, wann es im Backes seine Brote für die nächsten zwei Wochen backen konnte. Nicht auszudenken, wenn man seinen Tag verpasste!

„Verschlafen? Dann warst du wohl schon gestern Abend nachlässig, was?! Wie soll ich das den Herrschaften erklären?" Die Stimme Hiltgunts war schneidend. Sie verstärkte Philippas Schrecken bis zur Furcht. Hoffentlich wurde sie nicht entlassen!

„Ich dachte, du wärst besser als die anderen Mägde. Von wegen." Sie hob drohend den Zeigefinger. Er verschwamm vor Philippas Augen. Es war einfach zu viel gewesen in den letzten Tagen: die Angst um Alma, die Verwirrung um ihre Freundin Elsa, dem Kindstod und die Feindseligkeit des Ratsherrn Vogt. Sie schluchzte laut auf, während Hiltgunt weiter auf sie einredete.

Hiltgunt ließ sie weinen und nachdem sie sich wieder etwas gefasst hatte, klang die Stimme der Haushälterin schon etwas friedlicher. „Nun heul nicht so, Kind. Wüsste ich nicht, dass du sonst verlässlich bist, könntest du dein Bündel schnüren. Also, beeile dich. Wird schon."

Philippa brach vor lauter Dankgefühl wieder in Schluchzen aus und konnte kaum aufhören. Jegliche Romantik vom Vortag war verflogen. Unaufhörlich fuhr sie sich mit dem Ärmel über die triefende Nase.

Hiltgunt betrachtete Philippas aufgequollenes Gesicht und ihre Stimme klang nun gnädig. „Grete kann das Huhn schon mal rupfen. Und Enners das Holz holen. Du kümmerst dich ums Gemüse. Dann werden wir es hoffentlich noch schaffen." Damit drehte sie sich auf dem Absatz herum und verließ die Küche.

6

Herborn

Die Gelegenheit ist günstig, dachte Hedwig, als sie sich auf den Weg zum Markt machte. Es würde gar nicht auffallen, wenn sie einen kleinen Abstecher zur alten Irma Westerhof unternahm.

Als kundige Kräuterfrau und weises Weib war diese bei den Herborner Bürgern gleichermaßen bekannt wie verrufen. Viel wusste man nicht über ihre Herkunft und das war seit jeher verdächtig gewesen. Es hieß, sie sei eines Tages in der Stadt aufgekreuzt und habe seitdem ihr Wissen lohnend unter die Bevölkerung gebracht. Außerdem, so erzählte man sich, stamme sie aus dem Westfälischen, doch niemand wusste woher genau. Die Westerhofsche, wie man sie überall nannte, besaß zwei Zimmer im Haus neben der Schänke ganz in der Nähe des Marktes. Auf dem Gelände hinterm Haus durfte sie ihren Kräutergarten anbauen. Was sie dort nicht hatte, fand sie in den Wiesen und Wäldern, die sie durchstreifte.

Manchmal, wenn ihr meist schlecht gelaunter Vermieter noch miesere Laune bekam, weil ihm ein Ungeziefer über die geplagte Leber lief, bellte er nach Irma, die mit Tee oder einer Mixtur seine niedergeschlagene Seele wiederbelebte.

Zum Glück war die Zeit der Hexenprozesse vorbei, sonst hätten einige Neider alles darangesetzt, ihre mitunter haarsträubenden Mischungen als teuflisch zu bezeichnen, wenn der Patient innerhalb zwei Wochen unter starkem Schwitzen und reinlichem Getue vollständig genas. So viel hatte Hedwig noch aus den vergangenen Zeiten mitbekommen.

Hedwig hatte heute ein wichtiges Anliegen: Als Dienstmagd des Zunftmeisters der Uhrmacher, Christian Baldus, sorgte sie sich um Elsa Petry, die bis vor Kurzem mit ihr im Hause der Baldus' gearbeitet hatte. Ob die Westerhofsche vielleicht wusste, was mit Elsa passiert war?

Kurze Zeit später schlenderte Hedwig über den Marktplatz, bestaunte geschnitzte Holzlöffel, Messer, die nach den Versprechungen des Händlers nirgends auf der Welt schärfer schnitten, und zwinkerte einem Knecht zu, der um den Preis für einen großen Kochtopf feilschte. Als Dienstmagd war sie mit den riesigen Gefäßen vertraut, die seit geraumer Zeit bereits auf dem Herd der angesehenen Herborner Familie standen. Die Baldus' waren stadtbekannt und sie genoss es, ein Teil dieser respektierten Familie zu sein. Ihr war durchaus bewusst, dass sie der Familie lediglich dienen durfte. Trotzdem sonnte sich Hedwig im Glanz der Baldus', deren Ruf ihnen vorauseilte, etwas Besonderes zu sein.

Zu gern hätte sie sich noch die Vorführung mit einem Affen angesehen, der heute auf dem Markt ein paar Kunststückchen zeigte. Ein merkwürdiges Tier, aber trotzdem faszinierend. Manche Leute waren sogar der Meinung, die Kreatur ähnelte Menschen. Sie schmunzelte über einen derartigen Vergleich, den man am besten für sich behielt. Wer wusste schon, wie die Obrigkeit bei einer solchen laut geäußerten Denke durchgriff.

Die junge Magd rief sich zur Ordnung, wenn sie nicht riskieren wollte, dass sie ihre wertvolle Zeit vertrödelte und von der Herrin einen tüchtigen Rüffel bekam. Sie durfte nicht arbeitslos werden. Leider war sie schon zweimal krank geworden und um ein Haar hätte die Herrin sie entlassen. Das wäre eine Katastrophe gewesen! Als Tochter eines Kleinbauern wurde von ihr erwartet, dass ihr Lohn – so gering er auch war – daheim half, damit es in ihrer Familie hin und wieder mehr als nur Graupensuppe zu essen gab.

Einem guten Umstand hatte Hedwig es zu verdanken, dass sie damals zu der Westerhofschen hatte gehen und sich eine Kräutermischung hatte holen dürfen. Die krampfartigen Schmerzen im Leib und das Fieber hatten daraufhin nachgelassen.

Kränkliche Dienstboten blieben nicht lange bei der Familie und wenn nicht eine Freundin der Baldusin eine Missbilligung geäußert hätte, dass es unmenschlich sei, sie nur deshalb zu entlassen, wäre sie mitleidlos davongejagt worden.

Hedwig stand nun in einer Seitengasse des Kornmarktes vor der unauffälligen Haustür der Kräuterfrau. Sie prüfte, ob ihre Haube ordentlich saß und ihre blonden Haare noch sorgsam gebunden waren. In ihrer Familie war sie das einzige Kind mit heller Haarfarbe, und wenn sie nicht wie alle Geschwister die großen Zähne des Vaters geerbt hätte, hätten die Leute im Dorf ihrer Mutter wer weiß was unterstellt.

Hier in der schmalen Gasse schmiegte sich Fachwerk an Fachwerk in schmalen Häusern, die wie überall in der Gegend entsprechend dem Wuchs der Bäume mehr oder minder gerade errichtet waren. Der Lehm in den Zwischenräumen sorgte im Sommer für mäßige Temperaturen, wenngleich im Winter wegen fehlendem Holz zum Befeuern des Ofens die Häuser kühl und klamm blieben. Holz klauen kam nicht gut an und wurde streng bestraft.

Sie klopfte an die Tür, aber alles blieb still. Während sie wartete, blickte sie zum wolkenverhangenen Himmel. Wie gut, dass der Nieselregen vom Morgen aufgehört hatte. Dem Gemüsegarten tat er gut, nicht jedoch den Saumrändern der Kleider, die gern im Morast fleckig und unansehnlich wurden. Es war schwierig, die Sprenkeln und Dreckränder auszuwaschen. Oft blieben Reste davon zurück, was mit Schelte der Gesindemeisterin endete, bis Hedwig oder die anderen Mägde die Stoffe wieder tadellos gesäubert hatten.

Hedwig wartete geduldig, bis endlich die Tür aufging. Eine gebeugte Gestalt erschien auf der Schwelle, die genau zu der Vorstellung mancher Leute passte, wie eine Kräuterkundige auszusehen hatte. Zwar hatte sie schon allerhand Geschichten über Irma Westerhof gehört, doch ob das alles stimmte, konnte sie nicht einschätzen.

„Gott zum Gruße", sagte Hedwig mit einem aufgeregten Zittern in der Stimme und deutete einen Knicks an. Sie räusperte sich und drückte den Rücken durch. „Entschuldigen Sie meine Wissbegier. Darf ich Sie etwas fragen?", begann sie zaghaft und betrachtete den zwar sauberen, aber zerschlissenen Rock der Kräuterfrau, der zum Teil von einer hellen Leinenbluse verdeckt wurde. Sie trug ihre dünnen, grauen Haare zu Zöpfen geflochten, die zu einem erbärmlichen Kranz festgesteckt waren. Jetzt lächelte sie Hedwig an und griff nach ihrer Hand.

„Komm erst mal rein, Mädchen", sagte sie und zog Hedwig ins Haus, ohne ihre Antwort abzuwarten. Die festgetrampelte Erde unter den Füßen wirkte kalt und ungemütlich. Die Freundlichkeit der Kräuterfrau war dagegen beruhigend und dankbar ließ Hedwig es geschehen. Es gab keinen Flur, deshalb stand sie nun direkt in einem kleinen Zimmer. Die Häuser der mittellosen Bevölkerung waren auf das Notwendigste begrenzt. Hedwig sah sich um – es sah aus wie beim letzten Mal. An der einen Wand war die Kochstelle mit zerbeulten Töpfen und alten Holzkellen und gegenüber gab es hinter einem kleinen Tisch mit zwei Holzstühlen eine Bettnische.

Kalter Rauch hing unter der Decke und vermischte sich mit frostklarem Geschmorten. Neben der Schlafstelle gab es eine Tür. Ob sich dahinter die Kammer mit den Kräutern und Tiegeln befand, in der die Westerhofsche ihre Salben und Tinkturen braute?

Irma deutete auf die Stühle und ließ sich nieder. Hedwig kauerte sich auf die Stuhlkante.

„Dich kenne ich doch“, meinte die Kräuterfrau und sah sie durchdringend an. „Du warst schon mal hier, bist du nicht bei Zunftmeister Baldus in Diensten?“

„Ja.“ Zweifel stiegen in ihr auf, ob die Idee, hier vorzusprechen, wirklich so gut war.

„Hast du wieder Beschwerden?“

Hedwig schüttelte den Kopf. Bevor sie eine Erklärung abgeben konnte, fragte die Westerhofsche: „Ist was mit deiner Herrin?“

Sie nickte und war insgeheim erstaunt, was die Alte sich gemerkt hatte. „Deshalb komme ich aber nicht.“

Sie holte tief Luft und nahm ihren ganzen Mut zusammen. „Es ist wegen Elsa Petry, die mit mir bei der Familie in Diensten steht …“ Sie stockte. War es vermessen, sie auszufragen? Würde sie sie für verrückt erklären, welche Gedanken sie sich machte? Sie starrte an dem erstaunten Gesicht der Frau vorbei auf den Herd, der keine Esse besaß. Kein Wunder, dass die Luft zum Schneiden war. Das einzige, kleine Fenster befand sich seitlich der Haustür und schien überfordert, die Kochdünste und erst recht den Rauch des Kochfeuers zu vertreiben.

Die Kräuterfrau schwieg eine ganze Weile, bevor sie sich nach vorn beugte. Dann bohrten sich ihre Augen in Hedwigs. „Ist sie deine Freundin?“

„Ja, genau“, entgegnete Hedwig und sprang vor Aufregung auf. „Ich mache mir ernsthaft Sorgen um sie.“

„Ist sie krank?“ Der Tonfall der Kräuterfrau wirkte feinfühlig. Sie blickte Hedwig aufmerksam an.

Hedwigs Herz klopfte wild. Sie wog den Kopf hin und her und knetete die Hände. „Nicht direkt. Sie, sie …“ Sie brach ab und fand keinen wirklichen Begriff dafür, dass sich Elsa in einem Ausnahmezustand befand.

„Ich glaube, ich weiß, was du sagen möchtest“, meinte die Kräuterfrau, wischte einen unsichtbaren Krümel vom Tisch und sah ernst drein. Ihre Stimme wurde so leise, dass selbst Hedwig Mühe hatte, sie zu verstehen. „Sie ist in anderen Umständen, oder?"

„Woher wissen Sie das?" Das Gerücht über Elsas Zustand hatte sie offensichtlich erreicht. Hedwig nickte heftig und schluckte. „Aber ohne Ehemann", stieß sie hervor, „und ich weiß noch nicht mal, ob sie schon entbunden hat."

„Wer ist der Kindsvater?" Die alte Frau sagte es ohne Vorwurf.

Hedwig dachte an einige geheime Treffen mit einem schneidigen jungen Verehrer, wie Elsa mal angedeutet hatte. Hedwig hatte Elsa gewarnt – sowohl vor dem jungen Mann als auch vor dem Hausherrn. Letzteres hatte seinen Grund in einem Streit, den sie vor Monaten im Haus der Baldus mitbekommen hatte. Im zweiten Stock lagen die Schlafgemächer der Familie.

Jeden Abend, bevor sie unter die Strohdecke kroch, lauschte sie ins Treppenhaus, ob die Kinder ruhig in ihren Betten schliefen. Es war nicht ungewöhnlich, zu mitternächtlicher Stunde von der Herrin gerufen zu werden, um einen weinenden Säugling oder ein quengelndes Kleinkind in den Schlaf zu singen. Dabei war sie nur eine Dienstmagd! Insgeheim hoffte sie wie viele andere Mägde eines Tages auf eine Stellung als Kindermädchen. Vielleicht würde sie sich dann nicht ständig erschöpft fühlen.

An jenem Abend, erinnerte sich Hedwig, quollen laute Stimmen hinter der schweren Eichentür hervor. In letzter Zeit gab es öfters Dispute unter den Eheleuten, aber nie so laut wie heute, dass selbst die dicke Holztür jedes Wort durchließ. Sie hörte irgendwo im Haus weitere Türen knarren und mutmaßte, dass da wohl noch mehr Lauscher am Werk waren. Die Stimme ihrer Herrin hatte jetzt den Klang einer quietschenden Ölmühle angenommen. „Reicht es nicht, dass ich jetzt das siebte Balg kriege? Hör auf! Lass die Finger von mir!"

Dann folgte Unverständliches und Gerumpel, das Hedwig veranlasste, auf der Treppe innezuhalten und ihren Kopf leicht in die Richtung der Baldusschen Schlafkammer zu drehen. Irgendetwas schleifte, dann wurden die Stimmen wieder lauter. Sie trat von Neugier geplagt noch einen Schritt näher zur Tür, und vergaß sogar das Atmen. Der Zunftmeister war ein lebenslustiger Mann und dem weiblichen Geschlecht nicht abgeneigt. Das war bekannt und das Getuschel über sein Benimm veranlasste die halbe Stadt, hinter vorgehaltener Hand Mutmaßungen und Unaussprechliches weiterzugeben. Doch so laut wie heute hatten sich die beiden lange nicht mehr gestritten. Offenbar hatte die Baldusin genug von Bälgern und ehelichen Pflichten.

„Dann geh doch! Hast dir doch bestimmt schon wieder eine ausgeguckt. Kenn dich doch! Aber …" Was dann an Drohungen folgte, verschwand inmitten der Gedanken, die Hedwig beschlichen. Ihr Mund fühlte sich vertrocknet an. Sie wagte weder zu schlucken noch zu atmen.

Hatte sie das richtig verstanden? Die Herrin ließ ihrem Mann freie Wahl? Nur um sich ihrer ehelichen Pflichten zu entledigen? Warum eigentlich? Sie war doch schwanger und Hedwig hatte noch nie gehört, dass man dann nochmals … nein, das war absurd.

Aber wenn der Zunftmeister tatsächlich der Aufforderung seiner Frau folgen würde, wen würde es treffen? Sie selbst? Die lustige Trine? Oder die stille Mechthild? Oder Elsa, das arme Ding? Sie sah sowieso schon auffällig anders aus. Jemand hatte mal die Bemerkung gemacht, sie habe etwas von einer „rassigen Sizilianerin". Aber was war rassig? Und wie sahen Sizilianerinnen aus? Hatten sie alle solche pechschwarzen Haare, die herunterwallten, als wollten sie einen diabolischen Ausdruck des Schleiers beschwören?

„Hedwig!" Die Stimme der Westerhofschen holte sie jäh aus ihren Gedanken. „Mit wem war Elsa zusammen?"

Hedwig hob zaghaft die Schultern.

Die Frage blieb unbeantwortet im Raum hängen wie der fahle Rauch des Herdfeuers. Sie überlegte. „Ist es das, was dir Sorgen macht?"

Hedwig nickte und bekam Herzklopfen. „Die Herrin hat Elsa aus dem Haus gejagt!" Ängstlich holte sie Luft und erklärte: „Gerade jetzt, wo das Kind kommt. Seitdem ist sie weg und wie vom Erdboden verschwunden." Sie hatte Mühe, die Tränen zurückzuhalten.

Die Westerhofsche strich sich über ihren Rock und runzelte die Stirn. „Und du glaubst, ich weiß was?"

Ein Glitzern in den alten Augen verriet Hedwig, dass sie mehr wusste, als sie vorgab. „Wen könnte sie denn sonst um Hilfe oder Mixturen bitten?", schluchzte Hedwig jetzt.

Jede Frau wusste, dass eine Geburt schmerzhaft war. Wie oft hatte sie die Herrin schreien hören. Was an der Geburt so wehtat, wusste sie nicht. Es war jedes Mal ein Mysterium, wenn ein Kind zur Welt kam. Wenn alles vorbei war, musste Hedwig Berge von blutdurchtränkten Laken in kaltem Wasser einweichen, bevor sie überhaupt mit dem Waschbrett und Gallseife hantieren konnte.

„Kennst du das Lied *Es ist ein Ros' entsprungen?* Damit ist die Christrose gemeint. Ich kann dir etwas von ihrer Wurzel mitgeben. Ich nutze sie als Arznei, denn sie kann die Geburt beschleunigen. Aber nur so einnehmen, wie ich es dir sage, hörst du? Sonst kann das böse enden."

„Nein, deswegen bin ich nicht hier."

„Nicht?" Die Kräuterfrau neigte den Kopf und sah sie von unten an.

Natürlich konnte Hedwig das Weihnachtslied sogar auswendig singen, aber ihr kamen Bedenken, ob die Frau verstanden hatte, warum sie tatsächlich hier vorsprach. „Ich suche Elsa."

Als die alte Frau schwieg, glitt Hedwig sich mit dem Ärmel über die Augen, zog die Nase hoch und fuhr fort: „Ich weiß nicht, wo sie hingegangen sein könnte. Ihre Schwester Kunn, die in einer anderen Familie hier in der Stadt dient, hat auch keine Ahnung. Wahrscheinlich glaubt sie sogar, dass Elsa wegen der guten Küche der Herrin rundlich geworden ist." Sie sah in das betroffene Gesicht der Kräuterfrau. „Heim zu ihrer Familie ist sie bestimmt nicht. Der alte Petry hätte sie mit Prügel und Geschrei gleich wieder fortgejagt."

Hedwig seufzte tief und spürte, wie die Müdigkeit sie übermannen wollte, obwohl es noch nicht mal Mittag war. Warum musste ein Arbeitstag sechzehn, nein, manchmal sogar achtzehn Stunden haben? Das Leben war so ungerecht! Tag für Tag stieg sie nach getaner Arbeit mit bleiernen Beinen die Stiege hinauf in ihre Dachkammer. Obwohl – „Kammer" war eigentlich zu schwülstig formuliert. Eher war es ein Platz, wo sie nicht weit vom eingelagerten Heu ihr Ruhelager fand. Daheim hätte sie zumindest mit den Schwestern ein Bett teilen können. Von sechs Geschwistern waren zwei bereits verheiratet, die älteste Schwester und ein Bruder. Der andere würde eines Tages in Vaters Fußstapfen treten. Doch für die verbleibenden Töchter war es unmöglich, die benötigte Aussteuer für eine Ehe herbeizuschaffen.

„Ein Maul weniger zu stopfen", war die Antwort ihres Vaters auf ihre Tränen gewesen, als die Anstellung als Dienstmagd sie von zu Hause wegbrachte. Widerworte wagte sie erst gar nicht zu geben. Es hätte nur seinen Jähzorn herausgefordert. Die Tatsache, dass sie sich hier zumindest satt essen konnte, entschädigte sie für ihr Heimweh. Elsa erging es nicht anders. Sie war sogar froh gewesen, dem Elternhaus zu entkommen, aber was dann geschehen war, übertraf alles ...

Die Westerhofsche ergriff Hedwigs Hand und hielt sie fest, als könne sie sie damit trösten. „So machen sie das, die feinen Leute. Lassen die Mägde schuften bis zur Geburt und unmittelbar davor vertreiben sie sie aus dem Haus." Sie stand auf, gab ein Kraut in einen Tonbecher und goss aus einem Kessel heißes Wasser ein. „Trink", sie reichte Hedwig den Becher, „das wird dich beruhigen."

Es roch nach Baldrian. Hedwig nippte an dem heißen Getränk. „Bitte, sagen Sie mir, ob Sie wissen, wohin sie geflohen ist."

Die Kräuterfrau setzte sich bleiern auf einen Stuhl und schüttelte den Kopf. „Leider weiß ich nichts. Ich fürchte nur, ihre glücklichsten Tage sind vorbei."

Hedwigs Mut sank und ihre Seele blieb beschwert. Wenn sie Elsa doch nur helfen könnte!

Eine Stunde später war die düstere Wolkendecke wieder aufgerissen und Stücke von klarem Blau machten Hoffnung, dass es sogar noch sonnig werden könnte. Ob das ein gutes Zeichen war? Hedwig eilte zurück über den dicht gedrängten Marktplatz und hätte fast einen alten Mann umgerannt. Sie murmelte eine Entschuldigung und versuchte sein Gezeter, das er ihr wütend hinterherrief, zu ignorieren. Im Haus der Westerhofschen hatte sie Zeit und Auftrag vergessen. Wie gut, dass sie ihre Besorgungen noch vor dem Besuch erledigt hatte.

Hedwig hastete an Hausfrauen vorbei, die lachend beieinanderstanden, begegnete Ratsherren, die Richtung Rathaus stolzierten, und scheuchte im Weg stehende Hühner weg. Ein paar Kinder versuchten auf den Brunnenrand zu klettern, aber ein Mann hinderte sie mit einer Drohgebärde und Ermahnungen daran. Als Hedwig um die Ecke bog, konnte sie das stattliche Baldussche Haus bereits sehen. Ein paar Leute standen mitten auf der Straße zusammen und versperrten ihr den Weg.

Ein junger Mann aus der Gruppe drehte den Kopf und musterte sie. Es war der Gehilfe eines Häfners, der Gefäße und Öfen aus Ton anfertigte. Es wunderte sie, dass er hier auf der Straße herumstand. Als er sie erkannte, kam er auf sie zu.

„Gott zum Gruße, Hedwig“, sagte er mit solch durchdringendem Blick, dass Hedwig errötete. Warum war er nicht in der Werkstatt? Das Mittagsläuten hatte doch noch gar nicht eingesetzt. Sein Meister würde alles andere als erfreut sein und ihm ein paar kräftige Ohrfeigen verpassen.

„Was ist? Wieso arbeitest du nicht?“ Sie machte Anstalten weiterzugehen. „Hat man dich entlassen?“

Er sah sie mit großen Augen an und zögerte sichtlich. Wollte er ihr jetzt den Hof machen? Sie hatte schon öfter bemerkt, dass er ihr nachstarrte. Er stammte aus einer verfallenen Hütte am Stadtrand und man hatte seine Schwestern schon öfters beim Betteln erwischt. Das wunderte niemanden, weil die Geschwister und er seit Jahren Vollwaisen waren.

Nervös zurrte sie an ihrer Haube, ob sie noch gesittet ihr Haar bedeckte. Irgendetwas an seinem Verhalten hielt sie zurück, sich an ihm vorbeizudrücken.

„Hast du schon gehört?“ Sein Kopf kam ganz nah.

„Was denn?“

Er schien ihre Frage auszukosten und verstummte. Dann zog er die Brauen empor und nahm einen tiefen Atemzug. „Vor den Stadttoren hat man ein Weibsbild aufgegriffen.“ In seinem Blick lag ein Lauern. Ein Muskel zuckte um seinen Mund. „Müsstest du doch wohl am ehesten wissen, oder? Eine der Baldusschen Mägde.“

Hedwig ahnte Schlimmes. Sie zögerte nachzufragen und schlug die Augen nieder. Jemand rief eine anstößige Bemerkung zu ihnen herüber. Sie musste aus der Gruppe kommen, bei der der Gehilfe gestanden hatte. Beunruhigt fixierte sie seine Beine. Es wunderte sie nicht, dass sie wie zwei Ästchen in zerschlissenen Strümpfen in ebenso kaputten Schuhen steckten. Er durfte sich wahrscheinlich nie satt essen.

„Die Elsa wurde verhaftet."

Ihr Kopf fuhr hoch und ihre Augen blieben auf seinem aschblonden Wuschelkopf liegen. Sie erblasste. „Du meinst doch nicht Elsa Petry?" Selbst wenn man schwanger war und unverheiratet, war das kein Grund, eingekerkert zu werden.

„Genau die! Ich hab's gesehen. Die Gerichtsknechte haben sie weggeschafft. Am helllichten Tag!" Eine Spur von Triumph schwang in seiner Stimme mit. Er nahm seine Kappe ab und drehte sie in den Händen.

Hedwig stöhnte auf. Sie fürchtete, ihr Herz bliebe stehen. „Was … was wirft man ihr vor?", murmelte sie und sah ihn eindringlich an. „Sag es. Sie kann nichts Unrechtes getan haben!"

„Da bin ich mir nicht sicher." Er zog einen Mundwinkel verächtlich nach oben. „Ohne Grund sind die Gerichtsknechte ja nicht gekommen, oder?"

Wie konnte er es wagen, etwas gutzuheißen, wovon er keine Ahnung hatte! „Aber sie steht kurz vor der Entbindung!", brachte sie kläglich vor.

Er zog die Augenbrauen zusammen und sie bemerkte ein ungläubiges Staunen in seinem Gesicht.

Warum schwieg er? Verzweiflung stieg in ihr auf. Kurzerhand rüttelte sie ihn an den Schultern. „Sag, hatte sie einen Säugling dabei?", schrie sie verzweifelt. Schon bei der Frage legte sich ein eisiger Ring um ihr Herz. Normalerweise war sie keine angsterfüllte junge Frau und eher geradlinig veranlagt. Doch was sie gerade gehört hatte, trieb ihr die Tränen in die Augen. Im Stillen schickte sie ein Bittgebet zu Gott. Er hatte doch immer Erbarmen mit den

Leidenden und Geknechteten gehabt. *Bitte, göttlicher Vater, bewahre sie vor Bösem und hilf ihr in ihrer Not!*

Der Gehilfe griff nach ihren Händen, hielt sie fest und blies die Backen auf. Zischend kam Luft durch die leicht geöffneten Lippen. Er trat ganz nah an sie heran, dass sie seinen schlechten Atem roch.

Hedwig bog angewidert den Kopf zurück. „Was erlaubst du dir? Nur weil ich mit dir rede, ist das kein Grund, zudringlich zu werden." Entsetzt schüttelte sie die Hände ab und stolperte zurück.

Er machte einen Schritt vorwärts. „Die Frau des Büchsenmachers hat erzählt, die Elsa sei niedergekommen." Sein Gesicht war jetzt wieder ganz nah. „Und weißt du was? Das Kind ist verschwunden."

„Du lügst", zischte sie und bog den Kopf zur Seite, „und deine dummen Scherze kannst du mit einer anderen treiben!"

„Man wird es aus ihr rauskitzeln, wo das Balg geblieben ist." Als Hedwig nichts erwiderte, setzte er umständlich die Kappe wieder auf, schien kurz zu überlegen und zog dann die Schultern hoch.

In ihrem Kopf begann es zu hämmern. Wie ein Blitz durchbrach sie die Erkenntnis: Er hatte nicht gelogen.

Sie schickte ein Bittgebet nach oben. „Herr, hilf!"

7

Dillenburg

„Das Mädchen ist aus Herborn?" Sybilla von Hohensteins Stimme klang besorgt und ernst. „Wenn das wahr ist, was du mir gerade erzählst! Wie kann man sich nur zur Herrin über Leben und Tod erheben?"

„Billa!" Der Magister sprach den Kosenamen seiner Frau mit einer Leidenschaft aus, dass es Philippa das Herz erwärmte und sie die angelehnte Tür einen Spaltbreit aufstieß, um einen Blick zum Esstisch zu erhaschen.

Die größeren Kinder waren nach dem Mittagessen in ihre Zimmer geschickt worden und die Kleinsten mussten Mittagsschlaf halten. Gewöhnlich saßen die Eheleute noch eine Weile zusammen, besprachen den Unterricht für ihre Sprösslinge und tauschten Neuigkeiten aus.

Selten hatte sich Philippa für die Unterhaltungen interessiert, aber heute hatten Gesprächsfetzen dazu geführt, dass sie nun wie ein neugieriges Waschweib an der Tür lauschte – etwas, das sie bei anderen Mägden eigentlich immer verachtete. Wie konnte sie nur vor sich selbst bestehen? Aber was sie hörte, ließ ihr das Blut in den Adern gefrieren und war ihr im Moment Entschuldigung genug.

Ulrich von Hohenstein saß vorgebeugt am Tisch und ergriff die Hand seiner Gattin. „Ich mag es dir gar nicht berichten." Er führte ihre Hand an seine Lippen und sah sie sanft an. „Es ist nicht für deine zarte Seele geeignet und ebenso wenig für deine Ohren."

„Bitte, mein Lieber, du brauchst mich nicht schonen. Sag mir, was dich bewegt."

„Du bist ein beherztes Weib", entgegnete er, ohne ihre Hand loszulassen. „Nun, man hat sie noch in den Herborner Fluren gefasst. Sie war offenbar auf der Flucht. Bei einem ehrenwerten Herborner Bürger hat sie gedient. Du weißt ja, wie liederlich die jungen Mädchen heutzutage sind. Drängen sich den Burschen auf und schon … na, du verstehst." Er räusperte sich.

„Und?" Die Herrin beugte sich zu ihrem Mann. Ihre Stimme surrte. „Wer ist sie? Weiß man ihren Namen?"

Er überlegte. „Ich glaube, es ist der Name Petry gefallen. Den Vornamen weiß ich nicht."

Philippa erschrak zutiefst. Sie redeten doch hoffentlich nicht von Elsa Petry!

Die Herrin senkte die Stimme. „Was hat sie getan?"

„Sie ist plötzlich weggelaufen. Dann", er fuhr sich nervös mit den Fingern durchs leicht ergraute Haar, „muss sie niedergekommen sein. Warum man sie suchte, ist alles sehr nebulös. Offensichtlich wurde sie aufgegriffen – allerdings ohne das Kind."

„Vielleicht hat sie es zu ihrer Familie gebracht?"

„Nein." Es klang entschieden, als sei er dabei gewesen. Der Magister räusperte sich.

„Wo hat sie es dann versteckt?" Seine Frau zupfte nervös mit der freien Hand an einer Locke. „Hat sie vielleicht eine Amme?"

„Amme?!" Er zog die Brauen zusammen und ließ sie los. „Es wäre womöglich gar nicht aufgefallen, wenn sie nicht auf dem Friedhof von jemand erkannt worden wäre. Jemand, der wusste, dass sie in anderen Umständen gewesen war."

„Was meinst du mit *nicht aufgefallen?*"

„Sie hat sich an einem frischen Grab zu schaffen gemacht." Seufzend ließ er sich zurücksinken.

„Sag, dass das nicht wahr ist." Die Herrin schlug sich die Hand vor den Mund. „Willst du damit sagen, sie hat es einfach auf die Erde gelegt?"

„Nein. Vergraben."

Die Herrin schrie auf. Sie griff sich aufgewühlt ans Herz, als habe man ihr das eigene Kind entrissen.

„Es muss wohl schon vorher tot gewesen sein, wie man berichtete."

„Tot", wiederholte sie gedankenverloren. „Wer weiß, was eine Totgeburt mit dem Mädchen gemacht hat!", bedauerte sie. „Oder glaubst du …?" Sie ließ den Satz unvollendet. Diese Frage trieb sicherlich viele um. „Und du weißt es von der Hohen Schule?"

An der reformierten Hochschule in Herborn lehrte der Magister die Wissenschaft der Rechte. Er und die anderen honorigen Professoren würden keine bloßen Gerüchte verbreiten, dessen war sich Philippa sicher.

„Selbstverständlich! Ich kann mich auf die Wahrhaftigkeit der Quellen verlassen."

Um ein Haar hätte Philippa ebenfalls aufgeschrien und biss sich verzweifelt auf die Unterlippe. Ihr Herz hämmerte. Das klang unglaublich und fürchterlich zugleich. Elsa würde doch ihrem Kind nichts angetan haben. Bestimmt hatte sie ihr in der Nacht hier die Wahrheit gesagt. Ihre Freundin konnte noch nicht mal eine Spinne zertreten. Alle anderen Vermutungen passten gar nicht zu Elsa. Nicht zu der Elsa, die sie kannte. Aber warum um alles in der Welt hatte sie das alles getan?

Die Herrin fragte: „Wo ist sie jetzt? Im Stockhaus?"

„Wo sonst? Das ist ein sicherer Ort für Diebe, Kindsmörderinnen und eben alles Gesindel, das die gottgewollten Gebote und die des Landesherrn missachten!"

Die Herrin seufzte tief und hielt einen Moment inne. „Das

muss ich gleich Gertraud erzählen. Nicht, dass meine Freundin anderen, falschen Berichten glaubt. Du weißt ja, wie schnell alles die Runde macht."

Philippa kannte Gertraud Horn. Mindestens dreimal in der Woche trafen sich die Damen bei wechselseitigen Besuchen. Es wurde geplaudert, Gedichte wurden besprochen, Kaffee getrunken und meisterhaft hergerichtetes Gebäck und Kuchen gereicht. Zwischen vollen Backen und geleerten Kaffeetassen tauschten die Damen Neuigkeiten aus, bestaunten ihre entzückenden, weit ausladenden Kleider, besprachen, wer als Nächstes eingeladen werden müsse und welche Fertigkeiten die Kinder erlernt hatten. Nebenbei und fast unauffällig verbreiteten sie den neuesten Klatsch.

„Kommt nicht infrage! Wir sind doch keine Ausscheller, die mit Getöse jede Neuigkeit unter die Leute bringen."

„So war das nicht gemeint, liebster Ulrich", gestand sie beschwichtigend. „Ich werde deinen Bericht diskret behandeln. Denkst du nicht auch, es würde nicht schaden, wenn Gertrauds Gatte es erfährt? Simon Horn sitzt doch auch im Rat."

„Wenn du meinst." Er nahm einen Schluck aus dem Weinglas. „Übrigens, da ist noch etwas ..."

Ein Stoß in die Rippen ließ Philippa aufgeschreckt herumfahren. In letzter Sekunde gelang es ihr, einen Aufschrei zu unterdrücken. Hiltgunt hinderte sie mit ihrer massigen Gestalt daran zu erfahren, was mit der anderen Sache war, die ihr Herr erzählte. Angesichts der weitverbreiteten Schweigsamkeit der Männer eine echte Seltenheit.

„Wirst du wohl endlich weitermachen!?", zischte Hiltgunt und eine Zornfalte erschien zwischen ihren Brauen.

Betroffen zuckte Philippa zusammen, dass die Teller in ihren Händen schepperten. „Entschuldige", stieß sie hervor und verspürte eine tiefe Scham. Betreten senkte sie den Kopf und wollte ihren Platz vor der Esszimmertür fluchtartig verlassen. Doch die Haushälterin baute sich drohend auf und verhinderte mit verschränkten Armen die Flucht. „Hast du nichts weiter dazu zu sagen?“, fauchte sie und kräuselte die Stirn.

Ihr Tonfall verhieß nichts Gutes. „Hiltgunt“, würgte Philippa hervor und ihre Knie wackelten bedenklich, „ich bitte um Vergebung. Ich weiß, es schickt sich nicht.“ Ihr wurde heiß und kalt.

„Philippa!“ Noch nie hatte Hiltgunt sie mit derart abwertendem Tonfall angefahren. „Weißt du, was ich jetzt mit dir mache?“

Philippa sah sich bereits an der Haustür stehen mit ein paar Habseligkeiten in der Hand. Womöglich noch mit Prügel als Abschiedsgeschenk. Sie sank in die Knie. „Es ist unverzeihlich.“

„Genau. Unverzeihlich.“ Hiltgunt zerrte sie von der Tür weg und machte mit dem Kopf eine Bewegung Richtung Küche. „Los, bring das Geschirr weg.“

Philippa starrte auf ihre Hände, in denen sie immer noch einen Stapel benutzter Teller hielt, als seien sie aussätzig. „Sofort, Hiltgunt, sofort.“

Sie rannte den Flur entlang zur Treppe, die steil nach unten führte, gefolgt von Hiltgunt. Was hatte sie sich mit ihrer Neugier nur eingehandelt. Wie sollte sie das ihren Eltern erklären? Verständnis würden sie keines zeigen. Stattdessen setzte es bestimmt nochmals Hiebe!

Tränen füllten Philippas Augen und die Stufen verschwammen zu einer scheußlichen Masse. Sie tapste ins düstere Nichts, bis sie endlich vor der Küchentür stand.

Kaum, dass sie eilfertig das Geschirr abgestellt hatte, spürte sie Hiltgunts Atem im Nacken. „Komm mit.“

Wie in Trance stolperte sie hinter der Haushälterin her. Angst kroch in ihr hoch. Was hatte sie vor?

Hiltgunt blieb hinten im Flur stehen, wo eine Tür in den Gemüsegarten führte und sie keine Zuhörer fürchten mussten. Sie strich sich mit dem Handrücken über die Stirn. Für Sekunden schloss sie die Augen und atmete tief ein. Als sie mit einem lauten Seufzer die Luft ausstieß, sah sie Philippa eindringlich an. „Ich hätte dich für klüger gehalten."

„Es tut mir von Herzen leid."

„Davon spreche ich nicht."

Was meinte sie dann? Egal, was Philippa jetzt sagte, es war bestimmt falsch. Tränen verwoben das erglühte Gesicht Hiltgunts zu einem breiigen Klumpen. Philippa kniff die Lippen zusammen und zog die Schultern hoch, dass es fast wehtat.

„Glaub ja nicht, dass ich nichts mitbekommen habe."

Philippa erstarrte und schlug sich die Hand vor den Mund.

„Du wunderst dich? Kind, ich bin schon viele Jahre hier im Haus. Ich weiß alles!" Hiltgunt seufzte laut. Irgendwo im oberen Stockwerk polterte etwas zu Boden. Bestimmt war eines der Kinder schon wieder wach. Hiltgunt verdrehte die Augen.

Plötzlich machte sie einen Schritt vor, dass sie ihren Atem spüren konnte. Philippa wurde immer kleiner. Hiltgunt blieb offenbar nichts verborgen. Nur ließ sie das niemand wissen, warum auch immer.

Ein paar Sekunden verstrichen, bevor die Haushälterin fortfuhr, jetzt mit gesenkter Stimme. „Ich hätte genauso gehandelt. Ein Freund hilft zu jeder Zeit, sagt schon die Heilige Schrift, nicht wahr? Irgendwo in den Sprüchen Salomos steht das."

Philippas Blut pulsierte. Sie hielt den Atem an. Was war denn das?

Hiltgunts Räuspern holte sie in die Wirklichkeit zurück.

Philippa nahm allen Mut zusammen, mit Tränen in den Augen. „Liebt zu jeder Zeit", wagte sie flüsternd zu berichtigen, „und als Bruder für die Not wird er geboren."

Die gefältelte Stirn Hiltgunts glättete sich und ein Schmunzeln huschte über ihr Gesicht. Anerkennend raunte sie: „Gut aufgepasst in der Bibellehre."

Als Philippa schwieg, griff sie nach ihrer Hand und schaute sie mit nunmehr warmem Blick an. „Ich habe immer große Stücke auf dich gehalten, denn du hast dich, bis auf heute, von den anderen Mägden unterschieden. Das Ganze bleibt ohne Folgen, wenn du darüber schweigst, hörst du? Niemand darf je erfahren, dass dieses Mädchen hier im Haus war!"

Philippa nickte entschlossen. Das war viel mehr, als sie je erwartet hatte. Sie machte einen Knicks und sah auf den dunklen, bauschigen Rock der Haushälterin, unter dem nur die Fußspitzen der abgetragenen, aber auf Hochglanz polierten Schuhe hervorblitzten. „Ich verspreche es", murmelte sie mit tränenerstickter Stimme.

„Ich verlass mich darauf. Und nun geh an die Arbeit. Das Pfingstfest steht vor der Tür. Wie wäre es, wenn du endlich die Vorbereitungen triffst, die ich angeordnet habe?"

Voller Dankbarkeit machte Philippa sich sofort daran, den Steinfußboden mit der Bürste bearbeiten und schickte ein Gebet nach dem anderen nach oben, dass sie nicht entlassen worden war. Sie nahm sich vor, den Anordnungen von Hiltgunt und der Herrschaften künftig ohne Widerrede Folge zu leisten. Auf Gnade durfte sie bestimmt nicht mehr hoffen, sollte so etwas noch mal vorkommen!

*

„Die Beklagte wird bis zur Gerichtsverhandlung im Haus vom Kuhmichel in der Hintergasse eingesperrt. Die Wache hat rund um die Uhr dafür Sorge zu tragen, dass die Tür verschlossen und eine Flucht unmöglich ist. Schreibt dies ins Protokoll." Die autoritäre Stimme drängte wie Flügelschläge über die Köpfe der Ratsherren hinweg. Mit Wucht krachte der Richterhammer auf den Eichentisch.

Fürst Wilhelms Räuspern durchbrach die angespannte Stille. „Die Verhandlung ist geschlossen."

Nicht ins Gefängnis? Caspar schreckte derart ruckartig hoch, dass seine Feder auf dem Blatt verrutschte und eine hässliche Spur auf dem Pergament hinterließ. Dass die Verdächtige eingekerkert gehörte, fand er richtig. Was also sollte diese eigenwillige Entscheidung? Warum zog der Landesherr sie aus dem Kreis der Verbrecher heraus? War es Mitleid? Oder war er insgeheim von ihrer Unschuld überzeugt? Kannte er sie womöglich?

Der Knall, mit dem der Fürst seine Entscheidung untermalt hatte, rief verstörende Blicke der Ratsherren hervor. Einige Brauen schnellten hoch, andere Räte setzten dagegen ein gleichmütiges Gesicht auf, als sei es etwas Alltägliches, dass der Landesherr einer Kindsmörderin ein heimeliges Zuhause bot. Zumindest, bis der ordentliche Prozess begann.

Vom Gefängnis droben im Schloss hatte Caspar schon die gruseligsten Sachen gehört. Das Stockhaus war seit ewigen Zeiten der gerechte Platz – oder auch der gottverlassenste, je nach Blickwinkel –, der Wehmut, Angstzustände und Resignation zugleich hervorrief.

Nun gut, die Entscheidung des regierenden Fürsten von Nassau-Dillenburg war zu respektieren, wie auch immer man sie fand. Womöglich war er eine zarte und vom Leben gebeutelte Seele, lebten doch von seinen fünfzehn Geschwistern nur noch sechs. Oder vielleicht hatte ihm der Pockentod seiner beiden Kinder vor wenigen Jahren derart zugesetzt, dass er nicht mehr die notwendige Strenge fand. Es würde an ein Wunder grenzen, sollte die Fürstin aufgrund ihres Alters noch einen Nachkommen in die Welt setzen! Wahrscheinlicher war, dass sein Erbe ans Haus Oranien-Nassau in den Niederlanden fallen würde. Ein scheußlicher Gedanke. Was würde dann aus dem Schloss und aus Dillenburg werden?

Caspar nahm aus den Augenwinkeln und an den Geräuschen der Ratsherren war, dass nun auch der letzte Punkt der Sitzung abgehandelt war. Er räumte seine Aufzeichnungen, die Feder und das Tintenfass weg. Nach und nach leerte sich der Saal.

„Womöglich kriegt sie sogar noch Essen aus der Schlossküche", spottete einer der Räte, die hitzig diskutierend beieinanderstanden, während Fürst Wilhelm hocherhobenen Hauptes das Rathaus verließ. Zwischen Gelächter und Entrüstung fiel die eine oder andere abwertende Bemerkung. „Wer ist denn auf diese aberwitzige Idee gekommen? Doch nicht der Durchlauchte persönlich?!"

Hinter dem Fürsten stelzte Schäfer in einem protzig bestickten lilafarbenen Samtgehrock, und setzte sich dabei seinen Dreispitz auf. Als er Caspar erspähte, zwinkerte er ihm zu. Seine Mundwinkel verbog er zu einem wissenden Grinsen. „Meine Empfehlung an den Herrn Vater. Wir sehen uns", raunte er und ließ Caspar mit einem flauen Empfinden in der Brust zurück. Er spürte die unsichtbare Macht, die von dem Zunftmeister ausging.

Es klang fast wie eine Drohung, was Caspar zu einem ernsthaften Bittgebet veranlasste: *Barmherziger Gott im Himmel, verschone mich vor Rat Schäfer und seinen Weibern. Schenke mir, deinem gehorsamen Knecht, das Eheweib, von dem ich träume. Erweiche das Herz meines Vaters und lass ihn der Verbindung mit Philippa zustimmen. Amen.*

Bergwerksbesitzer Matthias Vogt hatte sich für die heutige Ratssitzung hochoffiziell entschuldigt, da ihn das Unglück im Bergwerk ernsthaft in Beschlag nahm. Vermutlich war er noch nicht zu Hause.

Während die meisten Ratsherren noch im noblen *Hirsch* einkehrten, machte sich Caspar zur Werkstatt von Meister Hermann auf, die in der Marbachstraße lag. Es war bereits später Nachmittag und er hoffte, dass er den Wagner noch antreffen würde.

Bald darauf stand er vor dem kleinen Fachwerkhaus, an das eine Scheune grenzte, die Meister Hermann als Werkstatt diente. Die Kutsche, die im Hof stand, erkannte er sofort als die seiner Familie.

Erleichtert bemerkte Caspar, dass die Werkstatttür noch offenstand.

„Gott zum Gruße", sagte er und trat ein. Seine Augen brauchten einen Moment, um sich an das trübe Licht im Innern zu gewöhnen. Er sog den vertrauten Geruch von Holz in sich auf, den er schon von Kind auf geliebt hatte. An den Wänden hingen fein säuberlich aufgereiht Werkzeuge, Seile und weitere Gerätschaften. Dann sah er, wie der Meister an einem halbfertigen Wagenrad hantierte und sorgfältig mit einem Hammer eine Speiche in die Nabe trieb.

„Meister Hermann", sagte er, aber der Wagnermeister reagierte nicht. Offensichtlich hörte er nichts, da in der hinteren Ecke sein Geselle mit wuchtigen Hieben Nägel in den Radkranz eines Wagenrads schlug, um das Metall daran zu befestigen. Caspar ging an fertigen Wagenrädern, einem neuen Handkarren und Acker-Geräten vorbei, bis er direkt neben Hermann stand. Erst jetzt bemerkte ihn der Wagnermeister und ein Lächeln huschte über sein Gesicht.

„Der Caspar!", freute er sich. „Warst lange nicht mehr hier. Willst sicher wissen, ob das Rad fertig ist?"

Caspar nickte und zeigte Richtung Hof. „Vater braucht die Kutsche. Wann denkst du, kann er sie haben?"

„Morgen gegen Mittag. Und richte dem Herrn Rat meine Grüße aus."

„Das mache ich gerne. Ich danke dir."

Sein Vater nahm die Nachricht, dass das Gefährt erst am nächsten Tag wieder fahrbereit sei, mit einem Knurren hin. Zum Glück war er heute genauso wortkarg wie sein Sohn.

Caspars Kopf schwirrte voller unruhiger Gedanken. Die Ratssitzung ging ihm immer noch nahe. Fürst Wilhelms Entscheidung zum Quartier der vermeintlichen Kindsmörderin war gewöhnungsbedürftig, wenn nicht gar bedenklich. Jede künftige Inhaftierung würde daran gemessen werden und wahrscheinlich Unruhe auslösen.

Caspar seufzte und fühlte sich mit einem Mal, als müsse er aus dem Haus fliehen, um frei von seinem Gedankenkarussell zu werden. Er holte tief Luft. Hoffentlich würde er gleich Philippa sehen können. Dann würde sein aufgewühltes Gemüt sicher Ruhe finden.

Nach dem gemeinsamen Nachtmahl entschuldigte sich Caspar, ohne einen Grund zu nennen, und verließ das Haus. In der Nähe des Obertorbrunnens entdeckte er sie sofort. Wie anmutig sie wirkte mit ihrer adretten Bluse, dem Rock und Schultertuch. Sein Herz begann wild zu klopfen.

„Philippa“, sagte er mit gedämpfter Stimme, „wie schön. Ich habe gehofft, dass du kommst.“

Sie faltete die Hände und senkte den Blick. „Ich kann nicht lange wegbleiben. Heute war kein guter Tag.“

Caspar zog die Brauen hoch und hob sanft ihr Kinn an. „Gab es Ärger, Liebes?“

Sie schluckte. „Es war dumm von mir. Ich habe der Unterhaltung der Herrschaften gelauscht. Ich weiß auch nicht, wieso.“ Ihre Stimme wurde leise. „Es ging um meine Freundin Elsa. Man hat sie verhaftet.“

Auf Caspars Stirn bildete sich eine steile Falte. Sie meinten doch wohl hoffentlich nicht die gleiche Person. „Deine Freundin?“

„Ja."

Er betrachtete sie aufmerksam. „Doch nicht diese Magd aus Herborn?"

Sie nickte verdutzt. „Aber woher weißt du davon?" Ihre Augen waren geweitet und sie sah so mitgenommen aus. Wie ein kleines flatterndes Vöglein. Er spürte ihre Not und am liebsten hätte er sie fest an sich gepresst und getröstet. Das hätte sie beruhigt und ihn bestimmt auch.

Sie biss sich auf die Lippen und schwieg.

Er war verwirrt. „Warum bin ich nicht gleich darauf gekommen, dass du sie kennst? Sie ist ja wie du gebürtig aus Breitscheid." Dass sie Philippas Freundin war, stellte ein Problem dar. Er zögerte, ob er Philippa die Wahrheit vorenthalten sollte oder nicht.

Es half alles nichts. Kurzentschlossen entschied er, sie mit den Tatsachen zu konfrontieren. Da gab es einfach nichts zu beschönigen. „Sie war heute vor Gericht und ich musste als Gerichtsschreiber mitschreiben. Ihr wird vorgeworfen, ihr Kind umgebracht zu haben. Deshalb –"

„Caspar, das hat sie niemals getan. Nein, doch nicht Elsa!", fiel Philippa ihm ins Wort und hielt seinen Arm umklammert. Sie war fast so bleich wie ihre Tellerhaube, unter der sie die Haare hochgesteckt hatte.

„Kann sein, das wird sich zeigen. Da sie Wöchnerin ist, hat unser Fürst sie bis zum Prozessbeginn in einem Haus in der Hintergasse einsperren lassen", fügte er hinzu, nahm ihre Hand von seinem Arm und hielt sie fest. Sie fühlte sich warm an und lag nervös in seiner.

Wie entschieden sie für ihre Freundin eintrat! Die Vorwürfe schienen sie gar nicht zu interessieren. Jede andere hätte sich gleich von ihr losgesagt, um ja nicht mit ihr in Verbindung gebracht zu werden. Aber nicht Philippa.

Zärtlich betrachtete er ihren hellen Hals, betont durch ihre kragenlose, hellgraue Bluse. Darunter schlug ihr liebevolles Herz, für das er sich entschieden hatte und nie mehr loslassen würde. Er schätzte ihre aufrechte und gottesfürchtige Gesinnung und sein Wunsch war, Philippa immer zu achten, was das Leben auch bringen würde.

Sie hatte ein Gespür für das, was wichtig und wo Zuneigung angebracht war, etwas, was ihm als Mann manchmal fremd blieb. Er liebte Philippa, nicht weil sie hübsch gekleidet war, sondern um ihrer selbst willen. Ihm würde sie auch gefallen, wenn sie einen Kartoffelsack getragen hätte. Dass sie in dem wahrscheinlich selbst gehäkelten, bunten Tuch, das locker über ihren Schultern hing, zauberhaft aussah, war nur noch der Glanzpunkt des Ganzen.

„In die Hintergasse? Bist du sicher?“ Sie schien nachzudenken, ohne ihm die Hand zu entziehen. „Du meinst, nicht im Stockhaus?“

Er hörte ihr ungläubiges Staunen und zuckte mit den Schultern. „Man nennt unseren Fürsten nicht umsonst den *Guten*. Manche sogar den *Frommen*. Kannst du dir vorstellen, was die Räte dazu gesagt haben? Oder gedacht?“ Er winkte ab und kräuselte die Stirn. „Du willst es lieber nicht wissen.“

„Und du?“

„Ich betrachte die Entscheidung auch mit Befremden und fürchte, dass es große Unruhe unter den Leuten auslösen wird.“

„Und was passiert jetzt?“ Sie holte tief Luft und während sie ihn Hilfe suchend ansah, füllten sich ihre Augen mit Tränen. Verzweifelt hob sie eine Hand vor den Mund. „Hat sie gestanden?“

„Nein, hat sie nicht.“ Er griff jetzt auch nach der anderen Hand. Ihm war heute egal, ob sie beobachtet wurden oder nicht. „Philippa“ flüsterte er eindringlich, „kein Mensch weiß, was sie mit dem Kind gemacht hat! Verstehst du? Sie schweigt.“ Seine Stimme wurde heiser. „Warum macht sie das? Das spricht gegen sie. Hätte sie es in einer Familie beherbergt, dann gäbe es nichts, was man ihr vorwerfen könnte."

Philippa fing an zu zittern. „Sie hat mir gesagt, sie habe ihm nichts angetan", schluchzte sie.

Er staunte. „Das hat sie dir erzählt? Wann? Wie kommt sie dazu?" Er war nun sichtlich aufgebracht und sein Herzschlag hämmerte wild. Was hatte Philippa mit Elsa zu tun gehabt?

„Ich … ich", beklagte sie herzbewegend, „ich hab sie eine Nacht bei mir schlafen lassen."

In ihm keimte der Verdacht auf, dass sie sich gerade um Kopf und Kragen redete.

„Das ist nicht wahr!" Er schnappte nach Luft und sah sie abwägend an. „Weißt du, was das bedeutet? Wenn das rauskommt!" Sein Blick wanderte zu der Häuserfassade rings um den Brunnen. Sie waren alle in der gleichen Weise gebaut und mit Strohdächern gedeckt, weil es hier so gut wie niemanden gab, der sich ein ordentliches Dach leisten konnte. Ihm schwindelte und er hatte den Eindruck zu ersticken. Die Fachwerkfächer verwandelten sich beim Anblick in Fassaden voller Karos und Dreiecke. „Und warum hat sie es versteckt?", stieß er hervor. Dieser schreckliche Verdacht verdichtete sich mehr und mehr zur Wahrheit. Ihm wurde übel. „Sie hat was zu verbergen!"

„Du glaubst ihr genauso wenig wie alle anderen!", hielt Philippa dagegen und entzog ihm die Hände.

Er wischte ihr sanft die Tränenspur von den Wangen. Das ungute Gefühl blieb. „Philippa, bitte, hör auf. Das führt zu nichts. Glaube mir, sie bekommt einen gerechten Prozess. Dann kann sie ihre Unschuld beweisen."

„Eine Magd will dem Hohen Gericht etwas belegen? Eher

wird …" Philippa brach wieder in Tränen aus und verschluckte den Rest des Satzes. Sie wand ihren Kopf zur Seite.

Sein Unbehagen über die Entwicklung des Gesprächs und seine Verlegenheit wuchsen, als er sah, wie ihre Schultern zuckten. Bestimmt sollte er nicht sehen, wie ein wahrer Tränenstrom über ihre Wangen lief. „Lass sie uns dem Herrgott anbefehlen, Philippa, mehr können wir im Moment nicht tun."

„Doch, ich will, dass wir ihr helfen!"

„Wie das denn? Der Vorwurf ist ernst – wir können da nichts tun." Er schüttelte den Kopf. „Gott stehe ihr bei!"

Philippa nestelte an ihrem Rock und zog ein Taschentuch heraus. Als sie sich geschnäuzt hatte, schaute sie ihn traurig an.

Es zerriss ihm fast das Herz. „Liebes", flüsterte er, „es tut mir leid. Das wollte ich nicht. Bitte, können wir von etwas anderem reden?"

Sie sah ihn lange an und nickte. Hinter ihr polterte ein Leiterwagen entlang und bog in den Weg zum Marbachtor ab.

„Vielleicht sollten wir lieber überlegen, wie wir den mittellosen Haigerern helfen können", lenkte er ab. „Es fehlt an allem. Eine Cousine unserer Nachbarn wohnt mit ihrer Familie dort und sie haben alles verloren: Haus, Vieh, Kleidung. Zum Glück leben sie noch."

Er hatte inzwischen gehört, dass man mittlerweile zwölf Tote zählte. Außerdem war eine große Menge Vieh verbrannt – man sprach von sechshundert Tieren. Das Feuer hatte rasend schnell um sich gegriffen, dass keine Zeit für Wassereimer geblieben war. Nach anderthalb Stunden hatte es kaum mehr ein Haus gegeben, das noch stand. Pferde, Schweine und Kühe hatten den Tod, wenn nicht im Stall, dann spätestens auf der Straße durch Rauch oder Flammen gefunden. Selbst Bäume außerhalb der Stadtmauer waren durch Funkenflug eingeäschert worden.

Es war einfach nur schrecklich! Innerhalb kürzester Zeit war die ganze Stadt abgebrannt und nach den Berichten war kein einziger Schweinestall stehen geblieben. Sogar die drei Kirchenglocken waren unter der Glut geschmolzen.

Philippa nickte zögernd. „Kannst du Elsa nicht doch irgendwie helfen?" Sie sah aus, als habe eine seltsame Leere sie erfasst.

Nachdenklich musterte er die Wolken. „Wie stellst du dir das vor? Ich protokolliere, was gesagt und angeordnet wird. Ich bin Gerichtsschreiber, kein Richter."

„Verzeih mir", murmelte sie. Ihre Wangen glühten jetzt. Scheu senkte sie den Kopf.

Seine Augen wanderten an ihrer zarten Gestalt entlang. Die Haube war jetzt verrutscht und gab den Blick frei auf ihren Nacken, den ein rotes Feuermal bedeckte. Für einen Moment stockte sein Atem. Es brandeten Aufzeichnungen durch seinen Kopf, in denen Muttermale und Feuermale in früheren Zeiten die Schicksale von Frauen meist auf dem Scheiterhaufen besiegelt hatten. Diese Erkenntnis schob er sofort beiseite. Was für ein Glück, dass diese düsteren, fürchterlichen Zeiten vorbei waren.

„Weißt du schon, dass unsere Räte beschlossen haben, die Feuerordnung zu kontrollieren? Jedes Haus, alle Familien müssen bei einer Inspektion durch Amtmann, Schöffen und Räte sämtliche Feuerstellen zeigen. Die Kontrollen sollen verhindern, dass so ein schlimmes Unglück wie in Haiger unsere Stadt heimsucht."

Philippa schüttelte den Kopf. „Davon habe ich noch nichts gehört. Trotzdem finde ich es gut. Überall lauert die Gefahr. Und eine Prüfung dient unser aller Sicherheit."

„Sie werden auch bei euch vor der Tür stehen und nach Löscheimern fragen. Bereitet euch vor."

„Ich denke, Enners weiß durch meinen Herrn Bescheid."

Die Sonne war hinter dem Schloss verschwunden. Ein für die

Jahreszeit fast zu kühler Wind fegte um die Häuser. Philippa zog ihr Tuch fester um die Schultern. Er folgte ihrem Blick, den sie besorgt nach oben warf. Die Wolken hatten sich zu einer festen Decke zusammengezogen. Obwohl es bereits Mai war, konnte es nachts manchmal noch empfindlich kalt werden.

„Ich werde bestimmt schon vermisst." Sie raffte ihren Rock.

Er griff nach ihrer Hand und führte sie zum Mund. Sanft drückte er einen Kuss auf ihre Fingerspitzen. „Bis morgen."

Er hätte ihr am liebsten noch viele schöne Koseworte ins Ohr geflüstert, aber aus den Augenwinkeln bemerkte er die Gattin von Rat Schramm, die gemächlich vorüberging und sie beide neugierig musterte.

Man musste das Schicksal nicht herausfordern. Ein hochmütiger Bergwerksbesitzer war schon Anlass genug.

8

Dillenburg, in der Nacht von Freitag, 14., auf Samstag, 15. Mai 1723

Es war nur wenige Tage später, als ein rätselhaftes Geräusch Caspar in der Nacht aus dem Schlaf hochfahren ließ. Er stöhnte auf. Hatte er nur wirr geträumt? Mal waren Vater, dann wieder Philippa im Traum erschienen, doch schon als er anfing, darüber nachzudenken, verblassten bereits die Schattenbilder, weil ihn die Helligkeit in seinem Schlafzimmer irritierte. Er stand auf und schob den Vorhang am Fenster beiseite. Ein Blick zum Nachthimmel zeigte, dass zunehmender Halbmond war.

Trotzdem tat sich der Himmel in dieser Nacht eigenartig rötlich hell auf, wie Lärm, der eine schöne Melodie übertönte. Er rieb sich die Augen. Wahrscheinlich ging seine Fantasie mit ihm durch. Der verheerende Brand in Haiger drei Tage nach Neumond bewegte ihn noch immer sehr.

Den anderen Dillenburgern ging es nicht anders. Viele Menschen verbanden verwandtschaftliche oder geschäftliche Beziehungen mit der Nachbarstadt. Das Unglück hatte ihr Herz zerrissen und machte sie freigiebig, den Obdachlosen mit Geld und Kleidung, Vieh und Essen zu helfen. Viele Familien hatten alles verloren. Unablässig wurde in Kirchen für die Geschädigten gebetet und gesammelt. Selbst wer von den Wohltätern kaum etwas besaß, gab noch von dem Wenigen ab, denn ein Schicksalsschlag konnte jeden treffen.

Jetzt drangen Stimmen an Caspars Ohr und er vermutete, dass mal wieder Trunkenbolde durch die Gassen zogen. Würde ihn nicht wundern, denn denen war nichts heilig – auch kein Pfingstfest, das am Sonntag gefeiert werden würde.

Der Himmel schillerte immer noch irgendwie verzerrt ... Nein, jetzt wurde er sogar blutrot!

Mit einem Mal war Caspar hellwach.

Angst kroch in ihm hoch und brandete in seinem Kopf. Irgendetwas war seltsam dort draußen. Er wusste nur nicht, was.

Sein Schlafzimmer lag im ersten Stock und nach hinten zum Garten. Vermutlich würde er von einem Fenster zur Straßenseite eher erkennen, was der Grund für solch einen wunderlichen Nachthimmel war und warum die Leute auf der Straße herumstreunten, ohne dass der Nachtwächter sie davonscheuchte. Ein lärmender Zecher war kein Grund, auf die Straße zu laufen, denn mancher wurde rabiat, wenn man sich ihm in den Weg stellte.

Caspar runzelte die Stirn und schluckte. Plötzlich war ihm klar, dass diese Röte statt trostloser Schwärze nichts Gutes bedeuten konnte! Ohne eine Öllampe zu entzünden, huschte er zur Tür und tastete sich durchs finstere Treppenhaus. Er öffnete die Tür zum Esszimmer, dessen Fenster zur Straße zeigte. Ein eigenartiges Licht hatte den Raum erfasst. Noch bevor er das Fenster erreichte, traf ihn die Erkenntnis schlimmer als ein Hammerschlag: Draußen brannte es lichterloh!

Diese Feststellung hätte ihn eigentlich dazu bringen sollen, mit Geschrei auf das Feuer aufmerksam zu machen. Doch genau das Gegenteil war der Fall. Er war nicht imstande, nach Hilfe zu rufen. Wie angewurzelt blieb er stehen.

Später hätte er nicht sagen können, wie viel Zeit vergangen war. Waren es zehn Sekunden oder fünf Minuten? Oder sogar eine halbe Stunde? Als die Lähmung nachließ, rannte er die Treppe hoch und stieß sich noch seinen dicken Zeh an einem Holzpfosten, bevor er jammernd und humpelnd das Schlafzimmer seines

Vaters erreichte. Der Schmerz hatte ihn endlich richtig wach gemacht.

Er riss die Tür auf. „Feuer! Vater, es brennt!“ schrie er. „Steh auf!“

Nichts geschah. Es war still – noch nicht mal ein Seufzen oder Schnarchen war zu hören. Caspar eilte durch das abstruse Halblicht zu dem großen Bettgestell mit dem wuchtigen und mit Schnitzereien verzierten Kopfteil, um seinen Vater an der Schulter zu rütteln. „Feuer! Du musst aufstehen! Es brennt in der Stadt!“

Doch er griff ins Leere. Wo um alles in der Welt war sein Vater?

Caspar rannte in sein eigenes Schlafzimmer und schlüpfte in die Hose, die noch über einem Stuhl hing, verzichtete jedoch auf das Hemd. Stattdessen stopfte er die Zipfel des Nachthemdes in den Bund und suchte aufgeregt nach seinen Schuhen, die er schließlich unter seinem Bett fand. Weil es nachts immer noch empfindlich kühl war, warf er sich noch ein Wams über. Als er endlich vor die Tür trat, wimmelte es nur so von Nachbarn und fremden Leuten auf der Straße. Wer tatsächlich alles hier herumlief, war im Halbdunkeln schwer zu erkennen. Die eine oder andere Stimme kam ihm aber bekannt vor.

Der Wind blähte sein Hemd auf und fröstelnd blickte er zum Himmel. Nordwestlich flimmerte es hinter den Giebeln in hellroten und gelben Schattierungen. Wo mochte das sein? Vielleicht hinter der Obertorbrücke. Hoffentlich war es nur ein brennender Schober!

Das Scheunenviertel befand sich auf der anderen Uferseite der Dill und jenseits der Stadtmauer. Hier bei den Häusern gab es natürlich auch jede Menge Schober und Tierställe, doch die meisten waren draußen nahe den Gärten, die zwischen der neuen Landstraße nach Frohnhausen und dem Dillufer lagen.

Er erkannte einen Nachbarn, der sogar eine Öllampe hielt. „He, Schorsch! Weißt du, was los ist?“

„Es soll im Steinweg brennen."

„Allmächtiger! Das ist ja fürchterlich. Hast du vielleicht meinen Vater gesehen?"

„Du machst vielleicht Witze. Keine Ahnung, wo der Herr Rat ist." Der alte Mann fuchtelte mit der Hand durch die Luft. „Wie soll man denn bei dieser Schwärze was erkennen?!"

Schwärze? Es war mehr hell als dunkel. Caspar seufzte. Die Augen des Alten waren bestimmt trübe. Er musterte die hagere Gestalt. Irgendwie wirkte sie verloren.

Caspar deutete auf die *Krone*. „Hat der Wirt seine Gäste gewarnt? Sind die Leute raus?"

„Glaub ich schon. Es laufen hier allerhand Leute herum, die andersartig sprechen und die niemand kennt. So, jetzt muss ich rein – wir müssen unseren Hausrat retten!" Damit verlor er sich im Schatten der Häuser.

Dillenburg brannte!

In wildem Rhythmus begann sein Herz zu pochen. Er musste das Gesinde wachrütteln! Bestimmt waren sie noch am Schlafen, sonst hätten sie ihn sicher geweckt.

Sofort rannte er ins Haus zurück und stieß mit der Haushälterin zusammen, die mit Schlafhaube und Nachtmantel wie eine Schneeeule durchs Haus geisterte. „Es brennt!", schrie Caspar sie an. „Wo sind die anderen?"

„Grundgütiger", rief Katharine mit weit aufgerissenen Augen, zerrte ihr zerknittertes Nachtgewand und polterte die Treppe hoch. „Ich wecke sie, Herr!"

„Erkunde alle Räume, ob Vater nicht doch irgendwo im Haus ist!", schrie er hinter ihr her. „Und dann rette, was zu retten ist."

Merkwürdig, dass die bronzene Feuerglocke nicht geläutet wurde. Er betete, dass das alles hier ein Irrtum war, dass es vielleicht nur ein kleines Scheunenfeuer war.

Caspar schürzte die Lippen. Wo war sein Vater? Hatte er überhaupt schon im Bett gelegen? Wahrscheinlich war er irgendwo hier im Getümmel. Aber warum hatte er niemanden geweckt? Das passte nicht zu ihm.

Caspar versuchte sich an den vergangenen Tag zu erinnern. Tagsüber waren zahlreiche Inspektionen geplant gewesen, an denen sein Vater teilgenommen hatte, um die Haushalte auf die Brandschutzanordnungen zu überprüfen. Das Drama von Haiger sollte sich nicht in Dillenburg wiederholen.

Und dennoch tat es jetzt augenscheinlich genau das!

Von allen Seiten drang Geschrei an seine Ohren. Einige Leute hatten Lampen in der Hand, Frauen trugen Kinder auf den Armen und überall hörte er verzweifelte Rufe und Kinderweinen. Niemand wusste so recht, was los war.

Caspar beschloss herauszufinden, wo genau es brannte. Vielleicht war alles nicht so schlimm. Jedenfalls hoffte er das inständig und schickte ein Stoßgebet zum Himmel, dass dem so sei. Nicht auszudenken, wenn es tatsächlich in der Stadt wütete.

Er bog vom Hüttenplatz in den Steinweg ein, drängte sich an Menschen und Vieh vorbei und warf einen Blick Richtung Viehhof, der fast vollständig im Dunkeln lag.

„Caspar!" Eine Hand legte sich von hinten auf seine Schulter, sodass er erschrocken zusammenzuckte. Er erkannte die Stimme seines Freundes Wolmar: „Ich hab gehört, das Haus vom Hartmann soll brennen. Lichterloh!"

Hartmann, der Sporer, wohnte am Ende des Steinwegs und betrieb dort im Hinterhof eine kleine Werkstatt. Obwohl er noch ein junger Handwerker war, stellte er bereits ordentliche Geräte her und selbst ins Schloss hatte er schon Stacheln für die Pferde geliefert.

Caspar setzte an, doch bevor er eine Antwort geben konnte, hörte er eine durchdringende Stimme: „Feurio! Feurio!"

Der Rufer kam immer näher und bald erkannte Caspar die Silhouette eines Mannes im langen Mantel, bestückt mit einer Lampe und Hellebarde.

„Feurio! Feurio!"

Bestürzt starrten die beiden Männer auf den Nachtwächter. Die unfassbare Gewissheit, dass sich mit den Rufen in diesen Minuten etwas Schlimmes wie eine giftige Schlange durch die Gassen bewegte, machte sie sprachlos, weil durch den Nachtwächter die Tatsache eines Brandes bekräftigt wurde. Schon kleine Kinder wussten, dass der Warnruf allen galt.

Schockiert starrten sie dem Nachtwächter noch hinterher, selbst als er bereits aus ihrem Blickfeld verschwunden war und irgendwo hinter Häuserecken seine Rufe fortsetzte. Vereinzelt wurde ein Fenster aufgerissen und jemand stierte und horchte in die Kühle.

Irgendwann hatte die Nacht den Mann mitsamt seinen aufrüttelnden Appellen verschlungen. Für einen Augenblick ging Caspar die blödsinnige Vorstellung durch den Kopf, dass sie Opfer eines Schabernacks waren.

Bereits auf dem unteren Teil des Steinwegs tummelten sich die Leute. Manche standen ratlos herum, andere trugen Geschirr, Leinen, Bettdecken und Vorräte nach draußen und schrien vor Verzweiflung. Die Menschen waren alle von einer emsigen Unruhe befallen. Vor vielen Türen türmten sich Stühle, Tische und Bett- und Tischwaren. Deutlich sichtbar war der Feuerschein zu erkennen. Ein böses Rauschen lag in der Luft.

Caspar fühlte sich derart betäubt, dass er noch nicht mal Tränen hatte. In seiner Brust drückte ein seltsamer Ring mehr und mehr alles zusammen, dass er meinte, es schneide ihm den Atem ab. Philippa! Was war mit ihr?

Aufgeregt fragte er: „Mensch, Wolmar, warum läutet niemand die Feuerglocke?"

„Da fragst mich was! Ich weiß es nicht.“ Wolmars Stimme wurde durchdringender. „Wir brauchen Wassereimer! Und Schuffen!“

Die Geräte mit dem langen Stiel waren perfekt, um an unwegsamen Stellen Glutnester auszuschlagen. „Eigentlich müsste die jeder Hausbesitzer haben.“

„Ja, eigentlich! Und was, wenn nicht? Erst heute wurde die Brandschutzmaßnahme durchgeführt“, erwähnte Wolmar. „Bei mir waren sie auch. Der Amtmann und die Räte sind von Haus zu Haus und haben alles überprüft: Sämtliche Öfen und alle offenen Feuerstellen und ob jedes Haus einen Ledereimer hat! Trotzdem mache ich mir grade große Sorgen, ob mein Haus nicht auch in Gefahr ist.“

Das war wirklich unheimlich, fand Caspar. Erst wurde alles inspiziert und auf den Kopf gestellt und dann das! Leider sagte die Visitation nicht aus, ob die Menschen tatsächlich Wassereimer besaßen. Vielleicht waren manche erst mal nur getadelt worden, sich einen zu kaufen.

Hinter sich hörte er ein Knallen und das Schnaufen eines Tieres. Als er sich umsah, erkannte er einen voll beladenen Ochsenkarren, dessen Besitzer die Peitsche schwang. Die ersten Leute wollten mit aller Macht raus aus der Stadt. Wahrscheinlich durchs Wicktor oder weiter südlich durchs Untertor.

Caspar schaute sich aufgewühlt um. „Ich laufe zum Küster, damit endlich die Feuerglocke geläutet wird“, entschied er.

Wolmar nickte. „Und ich muss sehen, was ich zu Hause retten kann.“

Die Freunde trennten sich. Jetzt konnte Caspar den Rauch riechen. Der Wind trieb ihn ihm direkt ins Gesicht. Er musste zum Haus der Hohensteins! Ob sie schon mitbekommen hatten, dass es nicht weit von ihnen brannte? Zwar weiter unter ihnen, weil ihr

Haus am Hang lag, aber Funkenflug bedeutete höchste Schutzlosigkeit auch für sie. Fast alle Dächer waren mit Stroh gedeckt und standen dicht gezwängt wie Wecken, die man aneinandergereiht backte. Die Gefährdung war außerordentlich, dass glühende Asche auf umliegende Gebäude übergriff.

Je länger er die Straße entlanglief, umso mehr Leute waren zu sehen. Einige hatten ihr Vieh aus den Ställen geholt und auf die Straße getrieben. Frauen schrien lauthals Gebete in den inzwischen verschatteten Himmel, der mit Windböen das Knistern und Knallen von Holz über die Häuser trug. Erschreckend wenige Männer hatten Wassereimer dabei. Ganz zu schweigen von Schuffen.

„Das ist eine Strafe Gottes!", schrie eine alte Frau, die sich an einem Stock mühsam aufrechthielt und schwang mit der anderen Hand eine weitere Krücke durch die Luft. „Euer gottloses Leben rächt sich."

Caspar schauderte und spürte verstärkt jetzt die Frische, die der Wind durch die Gassen peitschte. Das Knirschen des Feuers wurde immer drastischer und als er am Obertorbrunnen vorbeikam, gellten verzweifelte Schreie durch die Nacht. Jetzt konnte er hinter der Häuserfront den Feuerschein ziemlich gut sehen. Wieder gab es einen Windstoß, der ihm den Qualm in die Augen trieb. Es piekte und schmerzte, sodass er die Augen zusammenkneifen musste. Dabei stolperte er und wäre fast über eine Deichsel gefallen, die ein Handwerker einfach auf die Straße gewälzt hatte.

Gesprächsfetzen drangen an sein Ohr. Man beratschlagte, was zu tun sei. Mehrmals war von der Hintergasse die Rede. Ob das Feuer da ausgebrochen war?

Auf der anderen Straßenseite war ein wilder Disput im Gange, aber er konnte nicht folgen, worum es ging. Er sah nur einige

Männer und dazwischen eine Frau. Er kniff die Augen zusammen, um besser sehen zu können. Das musste Lugardis sein, und wenn er sich richtig erinnerte, war sie Hebamme. Was sie von ihr wollten, konnte er nicht ausmachen. Warum stritten die Leute mitten in einer Feuersbrunst?

Er musste andauernd husten und ihm tränten die Augen. Verzweifelt presste er sich seinen Hemdsärmel vor den Mund. „Das ist ein Verbrechen", schrie jemand und er musste einen Moment überlegen, woher er die Stimme kannte. Natürlich, sie gehörte zum Barbier, der immer über alles informiert war. Gewiss hörte er gut zu, wenn seine Kunden, zu denen Caspar und sein Vater ebenfalls gehörten, in geschwätziger Verfassung manchmal geheime Dinge preisgaben. „Der Täter gehört aufgehängt!"

Caspar sah ihn vor seinem Haus stehen, die Hände in den Hosentaschen und seinen Kindern Anweisungen gebend, wohin sie die Sachen schleppen sollten, die sie aus dem Haus trugen. „Sachte, sachte", empörte sich Caspar über die Schärfe seiner Worte, was ihm ein kaltes Blitzen in des Barbiers Augen einbrachte, und blieb neben ihm stehen. „Warum läutet niemand die Feuerglocke?"

„Wird sich schon jemand finden", fuhr der Barbier auf, „ich muss sehen, dass ich retten kann, was geht. Hast ja gesehen, wie's den Haigerern ergangen ist. Von wegen Feuerglocke! Hat ihnen nichts genützt!" Voller Zorn stampfte er auf den Hauseingang zu und brüllte. „Frau, wird's bald?! Und sieh zu, dass die Blagen nichts vergessen!"

Der Barbier und seine Familie waren nur wenige unter vielen, die voller Panik auf der Straße herumliefen, ohne recht zu wissen, was sie tun sollten. Einige Leute standen mit ihren Eimern herum, ohne einen Plan zu haben, wie sie denn vorgehen sollten. Der Schreck über die Feuerbrunst lähmte sie sichtbar.

Caspar wandte sich ab und hetzte den Kirchberg hoch. Fast hatte er die Kirche erreicht, als plötzlich ein dröhnendes Getöse über ihm erklang. Die Feuerglocke! Wie ein Guss aus eisigen Brocken überfiel ihn das ununterbrochene gellende Geläut und er blieb überwältigt stehen. Er fror und zitterte am ganzen Körper. Sein eigenes Schnaufen zerfetzte die Angst, die das ohrenbetäubende Läuten zu einer Stille in seinem Kopf hatte werden lassen.

Dann besann er sich – Philippa! Wie konnte er nur hier herumstehen, statt sie und die Familie zu warnen, dass es sich um mehr als nur einer kleines Feuer handelte!

So stellte er sich das Jüngste Gericht vor. Ein Flammeninferno in tiefster Nacht, das zwischen Rauch und feurigen Zungen alles zerstörte, was den Menschen lieb war. Ihr Zuhause, ihre Tiere, ihren Hausrat, ihre Zukunft und ihre Seele. Und wenn es ganz schlimm kam, wie in Haiger oder sonst wo, auch noch ihre Liebsten.

Es war alles so unwirklich illuminiert und das Feuer fraß sich empor in den nachtschwarzen Himmel. Normalerweise lag die Stadt um diese Zeit in tiefster Dunkelheit und die Menschen in ihren Betten, bis auf das Gesindel, das für seine Taten den Lichtschein mied. Einzig der Nachtwächter beleuchtete mit seiner schwachen Lampe beim Gang durch die Gassen den Weg.

Aber jetzt war alles anders und erschreckend hell. Die Welt war verkehrt und die Nacht zum Tag geworden. Die Gesichter der Leute wechselten zu Fratzen und gespenstische Schatten huschten durch die Gassen. Eine unbändige Unruhe ging um, die auch Caspar jetzt voll erfasste.

Er hörte Kühe an ihren Fesseln reißen, das Schnauben von Sauen und Federvieh herumschwirren. Katzen, denen man besondere Fähigkeiten nachsagte, huschten aus ihren Verstecken und flohen weg von den Flammen. Am besten, man folgte ihnen, denn sie würden ein sicheres Plätzchen finden.

Hier unterhalb der Schlossmauer auf dem steilen Weg kauerten ganze Familien vor ihren Häusern. Niemand nahm von ihm Notiz. Vieh brüllte in seinen Verschlägen, manche Leute hatten ihre Schweine schon auf die Straße getrieben, andere versuchten, ihre wild gewordenen Kühe aus dem Stall zu bekommen, und etliche Hühner flatterten durch das Chaos.

Er rang nach Atem und blieb vor der Stadtkirche stehen. Unweit stand das Haus der Hohensteins mit hell erleuchteten Fenstern, gleich daneben das Nachbarhaus des Schlosskommandanten Spina, aber niemand der Bewohner war zu sehen.

Sein Herz war voller Unruhe und pochte wild. Ob er an der Haustür klopfen und auf die Gefahr aufmerksam machen sollte? Wie sollte er aber erklären, dass er bei ihnen vorstellig wurde, wo sie bestimmt die Glocke gehört und das Feuer bemerkt hatten. Schließlich gehörte Magister Ulrich von Hohenstein zu den Räten und war bestimmt schon auf die Gefahr aufmerksam gemacht worden. Aber war nicht heute eine besondere Ausnahmesituation? Er drückte den Rücken durch. Er würde den mutigen Weg gehen!

Plötzlich bemerkte er, wie eine schmale Gestalt das Haus verließ. Die leichtfüßige Art, wie sie daherkam, war unverkennbar. Das konnte nur Philippa sein! Er machte einen Schritt auf sie zu und öffnete schon den Mund, um ihren Namen zu rufen, als ein Geräusch ihn aufschreckte.

Jetzt verließ ein Mann ebenfalls das Hohensteinsche Haus und Caspar presste sich gegen die Kirchentür, anstatt Philippa entgegenzueilen. Er musste unerkannt bleiben! Mit tiefgebeugtem Rücken humpelte die Gestalt in entgegengesetzter Richtung davon. Das konnte unmöglich der Magister sein, denn dessen Statur war ihm vertraut. Scheinbar gehörte die Person hier zur Dienerschaft. Den Umrissen der Kleidung nach zu folgern, könnte es ein Knecht der Familie sein.

Während Caspar ihm noch nachblickte und überlegte, wer er wohl war, war Philippa bereits den Kirchberg hinabgeeilt. Enttäuscht ballte Caspar die Faust. Er hatte seine Chance verpasst.

Was wollte Philippa unten in der Stadt? Das konnte doch unter diesen beängstigenden Umständen nicht nur pure Neugierde sein.

Trotzdem, er musste tun, was er für richtig hielt. Ohne weiter nachzudenken verließ Caspar seinen Winkel, hämmerte wild an die Haustür der Hohensteins, bis ein Fenster aufging.

„Feurio! Feurio!", schrie er hoch, bevor er sich wieder umdrehte und hinter Philippa herlief.

9

Philippa fröstelte, obwohl sie einen wärmenden Mantel umgelegt hatte. Sie eilte die Gasse vom Kirchberg hinunter, begleitet von dem schrillen Ton der Glocke. Mühsam hielt sie einen Zipfel ihres Kopftuches vor Mund und Nase, weil der böige Wind immer wieder Asche und Qualm an den Schlossberg schleuderte, was ihr den Atem nahm. Leider war der dunkle Weg derart uneben, dass sie das Tuch loslassen musste, um sich hier und da an einer Steinmauer abzustützen und entlangzuhangeln. Weiter vorne bemerkte sie Leute und Vieh vor den Häusern.

Ihr Herz klopfte bis zum Hals.

Die Sorge der Herrin, dass ihrem Mann etwas zugestoßen sein könnte, teilte sie. Er war seit heute Nachmittag unauffindbar und je später es wurde, umso unruhiger wurden Familie und Gesinde.

Sybilla von Hohenstein wusste, dass zuvor Häuser, Werkstätten, Stallungen und Schuppen geprüft worden waren. Die Gebäude der gesamten Stadt zu kontrollieren war eine Mammutaufgabe und kaum in so kurzer Zeit zu schaffen. Ihr Mann war nur kurz zum Mittagessen erschienen, um gleich wieder mit einer Delegation von Räten und Fachleuten die Feuerstellen gemäß den fürstlichen Anordnungen zu prüfen.

Obwohl die Herrin Enners damit beauftragt hatte, ließ es sich Philippa nicht nehmen, bei der Suche zu helfen. Das sich rasch ausbreitende Feuer, das sie vom Fenster aus beobachtet hatten, hatte bei der Herrin große Panik hervorgerufen.

„Ich dachte zunächst, ich hätte einen Albtraum vom Haigerer Brand“, war sie außer sich geraten, „bis ich begriff, das ist hier! Hier in der Stadt! O, allmächtiger Gott, willst du uns mit Feuerflammen zur Buße rufen?“

Sie hatte die Kinder geweckt und mit ihnen betend und laut klagend in der guten Stube gesessen.

„Vor nicht langer Zeit hat Hagel die Ernten der Bauern vernichtet. Was haben wir denn getan, dass der Allmächtige uns nun mit Feuer straft?!“ Ihre Furcht griff auf die Kinder über, die, aus dem Schlaf gerissen und nicht wissend, was nun folgte, mit ihr weinten.

Die Herrin hatte sie gemahnt, niederzuknien, die Hände zu falten und Gott um Gnade für ihre Familie und die Leute in der Stadt anzuflehen, was sie verunsichert taten.

Irgendjemand musste den Magister doch gesehen haben. Philippa versuchte, die Panik der Herrin zu ignorieren, um ihre eigene Angst kleinzuhalten. Sie folgte ihrer inneren Stimme, sich auf die Suche zu machen.

Ob das eine gute Idee war, würde sich zeigen. Beten konnte sie auch im Gehen. Die Furcht, dass der Feuerregen es bis zu ihnen hoch schaffte, blieb. Untätig herumsitzen mochte sie nicht.

Die Herrin war unsicher, ob sie mit den Kindern ausharren oder weglaufen sollte. Aber wohin sollten sie gehen? Je eher der Herr zurückkehrte, umso schneller könnte er bestimmen, was zu tun war oder sagen, ob sie überhaupt gefährdet waren.

Der Geruch von verbranntem Holz und beißendem Qualm, den der auffrischende Wind zu ihr herübertrieb, stieg Philippa in die Nase. Sie presste jetzt den Ärmel vors Gesicht, während sie den Weg entlanglief. Als sie zum Himmel emporsah, wirkte er, als habe ein Maler Farben in Grau, Gelb und Orange über die tiefe Schwärze gekippt. Dennoch konnte sie den Mond erkennen, der das erste Viertel bereits überschritten hatte und in wenigen Tagen als grandioser Ball sichtbar sein würde. Bei jeder Vollmondnacht, wenn sie – warum auch immer – nicht schlafen konnte, starrte sie ergriffen hinauf in den Nachthimmel und bestaunte Gottes Schöpfung.

Plötzlich geriet sie ins Stolpern, weil ihr jemand von hinten in den Rücken stieß und an ihr vorbeihastete. In letzter Sekunde konnte sie sich fangen, knickte aber mit dem Fuß um. Schmerzerfüllt stöhnte sie auf und wäre fast erneut umgerannt worden, während sie sich den Knöchel rieb. Beim Auftreten stach ihr ein noch heftigerer Schmerz vom Fuß hoch ins Bein.

Mit Tränen in den Augen legte sie den Kopf in den Nacken und starrte mit zusammengepressten Lippen nach oben; dabei erinnerte sie der Nachthimmel an ihren Auftrag.

Der Wille weiterzugehen, übertrumpfte die Qual und sie richtete sich mühsam auf. Humpelnd bewegte sie sich talwärts hinter anderen Leuten her. Der Boden aus festgetrampelter Erde war ziemlich holprig und im Dunkeln eher waghalsig.

Am Ende der Straße hatte sie das Gefälle hinter sich gelassen. Sie bog nach rechts ab und blieb vor dem hell erleuchteten Rathaus stehen. Warum brannte zu nachtschlafender Zeit darin Licht? Verwundert musterte sie die Fenster und rieb sich den Knöchel, der sich mittlerweile geschwollen anfühlte.

Als eine Katze direkt vor ihren Füßen vorbeihetzte, zuckte sie zusammen und hob den Kopf. Das mehrstöckige Haus vor ihr war ein wunderschönes Gebäude mit einem steinernen Erdgeschoss, das Torbögen enthielt, durch die sogar eine Kutsche passte und unter denen man Markt halten konnte. Das Fachwerk war mit Holzgeflecht und Lehm ausgekleidet, wobei sich das Strohdach harmonisch in die Reihe der angrenzenden Häuser einreihte, die im gleichen Stil errichtet waren.

Das Knistern und Prasseln wurde immer lauter, genau wie das Geschrei der Leute, die wild durcheinanderliefen und Kinder und Hausrat auf die Straße trugen. Einige Alte standen beieinander, drohten mit erhobenen Fäusten und lamentierten lautstark.

„Wir haben euch immer gewarnt“, rief ein alter Mann, der neben ihnen im Dreck saß, und schwang seine Krücke, „und jetzt ist das Jüngste Gericht angebrochen. Ihr seid schuld mit eurem liederlichen Leben. Jetzt kriegt ihr sie, die Strafe Gottes."

Philippa bekam eine Gänsehaut und wandte sich ab. Ängstlich warf sie einen Blick zu den Dächern. Die Funken tanzten von einem Strohhalm zum nächsten, von einer Dachkante aus Stroh zur nächsten, und griffen von einem Haus aufs andere über. Wenn eine Flamme ein neues Opfer gefunden hatte, sprühte sie das Grauen wie einen Fluch in die Wolken.

Die Stimmung hier war unheimlich. Nicht weit von ihr zankten lautstark einige Leute. Der Tumult spielte sich unmittelbar am Obertor ab. Philippa wandte sich um und beobachtete, was passierte. Plötzlich öffnete einer der Wächter das Stadttor.

„Warum machen die denn die Tore auf?", schrie sie voller Panik und hielt sich beide Hände an den Kopf. Was machte denn der Häuserbrand mit den Leuten!?

„Mädchen, beruhige dich", raunte ihr ein Mann zu, der vorbeischlurfte, „wie sollen denn sonst die Helfer reinkommen?"

„Oder Halunken", fauchte Philippa und ärgerte sich sofort, weil sie keine Ahnung hatte, was bei einem Feuer zu tun war. „Tut mir leid", rief sie hinter ihm her. Der Mann ging einfach weiter und winkte mit der Hand ab, ohne sich noch mal umzudrehen.

In dem Stadttor wohnte die Hebamme Lugardis, die von ihren Zimmern Ausblick nach beiden Seiten hatte. Ein interessanter Platz zum Wohnen, fand Philippa. Von dem Magister wusste sie, dass dort schon seit Jahrhunderten die Ammen der Stadt wohnen durften, ebenso wie auf dem Schloss. Für ihre Entlohnung mussten sie sich auch um die Fütterung der beiden städtischen Zuchtochsen kümmern und es wurde erwartet, dass sie den Familien das Ankleiden der Toten abnahmen. Dafür kam man ihnen entgegen und zahlte die Miete.

Lugardis half Kindern auf die Welt und wurde andererseits ständig mit dem Tod konfrontiert – als balanciere sie auf der Stadtmauer mit der Gefahr, mal in die Stadt oder mal draußen aufs Feld zu stürzen. Wie gut, dass die Inquisition und der Hexenhammer nicht mehr Recht sprachen, denn solange damals eine Geburt normal verlief und die Mutter überlebte, war die Hebamme eine geachtete Frau. Wehe aber, wenn die Gebärende oder das Kind starb. Oder wenn sie Zwillinge oder einen missgebildeten Säugling auf die Welt holte. Dann sprach man von bösen Mächten – und der „weisen Frau" half nur noch beten, dass sie nicht ihr Leben lassen musste.

Mehrmals hatte Philippa Lugardis im Haus der Hohensteins getroffen. Sie musste um die fünfzig sein, besaß einen tadellosen Ruf und strahlte eine Ruhe aus, die Philippa bewunderte. Als die Herrin nach Severins Geburt an einer Brustentzündung erkrankt war, hatte die Hebamme gewusst, dass man sie mit Quarkwickel, Bettruhe und viel Geduld wieder heilen konnte. Zum Glück hatte man keinen Wundarzt geholt, denn der hätte mit Aderlass die Herrin laut der Hebamme gänzlich geschwächt.

Ein Leiterwagen rumpelte an ihr vorbei und fuhr durch das Stadttor. Verblüfft starrte Philippa ihm nach und überlegte, welches Ziel er wohl habe.

Plötzlich legte sich eine Hand auf ihren Arm. Nach einer Schrecksekunde drehte sie den Kopf – Caspar! Sie war so erleichtert, ihn zu sehen, auch wenn sein Gesicht nur schattenhaft zu erkennen war.

„Philippa!", flüsterte Caspar und schluckte. „Bin ich froh, dass ich dich gefunden habe", er zeigte auf den leuchtenden Himmel, der die Katastrophe spiegelte. „Ich war so besorgt um dich."

„O, Caspar, gut, dass du da bist. Ich suche Magister von Hohenstein. Wir wissen nicht, wo er ist. Seit heute Mittag hat ihn niemand mehr gesehen."

Noch während sie redete, näherte sich eine gebeugte Gestalt.

„Enners!" Philippa hob die Brauen. „Hast du ihn gefunden?"

„Nein", keuchte er. „Hab alle Straßen abgesucht. Wie soll man ihn auch in dem Drunter und Drüber finden?" Sein Gesicht sah gequält aus. „Aber was zum Teufel tust du hier? Mitten in der Nacht!"

„Ich bin genauso verzweifelt wie die Herrin. Wie kann ich denn da stillsitzen?" Sie zeigte aufs Rathaus. „Ich geh jetzt da rein. Merken sie nicht, was hier draußen los ist? Irgendwer wird ja wissen, wo er hingegangen ist."

„Das wirst du nicht", entschied Enners und drohte mit dem Finger. „Du hast da nichts verloren. Um diese Zeit schon mal gar nicht!"

„Ja, was stehst du denn noch hier herum?", fand Philippa trotzig, „Auf, geh du doch!"

Enners verstummte und knetete die knochigen, abgearbeiteten Hände. „Ich … ich trau mich nicht." Er sprach kaum hörbar und senkte den Kopf. „Ich kann sie doch nicht bei ihren Beratungen unterbrechen. Bestimmt klären sie grade, wer wo löschen soll."

„Jetzt? Beratungen?"

„Falls überhaupt jemand drin ist", mutmaßte Enners. „Oder man hat vergessen, die Lichter zu löschen."

Schweigend standen sie beieinander, bis Caspar mit dem Kinn auf die Fenster wies. „Ich frage nach."

Er verschwand durch das vornehme Portal. Währenddessen wurde es um sie herum immer unruhiger. Mehr und mehr Menschen waren jetzt auf den Straßen, manche trieben Schweine oder Ziegen vor sich her, andere wiederum liefen laut lamentierend wie kopflose Hühner herum oder suchten Wassereimer und Schippen.

Eine Weile stand Philippa nachdenklich neben Enners und versuchte, den Schmerz in ihrem Knöchel zu ignorieren. Sie wurde zunehmend ungeduldiger, humpelte ein paar Schritte auf das Portal zu und fragte sich, warum Caspar nicht mehr herauskam. Das Prasseln der Zerstörung kam immer näher. Der Wind wirbelte den Rauch durch die Gassen und schürte mit den Flammen ihre Angst.

Irgendjemand stieß Philippa von der Seite an. Aus einem Reflex riss sie die Arme nach vorne, um sich irgendwo festzuhalten, aber ihr Griff ging ins Leere und sie stürzte zu Boden. Nun tat auch ihr Armgelenk im höchsten Grade weh und Tränen schossen ihr in die Augen.

Sie stöhnte auf und biss sich auf die Lippen. *Nein, jetzt nicht losheulen,* dachte sie, als eine knochige Hand nach ihr griff. Es war die von Enners. Mit seiner Hilfe rappelte sie sich auf und klopfte den Staub von ihrem Rock und Mantel.

„Danke", sagte sie und rieb sich die Seite. Erst der Fuß und jetzt auch noch das. Was war denn nur los mit ihr?

„Der junge Herr Gerichtsschreiber scheint ein sicheres Plätzchen gefunden zu haben", erboste sich Enners, jetzt offensichtlich ebenso unruhig wie sie, und sah sich suchend um – wahrscheinlich nach einer Sitzgelegenheit, aber es gab keine. „So sind sie, die feinen Herren. Und wenn's nicht um den gnädigen Herrn ginge, wäre ich bereits weg."

„Das stimmt nicht", wehrte Philippa ab und hoffte, dass er ihr Zittern in der Stimme nicht bemerkte. Wo blieb Caspar nur? Ihr war klar, dass Enners überfordert war. Erst aus dem Schlaf gerissen, dann die Suche – in Verbindung mit seinen altersbedingten Plagen war das alles einfach zu viel. Er hatte Mühe, sich noch auf den Beinen zu halten. „Herr Vogt wird schon wieder rauskommen."

Plötzlich tauchte Caspar wie aus dem Nichts vor ihnen auf. Trotz der Schatten sprach sein Gesicht Bände. Das Entsetzen hatte ihn voll im Griff.

„Geh heim, kümmere dich um die Hohensteins!“, raunte er und schob sie von sich weg. Er sah sich suchend um und entdeckte zwei Burschen in der Nähe. Eilends ging er auf sie zu, griff sie an den Armen und bestimmte: „Ihr müsst mir sofort helfen. Es ist äußerst wichtig!“ Ohne ihre Antwort abzuwarten, zerrte er sie zu Philippa. Er sah sie entschlossen an. „Nun geh schon. Wir müssen dringend wieder rein.“

Verwirrt sah sie zu dem betagten Knecht und dann zurück zu Caspar. „Du meinst doch nicht mich?“

„Doch! Bitte, Philippa, sag deiner Herrin, ich kümmere mich um ihren Mann.“ Und an den Diener gewandt: „Enners, dich brauch ich!“

„Ihren Mann?“ Philippa war mehr als aufgewühlt. „Was geht hier vor, Caspar? Da stimmt doch was nicht.“

Noch immer schwappte das Geläut der Glocken über sie hinweg. Sie hatte das Dröhnen schon gar nicht mehr wahrgenommen. Er trat nah zu ihr, ergriff ihre Hand und flüsterte. „Mach dir keine Gedanken. Beruhige lieber Frau von Hohenstein und die Kinder. Ich begleite ihren Mann nach Hause.“

Widerstand regte sich in ihr. „Enners ist doch am Ende, siehst du das nicht?“, wisperte sie. „Er kann einfach nicht mehr. Lass mich dir helfen.“

„Nein. Nun geh.“

„Warum?“

„Du solltest es nicht sehen.“ Er blinzelte, als sei ihm etwas ins Auge geraten und ein Schatten fiel auf sein Gesicht. „Es würde dich sonst erschüttern.“

Was meinte er? Hatte ihr Herr eine Verletzung erlitten?

„He! Was ist denn jetzt mit uns?“, kläffte einer der Jungen. „Warum stehen wir jetzt hier rum?“

„Ja doch“, versprach Caspar, „wartet noch einen Moment.“

Philippas Augen wurden immer größer. „Ist dem Herrn Magister was passiert?"

Er schüttelte den Kopf. „Nicht, was du denkst. Bitte sage deiner Herrin, dass ihr Mann gleich nach Hause kommt. Versprichst du es mir?"

Sie holte tief Luft, um zu einer Erwiderung anzusetzen. Zwei Stimmen kämpften in ihrer Brust. Wenn sie ihm jetzt nicht vertraute, wie sollte sie es tun, wenn sie seine Frau war? Er wusste, was zu tun war. Er würde sie nicht hinters Licht führen. Seine Hand war fest und warm. Sie spürte ein wohliges Gefühl, als ging eine unsichtbare Stärke auf sie über.

Im Hintergrund murrten die jungen Männer erneut.

„Ja", sagte sie mit entschlossener Stimme und lächelte tapfer, „ja, das mache ich."

Caspars Augen leuchteten auf, bevor er sie losließ und sich abwandte. Dann eilte er mit Enners und den Burschen ins Rathaus.

Philippa raffte den Rock und zwängte sich durch die Menschenmenge, die noch größer geworden war. Jeder Schritt tat weh und ihr Herz pochte so laut wie ihr Fuß. Sie bog zur Marbachstraße ab und blieb stehen, weil nicht weit von ihr ein Haus von den Flammen aufgefressen wurde.

Schlagschatten wanderten an Häuserfassaden entlang. Eine gespenstische Stimmung hing über der Stadt. Sie war tief erschüttert. Zwischen Geläut und Geschrei türmten sich Hausrat, Werkzeuge und Geröll. Rufe nach Wasser und Gottes Erbarmen hallten die Straßen entlang und verdampften im Funkenflug. Viele Leute liefen verwirrt herum oder standen wie erstarrt da, andere schleppten emsig Sachen durch die Straßen.

Mit angehaltenem Atem blickte sie zurück zum Rathaus, das wie zuvor mit hell erleuchteten Fenstern dastand, als sei ihm gleich, was ringsumher passierte.

Plötzlich wurde das Portal aufgerissen und zwei Männer erschienen, in ihrer Mitte ein Mann, den sie hinausschleppten. Philippa kniff die Augen zusammen. Sah sie richtig? War das tatsächlich Caspar und Enners mit Amtmann Tilemann? Ob er unpässlich geworden war? Oder gewalttätig? Aber dann hätte Caspar sie doch nicht heimschicken brauchen. War es das, was sie nicht sehen sollte?

Dahinter torkelten weitere Räte aus der Tür. Gleich darauf erschienen die beiden jungen Männer mit einem Mann in der Mitte, der mit wackligen Beinen Haltung zu bewahren suchte. Sie traute ihren Augen nicht und mahnte sich, ruhig zu bleiben. Fast hatte sie das Gefühl, ihr Atem bleibe vor der Lunge hängen, sodass sie nicht mehr richtig Luft bekam.

Den einen oder anderen Ratsherrn erkannte sie – Schäfer, Bürgermeister Ludwig Henrich Göst und zweifellos auch Ulrich von Hohenstein. Keiner von ihnen konnte sich mehr auf den Beinen halten ...

Die Erkenntnis traf sie schlagartig. Sie waren sturzbetrunken!

Die wichtigsten Männer der Stadt konnten sich allesamt kaum mehr auf den Beinen halten – ein Skandal!

Aber warum? Was hatte es zu feiern gegeben, dass offenbar niemand nüchtern geblieben war? Selbst der jüngere Bürgermeister Göst hatte seine Façon verloren, obwohl seine Frau hochschwanger war und jeden Moment niederkommen konnte. Als Zunftmeister wurde Göst eine außerordentliche Fähigkeit seines Handwerks nachgesagt und natürlich kaufte der Magister einzig aus seiner Werkstatt und nur die besonders gelungenen Stücke.

Johann Jost Weis, der ältere Bürgermeister, der gerade krank war und dessen Ehefrau ebenfalls ein Kind unter dem Herzen trug, war aus der Gruppe der Schöffen gewählt worden und beide

Vorsteher bekleideten gleichzeitig ihr Amt, wie es allgemein in den Städten üblich war.

Jetzt traten noch mehr Männer ins Freie, viele gestützt – nein, vielmehr getragen – von Leuten, die offenbar die Situation erkannt hatten und zu Hilfe geeilt waren. Einen der hohen Herren mussten sie sogar rauszerren, weil er sich wehrte. Aus dem Schatten neben dem Gebäude trat ein Mann mit einer Schubkarre vor. Sie ahnte, was oder wen er damit befördern wollte. Wie erniedrigend!

Philippa unterdrückte einen Aufschrei Das, was sie dort beobachtete, trieb ihr die Tränen in die Augen. Es war unglaublich. Und zu allem Unglück blieben die Männer neben dem Schandpfahl und dem Pranger mit dem Halseisen stehen, die sich gleich neben dem Rathaus und dem Trillhaus befanden. Einer hielt sich sogar wankend daran fest.

Lieber Vater im Himmel, bat Philippa im Stillen, *lass das nicht wahr sein, was ich zu sehen glaube. Ist die Zeit nahe, dass du das Jüngste Gericht über uns hereinbrechen lässt? Ich flehe dich an, hab Erbarmen mit den Räten und mit allen Menschen in dieser Stadt. Gebiete dem Feuer Einhalt! Du alleine hast die Macht. O Herr im Himmel, sei uns Sündern gnädig. Amen!*

Wie spät mochte es sein? Sie sah zur Kirchturmuhr, aber durch die Rauchschwaden konnte sie nicht erkennen, wo die Zeiger standen. Schon länger war im Gespräch – so hatte es jedenfalls der Magister erwähnt –, eine neue Kirchenuhr anzuschaffen. Allerdings befürchtete er, dass es wegen fehlendem Geld noch Jahre dauern könnte. Wahrscheinlich würde es wie bei anderen geplanten Anschaffungen laufen: Erst wurde eine Kollekte eingelegt und da sie sicherlich nicht ausreichte, würde man den Fürsten um eine Gabe ersuchen.

Sie seufzte. Bis dahin würde noch viel Wasser den Mühlbach und die Dill runterfließen.

Der quälende Brandgeruch riss Philippa aus ihren Gedanken und biss ihr beim Luftholen in den Lungen. Offenbar hatte der Wind gedreht und blies in die glimmenden Dachstühle. Sie musste husten. Irgendwo krachte ein Haus zusammen. Eine gewaltige Wolke mit Funken stob durch die Lüfte, begleitet vom Geschrei der Dillenburger, die das mitbekommen hatten, und eine noch unbändigere Aufregung entstand.

Ein paar der Leute kannte sie. Der Müller aus der Hintergasse lief heulend umher, ebenso die Witwe von Leiendecker Kintzel, die sie oft auf dem Markt getroffen hatte und die ein schönes Haus im Steinweg bewohnte, von dem soweit erkennbar nichts mehr als verkohlte Stützen übrig geblieben waren.

Wo noch Häuser standen, fraßen die Flammen Schneisen in die Dächer oder züngelten an den Fassaden entlang. Die Hitze, die von den betroffenen Häusern ausging, war immens.

Plötzlich kam Bewegung in die Leute. Es war, als seien für einen schmerzhaften Moment die Bürger aus ihrer Lähmung aufgewacht. Sie stoben auseinander, manche hasteten durchs Obertor auf die vor der Stadt liegenden Wiesen und Äcker, andere genau in die andere Richtung. Philippa überkam ein Schwindel und sie schaute sich vorsichtig um. Auch hinter ihr gerieten Menschen in Panik. Was war hier nur los?

*

Das Geläut verstummte so plötzlich wie es eingesetzt hatte, als habe der Allmächtige selbst die Achtung gebietenden bronzenen Kirchenglocken angehalten, während Caspar behutsam die Rathaustür schloss und auf die Straße trat.

Etwas abseits warteten die Burschen mit Vogt und von Hohenstein, alle anderen waren auf wundersame Weise mehr oder minder lautstark im Nebel der Zerstörung verschwunden.

Caspar war wie betäubt von den Ereignissen der letzten halben Stunde. Ein Gefühl folgenschwerer Versäumnisse und Schuldigkeit brandete durch seinen Körper. Gab es nicht eine alte Bürgerordnung, bei der die Männer aufgefordert wurden, sich beim Läuten der Feuerglocke oder beim Blasen des Horns vor dem Rathaus zu versammeln, damit man gemeinsam dem Befehl des Bürgermeisters gehorchend gegen den Brand vorgehen sollte? Nichts von dem war geschehen.

Nachdenklich und geschockt zugleich blieb er stehen und sah zum Kirchturm hoch. Er hatte kein Gespür mehr dafür, wie lange die Feuerglocke gelärmt hatte. Die plötzliche Stille tat fast weh in seinen Ohren. Wobei „Stille" nicht der richtige Ausdruck war, denn erst jetzt konnte er die Schreie und Unruhe in voller Stärke hören, die durch die Straßen schallten. Dazu das starke Knistern und Krachen der Feuersbrunst, die innerhalb kürzester Zeit nach allen Seiten ihre mörderischen Krallen ausgefahren hatte, wie eine Raubkatze, deren Tatzen ihre Opfer umklammerte und mit kraftvollen Bissen in den Nacken den Tod androhte. Nicht mehr lange, und das Flammenmeer würde am Rathaus angekommen sein. Der Funkenflug war bedrohlich nah und überall dröhnten zusammenfallende Balken in die Nacht, begleitet von Schreien entsetzter Bürger.

Neben dem Feuer hatten ihn auch die skandalösen Vorkommnisse der letzten Stunde erschüttert. Die Angst in ihm fraß sich hoch in seinen Kopf. Wie hatte es sein können, dass sämtliche Ratsherren mit dem jüngeren Bürgermeister und Konsorten im Sumpf des Branntweines versunken waren, während die Einwohner Dillenburgs versuchten, ihr Leben und etwas von ihrem kümmerlichen Besitz zu retten?

Irgendwas musste passiert sein. Etwas, das die Männer dazu gebracht hatte, alle natürlichen Barrieren zu ignorieren! Göst, dieser aufgeblasene Gockel, der sich Bürgermeister schimpfte, war nur noch eine Parodie seiner selbst gewesen. Jeder wusste zwar, dass er einen guten Tropfen liebte, aber bis heute hatte ihm das keiner übel genommen. Er hatte seiner Stadt bisher mit Klugheit gedient, doch die heutige Nacht beschämte alle.

Caspar durfte nicht daran denken, dass sein Vater inmitten dieser Gestalten gesessen hatte. Zwar nicht sturzbetrunken, sondern in einem Zustand, der im Vergleich zu seinen Amtskollegen eher als milde bezeichnet werden konnte – aber trotzdem war er dabei gewesen!

Überall auf den Tischen hatten Weinkrüge gestanden und zwischen gefüllten und geleerten Gläsern hatte sich das Glitzern der Kerzenleuchter in den Lachen von verschüttetem Getränk gebrochen. Wie ein bizarres Gemälde hatte es sich in Caspars Erinnerung festgebissen.

Und der Grund für all das? Die hohen Herren hatten dem Schicksal ein Schnippchen geschlagen – das hatten sie gründlich gefeiert! Vor wenigen Tagen hatte ein gewisser Mann namens Schnabel gemeint, in einer Ahnung ein Feuer über Dillenburg aufsteigen zu sehen. Diese merkwürdige Aussage hatte sofort die Runde gemacht und sich trotz entgegengesetzter Beteuerungen derart in den Kopf der hiesigen Räte eingenistet, dass die Herren unverzüglich die Begehung sämtlicher Feuerstellen vorgenommen hatten.

Wo die gültigen Brandschutzregeln nicht befolgt worden waren, zerschlugen oder verboten sie Brandstätten, trotz Beschimpfungen oder Gezeter der betroffenen Bürger. Der Stadtrat berief sich dabei auf ein Gesetz, das bereits vor Zeiten ein Graf von Nassau-Dillenburg in weiser Voraussicht erlassen hatte und um das sich trotzdem die wenigsten Leute scherten.

Über diese Vorgänge war Caspar in Kenntnis gesetzt worden. Was ihm aber nun neu zu Ohren kam, war der Abschluss der Begehung: Als der Stadtrat den langen, mühsamen Kontrollgang geschafft hatte, freuten sich die hohen Herren derart, dass sie ihre Anstrengungen geradezu euphorisch mit einem Bankett belohnten.

Zu Hause war der Weingenuss seines Vaters eigentlich immer gemäßigt, nur hier und heute nicht. Aber warum hatten er und die anderen Männer nicht mitbekommen, was draußen in Dillenburg vor sich ging? War das Gegröle und Gelächter im Sitzungssaal ganz und gar ohrenbetäubend gewesen? Ein unfassbares Erlebnis!

Caspar dachte an den Augenblick, als er seinem Vater im Rathaus plötzlich gegenübergestanden hatte. Sie hatten sich wortlos in die Augen gesehen, wie zwei Stiere zum Kampf bereit, die ihre Kräfte messen wollten. Matthias Vogt hatte einen Fluch ausgestoßen, dass Caspar die Zähne zusammenbiss, um ihm nicht seine Verachtung entgegenzuschleudern.

Nun war der Triumph in den Augen seines Vaters jedoch verschwunden. „Bist du jetzt zufrieden?" Sein Vater verzog spöttisch den Mund und Caspar bekam eine Gänsehaut.

Heute Nacht hatte sich der ach-so-robuste Bergwerksbesitzer, löbliche Ratsherr und auf Äußerlichkeit und Geltung bedachte Matthias Vogt selbst vom Sockel gestoßen. Das unterstrichen seine verrutschte Perücke, das mit blutroten Weinflecken übersäte weiße Jabot und der falsch zugeknöpfte Gehrock.

Caspar spürte keine Genugtuung, vielmehr war es Mitleid und Scham, die in ihm emporragten. Zum ersten Mal hatte er hinter die Fassade seines Vaters geblickt. In diesem Moment war er nicht anders als die meisten Männer, die er kannte. Caspar seufzte und runzelte die Stirn.

„Ga… Gale…lenus hat gesagt", begann Vogt mit schwerer Zunge, „Taubenmist kann sich selbst entzünden. Diese Viecher hocken doch unterm Kirchendach und haben den ganzen Tag nichts anderes zu tun, als Mist zu formen. Ich war schon immer dagegen, dass –"

„Vater“, zerschnitt Caspar sein Geschwätz. Es war nicht der Zeitpunkt, sich über den gelehrten Arzt von Pergamon zu streiten. „Es ist jetzt nicht wichtig, wie das Feuer entstanden ist.“

„Doch!“, knurrte er und seufzte tief, wobei er mit glasigem Blick an die Wand des Rathauses stierte.

„Das klärt sich sicher bei Tag. Vielleicht solltest du dich einfach schlafen legen“, er war selbst erstaunt über seinen Mut, so mit ihm zu reden, ruhig und fast gelassen. „Ich werde dich jetzt heimbringen. Der Wind weht von unserem Haus hier hoch. Der Hüttenplatz und der Viehhof sind nicht betroffen.“

Vogt schnappte nach Luft, weil ihm unerträglicher Rauch ins Gesicht blies. Als sein Hustenanfall vorbei war, maulte er: „Ich bin kein K… Kind mehr. Und jetzt la… lass mich!“

Caspar gab nicht auf. „Das ist zu gefährlich.“ Er griff ihm unter den Arm. „Komm!“

„Nein!“ Vogt schüttelte ihn ab und verschränkte die Arme vor der Brust.

Caspar rieb seine vom Rauch tränenden Augen und seufzte. „Gut. Aber dann leg dich hin. Sollte das Feuer zu uns drehen, bin ich da und wecke dich.“

Während sein Vater mit zusammengekniffenen Lippen dastand und ihn jetzt mit trübsinnigem Blick beäugte, wandte sich Caspar ab.

Aus den Augenwinkeln beobachtete er, wie Vogt schwankend Richtung Brunnen stelzte. Hoffentlich ging das gut und er würde den im Moment noch vorm Feuer sicheren, aber steilen Heimweg über den Kirchberg nehmen.

Schweren Herzens wandte er sich wieder den beiden Burschen zu und dem ehrenwerten und nicht minder berauschten Magister Ulrich von Hohenstein.

10

„Wo ist mein Mann?" Die Herrin stand höchstpersönlich und außer sich in der Haustür und rüttelte Philippa an der Schulter. „Wo warst du so lange?", schrie sie. „Ist ihm etwas zugestoßen? Und was ist mit dem Feuer? Warum löscht es niemand?!"

„Herrin", keuchte Philippa, erschreckt, dass die Dame des Hauses selbst die Tür geöffnet hatte, und starrte von Schmerzen und vom Hetzen erschöpft in ihr Gesicht. Dessen Anmut war purer Verzweiflung gewichen. „Beruhigen Sie sich, er wird gleich hier sein."

In Sybillas von Hohensteins Gesicht hingen wirre Strähnen, die sich aus dem zur Nacht geflochtenen Zopf befreit hatten. Eine Tränenspur zog sich über die Wangen. Noch nie hatte Philippa sie derart aufgelöst gesehen. Sie wirkte wie ein verschrecktes Reh, so wie schon damals, vor drei Jahren, als sie innerhalb eines Jahres zwei Fehlgeburten erlitten hatte.

„Wo bleibt er?", schrie sie verzweifelt und riss an Philippas Arm. „Die Spinas sind längst weg! Wir werden alle verbrennen! Da, das Feuer kommt immer näher. *Liebster Heiland, hilf uns aus unserer Not!*"

Wie recht sie hatte. Hier konnte nur Gott helfen! Welches Ausmaß die Tragödie hatte, war noch völlig offen. Philippa nahm allen Mut zusammen und schob sie ins Wohnzimmer. „Ich werde Ihnen einen Tee kochen. Was ist mit den Kindern?"

„Ich habe sie nach oben geschickt."

„Sie schlafen?"

„Nein. Wie sollen sie auch, bei dem Lärm da draußen."

Philippa lauschte ins Haus. Dumpf hallten Wimmern und Schluchzen durch den Flur, obwohl die Teppiche die meisten Geräusche schluckten. Der Tee musste warten.

„Ich gehe zu ihnen.“ Ohne Lampe humpelte Philippa die Treppe hoch und betrat das Zimmer der Mädchen. Vielleicht sollte sie später mal einen kalten Umschlag um den Fuß machen, falls sie noch dazu kam.

Ihre Augen gewöhnten sich rasch an das düstere Licht. Die Mädchen saßen im Bett, zwischen ihnen lagen die kleinen Brüder unter die Bettdecke gekuschelt. Keines der Kinder schlief.

„Ich bin's. Philippa.“ Sie setzte sich auf die Bettkante und nahm die Kleinen nacheinander in die Arme. Es überwältigte sie, die Angst zu spüren, die von den zitternden Kindern ausging, während sie sie liebevoll an sich drückte. „Kommt, lasst uns beten. Nur Gott kann uns helfen. Uns und den Menschen in der Stadt.“

Marie schniefte, während Melusine sich schnäuzte. Die Jungen starrten sie mit weit aufgerissenen Augen an.

„Müssen wir sterben?“, fragte der kleine Jakob und rutschte weiter unter die Decke.

„Nein, ich glaube nicht“, sagte Philippa mit fester Stimme, obwohl ihr Herz sank, und sprach ein Gebet. Wie gut, dass sie in der Kinderlehre so manche Fürbitte und viele Verse hatte auswendig lernen müssen. Damals hatte das keinen Spaß gemacht und den Sinn hatte sie als Kind auch nicht verstanden. Der Pfarrer war unerbittlich gewesen und manchmal sogar laut geworden, doch jetzt kam es ihr zugute. Wer weiß, ob ihr sonst etwas eingefallen wäre.

Das Fürbitte-Gebet schien eine beruhigende Wirkung zu verbreiten. Auf die Kinder und auf sie selbst.

„Gott hat uns versprochen, immer bei uns zu sein. Auch jetzt ist er an unserer Seite. Seid getrost, er will euch bewahren.“

„Wie willst du das wissen?“, fragte eine zittrige Jungenstimme ins Halbdunkel. Es war die von Georg.

Philippa strich ihm über den Kopf. „Das steht in der Bibel. Gott verspricht, bei uns zu sein.“

„Und warum brennt es?“ Melusine hatte es nur mit verhaltenem Atem gesagt, aber Philippa verstand es.

Diese Frage ging ihr selbst unablässig durch den Kopf. Sie zuckte mit den Schultern. „Wahrscheinlich war jemand unvorsichtig. Ihr wisst ja, Kerzen sind gefährlich. Das hat eure Mutter euch bestimmt schon oft gesagt, oder?“

Von der Straße erklangen Geräusche. Sie lauschte gespannt. Im selben Moment hörte sie die Stimme des Magisters. Beklemmende Angst stieg in ihr hoch.

Was würde die Herrin zum Befinden ihres Gatten sagen? Ausgerechnet in dieser schrecklichen Nacht war er im Ausnahmezustand. Was würde passieren? War er in der Lage, das Richtige zu tun? Hoffentlich flogen die Funken nicht bis hierhin. Oder bis zum Schloss! Es thronte hoch über ihnen und war in äußerst großer Gefahr durch seine vielen Gebäude aus Holz.

Was würde im Falle eines Brands mit den Insassen des Stockhauses geschehen? Würde man ihre Rettung vernachlässigen?

Ihr gelang es nicht, die Anspannung abzuschütteln, die sie wie ein unerbittlicher Harnisch gefangen hielt. Was würde jetzt passieren?

„Ich habe solche Angst.“ Marie schluchzte laut auf. Ausgerechnet sie, die schon fast kein Kind mehr war und immer ruhig und besonnen mit ihren Geschwistern spielte, war verzweifelt.

„Ich auch“, rief Melusine.

„Wo ist Mama? Ich will zu meiner Mama!“, schrie Georg und schlug um sich, als sie ihn in den Arm nehmen wollte.

Wie auf Kommando fingen alle Kinder an zu heulen, als plötzlich die Tür aufging.

Die Herrin stand in der Tür.

„Euer Vater hat beschlossen, dass wir das Haus noch nicht verlassen, sondern abwarten. Ihr bleibt in den Betten und versucht zu schlafen. Philippa, du legst von jedem Kind Wäsche und Kleidung bereit, ebenso von meinem Mann und mir, falls wir doch fliehen müssen ..."

Dann brach ihre Stimme. Lautlos wie sie gekommen war, zog sie die Tür hinter sich zu. Trotz geschlossener Tür hörte man ihr Schluchzen. Sie tat Philippa so leid. Ihr ruhiges, geordnetes Leben würde nicht so schnell zurückkehren. Still quollen Tränen über ihr Gesicht.

Es war ganz ruhig im Raum geworden. Sie hatte das Gefühl, als würde sich gleich ihr Magen umkehren, aber nichts geschah. Einen Augenblick lang zögerte sie aufzustehen. Doch manchmal half eine Tätigkeit gegen die Angst. Deshalb wischte sie sich nun über die Augen, gab jedem Kind einen Kuss und machte sich an die Arbeit.

*

Etwas Größeres flog Caspar an die Schläfe und instinktiv schlug er mit der Hand danach. Er stand noch vor dem Haus der Hohensteins und konnte nicht erkennen, was es gewesen war. Möglicherweise brennendes Heu oder ein heißes Stück Stoff oder Holz. Es riss ihn aus der Trägheit, die ihn erfasst hatte, seit er seinen Vater nach Hause geschickt und Hohenstein heimgebracht hatte.

Wie mochte es Philippa gehen? Beim Gedanken an sie blutete sein Herz. Wie würde sie sich ängstigen! Ob sie die Kinder trösten konnte? Er hatte sie nicht gesehen, als er der sichtlich bestürzten Frau von Hohenstein ihren Mann übergeben hatte. Was machte sie jetzt wohl durch? Hoffentlich traf der Magister keine desaströse Entscheidung, denn die Wahrscheinlichkeit war doch erheblich, dass das Haus, obwohl es steil am Hang über den betroffenen Häusern stand, in Brand geriet.

Die Ruhe hier oben war trügerisch, doch es war nicht seine Aufgabe, sich in Familienangelegenheiten einzumischen. Philippa traute er nicht nur Glaube auf des Herrn Hilfe zu, sondern auch einen gesunden Menschenverstand. Sie würde nicht sorglos zu Bett gehen, wenn die Gefahr nicht gebannt war.

Er schluckte. Hoffentlich war seine Abwägung richtig. Lautlos erbat er Schutz für Philippa und die Hohensteins. Die Dillenburger stellte er ebenso unter die Fürsorge des Schöpfers von Himmel und Erde. Wenn nicht Gott, wer sonst sollte ihnen allen zu Hilfe eilen?

Den Gedanken des Jüngsten Gerichts schob er beiseite. So einfach, wie es sich mancher Christ zusammenreimte, wenn man für etwas keine Antwort hatte oder seinen Mitmenschen drohen wollte, war es sicher nicht!

Schon oft hatte er darüber nachgedacht: Die vielen Verhandlungen mit ihren denkwürdigen Aussagen, die er täglich protokollierte, waren nicht immer harmlos. Dann verglich er Urteile mit Mahnungen des Pfarrers. Die Gefahr, Rechtssprüche und Bibelauslegungen zu vermischen, war fortwährend da, doch er wollte sie nicht zu seiner eigenen Überzeugung machen.

Plötzlich hallte ein gewaltiger Donnerschlag durch die Nacht! Er kam so plötzlich, dass es Caspar ungewollt in die Knie zwang. Für den Bruchteil einer Sekunde dachte er an Krieg. Seine Augen wanderten zum Himmel, doch dann wurde ihm jäh bewusst, dass der Kanonenschlag vom Schloss ausgegangen war, an dessen Hang die Kirche und ein paar Häuser wie das der Hohensteins oder des Schlosskommandanten Spina grenzten. Die Lage der Dillenburger spitzte sich zu und wurde immer aussichtsloser. Die Kanonen, die ursprünglich als Verteidigung für Schloss und Stadt gedacht waren, bedeuteten hier die letzte Stütze, Menschen aufzurütteln und Leute aus umliegenden Dörfern um Hilfe zu bitten. Ob die Stadt oder etwas von ihr wirklich noch zu retten war, wussten nur die Windböen, die unablässig durch die Gassen bliesen.

Caspar spürte plötzlich, wie die Kühle der Nacht ihn wie ein Fangeisen umklammerte. Hier oben war die Feuerhitze zum Glück noch nicht angekommen. Entschlossen schritt er den Kirchbergweg hinunter, bis die Straße einen Bogen machte. Etwas ließ ihn innehalten.

Etwas, das ihm erst jetzt bewusst wurde: Ein Hauch von Schwermut, nein, mehr von Lethargie schien sich über die Seelen der Leute gelegt zu haben. Sie waren zwar bemüht, ihre Kinder, die alten Eltern, ihr Vieh und den Hausrat zu retten, aber niemand schien sich verantwortlich zu fühlen, dem Feuer zu trotzen. Es gab doch genug Löschwasser! Vielleicht nicht in dem spärlichen Marbach, aber im Mühlbach und in der Dill. Warum gaben sie auf, bevor sie den Kampf überhaupt begonnen hatten? Gab es eine Chance, sie zu beeinflussen?

„Caspar", hörte er plötzlich eine vertraute männliche Stimme rufen. Er sah sich um und versuchte, inmitten des Chaos seinen Freund Wolmar ausfindig zu machen. Als er zwei wild winkende kräftige Arme unweit des Brunnens entdeckte, flog ein Lächeln der Erleichterung über sein Gesicht und er ging dem Kurschmied entgegen, der gleichzeitig auch der Pferdearzt des fürstlichen Gestüts war. Nicht nur Caspar schätzte seine ruhige und zugleich bestimmende Art, die ihm den Ruf eines Pferdekenners eingebracht hatte: Fürst Wilhelm selbst hatte ihn für sein Gestüt verpflichtet.

„Kann ich dir helfen?" Prüfend sah Caspar ihn an und als er direkt vor Wolmar stand, bemerkte er die schiere Verzweiflung in seinem Gesicht. Seine lange schwarze Mähne war ihm ins Gesicht gefallen und bedeckte die hohe Stirn. Von seinen dunklen Augen war nichts zu erkennen. Schweigend wies Wolmar hinter sich und Caspar folgte besorgt seinem Blick. Ein weiterer Donnerschlag ließ die Menschen zusammenzucken und aufschreien.

„Ich weiß nicht.“ Wolmars Stimme brach. Ein leiser Schluchzer bahnte sich den Weg.

„O nein.“ Mehr brachte Caspar nicht raus, als er das Gerippe eines Hauses betrachtete. Im Hinterhof, wo die Schmiede gestanden hatte, deutete lediglich ein verkohlter Haufen darauf hin, dass dort mal die gut ausgestattete Werkstatt seines Freundes gewesen war. Inmitten des Lärms um sie herum herrschte zwischen den Männern bedrückendes Schweigen.

Eine Frau mit versengten Kleidern drängte sich an Caspar vorbei. Klagende Weiber zogen mit verstört dreinblickenden Kindern die Straße entlang. Ein paar alte Männer, gestützt auf Stöcken, röchelten sich die Seele aus dem Leib und lamentierten dabei über das Ende der Welt. Eine gespenstische Stimmung drang durch die Menschenmenge.

Wolmar wirkte jetzt völlig erschöpft und sah sich in wilder Angst um. Er strich sich über das Kinn, als könne sein Stoppelbart ihm noch das einzig verbliebene Gefüge seines Lebens erhalten. Wahrscheinlich hatte er vorhin selbst nicht geglaubt, dass das Feuer dieses Ausmaß annehmen und sein eigenes Haus verschlingen würde.

Überall stank es nach angekokeltem Holz. Nicht weit von ihnen krachte ein weiteres Fachwerkhaus zusammen. Eine Flut von Funken stob nach allen Seiten und Leute schrien auf. Caspar zuckte ebenfalls zusammen, während sich der Brandgeruch verstärkte.

„Wo sind deine Kinder?“ Er legte beruhigend einen Arm um Wolmars Schulter und sprach, aufmerksam bemüht, die Stimme zuversichtlich klingen zu lassen, obwohl er gleichermaßen Furcht hatte: „Ich hoffe doch, sie sind wohlauf.“

„Ich habe sie zu meiner Schwägerin gebracht. Sie war gerade im Aufbruch.“ Hörbar sog er Luft durch die Nase ein. „Mit ihren Fünfen hatte sie schon genug zu tun. Kannst dir vorstellen, wie begeistert sie war." Er stand mit geöffneten Handflächen da. „Aber was soll ich machen? Ich kann die Kleinen doch nicht nehmen."

Wolmars Frau war vor zwei Jahren nach der Geburt des kleinen Sohnes im Kindbett gestorben. Die einjährige Tochter wurde danach mit ihrem kleinen Bruder in der Familie von Wolmars Bruder aufgenommen. Caspar rechnete es der Schwägerin hoch an, dass sie den Jungen und ihren fast zeitgleich geborenen Sohn säugte. Ganz abgesehen von der zusätzlichen Arbeit. Eines der größeren Mädchen seiner Schwägerin holte die Kinder, wenn Wolmar an den Amboss musste. Dafür gab er seinem Bruder monatlich einen kleinen Betrag, damit sie über die Runden kamen. Weder für ihn noch für die Familie seines Bruders war das Leben einfach.

Jetzt wurde nochmals ihre Bestimmung auf den Kopf gestellt.

„Wo sind sie hin?"

„Ins Scheunenviertel. Die Wächter haben, wie du bestimmt bemerkt hast, die Stadttore geöffnet."

„Sind sie zu Fuß geflüchtet?" Caspar überlegte, wo man mit den vielen Kindern überhaupt hinsollte. Was nahm man mit, wenn man sofort aus dem Haus musste? Konnte man überhaupt noch etwas einpacken oder retten?

Wolmar schüttelte den Kopf. „Ihre Kutsche war noch unbeschädigt. Stell dir vor, mein Bruder hat sogar eine Kuh eingespannt."

Für ihn mochte das ungewöhnlich sein, aber für Bauern in den Dörfern bedeutete es meist die einzige Möglichkeit, ein Fuhrwerk zu bewegen.

Die Scheunen vor der Stadt schienen sich als Zufluchtsort für die Bevölkerung aufzuzeigen. Was ein Glück für diejenigen, die es zumindest mit ihrem Leben dorthin schafften. Über die Habseligkeiten, die einem blieben, wollte Caspar lieber nicht nachdenken. Nicht allzu weit vom Wicktor aus führte eine ziemlich neue Straße

Richtung Frohnhausen. Ob sich auch schon Menschen dorthin aufgemacht hatten?

„Wo ist das Feuer ausgebrochen?“, fragte Caspar plötzlich, während er seinen Blick auf den Brunnen konzentrierte, aus dem Menschen Wasser schöpften.

Wolmar setzte zu einer Antwort an, als plötzlich ein Hund um seine Beine strich. „Freddie!“ Der Aufschrei des Kurschmieds schien die Lebensgeister in ihm zu wecken. „Wie bin ich so froh. Ich hatte schon Schlimmes befürchtet.“

Wolmar bückte sich und wuselte dem braunen Mischlingshund zärtlich übers Fell. Dann hob er den Kopf. „Man erzählt, in der Hintergasse bei dem alten Kuhmichel sei irgendwas in Flammen aufgegangen.“

Noch bevor er weitere Einzelheiten preisgeben konnte, steckte ein zerlumptes Weib seinen Kopf zwischen die Männer. „Nix da. Brandstiftung. Die Kindsmörderin war's!“

„Keine Verdächtigungen!“ Caspar kniff die Brauen zusammen und schob die Frau beiseite. „Und untersteh dich, hier Halbwahrheiten zu verbreiten!“

Sie stahl sich davon und hob eine zur Faust geballte Hand. „Ich hab's genau gesehen.“

Wolmar machte eine abwertende Gebärde. „Die kenne ich. Lungert überall rum und bettelt, wenn die Gerichtsknechte nicht in der Nähe sind. Wäre ein Weltwunder, wenn sie ihr Augenlicht plötzlich wiedererlangt hätte.“

Der Wind blies drüben durch den Weinberg und brachte frische Nahrung für das Prasseln rings um sie. Hinter sich hörte Caspar Gebälk brechen. Jemand schrie aus Leibeskräften um Hilfe. Ohne lange zu überlegen, riss Caspar Wolmar am Arm.

„Da scheint was passiert zu sein!“ Er bahnte sich einen Weg durch die Menschen, während nochmals Kanonendonner über die

Stadt hallte. Bevor er die auf dem Boden vor dem Haus des Barbiers liegende wimmernde Gestalt erreichte, musste er noch zwei Leiterwagen ausweichen, die ihm vollbeladen entgegenkamen. Beim Näherkommen erkannte er den Jungen: Es war der Sohn des Barbiers. Ein Balken hatte ihn am Bein getroffen. Ohne zu zögern versuchte Caspar das schwere Holz wegzuziehen, doch es gelang ihm nicht.

Wolmar war ihm gefolgt und griff ebenfalls zu. Mit Mühen gelang es ihnen tatsächlich, den Jungen zu befreien. Sie halfen ihm auf die Beine, wobei er laut jammernd auf einem Bein das Gleichgewicht zu halten versuchte und sich an seinen Rettern festklammerte. Erst im letzten Jahr hatte er die Lehre bei seinem Vater angefangen. Wolmar untersuchte die klaffende Wunde am Oberschenkel.

„Das wird wieder zusammenheilen“, tröstete er den Jungen, „wir bringen dich vors Obertor. Da bist du sicher. Alles andere findet sich.“

Gemeinsam halfen sie ihm vors Stadttor und setzten ihn an die Mauer, bevor sie wieder zurückkehrten. Freddie war offenbar erneut in dem Chaos entwichen. Wolmar wies zur Hintergasse. „Komm, ich muss sehen, was da los ist.“ Er pfiff auf zwei Fingern und kurz darauf tauchte sein Hund wieder bei ihm auf.

Parallel zum Steinweg führte die Hintergasse. Sie mündete am kleinen Weg Zwingel, hinter dem sich bis zur Stadtmauer einige Gärten erstreckten. Zwischen den beiden Straßen plätscherte der Mühlbach in einer tiefen Mulde, über die ein Steg führte, aber nur wenige Männer schöpften daraus ihr Löschwasser. Gab es zu wenig Eimer? Keine Seile?

Fassungslos blieben Caspar und sein Freund stehen. Das Bild, das sich ihnen bot, war ein einziges Trümmerfeld. Keines der Häuser stand mehr. Überall ragten verschmorte Balken zum Himmel. Wo das Feuer keine Nahrung mehr gefunden hatte, war es in Richtung Steinweg gewandert. Hier glommen Balken, Hausrat und Teile von Metall, die noch vor wenigen Stunden Haushaltsgeräte und Werkzeuge gewesen waren. Hoffentlich waren keine Menschen zu Schaden gekommen.

Ein Mann trat ihnen entgegen und wies auf einen großen Schutthaufen. „Der alte Kuhmichel, mein Nachbar, sollte auf sie aufpassen. Dieses verdorbene Weibsstück hat als Dank sein Haus angezündet."

„Was war mit der Frau? Warum war sie in seinem Haus?", fragte Wolmar verwirrt. „Er hat doch gar keine."

„Du hast keine Ahnung? Na, die hat doch ihr Kind umgebracht. Und der da oben", er wies zum Schloss und blies die Backen auf, „hatte noch Mitleid. Mitleid!? Nur weil sie Wöchnerin war? Dass ich nicht lache. In den Kerker hätte sie gehört, das Luder, das feige. Oder gleich am besten totgeprügelt."

„Man hätte sie besser ins Trillhaus gesteckt", fand Wolmar und verschränkte die Arme vor der Brust.

Der Mann sah das anders und lachte kalt auf. „In den baufälligen Schuppen? Ist viel zu ansehnlich für so eine! Für Gartendiebe reicht es allemal."

Caspar schwieg. Langsam fand er wieder in die Wirklichkeit zurück. Es hätte wenig genützt, der Wut des Mannes etwas entgegenzusetzen. Man würde die Wahrheit herausfinden. Wenn der neue Tag anbrach und vielleicht das Feuer endlich unter Kontrolle gebracht war, würde der Ursache auf den Grund gegangen und der oder die Schuldige gefunden werden. Caspar hatte Vertrauen in die Gerichtsbarkeit und war sicher, dass es Zeugen gab. Hier in der Stadt, wo man dicht an dicht lebte und arbeitete, bekam man fast alles vom Nachbarn mit, ob man nun wollte oder nicht.

Er würde sich jetzt um die Leute hier kümmern und ihnen helfen. Aber zuvor wollte er sich noch einen Eindruck vom Hüttenplatz machen. Vielleicht war das Feuer noch nicht bis dahin vorgedrungen. Aber er musste sich selbst davon überzeugen. Vor allem musste er wissen, ob sein Vater tatsächlich nach Hause gegangen war. Unruhe erfasste ihn und er schalt sich, sich nicht genug um seinen Vater gekümmert zu haben. Hoffentlich war ihm nichts passiert.

„Wolmar, ich muss weiter und nach meinem Vater sehen. Kann ich dich allein lassen?"

„Geh nur. Freddie und ich werden raus zum Scheunenviertel laufen."

Auf dem Weg durch den Steinweg wurde sein Herz schwer. Das Haus des Kannengießers, vor dem kaputte Behälter und Werkzeug aufgetürmt lagen, war bereits stark beschädigt und ebenso das vom Nachtwächter, mit dessen Sohn Caspar die Schule besucht hatte.

Plötzlich sah Caspar inmitten der verbrannten Gebäude ein Haus, das völlig unbeschadet dastand. Ringsum kämpften Männer mit Wasser unentwegt gegen wiederaufflammende Balken der Nachbarhäuser und hielten gleichzeitig das Haus feucht.

Mit offenem Mund blieb Caspar stehen. Was war denn hier los? Wie kamen die Leute dazu, nur ein einziges Gebäude zu schützen, während der Rest der Straße in Schutt und Asche versank? Hier wohnte doch die Brunnenmeisterin, wenn er das noch richtig in Erinnerung hatte. Bereits hier und jetzt im Dunkeln war von der einst vertrauten Umgebung nicht mehr viel auszumachen. Alles wirkte verändert und gab Blicke frei auf andere Häuser, die man von dieser Stelle niemals so gesehen hatte. Zumindest war es zu nächtlicher Stunde so. Der Brandgeruch fraß sich in seine Nase und seine Augen tränten von der Qualm durchwirkten Nachtluft. Ob diese Eindrücke bei Tag noch genauso waren?

Er ächzte und starrte auf das Haus. Es stach hervor wie ein Edelstein in der Hölle.

Dann trat er auf einen der Männer zu. „Wie kommt es, dass das Feuer dem Haus nichts anhaben kann? Hat man euch besonders entlohnt?"

Der Mann hielt inne, stellte seinen Eimer ab und ihre Blicke trafen sich. „Da ist eine Gebärende drin, verstehst du? Sie kann nicht mehr rausgebracht werden. Wohin auch?"

Die Worte trafen ihn. Damit hatte er nicht gerechnet. „Und ihr schützt sie? Ihr seid wahre Helden!"

Ein Schauder lief über seinen Rücken bis zu den Füßen. Inmitten der Feuersbrunst setzten sie sich ein, das Leben einer Frau und ihres ungeborenen Kindes, wahrscheinlich auch das der Hebamme und der Mutter, Schwiegermutter oder Nachbarin zu retten. Wer ihr auch immer in den Wehen beistand. Den Frauen da drinnen musste es doch unheimlich sein, zu tun, als sei alles normal, während die Nachbarn ringsum Hab und Gut verloren, ihr Essen verbrannte und ihr Vieh gerettet werden musste. Caspar dankte Gott, dass er inmitten des Chaos ein Wunder geschehen ließ und bat ihn, dass dieses Gebäude mit seinen Bewohnern Gnade erfuhr.

Er ließ die Blicke über die Gruppe der Helfer schweifen.

„Seid gesegnet", sagte er mit Dankbarkeit im Herzen und setzte seinen Weg Richtung Viehhof fort, hindurch zwischen verschrecktem Vieh, das auf der Straße stand und an Ketten riss, und tumultartigen Szenen von klagenden und streitenden Weibern, wem welches Huhn oder Ziege gehörte. In nächsten Moment krachte neben ihm ein Balken runter und blies ein Funkeninferno in die Nacht. Schockiert sprang er zur Seite und fuhr sich panisch über den Rock, um mögliche Funken abzuschütteln.

Am liebsten würde er jetzt den Leuten helfen, aber die verdrängte Sorge um seinen Vater wurde übermächtig. Es war höchste Zeit, dass er daheim nach dem Rechten sah!

Die Haustür war nicht abgeschlossen und er eilte sofort in die gute Stube, aber hier war niemand.

„Katharine?", rief er und schritt in den Flur. „Thea? Wo seid ihr alle?"

Eine Tür öffnete sich und der Kopf der Haushälterin erschien. „Gott sei Dank! Ich hatte schon die schlimmsten Befürchtungen."

„Wo ist mein Vater?"

Ihre Augen weiteten sich. „Der Herr Rat ist nicht hier. Ich dachte, er ist bei Ihnen."

„Gütiger Himmel!", stieß Caspar hervor. Sein Herz pochte wild. „Er wollte heimgehen. Ich muss ihn suchen."

„Nein!", schrie Katharine und schlug sich die Hand vor den Mund. „Er wird doch wohl nicht …"

Ohne weiter auf ihre Befürchtungen einzugehen, rannte Caspar aus dem Haus. Wo sollte er seinen Vater suchen? Auf dem Hüttenplatz sah er sich um. Aus der *Krone* hievten Diener Koffer und beschwichtigten Gäste, die verwirrt nach einer Kutsche brüllten oder mit schriller Stimme um himmlischen Beistand schrien. Auf der anderen Seite des Platzes standen die Scheunentore und Ställe offen, Karossen wurden herangeschoben und vergeblich redete man auf nervöse Rösser ein. Hier irgendwo war auch ihre Kutsche zur Miete untergestellt. Ein besonders stattlicher schwarzer Rappe bäumte sich unter Gewieher auf, schlug mit den Hinterbeinen aus, worauf ein Fass umkippte und sich eine unklare Flüssigkeit auf den Boden ergoss.

Caspar rannte zu einem der Stallburschen, den er vom Sehen kannte. „Hast du Ratsherrn Vogt gesehen? Er wird vermisst."

„Nein." Der junge Mann sah nur kurz auf, ohne seine Arbeit zu unterbrechen. „Äh … vorhin ist aber jemand hier in die Scheune gekommen, der vornehm aussah. Kann sein, dass der Mann noch irgendwo rumläuft."

Ein wenig Hoffnung! Caspar schlug ihm freundschaftlich auf die Schulter und zwängte sich zwischen den anderen Burschen und den Pferden in die Scheune. Es war gewagt, was er hier tat! Für die erfahrenen Pferdepfleger war es schon gefährlich genug. Dennoch hastete er durch die Gänge, an aufgeregten Pferden vorbei, die nach draußen gebracht werden sollten, und beäugte alle Boxen. Am Ende des Ganges sah er eine Person kauern. Die Perücke – das konnte er sein!

Es war tatsächlich sein Vater. Energisch rüttelte er ihn am Arm, sodass Vogt verwirrt blinzelte. Er hatte wohl geschlafen. „Aufstehen, Vater! Los, wir müssen hier raus. Die Stadt versinkt in Asche!"

Beschwerlich gelang es Vogt, sich mit Caspars Hilfe aufzurichten. Er stützte ihn und schob ihn, so schnell es ging, nach draußen. Schwer atmend blieb Vogt stehen. „Was … was willst du denn? Unser Haus steht doch …" Vogt stützte sich mit einer Hand auf Caspars Schulter ab.

„Wir gehen jetzt heim und packen."

Kurz darauf hatte er seinen Vater auf dem Sofa platziert und Katharine Anordnung für das Nötigste zum Zusammenpacken gegeben. Er atmete tief ein, ignorierte die Ausdünstung von Stall und Ruß, die von seinem Vater emporquoll, und zwang sich, ruhig zu bleiben, obwohl es in ihm brodelte.

Caspars Unterkiefer mahlte hin und her und sein Mund glich einem Strich. „Die Stadt brennt ab und die feinen Herren Räte haben nichts Sinnvolleres zu tun, als zu saufen. Da tun sich Abgründe auf!"

Als die Faust seines Vaters auf den Tisch knallte, zuckte Caspar zusammen. „Was erlaubst du dir, so mit mir zu … zu reden. Ich bin immer noch dein Vater." Matthias Vogts Gesicht verwandelte sich zu einer Fratze.

Mühsam unterdrückte Caspar seinen Zorn. Bewusst ließ er sich einen Moment Zeit, bevor er antwortete. „Tut mir leid, aber dir ist wohl noch immer nicht bewusst, was draußen vor sich geht. Die Stadt ist verloren! Euer aller Verhalten hat dazu geführt, dass die Leute zwar noch ihr Leben und ihren Hausrat zu retten versuchen, aber wie gelähmt dastehen, während das Feuermeer ihr Haus verschlingt." Wütend sprang er auf und schob den Vorhang des Fensters beiseite. „Erst jetzt, wo Bauern mit Schaufeln aus Frohnhausen und Scheld und sonst wo herkommen, um zu helfen, begreift man, was hier passiert. Ich habe Leiterwagen gesehen, vollbeladen mit Gaben, die zu den Feldern vor der Stadtmauer und zum Hofgarten unterwegs sind, um die erste Not zu lindern. Fremde Bauern kommen her, um beim Löschen zu helfen! Ich kann nur hoffen, dass niemand umkommt."

„Auf den Feldern?" Vogt lehnte sich zurück und verschränkte die Arme. „Wo sie wahrscheinlich die ganze Saat zertrampeln und verderben!"

„Wie kannst du nur so reden! Da ist das Scheunenviertel."

Caspar betrachtete das Gesindehaus der Stremmels auf der anderen Seite, wo die Tür offenstand. Selbst dieser Bau hatte nichts Klobiges oder Düsteres, was man gemeinhin für Dienstboten vorsah. Pferdeknechte führten ein Wagenpferd nach dem anderen raus und hatten große Mühe, die unruhigen Tiere zu bändigen, als hätten sie begriffen, in welcher Gefahr sie schwebten.

„Wir müssen raus aus der Stadt!", entschied Caspar, trat zu seinem Vater und fasste seinen Arm. „Komm, ich helfe dir. Am schnellsten kommen wir durchs Untertor vor die Stadtmauern. Katharine und Thea sind bestimmt fertig."

Vogt ließ sich aufhelfen und drückte den Rücken durch. Plötzlich redete er ganz klar. „Von mir aus sollen sie alles packen. Aber ich bleibe hier. Warum soll ich mein Haus einfach so aufgeben? Ich schmeiß doch nicht mein Lebenswerk wegen dem läppischen Feuer weg!"

„Rede doch nicht so daher, Vater!“ Caspars Gesicht war ganz nah an seinem. Er roch den Wein und musterte seine glasigen Augen. „Du willst doch nicht wegen dem Mammon alles riskieren. Niemand bezweifelt dein Ansehen und dein Amt. Dies hier ist eine besondere, eine sehr gefährliche Situation. Sie braucht eine entschiedene Haltung.“

Vogts Atem ging schwer. Er kämpfte noch einen Moment mit seinem Ego, doch dann nickte er.

11

„Philippa, beeile dich! Pack die bereitgelegte Wäsche ein. Und du, Marie, hilfst Hiltgunt mit dem Proviant. Vergiss die Getränke nicht. Grete muss ein paar wichtige Unterlagen verstauen und Enners soll dem gnädigen Herrn zur Hand gehen. Wir müssen gleich alle das Haus verlassen!" Die Herrin stand mitten in der guten Stube, umringt von ihrer Dienerschaft, bleich und mit geröteten Augen. Die Ungewissheit hatte sich wie eine Maske auf ihr fein geschnittenes Gesicht gegossen.

Es wurde ernst. Sie konnten nicht mehr hierbleiben, ohne ihr Leben zu riskieren. Ob die Hohensteins ihr Haus oder etwas von dem, was sich darin befand, jemals wiedersehen würden, wusste niemand. Ihre verstorbene Großmutter, zu der Philippa ein enges Verhältnis gehabt und die viel erlebt hatte, war der Meinung gewesen, dass einem nichts weggenommen werden konnte, was man nicht vorher besessen habe. Irgendwie fand Philippa diesen Gedanken beruhigend.

Das Zimmer war von einem beklemmend hellen, rotgelben Licht erfüllt. Philippas Furcht war nicht kleiner geworden, aber sie durfte sich das bei den Kindern nicht anmerken lassen. Es würde sie nur noch mehr ängstigen. Sie legte den Arm um Marie, die mächtig zitterte. Melusine saß bei den Kleinen, die bis auf Severin nicht schlafen konnten.

Marie fing an zu schluchzen und krallte sich an den Schnüren von Philippas Weste fest. „Wird unser Haus auch gleich brennen?"

Philippa warf einen Hilfe suchenden Blick zur Hausherrin, die sich nervös über den Rock strich, doch sie schwieg.

„Ich … ich weiß es nicht." Philippa schluckte und entschied sich, ihre Befürchtung auszusprechen, weil Kinder sofort spürten, wenn man nicht die Wahrheit sagte. „Es kann sein, dass die Glut des Ascheregens unser Haus anzündet. Deshalb sollten wir uns vorsichtshalber in Sicherheit begeben. Aber wir können Gott bitten, dass er vorher Regen schickt und dem Haus nichts passiert."

Sie faltete die Hände. „Sprecht mir laut nach: Herr, bitte gib uns Regen! Kannst du nicht jetzt einfach einen Wolkenbruch schicken, wie es manchmal geschieht, wenn wir ernten wollen? Wir bitten dich, lass das Feuer erlöschen und niemand in der Stadt zu Schaden kommen. Bewahre uns und dieses Haus. Amen." Die Kinder taten wie geheißen. Kaum war das Amen gesprochen, schreckte sie auf.

„Philippa", hörte sie Sybilla von Hohenstein in schrillem Ton rufen, „vertrödel nicht die Zeit mit Beten. Und mach den Kindern keine Angst! Worauf wartest du? Hast du endlich alles beisammen? Die Zeit drängt!"

„Gewiss, Herrin." Wechselkleidung, Wolldecken, Schuhwerk für die Jüngsten, Jacken und allerhand Nützliches kramte Philippa zusammen, mahnte Melusine, den Kleinen was Warmes überzuziehen, und holte den Handkarren, in den sie das Gepäck schichtete und nach draußen brachte.

Die Herrin hatte sich einen Wollumhang übergeworfen, einen farblich abgestimmten Hut mit wagenradähnlicher Krempe, einer Schleife aus Spitze und Stoffblumendekoration aufgesetzt und stand nun ungeduldig in der Haustür, als erwarte sie die Karosse, um zu einem Morgenbesuch zu fahren.

„Beeilt euch!", rief sie einschärfend und steckte den Kopf nach drinnen, während sie auf die Unruhe zeigte, die von den Straßen heraufdrang. „Habt ihr Mützen auf? Wir müssen los."

Plötzlich erschien wie ein Trugbild neben ihr in der Tür Ulrich von Hohenstein, gestützt vom finster dreinblickenden, keuchenden Enners, und starrte mit glasigen Augen auf das Steinpflaster.

Die Beine wollten ihm nicht gehorchen und beim Versuch, sich an der Tür abzustützen, griff er ins Leere. Dabei geriet er noch mehr ins Schwanken, sodass Enners fast mit ihm hingefallen wäre. Sein Versuch, etwas zu sagen, beschränkte sich auf ein abstruses Lallen. Philippas flaues Gefühl in der Magengegend verstärkte sich. Er war noch kein Stück nüchterner als vor einer halben Stunde, als Philippa ihn vor dem Rathaus gesehen hatte. Wie sollten sie denn so den Kirchberg runterkommen?

Die Herrin erfasste im Bruchteil einer Sekunde den Zustand ihres Gatten, schnappte nach Luft und unterdrückte einen Aufschrei. Verzweifelt schlug sie sich die Hände ins Gesicht. „Ulrich!" Es klang mehr als gequält.

Der Magister drängte sich schwankend an seiner Frau vorbei. Augenblicklich verstummten alle. Jetzt waren die Schreie und der Lärm in den Straßen deutlich zu hören.

Der Magister hielt inne, als erwache er aus seiner Verwirrung, und glitt mit einer Hand an seiner weiß gepuderten Perücke entlang. Sie saß jetzt wieder tadellos, was bestimmt Enners' Verdienst war. Er trug noch immer den golddurchwirkten Rock von vorhin mit der hängenden Schleife um den Hals. Der Diener nutzte den Moment, um ihm das Band zu richten und noch den Umhang überzuwerfen. Hohensteins Wangen waren eingefallen und in seinem Blick lag eine tiefe Trauer. Wahrscheinlich machten ihm zudem der fehlende Schlaf und die aufreibenden Stunden der Visitationen zu schaffen.

Eine plötzliche Windböe trieb den beißenden Rauch an den Schlossberg und damit zu ihnen, sodass plötzlich alle husten mussten. Hohensteins Augen weiteten sich beim Anblick des Schrecklichen vor ihm. „Allmächtiger Gott!", stöhnte er und rieb sich die Stirn. „Das si … sieht ja schl … schlimmer aus als im Dreißigjährigen Krieg."

Erstaunlich, dass er sogar einen ganzen Satz zusammenbekam. Enners kniff despektierlich die Brauen zusammen, als habe er die Kämpfe miterlebt, die im vorangegangenen Jahrhundert zahllose Länder verwüstet hatten, und schob seine Kappe zurecht. Wortlos bot er seinem Herrn den Arm, damit er sich abstützen konnte.

„Wir könnten zur alten St.-Nikolaus-Kirche gehen“, schlug Enners vor. „Die Feldbach-Ruine ist doch für alle zugänglich und hat ein Dach.“

„So weit?“, gab die Herrin zu Bedenken. „Ich weiß nicht, ob das mit den Kleinen sinnvoll ist. Wir haben keine Kutsche und kein Pferd.“

„Stimmt. Wahrscheinlich sind auch schon andere auf die Idee gekommen, zum Fasanenberg zu laufen“, lenkte Enners ein. „Obwohl wir das Inferno nur aus der Ferne miterleben müssten.“

„Fasanenberg?“, fragte sie überrascht. „Ich weiß nur, dass diese Getiere dort oben“, ihr Finger zeigte zur Schlossbergmauer, „gern auf den Tisch kommen. Und Wildschweine sowieso.“

„Das ist das Gebiet unterm Feldbacher Wäldchen.“ Der Knecht seufzte. „Würde Ihnen der Dillwasen zusagen?“

Die Herrin nickte.

Philippa stimmte ihm im Stillen zu. Denn ob der Magister in der Lage war, den halbstündigen Fußmarsch zur St.-Nikolaus-Kirche hinzulegen, der durch die kleinen Kinder bestimmt noch länger dauerte und wo es am Ende nur noch steil bergauf ging, wagte sie zu bezweifeln. Die Herrin ahnte das sicherlich. Sie hatte ihr mal geschildert, wie vor weit über zweihundert Jahren endlich hier in der Stadt eine größere Kirche gebaut worden war, damit die Menschen müheloser zum Gottesdienst kommen konnten. Zuvor mussten sie sonntags mindestens zweimal ins Feldbacher Wäldchen und in der Woche noch ein weiteres Mal zur Bibellehre dorthin. Die Angehörigen des Fürstenhauses fanden in der neuen Kirche zudem eine würdige Grablege.

„Gnädige Frau, wir gehen vor und suchen einen Platz“, entschied Enners in einem Ton, als sei er der Hausherr und zog ihn mit sich den Weg in Richtung Marbach, womit er zugleich verhinderte, dass Hohenstein widersprach und den noch steileren Berg zum Viehhof runterstolperte.

Während Philippa neben der Herrin auf Hiltgunt und die Kinder wartete, sah sie den beiden Männern nachdenklich hinterher. Sie empfand eine unsägliche Ohnmacht. Ausgerechnet jetzt war der Magister betrunken und in einem Zustand, wie sie ihn noch nie erlebt hatte. Womöglich hatte es noch nicht mal viel starkes Gebräu gebraucht, um ihn geschwächt zu machen.

In Philippas Kopf schwirrten die Gedanken wild umher und sie begann an sich selbst zu zweifeln. Vielleicht träumte sie das Feuer nur? Es konnte doch nicht sein, dass knapp eine Woche nach Haiger jetzt Dillenburg in Schutt und Asche versank. Doch die Schwaden und das Knarzen von Gebälk belehrte sie eines Besseren. Konnte es nicht mal regnen? *Vater im Himmel,* sprach sie nochmals im Stillen, *öffne die Schleusen des Himmels. Aber bitte kein Gewitter! Wir wollen doch nicht, dass der Blitz einschlägt und das Feuer zusätzlich antreibt.*

„Wo bleiben sie denn?“, rief die Herrin mit bleierner Stimme.

Georg und Jakob jammerten, als sie von Marie aus dem Haus geschoben wurden, während der kleine Severin schlafend auf Melusines Arm hing. Hiltgunt schleppte sich stöhnend hinterher, mit zwei prall gefüllten Körben an den Armen, und blickte von einem zum anderen. Grete tapste hinter ihr her, eine Kiste vor der Brust tragend.

„Endlich!“ Die Herrin rückte ihren Hut zurecht, straffte die Schultern und nahm die Jungen an die Hände, während sie mit einem bestimmten Kopfnicken vorwegschritt.

Georg hörte auf zu heulen, während Jakob unablässig wissen wollte, wo sie denn jetzt hinliefen. Philippa sah zum unbeleuchteten, stillen Nachbarhaus und fragte sich, wo die Familie Spina hingeflüchtet war. Dieser Teil der Straße schien verwaist und es gab niemand mehr, der auf ihr Haus und das der Hohensteins aufpasste.

„Ist der schwer!“, stöhnte Philippa laut auf und hatte Mühe, den Karren festzuhalten. Fast wäre er ihr nach wenigen Fuß auf der abschüssigen Strecke aus den Händen geglitten. Ob es eine gute Idee war, hier entlangzugehen, anstatt die andere, dem Feuer abgewandte Seite zu nehmen, wie der gnädige Herr zuerst wollte? Sie marschierten ja direkt auf den Brand zu! Es würde nicht mehr lange dauern, dann würde er den Oberen Steinweg verschlingen, davon war sie fest überzeugt. Philippa vermutete, dass er in der Straße dahinter ausgebrochen sein könnte, wo ein riesiges Flammenmeer tobte.

Das Knistern wurde immer unheimlicher, bis plötzlich Gebälk hinter der Häuserfront krachend zusammensank und Wolkenberge aus Funken über die Köpfe der Menschen wirbelten, die eingeschüchtert und verzweifelt aufschrien.

Auf der Marbachstraße wurden sie von der Aufregung und dem dichten Gedränge verschlungen. Sie zwängten sich zwischen Ziegen, bepackten Karren und Leuten hindurch, wobei Philippa Mühe hatte, die Kinder im Auge zu behalten, damit sie nicht in das schmale Rinnsal stürzten, das den Weg säumte und sich erst in der Nähe des Rathauses im Mühlbach verlor.

Am Straßenrand entdeckte sie einen verwirrt dreinblickenden Mann, der zusammengekauert im Dreck hockte und ständig rief: „Mein Webstuhl, mein Webstuhl!“ Es war ein Wollweber aus der Hintergasse, der dabei ein Weberschiffchen wie eine Fahne hin und her schwenkte, während er sein verbranntes Arbeitsgerät betrauerte.

Die Herrin winkte Hiltgunt und ihr, sich den Frauen und Kindern vor ihr anzuschließen, die vollgepackte Beutel und Hausrat trugen. Alle drängten zum Obertor. Es herrschte eine erschreckende Unrast, die sich auch auf die armen, mitgezerrten Viecher übertrug, wie das Gebrüll und die Klagelaute erkennen ließen.

Der Wind hatte gedreht und verfolgte sie bis zum Stadttor, das umrahmt von den Wächtern dastand und durch das die Leute aus der Stadt flüchteten. Die Flammen malten den Leuten Fratzen in die Gesichter.

Übermächtige Angst stieg in Philippa hoch, ein Zittern überfiel sie. Es fühlte sich an, als ob sie sich bereits in der Hölle befand. Irgendwo hier draußen in dem Durcheinander musste Enners mit dem gnädigen Herrn sein.

„Wo gehen wir hin?“, jammerte Melusine und zog die Nase hoch. „Mir ist kalt. Meine Augen brennen!“

Philippa hätte sie am liebsten in den Arm genommen, aber es war Eile geboten. Sie streichelte dem Mädchen die Wange, überließ die Erklärung ihrer Mutter und folgte dem Strom der Menschen über die Obertorbrücke weg von der Stadt.

Sie biss die Zähne zusammen, aber ihr Unterkiefer klapperte unentwegt und wollte nicht gehorchen. Der Fuß tat jetzt höllisch weh und spannte. Ach, wie gern würde sie kurz ausruhen! Sie seufzte.

Die Dill war durch eine Wolke aus Glut nur zu erahnen und glitzerte gelegentlich. Wortlos humpelte Philippa den holprigen Feldweg entlang zum Scheunenviertel, prüfte immer wieder, ob der vollbeladene Karren nichts verlor, und sinnierte, ob man da einfach hingehen durfte, obwohl man weder Eigentümer noch Pächter war. Der Landesherr schrieb gewöhnlich alles vor, aber heute würde er bestimmt eine Ausnahme machen.

Hier draußen befanden sich Wiesen und Felder der Dillenburger, denn das Land innerhalb der Stadtmauern war begrenzt. Die meisten Leute ernährten sich von ihren Feldern und hatten, wie die Leute auf den Dörfern, ihr Ackerland außerhalb der Ortskerne. Manche besaßen sogar Scheunen.

„Warte, Philippa!" Die bekannte Stimme kam aus der Nähe.

Philippa musste nicht lange überlegen – das konnte nur ihre Freundin sein! „Betradis?"

Ihre Freundin schloss nun zu ihr auf. „Ja. Seid ihr alle gesund?"

„Gottlob! Und du? Und die Familie Dilthey?"

In diesem Moment stieß jemand Philippa von hinten in den Rücken, was durch das Gedränge niemand verwunderte. Nur ein Griff an den Karren rettete sie vorm Fallen, aber ein stechender Schmerz stach ihr durch den wehen Fuß. Sie stöhnte auf und beklagte stumm ihren angeschwollenen Knöchel.

„Da! Nimm mal." Die bekannte Stimme von Hiltgunt schoss ihr von der anderen Seite ins Ohr.

Philippa ließ sofort den Karren los und ergriff das dunkle, schlafende Bündel, das man ihr entgegenstreckte. „Ich muss weiter", entschuldigte sie sich enttäuscht mit trauriger Stimme. Zu gern hätte sie ihr noch von Caspar erzählt und würde auch gerne was über Betradis Romanze erfahren. Leider blieb keine Zeit, mit ihrer Freundin zu reden. „Ich hoffe", beteuerte sie, vielleicht auch, um sich selbst froh zu machen, „dass wir uns bald sehen." Die Hilflosigkeit des kleinen Jungen rührte Philippas Herz und entschädigte für alle Unannehmlichkeiten. Seine nach Ruß stinkenden Haare hielten sie nicht ab, Severin einen Kuss draufzudrücken, während er sich schlafend an ihren Hals kuschelte, und stolperte hinter dem dicken Schatten von Hiltgunt her, bis er stehen blieb.

Sie waren nicht allein. Ihre Befürchtung, unerlaubt im Feld zu kampieren, schien unbegründet und sie traten zu Enners und dem Magister. Nicht nur der Knecht, Hiltgunt, Grete und Philippa, sondern sogar ihr Herr legte mit Hand an, mit Pfählen und Decken eine Notbehausung zu zimmern. Genaugenommen mühte sich Enners ab und verlangte von seinem Herrn Handreichungen. Wusste der Himmel, wo sie so schnell das Holz herbekommen hatten!

Ringsum saßen Menschen auf Decken oder standen herum und stierten aus der Dunkelheit in die vermeintliche Ferne, die von tanzenden Rauchschwaden und dem unersättlichen Tier, das sich ausgehungert von Haus zu Haus fraß, begrenzt wurde. Viele der Bauern und Handwerker wie die Axe, Geise-Webers oder Metzgers hatten ihre Scheunen aufgeschlossen und gaben Hilfe suchenden ein Dach über dem Kopf. Alles war bereits überfüllt und selbst in den Kuhställen wurde kampiert.

Eine kleine Hand ergriff ihre. „Philippa, ich bin so müde", klagte Jakob.

Sie zog ihn liebevoll an sich. „Ich weiß. Du, wir sind jetzt sicher. Und gleich ist das Dach fertig. Dann können wir uns ausruhen." Von ihrer Angst, die trotz der Entfernung zum Feuer nicht gewichen war, wollte sie nichts erzählen. Vielleicht half ihr das kindliche Vertrauen, die Furcht kleinzuhalten. Sollte sie nicht ihrem himmlischen Vater glauben, der alle Dinge in der Hand hatte? Würde sie ihr normales Leben wieder zurückbekommen? Würde das Haus der Hohensteins wirklich verschont bleiben? Was wäre, wenn sie zurückkehrten, das Haus vielleicht noch stand, aber irgendwo im Verborgenen die Glut schwelte? Ach, könnte doch Caspar bei ihr sein, dann würde sie sich sicherer fühlen. Er strahlte etwas Beruhigendes und Verlässliches aus, etwas, das ausgerechnet heute der sonst so souveräne Magister nicht vermitteln konnte. Der arme Enners! Er hätte selbst Unterstützung nötig, wo er doch schon viele Altersbeschwerden zu ertragen hatte.

„Wo ist das Brot? Ich habe Hunger!" Selbst im Halbdunkel konnte Philippa das Funkeln in des Magisters Augen erkennen.

Philippa legte Severin zu Melusine, Marie und Georg, die still unter einem dicken Stapel Decken kauerten und mit aufgerissenen Augen die Aufregung um sie herum verfolgten. Jakob rollte sich an ihre Seite und fiel in einen fahrigen Schlaf, während die Herrin mit Grete neben ihnen kniete, um die Kinder mit ihrem Gerede aufzumuntern. Wahrscheinlich versuchten sie damit, ihre eigene Furcht zu kontrollieren und nicht den Verstand zu verlieren.

Hiltgunt drückte Philippa einen Teller und ein Messer in die Hand, wies wortlos auf einen Korb, in der Butter, Käse, Wurst und Brot ordentlich geschichtet waren, und deutete mit dem Kinn auf den Magister hin.

Ihre Gedanken rasten, während sie dem gnädigen Herrn einen Teller anrichtete und Brunnenwasser in einen Becher goss.

Wie mochte es Caspar gehen? Das Haus der Vogts würde hoffentlich noch unbeschädigt dastehen, obwohl das nichts hieß. In wenigen Stunden konnte eine ganze Straße vom Feuer abgegrast sein. Manche Dörfer waren sogar innerhalb ein, zwei Stunden vollständig niedergebrannt. Drehte der Wind, gab er dem Flammenmeer neue Nahrung. Sie wusste, dass die Verzweiflung und die Furcht um das eigene Leben die Bürger heute Nacht aus der Stadt getrieben hatten.

„Ich muss mal." Jakob war wieder wach geworden und streckte die Hände nach ihr aus. „Ich habe Angst."

Wen wunderte das bei dem Chaos um sie her? Philippa reichte Hohenstein das Essen und das Getränk. Dann wandte sie sich zu dem Jungen.

„Komm. Ich gehe mit." Philippa zog ihn ein wenig von den anderen weg und schob ihn hinter einen Busch. „Ich warte hier."

Die kurze Zeit bis zur Morgendämmerung war schnell vorbei. Obwohl eine beständige Unruhe die Kinder umgab – Wortgefechte,

Geheule und Gejammer –, waren sie irgendwann eingeschlafen, während der Magister tief und fest ruhte. Seinem Schnarchen nach sägte er bereits im Nanzenbachtal das Holz für den Wiederaufbau.

Irgendwann musste auch Philippa eingenickt sein und schreckte vom Weinen eines Säuglings hoch, der irgendwo in der Dämmerung nach seiner Mutter brüllte. Für einen Moment wusste sie gar nicht mehr, wo sie war und blinzelte konsterniert. Das Feuer war von hier nicht mehr zu erkennen. Was versprach der Tag?

Philippa rieb ihren verspannten Nacken, streckte ihre steifen Glieder und blickte auf die Hohensteins, die allesamt noch schliefen. Enners schaute verschlafen, als sie vor das behelfsmäßige Zelt trat. Ein merkwürdiger Gestank lag über dem Feld, als habe sich der Rauch mit Exkrementen von Mensch und Tier vermischt.

Um sie herum kauerten oder lagen Leute, manche schliefen, andere starrten geschockt vor sich hin. Nicht alle hatten eine Decke übergeworfen, manche trugen noch nicht mal eine Jacke. Ein Hund streunte herum und niemand verscheuchte ihn. Die Stimmen derer, die bereits wach waren, klangen gedämpft, als würde mit der Lautstärke das Entsetzen erneut wieder heraufbeschworen. Nur ein alter Mann stieß einen lauten Fluch aus.

In der nächtlichen Unruhe hatten sich manche Leute auf die eingesäten Felder zum Schlafen gelegt. Es interessierte niemanden, was niedergetrampelt worden war. Viel wichtiger war, dass sie ihr Leben hatten retten können.

Der Rauch brannte in Philippas Nase. Sie sah hinüber zum Weinberg, hinter dem die Sonne aufging. Es lag eine bedrückende Stille über dem Qualm, der aus den Trümmern wie ein Nebel emporstieg und herübergetragen wurde. Die Stadt roch nach verbranntem Gebälk, vergeblichem Schweiß und verlorener Hoffnung. Das Schloss thronte unverrückbar über dem Elend und schien von hier betrachtet die Nacht wohlbehalten überstanden zu haben.

Ein stilles Schluchzen durchfuhr Philippa plötzlich. Die aufgestauten Gefühle von heute Nacht, die in Arbeit und Pflicht versunken waren, drängten nach oben. Sie schlug sich die Hand vor den Mund und weinte lautlos. Sie betrauerte das Desaster, das vielen Menschen alles geraubt hatte, die zerstörten Zukunftsträume, die verzweifelten Schreie und die wenigen Freuden der normalen Leute, die mit den gefräßigen Flammen endgültig verschwunden waren. Am allermeisten schluchzte sie, weil sie sich einsam fühlte und ihre Zukunft durch den Stadtbrand ungewisser denn je schien. Könnte sie doch nur zu Hause in Breitscheid bei ihrer Familie sein und in ihrer Kammer unbekümmert dem neuen Tag entgegenschlafen! Ach, wie sehnte sich sie nach ihnen und der Einfachheit des Lebens dort mit der ungeteilten Dorfgemeinschaft.

Ringsum kam Bewegung in die Leute. Nicht weit entfernt stand ein breitschultriger Mann, den sie als den fürstlichen Kurschmied erkannte. Sein rußgeschwärztes Gesicht erzählte die Geschichte der Stadt, ebenso wie die Gesichter der Familie des Strumpfwirkers, die stumm auf der anderen Seite in das Morgengrauen stierte.

Der allmächtige Gott hatte dem Wüten des Feuers hoffentlich endlich Einhalt geboten. Offene Flammen konnte sie nicht mehr erkennen, aber an zahlreichen Stellen stieg noch Qualm hinter der Stadtmauer auf. Wo vorher nur Dächer zu sehen gewesen waren, blickte man nun ohne Unterbrechung bis an den Kirchberg.

Wie war das Feuer entstanden? Hatte es jemand gelegt? Oder war jemand unvorsichtig gewesen? Wer auch immer damit zu tun hatte: Mochte der Allmächtige ihm gnädig sein!

Inzwischen war die ganze Familie erwacht. Severin weinte – wahrscheinlich hatte er Hunger und eine volle Windel. Philippa griff nach dem Eimer auf dem Karren. Sie musste zuallererst Wasser schöpfen. Am besten sie versuchte erst gar nicht ihr Glück beim Brunnen am Obertor, sondern direkt an der Dill.

Nachdenklich und mit schwerem Herzen machte sie sich auf den Weg. Was wohl der neue Tag mit sich bringen würde?

12

Samstag, 15. Mai 1723

Nie hätte sie sich vorstellen können, dass innerhalb eines Tages die Welt auf den Kopf gestellt sein und einer heillosen Unordnung Platz machen würde. Philippas Augen schweiften voller Anteilnahme über die kampierende Menschenmenge, bevor sie sich hindurchschlängelte, über Geröll und Hausrat stieg, und hier und da Bekannte grüßte, wie die Familie des Weinhändlers oder den Knecht von Rentmeister Hoffmann.

„Philippa!"

Die Stimme kam aus der Nähe und Philippa drehte den Kopf. Es dauerte einen Moment, bis sie Betradis zwischen den vielen Köpfen erkannte und zugleich bedauerte, dass sie wieder keine Zeit füreinander hatten. „Gott zum Gruße", rief Philippa ihr freundlich zu und setzte ihren Weg fort. Sie durfte sich jetzt nicht aufhalten. Die Gnädige konnte auch ungnädig werden. „Ich bin leider in Eile."

Doch ihre Freundin eilte weiter auf sie zu und hielt sie am Handgelenk fest, sodass ihr nichts anderes übrig blieb, als stehen zu bleiben.

Betradis' Gesicht war von Ruß überzogen und voller Sorge. „Philippa", wisperte sie, „ich muss dir dringend was sagen. Du glaubst nicht –"

„Nein, das geht jetzt leider nicht." Traurig heftete Philippa ihre bronzefarbenen Augen auf sie. „Bitte, versteh doch. Können wir nicht später reden? Die Herrschaften warten auf mich."

„Gewiss", sagte Betradis leicht enttäuscht. Sie schob den Krug, den sie im Arm hatte vor den Bauch, umschloss ihn mit beiden Händen und wandte sich zum Gehen. „Ich dachte nur, es interessiert dich."

„Was?"

„Wer die Stadt abgebrannt hat."

Philippa seufzte. Sie hatte keine Lust auf Mutmaßungen. „Das wird man schon herausfinden."

„Hat man bereits."

Philippa schwieg überrascht. Dann fragte sie zaghaft: „Hat jemand gezündelt?"

Betradis sah an ihr vorbei, holte hörbar Luft und murmelte: „Die Kindsmörderin!"

Philippa stockte der Atem und ihr Hals schnürte sich zusammen. Sie wusste sofort, wen Betradis meinte. Aber wie kam man auf diese Idee?

Schreckensstarr hielt sie inne und zog die Stirn kraus. In ihrem Kopf rasten die Gedanken. „Das ist doch absurd", tat sie ahnungslos. „Welche Kindsmörderin? Wen meinst du?"

Hatte Elsa wirklich etwas damit zu tun? Vorstellen konnte sie es sich nicht. Elsa war immer besonnen und zuverlässig gewesen. Als Magd wusste sie genau um die Gefahren von offenem Feuer. Nein, sie würde die Stadt nicht gebrandschatzt haben. Nie und nimmer! Womöglich hatte man sie, weil sie fremd hier war, deshalb verdächtigt und wie es oft war, hatte sich der Verdacht in Windeseile in die Köpfe der Leute gefressen wie das Feuer in die Häuser.

Irgendwo gackerten Hühner, neben sich hörte sie einen Mann brüllen und ein Hund wurde von jemandem mit einem Knüppel verjagt. Die Stimmung auf dem Feld war höchst angespannt.

Betradis kräuselte die Lippen. „Mich wundert, dass Caspar dir nichts erzählt hat. Oder dein gnädiger Herr. Er müsste es doch wissen." Ihre Haube, unter der ihre Locken sonst vollständig verschwanden, hing schief und mit Flecken übersät auf ihrem Kopf. Sie sprach gedämpft weiter. „Sie soll aus Herborn stammen. Als man sie fasste, hat man sie in der Hintergasse eingebuchtet. Nachbarn haben mitbekommen, wie sie sich lautstark mit einem Burschen gestritten hat."

„Das klingt wie an den Haaren herbeigezogen, findest du nicht?", wandte Philippa ein und insgeheim erstaunt, wie informiert ihre Freundin über Caspar war. „Das hat sich bestimmt jemand ausgedacht. Wie soll das gehen? Eingeschlossen – wie kann sie dann streiten?"

Betradis lachte trocken auf. „Aus dem Fenster natürlich. Sie muss wütend gewesen sein. Hat zumindest der Alte geschworen, der Nachbar von Kuhmichel."

„Alles etwas absonderlich, meinst du nicht?" Insgeheim hoffte Philippa, dass das Gerücht sich nicht bewahrheitete. Sie sog die klare Morgenluft tief ein und sah zum Himmel, der sich in heiterer Klarheit und mit Schäfchenwolken über ihnen wölbte, als habe es die schlimme Nacht nie gegeben. Dann blickte sie ihre Freundin ernst an, warf einen Blick zum Galgenberg und flüsterte: „Bitte erzähle nichts, was nicht wahr ist. Du weißt, dass eine falsche Anschuldigung noch schlimmer enden kann als der Stadtbrand. Und jetzt muss ich –"

Weiter kam sie nicht, denn ein plötzlicher Aufruhr, unterlegt mit Drohungen, Flüchen und wilden Gebärden, unterbrach jäh das Gespräch der beiden jungen Frauen. Sie drehten die Köpfe in die Richtung, aus der das Geschrei kam. Männer schwenkten Schippen und Handwerkszeuge und Frauen schrien und schimpften wüst, während sie hinter einer Person herjagten.

Wie entwürdigend, dachte Philippa. Während sie mit offenem Mund die Jagd beobachtete, strauchelte der Verfolgte plötzlich, schlug hin und rappelte sich wieder auf. Verblüfft bemerkte sie, dass die Person einen Rock trug. Aber sie kam nicht weit. Ihre Verfolger holten sie ein und umzingelten sie. Es bildete sich ein Pulk, wie es oft geschah, wenn ein Dieb auf frischer Tat ertappt wurde.

„Sie jagen eine Frau!“, entsetzte sich Betradis und entschied: „Ich geh da mal hin. Kommst du mit?“

Philippa schüttelte den Kopf. „Ich muss dringend Wasser holen. Bin schon längst überfällig. Vielleicht sehen wir uns später. Wir sind dort“, sie zeigte in eine Richtung, „du findest mich bestimmt.“

Zu gern hätte sie gewusst, wer die verfolgte Frau war. Doch entschlossen, ihre Pflicht zu tun und die Neugier zu bezähmen, eilte sie über die Wiesen bis zu dem kleinen Fluss. An der Brücke blieb sie stehen. Sie war jetzt menschenleer. Das Gras war noch feucht und strich Philippa um die Beine. Sie würde beim Schöpfen aufpassen müssen, dass sie nicht auf der Uferböschung ausrutschte und in die Dill fiel.

Bei ihrer Rückkehr hatte die Aufregung sich über die gesamte Au ausgebreitet. Die angeheizte Stimmung war mit jedem Schritt mehr spürbar. Was war passiert? Philippa beschleunigte ihren Schritt und wich einem Ochsenwagen aus, der ihr entgegenkam. Ihr Herz klopfte aufgeregt. Sybilla von Hohenstein stand nervös inmitten ihrer Kinder, während Grete mit Marie Decken faltete.

„Endlich“, seufzte die Herrin und warf ihr einen missbilligenden Blick zu, „mein Mann will mit Enners nach unserem Haus sehen.“ Dann fügte sie mit aufgesetzter Begeisterung hinzu: „Vielleicht können wir recht bald zurückkehren. Wir bereiten schon mal alles vor.“

„Möge Gott es vor dem Feuer verschont haben“, wünschte Philippa leise und warf einen Blick zum Obertor. Hoffentlich hatte der Magister seinen Rausch ausgeschlafen und war wieder ganz bei Sinnen. „Wo ist Hiltgunt?“

„Bei dem Rudel dort!"

Sie wand den Kopf. Die Menschenmenge bewegte sich über die Felder und viele schrien aufgeregt. „Was ist dort los? Wer ist das?"

„Gesindel", befand Sybilla von Hohenstein kühl und machte eine Handbewegung, „ich will es lieber gar nicht wissen. Wahrscheinlich so ein armes Licht, das wegen Hunger in dem Trubel was zu essen geklaut hat. Und jetzt hetzt die Meute es wie einen armen Hasen zu Tode."

Philippa nickte und wand sich dem Jüngsten zu, der heulend dasaß. Wie befürchtet, war Severins Windel nicht nur voll, sondern völlig durchnässt. Als Philippa ihn hochnahm, klammerte er sich an sie. Sie gab nichts auf den Gestank und sein Geschrei, das er wegen des kalten Wassers veranstaltete, mit dem sie ihn abrieb, und es kostete sie Mühe, ihm Leibchen und Windel zu wechseln. Dann half sie packen, wie es die Herrin angeordnet hatte.

Ob ihre Gebete erhört worden waren? Von hier aus war leider das Haus nicht zu erkennen.

Hiltgunt stand plötzlich wieder bei ihnen. Sie hatte einen knallroten Kopf und keuchte mit aufgebrachtem Blick: „Man hat sie gefasst – die Kindsmörderin war's!"

Sowohl Philippa als auch die Herrin zuckten zusammen. Dann hatte Betradis womöglich doch die Wahrheit gesagt! Philippa zeigte auf die Leute. „War das die Jagd auf sie?"

Hiltgunt nickte ernst.

Philippa wagte die Frage kaum auszusprechen. „Bist du sicher? Oder hat man einfach eine Schuldige gefunden? Gerüchte wabern über die Dörfer. Vom Feuerteufel ist die Rede, vom Sensenmann, der im Flammenkleid über die Felder zieht und vernichtet, wer nicht rechtzeitig fliehen kann."

„Dummes Geschwätz! Was weißt du schon?", schalt die Haushälterin. „Da", sie zeigte zur Obertorbrücke, „siehst du? Die Wachen sind schon unterwegs. Jetzt geht es hoch ins Stockhaus!" Den letzten Satz sagte sie mit einer Strenge, dass es Philippa schauderte.

Um sie herum war immer noch ein außerordentliches Geschrei der Meute, das stärker und stärker wurde. Irgendwo zwischen den Menschen erkannte Philippa Elsas Haarschopf, dem die Haube fehlte. Schockiert schlug sie sich die Hand vor den Mund. Mehr konnte sie nicht sehen, da die Menge derer, die sie mit Geschimpfe und Gezeter festhielten und umzingelten, zu groß war.

In Philippas Magen zog sich alles zusammen und Mitleid und Enttäuschung ergriff sie wie eine Würgeschlange. Was würde nun aus Elsa werden? Warum hatte sie sie nicht besser schützen und ihr helfen können?

*

Etwa zur gleichen Zeit hatte im Hofgarten das Leben die Oberhand gewonnen. Mit dem Tagesanbruch ergriff eine emsige Unruhe die Menschen. Männer schleppten Holzpfähle und Werkzeuge herbei, Frauen versuchten, hungrige Kinder zu beruhigen, während Alte nach wie vor lautstark lamentierten, dass der Zorn Gottes über die Stadt gekommen sei. Ringsum richteten sich die Leute darauf ein, eine weitere Nacht im Freien verbringen zu müssen. Die Kronen alter Bäume spendeten ihnen zumindest ein imaginäres Dach über dem Kopf.

Caspars Augen wanderten zum Stadttor und er versuchte vergeblich zu erkennen, was sich hinter der Stadtmauer abspielte. Wie mochte es Philippa ergangen sein? Und der Familie Hohenstein?

„Ich muss sehen, was das Feuer angerichtet hat", stellte er fest und sah zu seinem Vater, der inzwischen auch von seinem dürftigen Lager aufgestanden war. Er sah übernächtigt aus, fuhr sich mit den Fingern durch die zerzausten Haare und klopfte sich Staub und Grashalme von Jacke und Hose. Wie wahrscheinlich alle hier trug er noch die Bekleidung von der letzten Nacht. Manche der Geflüchteten hatten sogar nur ihr Nachtgewand an.

Der Brandgeruch war noch allerorts. Er hatte sich in sämtliche Stoffe eingenistet und auf Haare und Haut gelegt.

Caspar sah sich um. „Wo ist Thea? Und wo die Haushälterin?"

„Wahrscheinlich Wasser holen. Ich hoffe, sie haben ein paar Kanten Brot und Speck eingepackt."

Bei der Bemerkung regte sich auch bei Caspar der Hunger. „Schon merkwürdig, dass man selbst bei Schicksalsschlägen noch Appetit und Durst verspürt", nickte er und lächelte flüchtig. Dann sah er, wie die beiden Frauen vom Dillufer zurückkehrten.

„Morgen ist Pfingstsonntag. Ich will hoffen, dass niemand ohne besonderen Grund dem Gottesdienst fernbleibt", merkte sein Vater an, während er einen Beutel umklammert hielt, und ließ seinen Blick über die lagernde Gesellschaft schweifen.

„Pfingstsonntag?" Die beiläufige Bemerkung seines Vaters brachte Caspars Miene zum Versteinern. Die aufgesetzte Frömmigkeit seines Vaters beschränkte sich seit je her nur auf die Gottesdienste. Was wollte er damit sagen? „Ich weiß nicht, ob das Fest jetzt eine besondere Bedeutung für uns oder die Leute hat. Mich interessiert eher, ob unser Haus noch steht, und vor allem, ob es Tote gab."

Caspar konnte sich nicht vorstellen, dass der Sonntag wie gewohnt mit dem Gottesdienst begann. Die Kinder fanden die Aussicht bestimmt erfreulich, weder zum Schulunterricht noch zur Kinderlehre zu müssen. Zu oft ließen die Lehrer den Stock auf den Schülern tanzen, die ohne triftigen Grund sonntags der Kirche ferngeblieben waren. Vielleicht holten sich manche Präzeptoren durch Prügel der Schulkinder die Autorität, die die Ratsmitglieder oder Zunftmeister kraft ihres Amtes bei den Bürgern hatten.

Das Leben war merkwürdig verändert. Das feste Gefüge von Unterricht, Gottesdienst und kirchlichen Feiertagen schien wie vom Schicksal verbannt, als habe man eine edle Statue vom Sockel gestoßen.

Caspars Augen ruhten auf dem Beutel seines Vaters. Darin befanden sich bestimmt etliche Geldstücke und wichtige Unterlagen, die er für seine Geschäfte brauchte. Dass er in der Aufregung und in seinem Zustand heute Nacht überhaupt daran gedacht hatte, verwunderte Caspar. Wenn man nichts mehr in der Hand hielt – wie hier eine ungewisse Zukunft –, klammerte man sich an irdische Dinge, und seien sie noch so unsinnig.

„Was ist da drin?“, fragte er und deutete mit dem Kinn auf den Lederbeutel.

Sein Vater kniff die Augen zusammen und langte mit der Hand hinein. Als er eine gepuderte Perücke und leere Pergamente herauszog, zeigten seine Augen ärgerliche Enttäuschung. „Unglaublich, ich hatte doch die Unterlagen vom Bergwerk reingestopft“, schimpfte er vor sich hin. „Und wo zum Teufel ist das Geld?“

Er schmiss den Beutel auf den Boden und ballte die Faust. „Die Magd hat bestimmt die Tasche vertauscht!“

„Hat sie nicht“, sagte Caspar knapp. Er hatte gesehen, wie sein Vater im Rausch selbst den Beutel genommen hatte.

Vogt hob zu einer Erwiderung an, aber in diesem Moment bauten sich zwei mächtige Schatten vor ihnen auf. Caspar blickte in die grimmigen Gesichter zweier Gerichtsknechte, bevor er ihre ausgefallene Aufmachung erkannte. Nach dem Gestank aus Schweiß zu urteilen, hatten sie ihre Gewandung länger nicht abgestreift. Wenn sein Vater und er noch länger im Hofgarten aushalten mussten, würde es ihnen ähnlich ergehen.

Für einen Moment durchzog Caspar eine Spur von Angst, bevor er sich bewusst machte, dass er sich nichts vorzuwerfen hatte.

Die Wachen waren für ihre grobschlächtigen Gebaren bekannt und flößten selbst angesehenen Bürgern Furcht ein.

Die Männer verbeugten sich. Offenbar wussten sie, wen sie vor sich hatten. „Wir suchen Zeugen, die gestern Abend in der Hintergasse Beobachtungen gemacht haben."

„Zeugen? Ist das Feuer dort ausgebrochen?", fragte Caspar.

„Ja, mit großer Sicherheit", erwiderte der ältere der beiden. „Man sagt, es sei ein Weibsbild gewesen."

„Eine Frau?" Caspar schüttelte konsterniert den Kopf und mahnte seinen Vater mit Augenspiel, den Mund zu halten. Sie brauchten nicht wissen, dass er zu der desolaten Gesellschaft im Rathaus gehört hatte, die Ehre und Sitte vollkommen vergessen hatten. „Tut mir leid, wir können leider nicht dienen."

Als sie sich abwandten, um die nächste Familie zu befragen, wären sie fast mit Thea und Katharine zusammengestoßen. Abrupt blieben die Gerichtsknechte stehen und musterten die beiden eindringlich. Wahrscheinlich war jetzt jede Frau irgendwie verdächtig.

Thea zog ängstlich die Schultern hoch und senkte den Kopf, während Katharine erschrocken den Mund öffnete.

Instinktiv berührte Caspar die Haushälterin am Arm, die fragend die Stirn kräuselte. „Meine Dienerschaft war zur fraglichen Zeit im Haus", sagte er mit einer Festigkeit in der Stimme, die keine Widerrede duldete. „Ich kann das bezeugen."

„Schon gut", knurrte der Jüngere und mit tiefen Verbeugungen entfernten sich die Gerichtsdiener.

„Herr, was bedeutet das?" Die Haushälterin war erblasst. „Was wollten die von uns?"

„Das wird mein Vater euch erklären", sagte Caspar und warf sich einen Umhang über die Schultern. „Bereitet ihm das Morgenmahl. Ich will nach Hause gehen und dann sehen wir weiter. Womöglich braucht man meine Hilfe."

Er zwängte sich entschlossen an den Menschen im völlig übervölkerten Park vorbei. Hofgarten war heute eine Bezeichnung, die eine regelrechte Demütigung darstellte, hier, wo einst die feierliche Huldigung eines künftigen Fürsten stattgefunden hatte. Wenn man von den beiden steinernen Orangeriegebäuden absah, würden sämtliche Pflanzen durch die Volksmenge gelitten haben. Aber was bedeuteten schon zertretene und mit Fäkalien verseuchte Pflanzen und Blumen, wenn Menschen ihr Haus und ihre Habe verloren hatten? Den fürstlichen Gemüsegarten neu anzupflanzen war die leichteste Übung.

Ohne kontrolliert zu werden, schritt Caspar an den Wachen vorbei durch das Stadttor und gelangte bald darauf zum Hüttenplatz. Aufatmend blieb er stehen und sah sich um. Er sah aus wie immer. Das Feuer war tatsächlich nicht bis hierher gelangt. Gott sei gelobt!

Er wandte sich seinem Elternhaus zu und betrachtete die Inschrift im Balken. *Wer Gott vertrawt, hat wol gebawt, im Himmel vnd auff Erden.*

Nachdenklich rüttelte er an der Haustür, die immer noch fest verschlossen war, und atmete erleichtert auf.

Heydersdorff, der Wirt und Besitzer vom Gasthaus *Zur Krone,* kam auf ihn zu. Sein Wams war voller Flecken und an einem Ärmel klaffte ein Riss. „Gott zum Gruße, mein lieber Caspar. Ist alles in Ordnung?“

Caspar sah ihn ernst an. „Ja, unser Haus scheint wohlbehalten. Wie ist es bei dir?“

„Wir können wieder ins Gasthaus zurückkehren“, sagte er und schlug Caspar freundschaftlich auf die Schulter. „Was für ein Glück! Aber wie viele Dillenburger jetzt noch vor den Stadttoren bleiben müssen, will ich gar nicht wissen.“

„Wir haben die Nacht auch dort verbracht.“

„Etliche Leute haben damit angefangen, Zelte zu bauen. Nicht jeder hat Verwandte auf den Dörfern." Heydersdorff glitt mit der Hand über sein zerknittertes Hemd, musterte kurz den Riss und hob die Schultern. „Ich musste die Gäste alle wegschicken. Kann sein, dass jemand zurückkehrt, aber ich hab nicht viel Hoffnung. Trotzdem will ich mich nicht beschweren. Es hätte für uns schlimm ausgehen können."

Caspar nickte und machte Anstalten zu gehen. „Ich will mir jetzt mal das ganze Desaster ansehen."

Etwas schien in dem Wirt vorzugehen. Er fixierte ihn mit rotgeränderten Augen. „Dann ist sie also doch eingetreten, die Prophezeiung."

Die Prophezeiung! Gab es überhaupt jemanden, der nicht davon wusste? Sollte er zugeben, dass er selbst überrascht war, dass sie sich bewahrheitet hatte?

„Sag so was nicht! Das ist eines Christen nicht würdig." Niemand hier in der Stadt hatte der Voraussage dieses Schnabels wirklich geglaubt. Unterschwellig hatte sie sich trotzdem ins Innere der Ratsherren, Bürgermeister und des Amtmanns gefressen.

Dabei musste man für solch ein abergläubisches Geschwätz gar nicht erst bis zum Westerwald gehen. Auch hier in der Gegend gab es einige Leute, denen nachgesagt wurde, *das zweite Gesicht* zu haben. Das fand Caspar sehr befremdlich. Deshalb sagte er nun mit fester Stimme, als müsse er sich selbst ermahnen, nicht an Prophezeiungen zu glauben: „Danke dem Herrgott lieber, dass dein Gasthaus und deine Familie verschont geblieben sind." Damit ließ er Heydersdorff stehen und schritt dem beißenden Geruch entgegen.

Fast hatte er ein schlechtes Gewissen, dass sein Elternhaus unbeschädigt geblieben war. Es würde ihn nicht wundern, wenn das Schicksal, wie so oft, bei den Geringverdienern zugeschlagen hatte. Wer kaum was besaß, verlor meist auch noch sein letztes

Hemd. War Gott deshalb ungerecht? Es war einfach, den Herrgott zu loben, wenn es einem gut ging und sich zu beklagen, wenn es Schwierigkeiten gab. Nein, es stand ihm nicht zu, darüber zu urteilen. Eines aber wusste er: Gott liebte die Menschen und wünschte sich, dass sie diese Liebe aus vollem Herzen erwiderten – das wollte er festhalten.

Caspar schluckte. Gäbe es nicht den Glauben an Gott, die gebeutelten Leute hier müssten verzweifeln. Caspar bewunderte sie, wie sie sich immer wieder mit letzter Kraft eine neue Existenz aufzubauen versuchten.

Als er den Unteren Steinweg entlangging, fand er tatsächlich noch Häuser und Werkstätten ohne Schaden. Männer standen beisammen und er hörte sie beratschlagen, wie sie den Geschädigten helfen könnten.

Der Wirt vom *Blauer Hopfen* stand draußen und sah Caspar mit gerunzelter Stirn an. Wo sonst weinseliges Gelächter aus dem Wirtshaus auf die Straße drang, war es still. Er wirkte verloren und es rührte Caspars Herz.

„Es hat sich schon rumgesprochen, euer Besäufnis“, sagte der Wirt grußlos und stemmte die Arme in die Seiten, „und ihr hattet offensichtlich Besseres zu tun, als eine Kindsmörderin ordentlich einzukerkern!“ Er war von gedrungener, wenn nicht gar massiger Gestalt und Schweißrinnsale klebten an seinen teigigen Wangen. Mit mahlendem Unterkiefer und lauerndem Blick musterte er ihn.

„Es war des Fürsten Befehl“, widersprach Caspar. „Dem hat man zu gehorchen, oder etwa nicht?“ Bilder von den betrunkenen Ratsherren schwirrten vor seinem Auge. Zu gut konnte er den Zorn verstehen. „Alles Weitere werden die Untersuchungen zeigen. Wir brauchen keine halben Wahrheiten. Ich kann dazu nichts weiter sagen, denn ich war beim Bankett im Rathaus nicht zugegen.“

Das schien den Mann nicht zu beeindrucken. „Was war denn mit der Kommission? Die haben mein Wirtshaus auf den Kopf gestellt und mir Vorhaltungen gemacht, ich hätte keine Schaufel!“ Er hob die Hände. „Ach, hör doch auf! Hat’s was genützt? Da kommt so eine Dahergelaufene …“

Caspar wusste nichts zu entgegnen.

„Was glotzt du mich so an?“, brauste der Wirt auf. „Vor zwanzig Jahren haben wir schon mal alles verloren bei dem Brand, der damals vom Wicktor ausging.“ Er winkte ab. „Ach, was weißt du denn davon? Du warst ja noch ein Kind. Gerade haben wir uns davon erholt. Und jetzt das!“

Caspar wandte sich ab, um weiterzugehen, doch der Wirt packte ihn am Arm und zerrte ihn näher. Ein schiefes Grinsen überzog sein verschwitztes Gesicht und Caspar roch den Wein in seinem Atem.

„Ja, weißt du, was ich nie vergessen hab? Als sich damals die Räte aufgeregt haben, welche Zehrungskosten für die Löschhelfer aufgelaufen waren.“ Er lachte bitter auf. „Aber wenn das hier so weitergeht, gibt’s morgen kein Gasthaus mehr, wo man überhaupt was essen und trinken kann.“

„Verstehe.“

„Nix verstehst du!“ Er ließ ihn los.

„Verzeih, aber ich muss weiter!“ Caspar nickte ihm freundlich zu und setzte seinen Weg fort. Hinter sich hörte er noch Verwünschungen, auf die er aber nichts gab.

Ein Blick zum Schlossberg genügte, um zu erkennen, dass das Schloss nicht abgebrannt war und auch die Häuser nahe der Kirche standen noch. Vielleicht war es doch nicht so schlimm, wie alle meinten. Insgeheim hoffte er es. Beten und löschen – diese beiden Bemühungen gehörten zusammen und er wünschte, dass es erfolgreich gewesen war. Ob Gott sich gnädig erwiesen hatte?

Beim Gedanken an Philippa wurde sein Herz schwer. Er musste sie dringend finden.

Wenige Schritte später erreichte er den Oberen Steinweg und blieb am Brunnen stehen. Hier bot sich ein ganz anderes Bild. Es zeigte die Fährte der Verwüstung. Hatten es noch zwei, drei Häuser geschafft, nicht von den Flammen verschlungen zu werden, gab es danach nur noch Schutt, Asche und einen Schwall von verbrannten Balken, die auf der Straße lagen oder sie säumten. Aus den Schuttbergen ragten etliche Tierkadaver raus. Selbst die Häuser der Erbsengasse gab es nicht mehr. Der Geruch der Misthaufen, die vor den Häusern gestanden hatten, war vom Qualm verschluckt worden. Alles hatte sich dem Brand unterordnen müssen. Es schien, als sei mit dem Stadtbrand der nächtliche, schicksalhafte und anhaltende Nordostwind verschwunden. Nur ein leichter Luftzug wehte.

Der Anblick rührte Caspar so sehr, dass er sich über die Augen fuhr. Inständig wünschte er, dass zumindest niemand umgekommen war. Und hoffentlich hatten es auch alle Betrunkenen aus den Gasthäusern geschafft. Noch wusste man nichts Genaues. Wie viel Vieh es erwischt hatte, war nicht abzuschätzen, den Knochen nach aber etliches.

Auf der anderen Seite stand ein einzelnes Haus unversehrt – das Haus der Brunnenmeisterin. Wie mochte es ihr ergangen sein?

Wo einst die Häuser der Wagner, Wollweber, Schneider, Tagelöhner oder Strumpfwirker gestanden hatten, glommen und knisterten noch Glutnester, die die restlichen Überbleibsel fraßen. Auch von Zunftmeister Eisentrauts hübschem Haus war nicht viel übrig. Der große steinerne Backofen war unter der Hitze zerborsten.

Eine bedrückende Weite war entstanden, wie man sie sich nicht zu sehen wünschte. Selbst der Blick zum Waldgebiet Eberhardt war frei, als er in die Krawallgasse abbog und die Hintergasse anschaute. In beiden Straßen gab es kein richtiges Haus mehr. Ein paar Leute stocherten mit Stangen in Aschebergen und Glutnestern herum, in der Hoffnung, noch etwas Brauchbares zu finden.

Caspar durchschritt wie in Trance die Hintergasse und ahnte gleich, dass es kein Wunder gegeben hatte, weil er mit einem Mal freien Blick auf das Obertor hatte. Ergriffen blieb er in der Nähe des einstigen Rathauses stehen. Es war bis auf Mauerreste des Erdgeschosses vollkommen zerstört. Bürgermeister Göst, Kanzleidirektor Dilthey und ein paar Räte, darunter Schäfer, standen bestürzt davor und waren in einer heftige Debatte vertieft.

Doch Caspar war nicht nach Reden zumute. Er bog in die Marbachstraße ab, in der sich das Feuer ebenso den Weg frei gefressen hatte, und die von Bauern, Tagelöhnern und Gerbern bewohnt wurde. Gerber gab es auch am Ufer der Dill, unweit der Hintergasse, die ihre Eichenlohe meist aus dem oberen Dilltal und Roßbacher Grund bezogen. Es schmerzte Caspar, als er vor dem Haus des Glasers Fortenbach stand. Dann entdeckte er eine gekrümmte Gestalt, ein Mann, hinter den Aschebergen eines Hauses, nicht weit von dem Hang, der von der Stadtmauer begrenzt wurde.

Er musste Caspar bemerkt haben, denn er hob den Kopf und sah ihn an. „Wie kann ich je nochmals nach vorne sehen?“, klagte er mit hohlem Blick und hob die Hände zum Himmel. „Nichts, rein gar nichts ist mir geblieben. Ich bin vernichtet.“

Gab es dafür tröstende Worte? Nicht wirklich.

„Es tut mir so leid für dich und deine Familie“, versuchte Caspar es dennoch voller Mitgefühl. „Wir müssen uns gedulden, was die Untersuchungen ergeben. Der Fürst wird dann entscheiden, wie der Wiederaufbau stattfinden soll.“

Caspar wurde bewusst, dass er dem Gedanken an Wiederherstellung noch keine Beachtung geschenkt hatte. Der Schock saß unterirdisch in den Herzen der Leute, selbst in ihm. „Glaub mir, dir werden Nachbarn beim Aufbau helfen. Das war schon immer so und wird auch diesmal so sein. Jeder hilft jedem."

Als er ein paar herumstromernde Kinder sah, erinnerte er sich für einen Moment an das Waisenhaus, das man vor dem Feuer angedacht hatte zu bauen. Es würde noch warten müssen.

Caspar ging weiter den Weg entlang, der einen winzigen Teil der Alten Rheinstraße bildete. Meister Hermanns Haus und Werkstatt gab es auch nicht mehr. Er hatte ihn seit damals nicht mehr wiedergesehen. Erst beim Stadttor Marbach hatte der Brand wohl nachgelassen, denn ab hier gab es heil aussehende Häuser und Scheunen. Er kehrte um, vorbei an den Lohgruben der Gerber, und ging dann doch zu den Männern vor dem Rathaus, die ihn mit einem Nicken und knappen Worten grüßten. Was mochte in ihnen vorgehen? Ob sie sich noch an die vergangene Nacht und ihr Gelage erinnerten?

„... die Leiter runtergefallen", berichtete Zunftmeister Eisentraut mit erregten Worten. „Zu allem Unglück knallte dann eine brennende Wand auf ihn. Als man ihn endlich befreit hatte", er rang nach Fassung, „war er nicht mehr zu retten."

Caspar starrte Eisentraut voller Entsetzen an. In seinem Hals wurde es eng. „Es gab einen Toten?"

„Gott sei's geklagt", erwiderte Eisentraut und nickte. „Ein junger Bursche. Ich kannte ihn nicht."

„Hier beim Obertor!" Stadtwachtmeister Weller, der sich von der anderen Seite näherte, hatte die letzten Sätze mitbekommen und mischte sich ungefragt in das Gespräch. „Ein Herborner war's! Der Stadtfähnrich. Ich habe gehört, er habe erst im März geheiratet."

Für einen Moment verstummten die Gespräche und ein betretenes Schweigen trat ein.

„Der Herrgott wird's vergelten", hoffte ein anderer Rat. „Er hat selbstlos gehandelt."

Kammerrat Reichmann, ein mehr als beleibter Hüne unter den Räten, warf ein: „Und wer wird der jungen Witwe beistehen?"

„Achtenswert, dass dich das interessiert", äußerte Eisentraut, und Caspar meinte ein Hauch von Spott in seinem Gesicht zu entdecken, „wo dein Haus jetzt ohne Dachstuhl dasteht."

Der Kammerrat sagte einfühlsam: „Was ist schon ein Schaden am Haus im Vergleich zu einem Menschenleben? Ich habe ja noch ein Heim, wenngleich angeschlagen. Wir müssen sehen, dass bald mit den Aufräumarbeiten begonnen wird. Hunderte Dillenburger sind ohne Dach über dem Kopf."

Der Disput der Räte ging weiter, während Caspar verlegen auf die Überreste des Rathausgebäudes starrte. Hoffentlich hatte jemand die städtischen Schriftstücke und Urkunden retten können. Sein Herz wurde schwer, als er darüber nachdachte, wie viel Anstrengung und Schweiß er für die Registratur der Bestände aufgewendet hatte. In London hatten zumindest die Papiere der Stadt dem Großen Brand standgehalten, weil sie in der Krypta unter dem Rathaus aufbewahrt worden waren.

„Ich verstehe nicht, warum es überhaupt brennen konnte!", schimpfte der Bürgermeister. „Wir haben alles getan und genauestens untersucht, um gerade das zu verhindern!"

Caspar bemerkte ein künstliches Lächeln bei Schäfer, der ihn jetzt durchdringend ansah, als könne er nichts für das Gelage.

Das Feuer verhindert? Sie waren alle nicht fähig gewesen, rechtzeitig Alarm zu schlagen. Der Zunftmeister der Wollweber fühlte sich erkennbar schuldlos. Sein Haus stand beim Viehhof, gleich neben den Häusern der fürstlichen Bediensteten, und dürfte schadlos geblieben sein.

In seiner Magengegend verkrampfte sich alles und er hatte das dringende Bedürfnis, Schäfer eine Ohrfeige zu verpassen. Kein Wunder, dass seine Töchter garstig geraten waren – bei so einem aufschneiderischen Vater!

„Es war die Mörderin aus der Hintergasse!" Versteckter Zorn über den Verlust seines Hauses drang durch. Eisentrauts Worte klangen ausdrücklich, als sei bereits alles bewiesen.

Die umstehenden Männer bekräftigten sie mit einem Nicken und setzten ihre lautstarke Debatte fort.

Göst zwirbelte an seinem sorgsam geschnittenen Schnurrbart und malte mit dem Unterkiefer hin und her. „Ich werde alle jungen Burschen als Helfer zusammentrommeln lassen. Am besten treffen sie sich hier. Der Ausscheller soll's heute noch verkünden."

Einige Karren passierten das Stadttor und rumpelten an ihnen vorbei, beladen mit Decken, Heu, Gemüse und Gerätschaften. Die Gesichter der Bauern kannte er nicht, wahrscheinlich waren es mitleidende Dörfler aus den umliegenden Orten, die ihre Vorräte und Hausrat opferten. Einer der vorderen blieb stehen und sah zu den Räten herüber:

„Entschuldigt", fragte er und lüftete seine Kappe, „wo sollen wir denn hin mit dem Zeugs?"

„Wer bist du und was willst du hier?", rief Schäfer und deutete auf den mit prallen Säcken beladenen Wagen.

„Johannes Weitzel, ich bin Müller und bin geflissentlich aus Wissenbach gekommen. Ich habe mein Lager geräumt und bringe Mehl für die armen Leute."

In diesem Augenblick näherten sich Oberpfarrer Neuendorff mit Hofprediger Arndorf, und blieben beim Bürgermeister und den Räten stehen. „Gelobt sei der Herr!", dröhnte Neuendorffs Stimme zu dem Müller herüber und nickte ihm und seinen Gefährten von oben herab zu.

Der Bürgermeister machte eine Geste, dass der Müller und die anderen Bauern dem Wink einer Wache folgen sollten, wo die Spenden gesammelt wurden. Das war inzwischen geregelt.

Caspar nutzte die Ablenkung, um sich ohne Bemerkung zu entfernen. Er verneigte sich vor den Pfarrern und den Männern, sprach einen Gruß und schritt durch das immer noch offenstehende Obertor über die Brücke zur Au.

Seine Augen wanderten suchend über die Geflüchteten und ihre provisorischen Baracken. Nicht weit vor ihm kletterte eine junge Magd mit Wassereimern zum Dillufer. War das Philippa? Sie hatte die gleiche Statur und trug ähnliche Kleidung. Als er ihren beschwingten Gang sah, fiel ihm eine Riesenlast vom Herzen. Das musste sie sein – ihr ging es gut!

In diesem Augenblick verschwand Philippa plötzlich vor seinen Augen, nur ein Schrei gellte durch das Stimmengewirr. Sofort rannte Caspar an die Stelle, die steil hinab an Wasser führte. Sie war ins Wasser gefallen. Er stieg vorsichtig den Hang hinunter und reichte ihr die Hand. Sie drehte den Kopf – es war nicht Philippa, sondern doch irgendeine Unbekannte.

Enttäuscht und erleichtert zugleich, dass es nicht Philippa war, half er der völlig durchnässten jungen Frau, die Eimer einzusammeln und den Hang wieder hinaufzukommen.

„Hast du dich verletzt?"

„Glaub nicht." Sie klammerte sich an ihn und hörte nicht auf zu zittern.

„Weißt du, wo ich die Familie Hohenstein finde?", fragte er und machte sich von ihr frei. Dass er jetzt selbst nass war, störte ihn wenig. Äußerlichkeiten waren im Moment völlig fehl am Platz. Als sie den Kopf schüttelte, sank sein Mut. Er würde weitersuchen müssen …

13

Philippa entdeckte Caspar, obwohl er noch ein gutes Stück entfernt war. Gott sei Dank, er schien unversehrt! Ihr Gesicht wurde hell und ihr Herz begann wild zu schlagen.

An ihren Händen hüpften vergnügt Georg und Jakob, als sei kein Unglück geschehen. Irgendwo schnatterten Gänse, die von ihren Besitzern gerettet werden konnten. Das Stimmengewirr rings um sie verwischte zu einem Geraune, denn ihre Gedanken und Gefühle waren nur noch bei Caspar.

Nicht weit hinter ihm näherten sich zwei Gespanne, die ihn überholten und in der Nähe der Scheunen stehen blieben. Ihnen entstiegen Uniformierte und ihr Anblick brachte die Unruhe unter den Leuten zum Stillstand. Für einen Moment zollte man den Bediensteten des Fürsten Respekt.

Kaum hatten die Männer gerufen, dass sie im Auftrag von Fürst Wilhelm Essen brachten, waren sie von einer Meute Hungriger umringt und mit einem Mal gab es ein Geschrei und Gerangel, wer zuerst dran sei.

Dann stand Caspar vor ihr und in seinen Augen ruhte ein freudiges Funkeln.

„Philippa! Gott sei Dank, dass ich dich gefunden habe."

„Caspar!" Ihre ganze Sehnsucht und Erleichterung lag in diesem einen Wort.

„Hast du die Nacht mit der Familie hier draußen verbracht?", erkundigte er sich. Seine Haare waren ungekämmt und in seiner Mimik las sie die Anspannung, die offenkundig nicht abgenommen hatte. Niemand interessierte sich noch für Äußerlichkeiten oder angemessene Kleidung. „Seid ihr alle wohlauf? Und das Haus? Ist es beschädigt?"

Aus dem Augenwinkel bemerkte Philippa, wie Hiltgunt mit Marie und Melusine zu den Karren eilten. Ihre zufällige Begegnung mit Caspar war vielleicht im Moment die einzige Gelegenheit, ungestört ein paar Sätze zu wechseln.

„Wir wissen es nicht. Der Herr und Enners sind in die Stadt zurückgekehrt, um nach dem Haus zu sehen. Und bei dir? Sag, steht euer Haus noch? Wie weit hat sich die Feuersbrunst gefressen?"

Er atmete schwer und sie spürte, wie er mit seinen Gefühlen kämpfte. Als er antwortete, klang seine tiefe Stimme belegt und aufgewühlt. „Es sieht schlimm aus, aber unser Haus ist nicht betroffen. Der Hüttenplatz blieb unberührt. Doch – und das macht mich sehr traurig – die Stadt, wie sie mal war, gibt es nicht mehr. Zahllose Häuser bestehen nur noch aus verkohlten Balken und Ruß. Es zerreißt mir das Herz. Das Rathaus ist ein einziger Aschehaufen und ich befürchte, dass …", er schluckte und rang nach Worten, „dass nichts von den Akten, Stockbüchern und Dokumenten gerettet werden konnte."

Philippa schnappte nach Luft und biss sich auf die Lippen.

Am liebsten hätte sie ihn umarmt und getröstet, aber das war hier undenkbar. „Ein Wunder, dass euer Haus noch steht. Du glaubst, es gibt keine Kataster mehr? Keine Prozessakten? Alles verbrannt?" Sie war bis ins Mark bestürzt. Das musste Caspar besonders wehtun. Seine gesamte Arbeit war in einer Nacht vernichtet. Nicht auszudenken, was das im Einzelnen für die ganze Stadt bedeutete!

Caspar nickte. „Sollte es sich bestätigen, dann sind historische Schreiben und Chroniken für immer verloren." Er kniff für einen Moment die Lippen zusammen, und sie glaubte einen Schimmer in seinen Augen zu sehen, dann fuhr er fort: „Noch ist nichts bewiesen, doch es müsste ein Wunder geschehen sein, wenn jemand das städtische Archiv geborgen hätte. Kein Mensch denkt an so was, was ich auch verstehe. Leben zu retten ist wichtiger." Er seufzte tief. „Bis zum *Hirsch* steht nichts mehr. Nur der Brunnenmeisterin Haus hat man gerettet. Da soll sie entbunden haben."

Die Kinder wurden unruhig und Philippa wollte sie nicht unnötig mäßigen. „Welch schrecklicher Gedanke, neues Leben zu schenken, während ringsum das eigene bedroht ist." Sie sah sich um. Nicht weit von ihr entdeckte sie Melusine, die mit anderen Kindern Feldblumen pflückte. Als sie zu ihr herübersah, winkte Philippa sie zu sich.

„Bring die Buben schon mal zu deiner Mutter", bat sie, „ich bin gleich zurück."

Melusine wollte zu einer Antwort ansetzen, doch Philippa schob die Jungen bestimmt zu ihr. „Bitte!"

Die Jungen nahmen ihre große Schwester sofort in Beschlag, während Philippa dem kleinen Jakob rasch ein paar Blumen in die Hand drückte, der sie stolz vor sich hielt. Mit einem Nicken und einem neugierigen Blick zu Caspar verabschiedete sich Melusine.

Philippa wies mit der Hand zu einer Baumgruppe abseits der Leute. Caspar verstand sofort und begleitete sie.

„Ziemlich sicher ist, dass der Brand in der Nähe des Rathauses entstanden sein muss", fuhr Caspar fort. „In der Hintergasse. Alles andere werden die Untersuchungen zeigen."

„Man munkelt, das Feuer sei aus dem Violinengässchen gekommen. Vielleicht war es gar nicht Elsa, sondern ein verärgerter Musikant, der vorgespielt hatte und abgewiesen wurde. Zwei zeitnahe Stadtbrände können doch kein Zufall sein."

Caspar zog die Schultern hoch. „Weiß nicht", seufzte er, „in Haiger hat der Verdächtigte spätabends trotz Verbot noch gearbeitet. Viele Unschuldige sind umgekommen und von manchen hat man nur noch Asche aufgespürt. Was für ein Elend!"

Er ergriff ihre Hand. „Wie geht es dir? Ich habe mir große Sorgen um dich gemacht."

„Ich fühle mich müde, bin aber dankbar, dass Familie Hohenstein und wir Dienstboten nicht verletzt sind. Wir haben kaum geschlafen." Sie schluckte. Offenbar hatte er genauso wenig geruht. „Die Angst saß so tief. Da habe ich noch mit den Kindern ein Gebet gesprochen, bevor wir das Haus verlassen haben."

„Sie sind noch zu jung, um zu begreifen, in welcher Gefahr sie geschwebt haben." Er warf einen prüfenden Blick zur Seite und zog sie an sich. Mit der anderen Hand bettete er ihren Kopf an seine Brust.

„Was ist mit deinem Vater?", fragte sie besorgt und lauschte auf das rhythmische Pochen seines Herzens. Schon als sie die Frage nach Ratsherr Vogt ausgesprochen hatte, wusste sie, dass es unpassend war, sich nach ihm zu erkundigen. Er war mit Sicherheit beim Bankett gewesen. Unwillkürlich hielt sie die Luft an.

Caspars Kinn legte sich auf ihren Kopf. Sie konnte die kratzigen Barthaare auf ihren Haaren spüren. „Mein Vater ist wohlauf. Dem Herrn sei Dank."

Erleichtert atmete sie auf. Ihre Gedanken surrten. „Denkst du …" Durfte sie das fragen? Stand es ihr zu? „Was wird aus uns?"

Er hob den Kopf und schob sie von sich. Sanft legte er eine Hand unter ihr Kinn und bog den Kopf nach hinten, dass sie ihn ansehen musste. Verlegen schlug sie die Augen nieder.

„Schau mich an, Philippa. Was siehst du?"

Verwirrt blickte sie nach oben. Kleine Fältchen umspielten seine Augen, die sie ernst ansahen. „Dich."

Er drückte ihr einen Kuss auf die Stirn. „Richtig, du siehst mich. Und du siehst mein Versprechen. Und meine Liebe. Ja?"

Sie nickte. Wie konnte sie überhaupt daran zweifeln?

„Alles wird gut", flüsterte er. „Bald wissen wir hoffentlich, wie es hier weitergehen soll. Ein wenig müssen wir uns noch gedulden."

Etwa in Höhe der fürstlichen Karren tauchten die bekannten Gesichter von zwei Männern auf. Ihr Herz schlug schneller. Es war Zeit, das Gespräch zu beenden. „Der gnädige Herr und Enners kehren zurück."

Caspar warf einen Blick über die Schulter und nickte. „Sehen wir uns wieder?"

„Morgen im Gottesdienst."

„Ich fürchte, es wird keinen geben. Nicht morgen."

„Nicht?"

Er schüttelte den Kopf. Seine Augen versenkten sich in ihre, bevor er sich rasch entfernte. Das Pfingstfest ging ihr unentwegt durch den Kopf. Caspars Ausspruch hatte eine bis dahin nicht da gewesene Situation verdeutlicht: kein Gottesdienst am Sonntag.

Kein öffentliches Gedenken an die biblische Zusagen zu Pfingsten. Ein schmerzhafter Gedanke. Selbst die Feiertage waren aus dem festen Gefüge des Lebens verschwunden. Würde es überhaupt wieder ein normales Leben geben?

Philippa ging zurück zum Zelt und suchte aus dem Karren Schüsseln für die Mahlzeit heraus. Dabei spürte sie wieder ihren verletzten Fuß. Die kurze, nächtliche Ruhe hatte zwar etwas Entlastung gebracht, aber jetzt, da sie herumlief, meldeten sich die Schmerzen erneut. Hoffentlich konnte sie den Fuß später etwas im Bachwasser kühlen.

Sie sah hinüber zu den Wachen. Dankbarkeit stieg in ihr auf – wo sonst gab es einen Regenten, der seinen geängstigten Untertanen mit Essen aushalf? Zumindest heute. Fürst Wilhelm verdiente zu Recht die hinter der Hand geflüsterte Bezeichnung *Der Gute.* Aber ob er es mit Elsas Festsetzung in einem Wohnhaus nicht übertrieben hatte, blieb dahingestellt.

Philippa wollte so gerne glauben, dass die Freundin ihr in jener Nacht die Wahrheit erzählt hatte. Sie hoffte und betete inständig, dass nichts an den Vorhaltungen wegen ihres Kindes dran war. Doch tief in ihr wagten Zweifel zu tanzen. Die Geheimhaltung von Schwangerschaft und Geburt machten Elsa mehr als verdächtig. Es würde einem Wunder gleichen, wenn sie schuldlos aus der Geschichte herauskäme ...

Nachdenklich richtete Philippa einen behelfsmäßigen Tisch für die Herrschaften her und nahm der Herrin den kleinen Severin ab, damit die Familie ungestört essen konnte. Zwischendurch füllte sie die Becher mit Wasser auf, tröstete den brüllenden Jungen, der eigentlich jetzt schlafen sollte, aber in dem Lärm hier keine Ruhe fand. Georg und Jakob saßen brav bei ihren Schwestern und sie gab den Mädchen ein Zeichen, auf ihre Brüder aufzupassen.

Der kleine Severin hörte nicht auf zu quengeln. Philippa nahm ihn auf den Arm und lief Richtung Dillufer, hinter den Scheunen entlang, die fast wie ein eigenes kleines Dorf wirkten. Hier, wo nach Enners' Meinung seit bestimmt zweihundert Jahren Schober standen, war es deutlich stiller. Sie strich ihm beruhigend übers weiche, verschwitzte Haar und sang ihn mit Kinderliedern in den Schlaf. Es dauerte nicht lange, da hing er ruhig atmend in ihren Armen, und nach einer Weile kehrte sie zum Lagerplatz zurück. Seltsamerweise standen dort alle nur herum und schauten in eine Richtung. War schon wieder etwas passiert?

Als sie näher kam, musste sie mit Severin im Arm über zahlreiche ausgeräumte Kisten und Truhen steigen. Bei der Dienerschaft angekommen, sah sie, dass ihr Brotgeber gerade etwas verkündete.

Ulrich von Hohenstein stand breitbeinig da, die Arme verschränkt und hatte einen reservierten, wenn nicht gar bestürzten Gesichtsausdruck. „... und es sind im Oberen Steinweg vielleicht drei oder vier Häuser unbeschädigt geblieben", hob er hervor. „Ich werde mich gleich mit den Räten und honorigen Herren besprechen, wie der Bau der vielen Gebäude bewältigt werden kann. Dann müssen wir die Rückkehr des Fürsten abwarten, wie er darüber denkt und um seine Order zu erfahren."

Offensichtlich war also Fürst Wilhelm gar nicht im Schloss geblieben. „Wo ist er denn hin?", raunte sie Hiltgunt zu, die mit ihr in gebührlichem Abstand der Rede ihres Herrn folgte.

„In sein Jagdschloss Ludwigsbronn bei Donsbach natürlich, du Dummchen", flüsterte Hiltgunt und musterte sie ungläubig mit schmalen Augen. „Hat sich das bis zu dir noch nicht rumgesprochen?"

Philippa antwortete ihr mit einem wortlosen Schulterzucken und sah wieder nach vorne. Der Herr berichtete gerade über ihre Nachbarschaft.

„Gottlob ist die Kirche und das Pfarrhaus nebenan ohne Schaden geblieben. Ebenso unser Haus und ein Nachbargebäude, das vom zweiten Pfarrer Daniel Brand bewohnt wird, was ein Wunder ist, wurde es doch schon einmal bei einem Feuer auf wundersame Weise verschont."

Die aufgesetzte, gefasste Gemütsverfassung des Magisters geriet ins Wanken. Philippa bemerkte das Zittern seiner Unterlippe und wie sich seine Backenmuskeln anspannten. Nach einem kurzen Schweigen drückte er den Rücken durch, schluckte und fuhr mit einem Räuspern fort: „Weiter unten stehen keine Balken mehr auf den anderen. Überall dazwischen finden sich Glutnester, die schwer zu löschen sind. Es bedarf vieler kräftiger Männer mit Schaufeln, um dagegen vorzugehen – womöglich tagelang!"

„Was ist mit den Spinas?", wollte die Herrin, noch immer mit blassem Gesicht, wissen. „Weißt du Näheres? Sind unsere Nachbarn wieder zurück in ihrem Haus?"

„Ich habe niemanden gesehen", gestand ihr Gatte, „es sah noch alles sehr verlassen aus. Ich habe Enners rübergeschickt, doch niemand hat geöffnet. Seit der Flucht habe ich nichts mehr von ihnen gehört. Aber wie es scheint, blieb auch ihr Haus ohne Schaden."

Das war etwas Besonderes inmitten dieses Elends. Was hätte es für ein aufregender und wunderschöner Frühsommertag werden können. Mit Freude auf das Pfingstfest, für das das Haus zuvor mit einem Frühjahrsputz vorbereitet worden war. Die Schränke waren abgerückt worden, wie man das zwei- bis dreimal pro Jahr tat, um Spinnweben oder Staub zu entfernen. Die Kleidung der Kinder war gründlich auf mögliche aufgegangene Nähte oder fehlende Knöpfe überprüft und der Herrschaften Kleidung gefühlt zum hundertsten Male ausgebürstet oder geplättet worden.

So war sie, die Gnädige: Herz und Haus mussten fleckenlos sein. Aber es war ein gutes Miteinander von Herrschaft und Dienstpersonal und deshalb wurde es Philippa nie zu viel. Eigentlich hätten sie heute noch das Festmahl für das Pfingstfest fertig vorbereitet und sich auf den nächsten Tag gefreut. Auf den Kirchgang und das Mittagessen, das für sie als Bedienstete ebenso besonders gewesen wäre. Das blieb ihnen nun allen erspart, aber zu welchem Preis? Nein, lieber sich vom Dämmer bis in die Abendstunden schinden, statt diese Katastrophe zu erleben!

„Gott sei Dank", stöhnte die Herrin erleichtert auf. „Ob sie im Hofgarten sind?"

Wie mochte es in dem vormals herrlichen Park jetzt aussehen, nachdem er von zahllosen aufgelösten Geflüchteten überflutet wurde? Sofort schalt sie sich – was war das schon im Vergleich zu einer niedergebrannten Stadt?

Enners riss sie mit einer Bemerkung aus den Überlegungen.

„Er hat es vorhergesehen, dieser Schnabel!", wackelte er mit seinem linken Zeigefinger vor des Herrn Nase. „Die Prophezeiung hat sich erfüllt."

Der Magister neigte den Kopf zu dem alten Diener und wischte mit einer Handbewegung den Finger beiseite. Auf seiner Stirn bildete sich eine Zornfalte. „Rede keinen Schwachsinn, Enners!"

Das schien ihn nicht zu beeindrucken. „Und bei Haiger hat auch ein Schäfer die Brände vorausgesagt!"

„Was soll das? Enners! Wir sind Christen und sollen uns nicht mit Wahrsagerei und Zauberei beschäftigen. Hörst du? Die Bibel warnt davor und das müssen wir ernst nehmen."

Enners wurde noch kleiner und gebückter, als er bereits war. Philippa kannte ihn als braven Kirchgänger, aber sie wusste auch, dass der Volksaberglaube weit verbreitet war. Philippa dagegen war sich sicher: Eine Vision konnte kein Haus entzünden und keinen Docht glimmend machen. Wollte sich Enners auf seine alten Tage noch seinen Ruf kaputtmachen? Die Herrschaften schätzten ihn sehr, aber das hier ging wirklich zu weit. Er hatte sich auf ein gefährliches Terrain begeben.

„Verzeiht, Herr! Ich … ich wollte keine falschen Behauptungen aufstellen." Er legte bittend die Handflächen aneinander und senkte den Kopf, dass er bald seine Knie berührte. „Es ging nur die Geschichte von diesem …"

„Schweig!", herrschte der Magister ihn an und straffte die Schultern. „Ich will nichts mehr davon hören. Und das betrifft alle hier."

Sein Blick ging über Enners hinweg zu seinen Kindern, die auf einer Decke hockten und betreten zu ihm hochsahen. Seine Gattin saß mit offenem Mund und durchgedrücktem Rücken auf der Kante eines Hockers – wusste der Himmel, wo sie den herhatte. Als könnte sie mit ihrer Haltung dem Drama um Dillenburg etwas von seiner Würde zurückgeben. Seine Augen blieben an Hiltgunt, Grete und Philippa hängen. „Packt die Sachen zusammen. Wir kehren heim. Vielleicht finden wir dann zu normalen Gedanken und zur Gottesfurcht zurück."

Der letzte Satz galt Enners, der seinen abgenutzten, zerbeulten Hut zurechtrückte und sofort anfing, Kisten zusammenzuräumen.

Kurze Zeit später verließen sie gemeinsam das Scheunenviertel: Enners schweigend und mit dem vollgepackten Karren, Philippa mit Severin auf dem Arm und Jakob an der Hand, während Georg und seine beiden Schwestern ihre Mutter flankierten. Grete mühte sich mit der Kiste ab und Hiltgunt schritt hinter ihnen her, in beiden Händen einen abgedeckten Korb, der mit dem fragilen Meißengeschirr bestückt war. Es grenzte an ein Wunder, dass kein Teil davon hier im Freien zerbrochen war.

Philippa war müde und froh zugleich heimzukommen. Ihr Fuß schmerzte mittlerweile wieder unaufhörlich, aber wenn sie beim Gehen, was eher einem Humpeln glich, ein wenig mehr die Ferse belastete, war es erträglich. Wäre der Brand bei Tag ausgebrochen, hätten sie bei der Tante der Hohensteins in Donsbach unterkommen können. Aber wie hätten sie in nächtlicher Finsternis – schließlich war ja kein Vollmond – den steilen Weg hinauf auf den Kornberg und ebenso steil wieder hinunter ins Dorf finden sollen? Das wäre nicht gut gegangen. Da war eine unbequeme Nacht vor den Toren der Stadt das kleinere Übel.

Endlich zu Hause angekommen, kam Philippa wegen der Kinder und den Aufgaben im Haushalt nicht dazu, aus dem Fenster zu sehen. Das tat Sybilla von Hohenstein alsbald und es verursachte einen Weinkrampf bei ihr.

„Du hast alles getan, um es zu verhindern“, schluchzte sie an der Brust ihres Gatten, „aber was haben Strohdächer einem Feuer entgegenzusetzen?“

Der Magister räusperte sich. „Wie wahr. Schon der Großvater unseres Fürsten hat vergeblich seine Untertanen ermahnt, Schiefer auf die Dächer zu nageln. Und sie zudem eindringlich aufgefordert und festgelegt, kein Heu unterm Dach einzulagern. Ich fürchte, jetzt muss es jeder tun, wenn er neu baut. Nur – von welchem Geld?"

Den Rest des Tages verbrachten Philippa und die anderen Dienstboten damit, allen Gegenständen im Karren wieder ihren Platz zuzuweisen und die Kinder aufzumuntern. „Arbeit ist wertvoll, um ins Leben zurückzufinden", hatte vor Jahren ihre Mutter gesagt, als Philippas Großeltern innerhalb weniger Tage an der weißen Pest verstarben, obwohl sie noch gar nicht greisenhaft gewesen waren. Das Tagwerk tun und nicht in ihrer Trauer zu versinken, hatte ihrer Mutter geholfen.

Besonders die beiden Ältesten, die am ehesten die Auswirkungen des Stadtbrandes begriffen, waren ständig in Philippas Nähe und ließen sich nur zu gern von ihr mit Singen aufmuntern. Georg und Jakob dagegen spielten „Stadtbrand" und taten es mit der ihnen eigenen Sicht auf die Dinge. Sie besaßen Soldaten als Figuren, die eine imaginäre Frau gefangen nahmen und als böse Täterin für alle Zeit ins Gefängnis sperrten.

„Ihr wisst doch gar nicht, ob sie schuld daran ist", erklärte Philippa, die das Spiel mit wehem Herzen beobachtete. „Man muss sie doch erst befragen und dann entscheidet der Richter, ob sie schuldig ist."

„Das ist sie", meinte Jakob entschlossen. „Ich habe ganz viele Leute davon reden hören. Sie muss es gewesen sein!"

Philippa schwieg und warf ihm einen sorgenvollen Blick zu. Er plapperte das nach, was als Wahrheit verbreitet wurde. Elsa stammte aus einem frommen Haus und mochte ihre Familie ein noch so armes, mühevolles Dasein fristen, so waren auch ihre Kinder in der Kinderlehre und zum gewissenhaften Gottesdienstbesuch aufgezogen worden. Nun war ihr Leben aus den Fugen geraten und sie wurde mit den schlimmsten Vorwürfen geschmäht.

Aber die Constitutio Criminalis Carolina, davon war Philippa überzeugt, würde Elsas Unschuld beweisen.

*

Herborn

Hedwig überquerte den Marktplatz und nahm kaum Notiz von der geschäftigen Unruhe rings um sie her. Sie war so in Gedanken, dass sie eine Frau anrempelte, die ihr in einem Wortschwall Beleidigungen hinterherrief. Instinktiv zog Hedwig ihre Haube tiefer ins Gesicht.

Durch ein zufällig belauschtes Gespräch zwischen einem Besucher und den Herrschaften hatte sie erfahren, dass heute Vormittag auf dem Gottesacker ein Grab geöffnet werden sollte. Aber warum? Das klang ungeheuerlich! Noch nie hatte sie davon gehört und dummerweise wusste sie nicht, um welches Grab es gegangen war.

Durch Unterhaltungen, die ihr Herr geführt hatte, wusste sie, dass das Stören der Totenruhe einen gewichtigen Grund haben musste und nicht so einfach erlaubt wurde. Hatte es das jemals hier in der Stadt gegeben?

Jetzt sah Hedwig den Friedhof vor sich. Sie schlüpfte durch das schmiedeeiserne Tor, das nur angelehnt war, und ließ den Blick über die Grabmale schweifen. Ein paar Männer standen um ein frisch zugeschüttetes Grab, fünf davon in edler Kleidung und der sechste sah aus wie der Totengräber. Sie erkannte unter ihnen Stadtphysikus Schneider, die Wundärzte Nies und Weid und zwei Räte.

Sie berieten sich, aber Hedwig stand zu weit entfernt, um zu verstehen, was sie sagten. Als sie innehielten, griff der Totengräber zur Schippe und trug mit Bedacht die oberste Bodenschicht vom Erdhügel ab. Kaum, dass er damit begonnen hatte, hielt er erschrocken inne und bekreuzigte sich.

Wessen Grab war das? Hedwig kräuselte die Stirn. Jetzt fiel es ihr ein und sie war sich sicher, dass unter der Erde der alte Martin lag, ein Tagelöhner aus der Kreuzgasse, der erst vor zwei Wochen beerdigt worden war. Danach war, soweit sie wusste, niemand in der Stadt dahingerafft worden. Was um Himmels willen wollten sie mit dem toten Martin tun?

Ein Ratsherr trat vor, um das Grab zu begutachten. Er winkte die umstehenden Männer näher. Dann bückte sich der Totengräber und zog ein Bündel aus der Erde. Er wickelte die Lumpen auseinander. Wundarzt Nies ging zu ihm, klemmte sich dabei ein Monokel vors Auge, beäugte das Bündel und roch daran. Es war der Arzt, der schon öfters die Herrin behandelt hatte.

Als einer der edlen Männer einen Wink in Richtung Friedhofsmauer machte, lösten sich zwei Wachen aus dem Schatten, die Hedwig erst jetzt bemerkte, und schritten zum Grab. Mit angehaltenem Atem beobachtete sie, wie die Männer miteinander redeten und gemeinsam den Friedhof verließen. Nur der Totengräber schaufelte die Erde wieder zusammen, glättete den Hügel und blieb noch einen Moment an dem Grab stehen. Er schüttelte den Kopf, bevor er sich daranmachte, ein neues Grab auszuheben.

In Hedwigs Kopf rauschte es. Was war hier los? Warum buddelte der Totengräber etwas aus dem Grab des alten Martin? Was hatte das alles zu bedeuten? Welches Geheimnis hatte der Tagelöhner mit ins Grab genommen?

Die Kirchturmuhr schlug die elfte Stunde. Hedwig schreckte aus ihren Überlegungen hoch. Sie hatte noch nicht eingekauft und hätte schon längst mit dem Kochen beginnen müssen. Hastig wandte sie sich ab und rannte zum Marktplatz.

Am Gemüsestand der geschwätzigen Anna, um die ihre Herrin am liebsten einen Bogen machte, blieb sie stehen. Wenn jemand was wusste, war es die kleine, knochige Marktfrau, deren loses Mundwerk weit über Herborn bekannt war.

„Na, Mädchen, was willste denn? Ich hab noch schönen Stielmus, den lass ich dir zum halben Preis, weil du's bist." Anna wartete gar nicht ab, sondern reichte der verdutzten Hedwig ein Bündel, bevor sie zum nächsten griff. „Hier, Guter Heinrich, is' der net himmlisch? Heute Morgen geerntet. Wie viele Leut´ seid ihr im Haus? Zehn?"

„Warte, gute Frau", bat Hedwig, „ich will nachrechnen, ob ich –"

„Bei mir kannste anschreiben lassen", gackerte Anna und zeigte mit ihren dürren Fingern auf den Nachbarstand, „ich jedenfalls haue keinen übers Ohr."

Hedwig überlegte. Wenn sie jetzt mit ihrem Einkauf die Gunst der Marktfrau bekam, dürfte es leicht sein, etwas zu erfahren.

„Recht so, das tust du nicht. Da bin ich mir sicher. Nicht wie die da!" Sie wies mit dem Kinn über den vollen Marktplatz, wo auf der anderen Seite noch viel Gemüse angeboten wurde und sie sonst für die Herrin einkaufte. „Ich nehme auch noch Bundzwiebeln."

Annas Gesicht mit den vielen Zahnlücken begann zu leuchten. „Frischer geht's net, wie von mir."

Sie war die Lüge in Person. Das Grün an den Zwiebeln war bereits eingetrocknet. Trotzdem nickte Hedwig und trat näher. „Sag mal, was war denn auf dem Friedhof los? War doch wohl keine Beerdigung heute?", fragte sie harmlos.

Die Marktfrau schüttelte verwundert den Kopf. „Das weißte net? Die wollten das Kindchen, das arme, ausgraben." Sie machte eine winzige Pause, um Luft zu holen. „Stell dir vor, die Magd hat doch ihr Kind verbracht!"

Das klang alles ziemlich verworren. *Ein Kindchen ausgraben.* Hier stimmte was nicht. Was war Geschwätz und was Wahrheit? Hatte Elsa womöglich doch ihr Kind umgebracht? Sie wollte so gerne glauben, dass das nicht wahr war. Hedwig schluckte, beugte sich vor und senkte die Stimme. „Den Totengräber hab ich beobachtet, wie er noch ein Grab aushob. Weißt du, warum?"

„Vergiss das Bezahlen net", mahnte Anna kurz angebunden und nannte eine Summe.

Während Hedwig ihr die Münzen in die Hand drückte, hob sie fragend die Augenbrauen. „Sag, ist noch wer gestorben? Doch wohl nicht die Elsa?"

Anna war erstaunt. „Die kennste? Na ja, die Elsa is' ja schon was Besonderes. Macht erst mit ihrem Aussehen die Männer verrückt und dann …"

Was sie damit meinte, erfuhr Hedwig nicht mehr. Ein paar Marktbesucherinnen hatten sich zu ihnen gesellt, lamentierten und lauschten ungeniert.

„Hast du nicht vom Dillenburger Brand gehört? Da ist unser junger Stadtfähnrich Bilscher doch beim Löschen vom Dach gestürzt", wusste eine der Frauen, während die anderen an ihren Lippen hingen, „und hat sich alles gebrochen. Der Schädel muss schlimm ausgesehen haben! Herrje, da soll das Hirn zu sehen gewesen sein! Morgen wird er beerdigt. Dabei hat er doch erst kürzlich geheiratet."

Ob das alles so stimmte? Nur daran, dass er gestorben war, bestand offenbar kein Zweifel. Während hinter ihr die Frauen sich jetzt intensiv über das Unglück in der Nachbarstadt ausließen, verabschiedete sich Hedwig. Als sie sich abwandte, ließ eine Bemerkung über Elsa sie innehalten. Hier wusste jemand, dass man Elsa verhaftet hatte. Es hieß, sie sei nach Dillenburg ins Stockhaus gebracht worden.

Ihre Gedanken rasten. Ob sie sie dort mal besuchen sollte? Doch der Totengräber und das kleine Bündel gingen ihr nicht mehr aus dem Kopf. Wenn Elsa tatsächlich etwas mit dem Tod zu tun hatte, war es klüger abzuwarten, bis ein Wundarzt – oder wer auch immer – den natürlichen Tod des Kindes bestätigt hatte. Genau daran hegte sie aber mittlerweile erste Zweifel …

14

Dillenburg

„Bringt mir das Weib, das unselige! Sie soll brennen, so wie unsere Stadt!“ Bürgermeister Ludwig Henrich Göst schlug mit der Faust auf den Tisch. Sein schwabbeliges Gesicht glühte. Er nestelte mit einer Hand an seinem Jabot aus Brüsseler Spitze. Teuer dürfte sie gewesen sein, überlegte Caspar – so filigran wie sie aussah. Auf dem Marktplatz gab es vieles aus fernen Ländern zu kaufen, aber dieser weiße Besatz musste ein Glücksgriff gewesen sein.

Ein Knopf in Kragennähe zwickte offenbar dermaßen, dass er absprang. Seit der Zunftmeister auch noch mit dem Amt des jüngeren Bürgermeisters bevollmächtigt worden war, hatte er nicht nur an Ehre, sondern vor allem an Gewicht zugelegt. Mit jedem Monat schien er mehr und mehr aus der Form zu geraten, als wolle er mit seiner schwangeren Frau wettstreiten.

Caspar meinte sich zu erinnern, dass Philippa erwähnt hatte, die Frau Bürgermeister stehe unmittelbar vor der Geburt ihres ersten Kindes. Vielleicht war er deshalb so aufgewühlt. Wer wollte ihm jetzt seine Aufgeregtheit verdenken?

Es war stickig im hinteren Gastraum der *Krone,* zu dem eine kleine Treppe führte, und der als Sitzungssaal der Ratsherren herhalten musste, als sie nun, wenige Tage nach dem Brand, zum erstem Mal wieder zusammenkamen.

Die Stimmung war mehr als gedrückt. Caspar bedauerte aufrichtig, sich nicht wegen Unwohlseins entschuldigt zu haben. Zu viel war in den letzten Stunden passiert und er hatte noch keine Zeit gehabt, richtig darüber nachzudenken. Erst das Unglück im

Berg, dann der Disput mit seinem Vater und nun diese Tragödie. Es war alles ein bisschen viel auf einmal.

Den Männern hier ging es ähnlich. Caspar war dankbar, dass er wenigstens sein Heim behalten hatte. Es gab sogar zwei Räte, deren Wohnhäuser zerstört worden waren. Sie konnten am ehesten verstehen, was jetzt viele Leute durchmachten: nichts zu essen und vielleicht sogar lebensnotwendiges Vieh verloren zu haben, nur Weniges – wenn überhaupt – aus dem Haus gerettet zu haben.

Jetzt saßen sie hier beisammen, um zu überlegen, wie man am besten den Menschen helfen konnte und am sinnvollsten die Schäden aufnehmen sollte. Wie konnte das gehen? Es war doch alles ein einziges Chaos. Und niemand interessierte sich mehr für Brauchtum, wie etwa der Grenzgang alljährlich am Donnerstag nach Pfingsten. Caspar betrachtete nachdenklich das Tintenfass, das bis zum Rand gefüllt vor ihm stand. Von einem auf den anderen Tag stand die Stadt kopf. Was war aus seinem Herz voller Träume geworden? Es war dem fürchterlichen Gestank gewichen, der über der Stadt hing und sich in sämtliche Kleider und in die übrig gebliebenen Häuser einnistete.

Wahrscheinlich würde es heute viel zu protokollieren geben. Dass er hier saß, hatte er nicht nur seinem Vater zu verdanken. Sein vortreffliches Studium wurde nur durch das Ebenmaß und die Klarheit seiner Handschrift überragt, ein Kriterium, das sicher zu seiner Berufung als Gerichtsschreiber beigetragen hatte. Dass er dieses Amt ausüben durfte, erfüllte ihn immer noch mit Demut.

„Bei allem Respekt, verehrter Herr Bürgermeister, aber hier ist Zurückhaltung geboten!“ Ratsherr Horns Einwurf klang mild, aber entschieden. „Wir sollten der Gerichtsbarkeit nicht vorgreifen.“

Göst warf Horn einen verkniffenen Blick zu und raunte: „Wer um alles in der Welt soll das sonst getan haben? Wenn wir nicht zuvor dem fürstlichen Befehl gehorcht hätten, ja, dann würde ich schweigen. Mir sogar selbst Vorwürfe machen. Aber so? Sie waren doch selbst dabei, als wir gefährliche Backöfen haben abreißen lassen!"

„Ich weiß. Und ich mag mich nicht an die Flüche der Besitzer erinnern." Horn lief ein dünnes Rinnsal von der Schläfe am Ohr vorbei, das er mit dem Ärmel wegwischte. Wer bis jetzt noch nicht unter seiner Perücke geschwitzt hatte, tat es nun. Obwohl der Raum unbeheizt war, brachte er die vielen Männer heute schnell zum Triefen.

Eisentraut, seines Zeichens Zunftmeister der Bäcker, stemmte die Arme in die Hüften. „Wir haben uns nichts vorzuwerfen", hob er hervor und rieb sich dann mit der Hand über den Spitzbart am Kinn. „Mir ist es immer noch ein Rätsel, wie es dazu kommen konnte. Das ist Teufelswerk!"

Am anderen Ende des Tisches meldete sich Schäfer zu Wort. „Wer erinnert sich noch an die Geschichten der Großväter?" Seine strengen Adleraugen flogen über die Anwesenden. „Niemand? Dann sage ich nur: ‚Walpurgisnacht!'" Er machte eine kleine Pause, presste die Hände auf den Tisch und beugte den Kopf vor, die Aufmerksamkeit sichtlich genießend. Gönnerhaft erklärte er: „Vor fast genau zwei Jahrhunderten hat es einen ähnlich großen Brand gegeben. Es war der 1. Mai 1524. Dabei sind große Teile der Oberstadt dem Feuer zum Opfer gefallen."

„Leider gibt es keine Belege mehr darüber", sinnierte von Hohenstein laut, der sich bisher kaum zu Wort gemeldet hatte. „Und selbst die danach errichteten Häuser stehen nicht mehr."

Offenbar erkannte niemand die Brisanz in seinen Worten. Caspar begriff sofort, dass alles, was jetzt wieder aufgebaut werden sollte, sich auf Erinnerungen seiner Bewohner würde stützen müssen.

„Wenn uns das nichts zu sagen hat! Vielleicht will uns der Herrgott strafen?" Mit seinen flammend roten Haaren fiel Ratsherr Schramm genauso auf wie mit seinen gewöhnlich spärlichen Bemerkungen während der Sitzungen. Sämtliche Köpfe flogen herum, erstaunt, was er zu sagen hatte. Aufgewühlt fuhr Schramm fort: „Warum ist eigentlich Kammerrat Dapping nicht hier? Was hat er ein Glück gehabt! Der Viehhof ist doch gar nicht betroffen. Ich hätte dem Herrn Kammerrat gerne ein paar Fragen gestellt."

„Dazu werden Sie bald Gelegenheit haben", beschwichtigte ihn Horn, immer noch wie alle anderen Räte verwundert über die Redseligkeit. „Er ist unpässlich. Es muss ihn wohl so aufgeregt haben, dass er nach dem Herrn Chirurgus hat schicken lassen."

„Wozu der Aufwand?", grummelte Schäfer. „Er hätte sich doch von Hofapotheker Friedrich ein Elixier mischen lassen können. Der wohnt gleich bei ihm um die Ecke."

Schramm pflichtete ihm bei. „Fürst Wilhelm hält große Stücke auf ihn. Mehr Würdigung geht nun wirklich nicht."

„Stimmt", sagte Schäfer, „ich hörte, Friedrich kann wohl den Hals nicht voll genug kriegen. Das Kräuterholen an Christi Himmelfahrt hat nur ihm was genutzt, denn er hat den Bürgern nichts dafür bezahlt."

Das war nur die halbe Wahrheit, dachte Caspar. Man schrieb dem Sammeln von Kräutern an diesem besagten Tag eine hohe Wirksamkeit zu. In aller Frühe, am besten noch vor Sonnenaufgang, wurden die Kräuter wie etwa Aronstab, den sie auch Christi Blutstropfen nannten, und Wermut, Witwenblume oder Wiesenschaumkraut von Frauen gesammelt, die sie zu Hause trockneten, zu Salben verarbeiteten und dem Vieh zur Stärkung unter das Futter mischten.

Natürlich bekam auch der Apothecarius die verschiedensten Kräuter für seine Arzneien mitgebracht. Ob er allerdings wie die Leute davon überzeugt war, dass die an diesem Tag gesammelten

Pflanzen – seien sie nun giftig oder nicht – nur deshalb ihre vollständige Wirksamkeit entfalteten, wusste er nicht. Und ein ungeschriebenes Gesetz besagte, dass die Frauen schweigend pflücken sollten, um den Nutzen nicht zu gefährden. Vermutlich war das von Männern erfunden worden, schmunzelte Caspar.

„Bitte keinen Neid, meine Herren“, beschwichtigte der Magister, warf Schäfer einen kühlen Blick zu und schüttelte konsterniert den Kopf, „wir haben doch alle genug zu essen.“

„Inmitten der Katastrophe scheint der Austausch von Neuigkeiten immer noch zu funktionieren“, warf der Bürgermeister ein. „Der Herr Kammerrat wird vom Ergebnis der Sitzung informiert werden und ganz bestimmt können Sie Ihren Wissensdurst bald stillen. Und was den Brand angeht, verehrte Herren Räte“, sagte er, nun in gemäßigtem Ton, und blickte in die Runde, „wird es von jetzt an regelmäßig jeden zweiten Sonntag eine Kollekte für alle Brandgeschädigten eingesammelt – sowohl für die Haigerer als auch für die Unsrigen. So hat es mir vorhin der Herr Oberpfarrer in einem Gespräch versichert.“

Die Zustimmung der Männer ergoss sich in einem wohlwollenden Raunen.

Schäfer schien bemüht, seine Kollegen für die Not der Leute zu überzeugen: „Und was ist mit den Häusern? Hat er was gesagt, wie damit zu verfahren ist?“

Das war tatsächlich eine berechtigte Frage. Auch dazu konnte Göst eine beruhigende Antwort geben. „Natürlich wird alles wieder aufgebaut. Fürst Wilhelm hat auch das angeordnet.“

In diesem Augenblick war jedem hier klar, dass das ein schwieriges Thema werden würde. Nach der Ernüchterung kam die Klarheit. Und die zeigte sich in Form des Rentmeisters.

„Weiß jemand etwas über den Verbleib der Stockbücher?“, fragte der alte Rentmeister Hoffmann mit gekräuselter Stirn und machte den Augenblick der Hoffnung zunichte. Ein wenig von seinem grauen Haar lugte unter der Perücke hervor, die in modischem Weiß mit seiner Haarfarbe kokettierte. „Wo hat man sie hingeschafft?"

Betretenes Schweigen machte sich breit. Die Erinnerungen an die Brandnacht waren für die meisten hier mehr als nebulös, ganz im Gegensatz zu den Geschädigten, die ahnten, dass es dauern könnte, bis sie statt Baumkronen ein festes Dach in Form von Schiefer über sich haben würden. Ebenso sicher war, dass sie sich auf Jahrzehnte verschulden und ihre Kinder diese Last womöglich erben würden.

„Hingeschafft?" Horn schluckte und starrte betreten auf den blanken Holztisch. „Leider blieb keine Zeit, sie zu retten."

Das war nur die halbe Wahrheit! Hoffmann hatte doch bestimmt von dem desaströsen Bankett erfahren. Die ganze Stadt wusste inzwischen Bescheid! Vor allem davon, wie man die Räte aus dem Rathaus hinausbegleitet hatte. Hätte es das beherzte Eingreifen einiger weniger nicht gegeben, hätte man womöglich noch Tote zu beklagen gehabt.

„Dann muss es eben wieder ausgemessen werden", befand Göst und seufzte tief. „Wenn Sie", und damit meinte er den Rentmeister, „uns einen Vorwurf machen wollen, werden wir ihn abschmettern!"

Der Rentmeister starrte Göst fassungslos an und japste nach Luft.

„Das hat er doch gar nicht", fand Horn, sichtlich bemüht, die gekippte Stimmung zu retten, „es war lediglich eine Feststellung, nein, eine Frage." Jeder hier wusste, dass Horn eng mit von Hohenstein befreundet war und beide nicht nur stattlich, sondern ebenso für ihre aufrichtige Haltung bekannt waren.

Ratsherr Eisentraut hob das Kinn. „In den Wirren des Brandes war uns die Rettung von Menschenleben wichtiger, als Aktenbündel zu bergen."

„Die Leute, die auf den Wiesen kampieren, berührt das doch überhaupt nicht", warf Göst ein. „Sie wollen essen und trinken und ein Dach über dem Kopf. Wen interessieren da irgendwelche Papiere!?"

Der Rentmeister hob beide Arme. „Verehrter Herr Bürgermeister", grummelte er, „Sie sind noch jung an Jahren und erst seit ein paar Monaten im Amt. Niemand möchte Ihnen zu nahe treten. Doch Wahrheit muss Wahrheit bleiben! Und sei sie auch schmerzlich, wenn es darum geht, Schwächen – von *Verfehlungen* rede ich nun mal nicht – aufzuzeigen, die Ihrem neuen Amt geschuldet sind."

Vieles wäre leichter, wenn ihm der ältere Bürgermeister Weis hätte zur Seite stehen können. Es hatte sich seit Jahrhunderten bewährt, sowohl einen älteren Bürgermeister aus den Reihen der Schöffen zu bestimmen, als auch einen jüngeren aus den Reihen der Bürger, wie jetzt von den Zunftmeistern. Doch kaum, dass die Wahl zu Jahresanfang vorbei gewesen war, hatte Weis der Schlag getroffen und ans Bett gefesselt.

„Wollen Sie damit andeuten, *ich* hätte mit Feuer gezündelt?", erboste sich Göst und stand auf. „Was erlauben Sie sich! Das ist alles weit hergeholt."

Horn, der neben ihm saß, legte ihm eine Hand auf den Arm und zog ihn wieder auf den Stuhl. „Wir alle tragen Schuld. Nicht am Feuer, aber wir haben nicht veranlasst, dass Knechte das Archiv räumten. Ich muss zugeben, in dem Durcheinander in der Brandnacht ist uns das nicht in den Sinn gekommen. Ich entschuldige mich hiermit im Namen aller Räte und Schöffen, die nach dem mühevollen Kontrollgang mit einer kleinen Feier die Sicherheit unserer Stadt begehen wollten."

„Bedauerlicherweise sind historische Dokumente, insbesondere die der Stadtgeschichte, unwiederbringlich verloren gegangen", gestand Schäfer zerknirscht und setzte eine schmerzliche Miene auf. „Wir alle sind darüber sehr berührt und bedauern es zutiefst."

Das waren ja ganz neue Töne, die Caspar noch nie aus seinem Mund gehört hatte. Vielleicht brachte die neue Situation in der Stadt ein wenig Demut unter die Menschen.

„Schlimmer ist, dass es die Einnahme- und Ausgabebücher nicht mehr gibt", jammerte Göst verzweifelt und vergrub mit unverständlichen Tönen das Gesicht in den Händen.

„Sie glauben, dass selbst die Unterlagen im Keller vernichtet worden sind?", wollte von Hohenstein wissen und man konnte an seinem Gesicht sehen, wie seine Hoffnung bereits mit dem Aussprechen der Frage schwand, noch irgendein Dokument unbeschadet aufzufinden. Als Magister der Hohen Schule war ihm der Wert von Protokollen vertraut, die im schlimmsten Fall über Leben und Tod entscheiden konnten.

„Einer wollte mir bei der Begehung sogar an die Gurgel!", erinnerte sich Göst. „Es hätte nicht viel gefehlt und ich hätte die Widerspenstigen alle da oben", knurrte er und wies in Richtung Schloss, „festsetzen lassen."

„Das ist doch jetzt egal", fand von Hohenstein, „wahrscheinlich gibt es noch nicht mal mehr ihre Häuser. Sie sollten froh sein, dass ihre Kamine nicht als Brandursache in Betracht kommen."

Die Räte verloren sich in Entschuldigungen und zeigten alles auf, nur keine Reue. Sie erklärten umständlich, was sie in den Stunden vor Ausbruch des Brandes alles getan hatten. Was also sollten sie sich vorwerfen?

„Das Mensch da aus der Hintergasse hat's zu verantworten!" Eisentraut kniff die Augen zusammen. „Unser feiner Herr Fürst aber", er hob verächtlich das Kinn in Richtung Schloss und wurde laut, „lässt Gnade walten. Dass ich nicht lache. Er hat ja noch nicht mal seine Dorothea Johanna im Griff. Man kann fast buch-

stäblich sehen, wie sie das Geld zum Fenster hinauswirft." Er machte eine ebensolche Bewegung mit beiden Armen und seine Stimme wurde höher: „Und er hat ihr nichts entgegenzusetzen. Wie denn auch? Über seine prächtige Hofhaltung spricht ganz Nassau. Von wegen *der Gute!*"

„Stimmt. Ich kann mich erinnern, dass die Fürstin 1715 zur Begleichung ihrer Schulden die Neuhütte bei Ewersbach verpfändet hat", pflichtete Schäfer bei.

„Um ein Darlehen zu bekommen", erinnerte sich Horn und reihte sich ein in die Reihe der Waschweiber. „Das hat aber nicht gereicht. Ich meine, damals war noch vom Kloster Grafschaft die Rede …"

Mit einem Knall sauste die Faust von Bürgermeister Göst auf den Tisch. „Rat Eisentraut! Mäßigen Sie sich. Das Gleiche gilt für die anderen Herren. Ich will hoffen, dass keine unserer Reden hier den Raum verlässt, sonst kann ich für nichts garantieren. Sie wissen, was auf Verunglimpfung des Landesherrn steht!"

Eisentraut brummelte etwas vor sich hin, lehnte sich beleidigt zurück und verschränkte die Arme vor der Brust.

„Ich habe gehört, es sei eine Katze gewesen, die Feuer gefangen und auf der Flucht nach draußen das Dach in Brand gesteckt habe", wusste Horn und putzte sein Monokel.

„Ach was! *Das Mensch* hat sich durchs Fenster mit einem jungen Mann gezankt, wurde mir zugetragen", warf Schramm ein und tupfte sich mit einem Tuch über die glänzende Stirn.

Von Hohenstein erklärte: „Keiner der Hintergässer hat den jungen Mann gekannt. Er kann nicht von hier sein. Aber womöglich kannte er das Weibsbild."

Natürlich klang das plausibel, denn weshalb sonst hatte sich die Beschuldigte mit ihm aus dem Fenster heraus unterhalten? Vorausgesetzt, es stimmte, was die Unterhaltung der jungen Frau und des Mannes betraf.

„Wir sollten uns nun wirklich nicht in Mutmaßungen ergehen“, meinte Horn zerknirscht. „Wir haben wahrlich ein neuzeitliches Rechtswesen. Wenn die junge Frau Schuld trägt, wird es herauskommen. Und nun lasst uns beraten, wie die Stadt wiederhergestellt und gegliedert werden kann.“

Die Männer diskutierten jetzt kreuz und quer die Belange der Handwerker, Loher und Gerber.

Caspar hoffte, dass das künftige Rathaus nicht zu prunkvoll ausgerüstet werden würde, was er Göst und einigen Räten, allen voran Schäfer, fraglos zutrauen würde. Ungeachtet ihres Rangs war ihre Tätigkeit entscheidend und nicht, mit welchem Gepränge sie sich umgaben.

Während sich die Männer fast in die edlen Perücken gerieten, schweiften Caspars Gedanken ab. Niemand hier bewegte, dass nur eine Stunde Fußweg entfernt ein Unglück unter Tage geschehen war. Es hatte ein junges Menschenleben gekostet.

Er hielt inne in seinen Überlegungen. Wo war überhaupt sein Vater? Und warum war er nicht zur Sitzung gekommen? Er wusste doch, dass ihn das Fernbleiben ohne erheblichen Grund eine Handvoll Gulden kosten würde.

„… und anhaltend kommen Fuhren mit Gemüse, Futter für die Tiere, Decken und Werkzeuge aus den Dörfern“, erklärte Schäfer mit geschwellter Brust und sich gefallend an der Aufmerksamkeit, die ihm zuteilwurde, „was aber nicht heißt, dass es ausreichend ist. Wie können wir unsere Bürger versorgen?“ Als er keine Antwort bekam, fuhr er fort: „Ich habe bereits meine Töchter losgeschickt, unsere Vorräte an Brotlaiben an kinderreiche Familien zu verteilen. In diesen Tagen sollte man selbstlos handeln.“

Caspar sah auf und betrachtete Schäfer. Woher kam diese plötzliche Opferbereitschaft? Die Menschen waren jetzt auf alles angewiesen, aber es würde ihn nicht wundern, wenn Kalkül hinter seinem Tun stand. Lobenswert war die Gabe allemal. Caspar nahm sich vor, Katharine anzuweisen, so viel wie irgend möglich von ihren Vorräten zu spenden.

Plötzlich ging die Tür auf und sein Vater erschien im Rahmen. Rasch verstummten die Dispute.

„So spät, Herr Rat?" Göst kniff die Augen zusammen. „Ich hatte schon befürchtet, Sie seien erkrankt."

„Entschuldigen Sie meine Unpünktlichkeit. Wie es die Fügung wollte, traf ich auf den Herrn Schlosskommandanten von Spina. Und wer war in seiner Begleitung? Unser verehrter Fürst Wilhelm. Bei einem Plausch mit ihnen erfuhr ich, dass unseres Fürstens Wohltätigkeit über das Maß hinausgeht. Er lässt ausrichten, dass er für die Notleidenden Nahrung verteilen lassen wird." Er schien das Interesse zu genießen, bevor er fortfuhr: „Jeden Tag!"

Horns grüne Knopfaugen wurden weit. „Er ist zurück? Fürst Wilhelm war doch mit seiner Familie ins Jagdschloss geflüchtet."

„Der Fürst hat angeordnet –"

Weiter kam sein Vater nicht, denn Eisentraut schien aus seiner Lethargie erwacht und sah ihn herausfordernd an. „Und wer, bitte, soll das bezahlen? Grundgütiger! Der Fürst ist doch so gut wie pleite."

Es machte Caspar traurig, dass in den Diskussionen nicht einmal die Frage nach einer höheren Macht aufkam, die den Stadtbrand zugelassen hatte. Wenn Gott wahrhaftig etwas zu den Menschen sagen wollte, was war es denn?

Caspar warf einen bedrückten Blick zu seinem Vater, der alles, nur nicht niedergeschlagen wirkte. Ein weiches Lächeln lag auf seinem Gesicht, das er seit Langem nicht mehr bei ihm gesehen hatte. Das Gespräch war bestimmt eine Ausrede und nicht der wahre Grund für seine Verspätung gewesen. Was hatte er, ein Bußgeld für das Versäumnis riskierend, bis dahin getan?

15

Das Wetter im Mai war unbeständig. Mal war es mild und sonnig, dann zogen wieder Heere von Wolkenbergen am Himmel entlang und brachten kurzzeitige Schauer. Doch egal wie die Witterung war, es änderte nichts an dem scheußlichen Gestank, der noch immer über der Stadt hing und demzufolge die Dienstboten die Fenster im Haus geschlossen halten mussten. Seit dem Feuer hatte Philippa schlecht geschlafen und der Vollmond tat jetzt das seinige hinzu. Er strahlte so hell in ihre Kammer, dass sie keinen Schlaf fand, und erinnerte Philippa an die Brandnacht. Da hatte der Himmel auch ähnlich geleuchtet.

„Bürgermeister Weis ist am Donnerstag Vater geworden", berichtete eines Nachmittags Sybilla von Hohenstein, „und am Montag wird das kleine Mädchen getauft."

Die beiden Frauen befanden sich im Esszimmer und Philippa stellte die gefüllte Vase auf den Tisch, während ihre Herrin vor dem Fenster stand.

Gab es das wirklich? Eine Geburt inmitten dieser fürchterlichen Tage? Philippa unterbrach ihre Bemühung, die Blumen nochmals neu zu arrangieren, und sah erfreut auf. „Ist es ihr erstes Kind?"

„Ja", antwortete die Herrin und ein Lächeln flog über ihr Gesicht, „und Gott sei Dank haben Mutter und Kind die Geburt überlebt." Sie spürte die Blicke der Herrin auf sich ruhen. „Ich habe ihr bereits meine Aufwartung gemacht."

Wenn die Gebärende und ihr Kind überlebten, war das immer ein Grund zum Danken und gleichzeitig ein Gebot zur Fürbitte, dass die Mutter auch das Wochenbett überstand. Philippa kräuselte die Stirn. „War es denn eine leichte Entbindung?"

Die Herrin schüttelte den Kopf. „Nein, die junge Frau Bürgermeister hat zwei Tage in den Wehen gelegen. Zwei unendlich lange Tage!" Sie stockte und wandte den Blick weg von Philippa. „Ach, was rede ich da! Nur wer schon entbunden hat, weiß, wovon ich spreche. Lugardis, die Hebamme, hat alles versucht, na ja, irgendwann hat es wohl geholfen, dem Herrn sei's gedankt. Frau Bürgermeister wäre nicht die erste Kreisende, die entkräftet dabei stirbt." Sie warf kurz einen Blick auf die Pfingstrosen und Schwertlilien in Philippas Händen, dann schien sie sich zu besinnen, und ihre Stimme wurde lauter und fröhlicher. „Und stell dir vor, sogar aus Marburg wird Besuch kommen. Eine Dame, die mir nicht bekannt ist, wird Taufpatin werden. Eine weitere Gevatterin wird die Frau Ratsherr Daniel sein und ..."

Während Sybilla von Hohenstein sich über ein sonst gewöhnliches Geschehnis in allen Einzelheiten entzückte, schweiften Philippas Gedanken ab. Was konnte das Kind dafür, dass es in einer ruinierten Stadt das Licht der Welt erblickte? So viel sie wusste, stand das Haus des Bürgermeisters am Ende des Viehhofs. Aber im Oberen Steinweg gab es nur ein einziges unversehrtes Haus und über das wusste jeder in der Stadt etwas anderes zu berichten.

„Wissen Sie etwas über die Geburt der Brunnenmeisterin?"

„Ja, natürlich!", erklärte die Herrin mit großem Ernst. „Sie hat einem kleinen Jungen das Leben geschenkt. Deshalb haben sie ihn Jesaja genannt."

„Jesaja", wiederholt Philippa und überlegte fieberhaft, was der Name zu bedeuten hatte. Sie kannte kein Kind, das so hieß. Er musste irgendwie mit der Rettung in Verbindung stehen, aber sie wagte nicht, weiter zu fragen. Womöglich erfuhr sie es mal in einer Predigt, denn in der Bibel gab es einen bedeutenden Propheten mit dem Namen.

Als hätte ihre Herrin ihre Gedanken gelesen, erklärte sie:

„Wahrscheinlich hast du es auch schon gehört. Am 30. Mai wird ein besonderer Gottesdienst gehalten. Der Oberpfarrer hat es angekündigt. Endlich!“ Sie senkte einschärfend die Stimme. „Das hat es noch nie gegeben, dass die Gottesdienste ausfielen. Pfingsten ohne Predigt! Dabei war die Kirche gar nicht beschädigt.“

Philippa nickte. „Ich habe die Gottesdienste am Vor- und Nachmittag auch vermisst. Aber unsere Herren Pfarrer haben bestimmt richtig entschieden, den Menschen Zeit zu geben.“ Sie erinnerte sich an die mühselig errichteten Zelte im Hofgarten und vor der Stadt. An die fehlenden Aborte mochte sie erst gar nicht denken und erst recht nicht an die Gerüche, die sich mit den verkohlten Tierkadavern und Trümmern verbanden. „Es ist für die armen Leute bestimmt äußerst schwierig, dort draußen zu leben. Wer möchte schon ungewaschen und verdreckt in die Kirche gehen? In Gottes Gegenwart.“

Die Herrin knetete die Hände und die Brauen federten hoch. „In der Tat.“ Sie deutete ein Nicken an. „Es war ja nichts mehr geordnet. Vielleicht erfahren wir dann, wie es weitergehen soll.“

Das Schnarren der Tür ließ beide zusammenzucken, als der Magister plötzlich in der Tür stand. Die Nachmittagssonne beleuchtete das silberige Grau seines Barts.

„Vielleicht kann ich weiterhelfen“, sagte er gemessen und sah von seiner Frau zu Philippa. Er trug noch immer seinen Hut und als er den verwunderten Blick seiner Frau auffing, nahm er ihn ab. „Oberpfarrer Neuendorff wird etwas zur Situation der Kollekten sagen und wie wir Gläubigen unserem Herrgott demütig gegenüber treten sollten.“

Seine Frau hatte sich schnell gefasst. „Du bist heute früher nach Hause gekommen, mein Lieber“, stellte sie freudig fest und ging ihm mit ausgestreckten Händen entgegen, „wie schön!“

Philippa rückte die Vase zufrieden in die Tischmitte. „Ich werde mal nach den Kleinen sehen. Marie und Melusine sind bestimmt froh, wenn ich sie beim Hüten der Kleinen ablöse."

Die Herrin wand den Kopf und sah sie freundlich an. „Ich hätte lieber, wenn du zum Viehhof gehst und dich erkundigst, wann wieder Wochenmarkt ist. Ich fürchte, dass er diese Woche nicht stattfinden kann."

Irgendwie hatte Philippa das Gefühl, dass der Wunsch der Herrin nicht der eigentliche Grund war, warum sie sich auf den Weg in die Stadt machen sollte, sondern eher ein Vorwand, aber das war ihr egal.

Philippa hatte das untere Ende des Weges erreicht und musterte das Gasthaus *Zur Krone,* das gegenüber dem Vogtschen Haus stand. Als habe Caspar ihren heimlichen Wunsch vernommen, trat er gerade aus der Tür. Bevor er in den Steinweg abbiegen konnte, bemerkte er sie.

„Philippa", rief er und eilte ihr entgegen, „was für ein Zufall!" Seine Augen liebkosten sie und deuteten in gebührendem Abstand eine kleine Verbeugung an. „Wie geht es dir?" Die Stimme senkend, fügte er hinzu: „Ich habe dich so vermisst!"

Sie war ihm dankbar, dass er ihr inmitten der Leute nicht zu nahe kam. Viel zu schnell gab es Gerede und am Ende des Tages entsprach kaum noch etwas von dem Gesehenen der Wahrheit. Solange der alte Vogt seine Zustimmung verweigerte, konnte jede Leichtfertigkeit ihren Ruf schädigen.

„Dem Herrn sei Dank. Wir sind alle wohlauf." Sie bewunderte sein stilvolles Aussehen und wie der dunkle Rock mit der hellen Schleife unterm Kinn mit seinem rotblonden Bart bezauberte. Sie wies nach rechts. „Die Frage ist eigentlich müßig, aber weißt du, ob es bald wieder einen Wochenmarkt geben wird? Die Herrin lässt fragen."

Caspar schüttelte den Kopf. „Fürst Wilhelm hat ihn abgesagt und ich schätze, das wird noch eine Weile so bleiben. Die Leute brauchen zuerst wieder ein Zuhause. Erst dann, denke ich, sollte wieder Markttag sein."

„Ja, das habe ich mir bereits gedacht. Der Fürst hat recht – die Menschen haben andere Sorgen."

Caspar nickte. „Sie werden durch unseren Landesherrn und die Bevölkerung versorgt. Es ist unglaublich, was man nach Haiger und Dillenburg schafft. Ich habe gesehen, dass die Bauern sogar Pfannen und Töpfe auf ihren Karren herbrachten."

„Die haben doch selbst nichts."

„Doch – ein mitfühlendes Herz. Und vor unserem Herrgott zählt das mehr als alles andere. Das sagt schon die Heilige Schrift."

„Da stimme ich dir zu", erwiderte Philippa, „und ich verneige mich innerlich vor ihrer Hilfsbereitschaft. Erst haben sie den Haigerern geholfen und jetzt uns." Sie konnte sich vorstellen, wie aufrichtig diese Gaben waren. Wenn sie an ihr Elternhaus dachte, wurde ihr elend ums Herz. Sich auszumalen, dass von dem kargen Ertrag noch großzügig verschenkt wurde, dafür fand sie keine Worte, diese Tat zu würdigen. Mochten die Ratsherren noch so herausgeputzt über die Geschicke der Stadt entscheiden, wahre Würde fand sich eher in Leinenkitteln gekleidet und mit verschwitzten Haaren.

„Zwei Orte sind in die Geschichte eingegangen, wo es anders zuging."

„Wie meinst du das, anders?"

„Schau mich nicht so verwirrt an", lachte er. „Ich sag's dir. Vor mehr als dreihundert Jahren soll es in Cölln elend gebrannt haben. Ich meine nicht die Stadt am Rhein, die den mächtigen Dom aufweist. Nein, die Stadt, die ich meine, liegt an der Spree. Damals bat man die Bewohner von Berlin auf der anderen Seite des Flusses um Hilfe. Leider verweigerten sie hochmütig jegliche Unterstützung."

„Wie schrecklich", fand Philippa.

„Du sagst es", fuhr er fort. „Doch als es zwei Jahre später in Berlin brannte, erdreisteten sie sich, von den Cöllnern Rettung zu verlangen."

Ganz in ihrer Nähe hielt ein Pferdefuhrwerk. Caspar beschattete seine Augen und beobachtete einen Wagen, von dem gefüllte Schläuche und Krüge abgeladen und in die *Krone* getragen wurden. Dann wandte er sich ihr wieder zu.

„Ja, die Leute hier haben Herz", stimmte ihm Philippa zu und blickte in seine wachen schiefergrauen Augen. „Hast du noch etwas von Elsa gehört?"

Caspar nickte. Während er kurz innehielt und sie nachdenklich betrachtete, schlug Philippa die Hände vor den Mund. Ihr Herz war mehr als bleischwer. Sie erinnerte sich an die Hetzjagd und Festnahme vor den Stadttoren. Es war, als sei der Wolf in die Stadt geraten und müsse ausgerottet werden.

„In etwa vier Wochen wird ihr der Prozess gemacht. Einmal wegen der Kindstötung und zum anderen wegen des Brandes. Es sieht nicht gut aus." Caspars Stimme klang plötzlich belegt und irgendwie fremd. „Philippa, ich fürchte, sie hat einen schweren Weg vor sich."

„Was macht dich da so sicher?" Sie drehte kurz den Kopf und sah einem anderen Gespann nach, das Käfige mit Hühnern geladen hatte, ebenso zwei Ziegen, die von einem kleinen Jungen festgehalten wurden, dem das Geruckel nichts auszumachen schien. Philippa schlang die Arme um die Brust, als könne sie sich damit vor der schlechten Nachricht schützen.

„Sicher bin ich nicht, aber alles spricht gegen sie." Er sog hörbar die Luft durch die Nase ein. „Ihre Ehre ist dahin. Aber wir wollen das Beste hoffen, nicht wahr? Noch vertrauen wir, dass ein Wunder geschehen kann. Und was das Unglück im Berg angeht, da hat mein Vater die Familie besucht. Ich weiß, er lässt ihnen Unterstützung zukommen. Nur spricht er fast nie über so was. Es könnte ihn ja als Schwächling darstellen. Doch das Los der jungen Familie rührt ihn mehr, als er zugeben würde."

Philippa lächelte ihn warm an. „Du kannst stolz auf ihn sein."

Er nickte stumm und betrachtete einen zerlumpten Mann, der stur nach unten blickte in der Hoffnung, irgendetwas Essbares oder Begehrenswertes zu entdecken. Wahrscheinlich dachte Caspar das Gleiche wie Philippa, die seinem Blick gefolgt war: dass es jetzt bestimmt noch mehr solcher Heimatlosen und Hungernden geben würde.

„Hoffen wir, dass die Stadt die Kraft findet und aus der Asche aufsteht." Unvermittelt wechselte er das Thema. „Wann sehen wir uns wieder?" In seinen Augen lag die Sehnsucht der Welt.

Sie streckte den Rücken. „Nach dem Abendbrot möchte ich noch Kräuter sammeln gehen, an der St.-Nikolaus-Kirche." Einen Moment genoss sie Caspars erstaunten Blick. „Ja, schau nicht so", grinste sie, „der gnädige Herr hustet tatsächlich viel. Das kommt vom Rauchen. Zumindest behauptet das meine Herrin. Sie hat sogar mal seine Pfeifen versteckt, doch das fand er gar nicht lustig. Deshalb wird sie heilfroh sein, wenn ich nach dem Tagwerk noch Spitzwegerich sammeln gehe. Daraus mache ich einen Sirup, der seinen Lungen guttut. Falls du also Zeit hast …"

„Ich werde da sein!" Seine Augen ruhten voller Liebe auf ihr. Mit einer zärtlichen Geste strich er ihr rasch über die Wange und verabschiedete sich dann. Bald war er aus Philippas Blickfeld verschwunden. Die Sehnsucht blieb in ihrem Herzen und würde ihr ständiger Begleiter bis zum nächsten Wiedersehen sein.

Noch eine Weile verharrte sie in Gedanken versunken, ließ den

Anblick der unversehrten, gepflegten Häuser auf sich wirken, bevor sie beschloss, über den Viehhof zu spazieren und dann heimzugehen. Langsam glitt ihr Blick an den Bäumen entlang, die den Platz säumten, und über die festgetrampelte Erde, die heute eine einzige bräunliche Ausdehnung bildete. Bis auf eine Tochter von Schäfer, die vor dem Haus stand und sie unverhohlen musterte, waren kaum Leute zu sehen. Doch dann entdeckte sie Betradis, die sich aus dem Schatten eines Baumes löste, und ihr entgegenkam.

„Was machst du denn hier?“, fragte ihre Freundin, die ihr mit hochrotem Kopf entgegenblickte und einen Korb gegen den Laib presste. „Es ist doch heute kein Markttag.“

Ein junger Mann schlenderte an den Bäumen entlang, zwinkerte den beiden jungen Frauen noch zu und verschwand hinter dem Hüttenplatz in einer kleinen Gasse.

„Ach ...“, Philippa grinste. „Ist das nicht dein Tobias?“

„Äh...“ Betradis glitt sich nervös mit dem Ärmel über die erhitzte Stirn. „Ja. Er ist der Sohn von Stadtwachtmeister Weller. Wir haben uns aber nur unterhalten.“

„Hab ich es nicht gesagt?“ Philippa lachte und berührte sie freundschaftlich am Arm. „Ich hatte nichts anderes von dir erwartet. Kennt ihr euch schon länger?“

Statt einer Antwort drehte Betradis den Kopf zur Seite, um zu sehen, wer da gerade mit Lärm und stechenden Schritten den Hang vom Schloss herunterkam. Es waren etliche Soldaten, die in Diensten von Fürst Wilhelm standen und jetzt vom Feldtor kommend an ihnen vorbeimarschierten. Statt einer Feuerwaffe schleppten sie Schippen und seltsame Geräte mit sich.

„Weißt du, was das bedeutet?“, fragte Philippa voller Sorge. Das Auftauchen der Uniformierten bedeutete meist nichts Gutes. Ob es doch Plündereien oder Diebstähle gegeben hatte?

Betradis nickte. „Sie sollen beim Aufräumen helfen, hat mir Tobias erzählt, der es von seinem Vater weiß. Die riesigen Feuerhaken brauchen sie zum Einreißen der Häuser und die Hornickel zum Abstoßen der Balken. Wie sollen denn die Leute das sonst schaffen?"

Philippa seufzte erleichtert auf. „Stimmt. Und ohne Beschluss von oben dürfen sie ihr Haus nicht einreißen." Für einen Moment überlegte sie, dann griff sie nach Betradis Hand. „Hast du schon gehört, dass am letzten Sonntag im Monat endlich ein Gottesdienst gehalten werden soll?"

„Nein, aber ich bin froh darüber. Es gibt uns Zuversicht und ein winziges Stück vom normalen Leben zurück." Sie sah Philippa eindringlich an. „Aber bitte sag noch niemandem, mit wem ich mich getroffen habe. Bitte. Es ist noch ganz am Anfang."

Die Kirchturmglocke schlug die volle Stunde. „Ich muss jetzt gehen", erklärte Philippa, umarmte sie und schmunzelte, „und ich kann schweigen."

Der restliche Tag verlief ohne besondere Vorkommnisse und Philippa machte sich abends mit einem Korb auf den Weg zur Feldbach-Ruine. Sie hatte sich nochmals gekämmt und die brünetten Haare so mit einem blauen Haarband zusammengebunden, dass ein Teil davon unter ihrer Haube hervorquollen. Caspar kam auf sie zu, kaum dass sie durch das Untertor getreten war. Ihr Herz klopfte schneller. Einen Moment blieben sie stehen, um einander anzusehen. Sie las in seinen Augen eine tiefe Freude.

„Du willst tatsächlich Kräuter sammeln?", fragte er überrascht. „Ich dachte, das sei ein Scherz gewesen."

„Immer schön bei der Wahrheit bleiben", lachte sie und hielt ihm den leeren Korb hin. „Ich darf nur nicht vergessen, ihn zu füllen."

Weit und breit war keine Menschenseele zu sehen. Stille hatte sich auf den Feldern vor ihnen ausgebreitet und die Abendsonne war schon hinter dem Feldbachswäldchen verschwunden, als sie den steilen Weg zur St.-Nikolaus-Kirche einschlugen. Eine Schafherde war für die Nacht hinter Zäunen gesichert.

„Hier grast die Wolle von Wollwebermeister Schäfer", witzelte Caspar. „Wahrscheinlich hofft er noch immer, mich zum Schwiegersohn zu bekommen." Er griff nach ihrer Hand und hakte ihren Arm unter seinen, als wären sie bereits verlobt.

Sie fühlte sich frei und unbeobachtet. Ein Glücksgefühl stieg in ihr hoch. Am Rand eines Eichenwäldchens in der Nähe entdeckte sie die fast herzförmigen Blätter der Knoblauchsrauke, für die Hiltgunt immer neue Ideen hatte, wie sie zum Würzen eingesetzt werden konnte. Sie löste sich von ihm und begann zu pflücken.

Caspar beobachtete sie interessiert, als sie dann Brennnesseln entdeckte, vorsichtig am Stängel abbrach und zu den anderen Kräutern in den Korb legte. „Was willst du denn damit?"

„Die Familie mag sie sehr gerne als Salat." Das Wort *Familie* rief eine unbeantwortete Frage in ihr wach. „Wenn dein Vater einer Heirat nicht zustimmt und dich womöglich enterbt, wird dein Einkommen für uns ausreichen?"

„Es wird sogar für eine ganze Familie reichen", erklärte er und lächelte breit, „vielleicht können wir nicht sorglos mit Äußerlichkeiten umgehen, aber für eine warme Wohnung und genügend Essen reicht es allemal."

„Ich könnte einen Gemüsegarten anlegen", versicherte sie erleichtert, „und Kleinvieh halten. Wie das geht, weiß ich von zu Hause."

Er nickte und nahm ihr den Korb ab, der jetzt gefüllt war. Sie gingen an einem Gehöft vorbei, ein Überbleibsel von dem früheren Dorf Feldbach, und ein paar Minuten später standen sie vor der Tür der kleinen Kirche. Die Tür war unverschlossen und sie traten in das kühle, dämmrige Kirchenschiff. Das Kirchengestühl war wohl im Laufe der Zeit abgebaut worden, wobei für das gemeine Volk Kirchenbänke erst nach der Reformation Sitte geworden und die Kapelle da bereits verlassen worden war. Nur der steinerne Altar war wie ein Zeichen verblieben, als müsse er das Gotteshaus noch verteidigen.

Caspar stellte den Korb an die Seite und zog Philippa an sich. „Ich habe viel über uns nachgedacht", flüsterte er ihr ins Ohr und sie spürte seinen festen Griff um ihre Taille. „Mach dir keine Sorgen. Mein Herz hängt nicht an goldenen Schuhschnallen, auch wenn ich dir gerne eine unbeschwerte Zukunft bieten möchte. Du könntest zur Not sogar ohne Magd auskommen, weil du mehr Wissen besitzt, als sämtliche Ratsherrentöchter zusammen."

Sie hob den Kopf und ihre Blicke trafen sich. Zärtlich küsste er sie auf die Stirn. „Wir zwei sind heimlich verlobt, nicht wahr?", versicherte er.

„Heimlich", bestätigte sie und für einen Moment verkrampfte sich ihr Magen, „was deinen Vater nicht beeindrucken wird. Nur eine öffentliche Verlobung gilt."

„Stimmt. Aber ich empfinde eine tiefe Liebe zu dir und sie verstärkt sich mit jedem Mal, wo wir uns sehen. Wenn meine Mutter noch leben würde, hätte sie uns unterstützt. Hab Vertrauen, auch in Gottes Güte, dass alles gut wird."

„Sie hätte dich in den Arm genommen, wie meine Mutter mich. Das hat mich oft darüber hinweggetröstet, wenn eine Sache nicht ausging, wie ich es mir gewünscht hatte. Vermisst du sie sehr?"

„Sehr? Ich weiß nicht", erklärte er nachdenklich. „Als Kind noch nicht mal, weil Katharine da war, wenn ich sie brauchte. Nur jetzt, wo ich erwachsen bin, sehne ich mich danach, ihre Stimme und ihren Rat zu hören."

„Das verstehe ich." Sie legte ihren Kopf an seine Brust und bemerkte, dass es fast ganz dunkel in der Kirche geworden war. Sie konzentrierte sich auf das Prickeln, das sie erfasste, während seine Finger zärtlich über ihre Schultern fuhren, mit ihren Haaren spielten und die bloße Haut auf ihrem Arm berührten. „Frauen entscheiden meist mit mehr Gefühl. Das ist mindestens so wichtig, wie eine sachliche Anordnung."

Er lachte leise auf und sein warmer Atem streifte ihre Wange. „Da bin ich mir nicht so sicher."

Sie genoss seine Nähe. Am liebsten hätte sie alle Benken und Mahnungen außer Acht gelassen. Von unten im Tal hörten sie den Glockenschlag, der sie in die Wirklichkeit zurückbrachte. Nur widerwillig löste sie sich aus seiner Umarmung und zeigte zum Kirchenfenster. „Es ist spät!"

„Tut mir leid", sagte er verlegen. Er schnappte sich den Korb und nahm sie an der Hand. Wenn sie sich nicht sputeten, würden sie die Nacht vor verschlossenen Stadttoren zubringen müssen. Ein Skandal war das Letzte, was sie sich wünschte.

16

In den darauffolgenden Tagen hatte Philippa viel zu tun und kaum Zeit, über Caspar und sich nachzudenken. Mit klopfendem Herzen waren sie von der St.-Nikolaus-Kirche zurückgerannt und hatten es gerade noch geschafft, in die Stadt eingelassen zu werden. War das Stadttor einmal geschlossen, würde es niemand vor dem nächsten Morgen öffnen.

Unbemerkt war Philippa ins Hohensteinsche Haus gelangt und hatte die Kräuter in die Küche gebracht. Nun kümmerte sie sich wieder um die Kinder, half plätten, putzen und bemühte sich, alle Fenster gründlich von schwarzem Ruß zu befreien. Dabei musste sie notgedrungen immer wieder auf die stummen Zeugen des Steinwegs sehen. Dass sie den Schutz der Familie von Hohenstein und den des Hauses genoss, war ihr seit dem Brand erst richtig bewusst geworden und hatte sie dankbar werden lassen. Viele Bürger waren seitdem nicht nur obdachlos, sondern auch schutzlos geworden.

„Bestimmt bricht jetzt die Pest aus", fürchtete Hiltgunt, während sie mit einem weißen Tuch die Fenster kontrollierte, und nickte zufrieden über Philippas Mühe. „Als ich noch ein Kind war, hat mein Dorf auch gebrannt. Ich weiß nicht, wie viele Leute danach krank geworden sind."

„Doch bestimmt nicht an der Pest." Philippa stand neben der Haushälterin, hielt die Hände vor der Schütze gefaltet und hoffte, dass auch ihre anderen Arbeiten Hiltgunts Adleraugen standhielten.

„Wer weiß …? Manche ältere Leute wissen noch aus Erzählungen ihrer Großeltern, dass bei der letzten Pestepidemie hier in der Stadt ein Drittel der Bürger gestorben sind. Ich weiß, dass das was mit einem macht. Die Angst, betteln zu müssen, hängt einem im Nacken. Und flugs hast du dir was eingefangen." Sie hob die

Hände und fuchtelte mit dem Tuch herum, als müsse sie beschwören. „Die Nager riechen das, sie sind sofort da."

Philippa wurde leicht übel beim Gedanken an Ungeziefer, Mäuse und Ratten. Sie wollte sich nicht vorstellen, auf dem Boden zu schlafen, vielleicht nur ein Laken oder Stroh unter sich. Doch was blieb den Leuten übrig?

„Die Menschen müssen noch viel Geduld aufbringen", gab Hiltgunt zu bedenken. „Der Wunsch, ihr Haus wieder aufzubauen, wird sie antreiben und Kräfte befähigen – bei aller Trauer, Enttäuschung und Wut."

Der Sommer würde es zwar den Leuten da draußen leichter machen, aber sie würden tatsächlich einen langen Atem brauchen. „Jeder kann sich glücklich schätzen, der von Verwandten aufgenommen wurde", stellte Philippa fest.

„Ja, wir müssen alle zusammenhalten, Philippa. Jeder gibt was ab. Schau dir allein mal an, wie viele Karren Heu täglich gebracht werden. Das arme Vieh, das nicht verbrannt ist, hat genauso Hunger und Durst wie wir. Ich wundere mich, wie die Bauern von den Dörfern das hinkriegen und reichlich austeilen."

„Stimmt", bekräftigte sie die Überlegungen der Haushälterin, „die haben ja selbst fast nichts auf dem Tisch und müssen dem Fürsten trotzdem den Zehnten geben."

Hiltgunt wandte sich zur Tür, drehte sich dann aber noch mal um. Sie war wie immer akkurat gekleidet: Mit einer blütenweißen Haube, einer ebenso strahlenden Schürze über dem steifen blauen Kleid und dem ehrenhaften Gesichtsausdruck einer Jungfer. „Aber", sie hob den Zeigefinger und ihre Augen funkelten mehr als die kleine Brosche an ihrem hohen Kragen, „der Fürst lässt seine Untertanen nicht verhungern. Täglich beschenkt er sie mit Brot, Butter und allerhand. Auch die Haigerer werden bedacht. Jetzt gibt er zurück von dem, was er früher gekriegt hat."

Die Tür fiel ins Schloss. Philippa stand noch einen Moment nachdenklich in der Kammer, die den Mädchen gehörte. Sie hörte sie unten mit den Jungen singen. Melusines klare Stimme klang bis hier herauf, begleitet von Marie, die am Spinett saß. Irgendwie hatte sie plötzlich Lust mitzusingen. Vielleicht würde ihr dann leichter ums Herz.

Endlich waren alle Arbeiten erledigt und sie konnte den Sonntag kaum erwarten. Nicht nur um sich auszuruhen, sondern auch um den Gottesdienst zu besuchen. Letztlich würde damit ein wenig Normalität eintreten. Was sonst als Pflicht für sämtliche Gläubigen galt – nachlässige Kirchenbesucher riskierten einen Besuch und Tadel des Pfarrers –, sehnten doch viele nun herbei.

An diesem letzten Sonntag im Mai stieg die Sonne glänzend über den Giebeln, Dächern und was von der Stadt übrig geblieben war, empor. Philippa freute sich auf ein ermutigendes Wort in der Predigt, aber auch darauf, die Nachbarn, Betradis und vor allem Caspar wiederzusehen. Auf dem schmalen Platz vor dem Gotteshaus drängten sich die Besucher und Philippa schämte sich fast dafür, dass sie gewaschen und in frisch geplätteter Kleidung dastand, während gestandene Männer und Frauen in trostlosem Zustand und ebensolchem Äußeren auf die Hilfe des Allmächtigen und der Kirche hofften.

Gegenüber dem Portal, in der Nähe der Kirchbergmauer, entdeckte sie Betradis. Sie bahnte sich einen Weg zu ihr und umarmte ihre Freundin, die einen hübschen Schal über den Schultern trug. Er stand ihr gut. Sie sah zur Kirchturmspitze, dachte an Caspar und wünschte, sie könnte ebenso hoffnungsvoll nach vorne sehen. Doch irgendwie hatte sie das Gefühl, dass Rat Vogt es mit aller Macht verhindern wollte.

„Meinst du, der Herr Oberpfarrer sagt etwas zu Elsa?“, wandte sich Philippa wieder ihrer Freundin zu. „Ich mache mir große Sorgen. Seit sie einsitzt, werde ich jede Nacht wach und fantasiere …" Die Gefühle wollten sie überwältigen. Die Menschen um sie verwischten hinter ihren Tränen. Sie zog die Nase hoch. „Es sind nur schlimme Gedanken. Über Ehre und Gnade."

Betradis drückte mitfühlend Philippas Arm, dann schlang sie den Schal enger um die Schultern. „Das interessiert uns doch alle", raunte sie ernst, „und ich hoffe, dass sie was zu essen kriegt. Es soll nur faules Wasser geben und selten was Warmes – eigentlich nur, wenn es Verwandte vorbeibringen."

„Das glaube ich nicht. Der Fürst lässt doch keine Gefangenen verhungern." *Aber mästen würde er sie auch nicht,* dachte sie und wischte sich über die Augen.

Sie standen neben der Familie Dilthey, während der Kanzleidirektor nicht gerade leise eine Unterhaltung mit Kammerrat Reichmann führte, die Philippa von Betradis' Einwänden ablenkte.

„… und der Prozess wird in zwei Wochen beginnen." Dilthey räusperte sich. Seine tiefe Stimme ließ Philippa erschaudern, als er fortfuhr. „Wir müssen ein Exempel statuieren. Das darf sich nie", dabei reckte er beschwörend den Zeigefinger, „nie mehr wiederholen."

In ihrer Brust zog sich alles zusammen. Sie hatte zwar keine Ahnung vom Strafrecht, aber sie hatte von manchen Delinquenten gehört, die selbst wegen kleiner Vergehen für lange Zeit im Kerker verschwanden. Philippa nahm sich vor, für Elsa verstärkt Fürbitten zu sprechen.

Als sie wenig später hinter Familie Hohenstein die Kirche betrat, gesellte sich Betradis sofort wieder an ihre Seite. Die Freundinnen setzten sich nebeneinander auf die Holzbank in eine der hinteren Reihen, während die Hohensteins weiter vorne bei der Dillenburger Bürgerschaft Platz nahmen.

„Hast du Caspar gesehen?“, flüsterte Philippa und ihre Augen schweiften forschend über die Köpfe. „Ich kann ihn nirgends entdecken.“

„Nein“, Betradis drückte verstehend ihre Hand, „vielleicht hat er sich einfach nur verspätet.“

„Hoffentlich ist er nicht krank geworden.“ Ihr Herz wurde schwer. Sein Vater fehlte auch, was immer das zu bedeuten hatte.

„Sag mal, ist es ernst zwischen dir und Caspar?“, wisperte Betradis und sah sie von der Seite an.

„Ja, aber sein Vater ist strikt dagegen.“ Sie seufzte. „Caspar will, dass wir auf jeden Fall heiraten. Aber ob das gelingt? Ratsherr Vogt wird alles daransetzen, es zu verhindern.“

„Ihr seid mutig. Ich weiß nicht, ob ich das könnte. Gegen den Willen seines Vaters! Und dann unter einem Dach zu leben, stelle ich mir schlimm vor. Oder habt ihr schon einen Plan?“

„Caspar will eine Wohnung mieten.“ Es würde nicht einfach werden, wenn sie in der Stadt einander begegneten. Außerdem sah Caspar seinen Vater regelmäßig bei den Sitzungen.

„Warte mal ab“, ermutigte Betradis sie. „Vielleicht hat der Allmächtige ja ein Einsehen und alles kommt wieder ins Lot.“

Philippa lächelte halbherzig. „Und welche Pläne schmiedet ihr?“

Betradis sagte freudestrahlend: „Ich fühle mich wie im Traum. Wir werden wohl im Winter heiraten, nach der Ernte.“

„Ich freue mich für euch.“ Das tat Philippa wirklich, wenn gleich es ihr heute schwerfallen würde, Gott aus vollem Herzen zu preisen.

Hier in der Kirche roch man den untrüglichen Teil der Tragödie, eine Mischung aus ungewaschener Kleidung, Ausdünstungen und kaltem Ruß, der nicht vor dem Kirchenportal haltgemacht hatte. Selbst in die unter Hauben und Hüten versteckten Haare der Frauen hatte sich der Qualm eingenistet, ebenso in die Perücken der honorigen Herren. Philippa kratzte es gleich im Hals und sie musste husten.

Die Kirche war brechend voll. An diesem Sonntag saßen gefühlt sämtliche Dillenburger in den Reihen, dicht gedrängt, viele mit ihren Kindern neben sich oder auf dem Arm. Jeder erhoffte sich auf seine Weise einen Hinweis, wie es nun weitergehen sollte. Wer es nicht auf Gottes Wort zu hören anlegte, war aus Neugier gekommen, was Neuendorff zu sagen hatte. Aufmerksam beachteten sie den baumlangen Mann und wie seine Augen prüfend von der Kanzel herab über seine Schäfchen wanderten. Sie erwarteten die Kanzelrede des Oberpfarrers, der aus Herborn stammte und der die Direktion über die hiesigen Pfarrer innehatte.

Er war bekannt dafür, dass ihm nichts entging. Mit einem Mal herrschte Stille im Kirchenschiff und letztes Flüstern mit dem Nachbarn verstummte unter des Oberpfarrers Gegenwart. Er konnte sicherlich in ihren Gesichtern lesen, wie sich aus genügsamen und fleißigen Bürgern eine Stadt der Tränen entwickelt hatte.

Philippa bemerkte, dass die Augen der Leute regelrecht an Neuendorff klebten, in Erwartung eines Trostes und vor allem, wie die Obrigkeit ihre Zukunft malte. Zwar war die Lage anders als bei einer kriegerischen Auseinandersetzung wie etwa beim Dreißigjährigen Krieg – wo nicht nur die Menschen getötet wurden, sondern Soldaten sämtliches Hab und Gut samt Vorräten an Heu erbeutet hatten –, aber auch jetzt besaßen nur noch wenige der Geschädigten irgendein Nutztier.

Die allgemeine Liturgie begann, doch die Orgel schwieg über den gesamten Gottesdienst und verstärkte die trübe Stimmung. Niemand war verdutzt, dass das Gemeindelied schleppend daherkam.

Ein leichter Rempler von Betradis ließ Philippa zusammenzucken. Als sie den Kopf wandte, raunte Betradis: „Das hat's in den vierundsechzig Jahren, seitdem die Orgel hier steht, noch nie gegeben."

„Was?", wisperte Philippa und drehte den Kopf zu den Pfeifen auf der Empore, wo alles aussah wie immer.

„Na, dass sie stumm bleibt."

Neuendorff rief in kraftvollen Worten die Predigt in den Chor. „... und der große Brand hat uns zu Pfingsten aller Andacht beraubt. Doch nun ist es an der Zeit, dass wir uns besinnen und Lehren daraus ziehen. Habt ihr es immer noch nicht gehört? Gott spricht zu euch durch das Feuer. Das gottlose Leben muss ein Ende haben! Dieses große Unglück, das über uns und die Stadt gekommen ist, rüttelt uns auf und mahnt, dass wir alle unser Leben ändern. Seid bereit, lasst euer Licht leuchten in aller Demut, denn der Tag des Herrn ist nahegekommen. Wie Hiob, dem Gott erst alles gab, irdische Güter und viele Kinder, und ihm dann wieder alles nahm. Doch erst als Hiob selbst erkrankt, fängt er an, anzuklagen... "

Philippa sog die Worte des Oberpfarrers in sich auf. Trotzdem hegte sie heimliche Zweifel, ob man einfach ein großes Unglück auf den Lebenswandel der meist einfachen Leute zurückwerfen konnte. Die meisten Geschädigten waren alles andere als begütert. Es war einfach bitter.

„... und tut Buße. Kehrt um von eurer Sündhaftigkeit, denn sonst könnt ihr des Herrn Zorn nicht aufhalten. Und haltet unseren Herrgott nicht für einen Gott, der ungerecht richtet oder euch tyrannisiert, nein, er mahnt mit Feuerzeichen zur Umkehr. Lasst ab von den Schmeicheleien des Lebens und den Verführungen durch falsche Lehrer. Nur Demut und wahre Reue kann euch zurückbringen auf den Pfad der Gerechten. Der Herr selbst traut uns das zu ..."

Waren sie wirklich so schlecht in ihrem Herzen und ihrem Tun, dass Gott die halbe Stadt vernichtete? Wie sollten die Menschen satt werden, wie wieder ins normale Leben zurückkehren, wenn sie nur kleingemacht wurden? Warum hatte es nicht die überheblichen Ratsherren getroffen? Diese Frage würde sie nie laut aussprechen dürfen, ohne die Verachtung aller zu bekommen. Doch wenn der Herr Oberpfarrer alle Leidtragenden mahnte, warum nicht die Herren des Rates? Waren sie tatsächlich rechtschaffen, wie es ihre noble Kleidung vorgaukeln wollte?

Mochten die Worte des Pfarrers im ersten Moment noch so bedrückend sein, so wusste sie, dass Gott die Menschen liebte und Prüfungen nicht dazu benutzte, um sie kleinzuhalten. Vielmehr forderten sie die Geduld der Einzelnen heraus und Probleme konnten aufzeigen, dass manches, was im Leben schieflief, in einem selbst zu finden war. Über allem stand die lebensverändernde Liebe Gottes und seine heilbringende Botschaft. Doch würden die Leute diesen Aspekt verstehen? Manche Schwierigkeit konnte man erst bewältigen, wenn man sie zugleich erkannte.

Philippa spürte fast körperlich die Bedrücktheit der Leute. Hier und da drangen Schluchzer in die eiskalte Atmosphäre, die Neuendorff geschaffen hatte, wie schlagende Wellen an den Schiffsbug in einer mondlosen Nacht auf See.

Die Predigt schien endlos, als wollte der Pfarrer beweisen, dass er seine Pflicht für die Dauer der Kanzelrede mehr als erfüllt hatte. Warum gab es hier keine Kanzeluhr wie in vielen anderen evangelischen Kirchen? Sie war zugleich ein Sinnbild für die Einhaltung der Predigtdauer und der Endlichkeit des Lebens.

Wie geheißen, betete sie in der Stille um Vergebung ihrer Sünden, ihrer Schwachheit und ihren falschen Gedanken und zitierte tonlos aus dem Gedächtnis: *Fürchte dich nicht, denn ich bin mit dir; schaue nicht ängstlich umher, denn ich bin dein Gott!*

Hätte der Pfarrer doch solch ein Wort des Trostes und der Zuversicht gesagt! Stattdessen verlor er sich in Förmlichkeiten. Erst zum Schluss gab er noch die Taufe des kleinen Töchterleins von Weis bekannt, was tatsächlich einem Hoffnungsschimmer glich. Der Frau Bürgermeister blieb dieser ernste Gottesdienst erspart, lag sie doch im Wochenbett, das sie nur für das Nötigste verlassen durfte.

Der einzige Lichtblick am Horizont war die Anordnung von Fürst Wilhelm, was die Wiedererrichtung der Häuser betraf.

„Es soll überall gesammelt werden. Gott wird die Herzen der Geber bewegen. Lasst uns dafür flehen, dass die Herzen weit und mitfühlend sind", bemerkte Oberpfarrer Neuendorff und es durchfuhr Philippa, als er verkündete: „In Übereinkunft mit unserem hochwohlgeborenen Herren Fürst Wilhelm wird für Mittwoch, den 2. Juni, ein Bußtag angeordnet, an den sich alle halten müssen."

Ein Bußtag. Gingen selbst jetzt nicht die Menschen bereits in Sack und Asche? Sie seufzte. Der Herr Oberpfarrer würde schon wissen, warum das notwendig war. Wenig später stand sie vor der Kirchentür und ließ den Gedanken an den verordneten Bußtag hinter sich.

Caspar kam auf sie zu, als sie sich in der Menge nach den Hohensteins umsah, die sie auf dem Weg nach draußen verloren hatte, und die jetzt im Gespräch mit dem Bürgermeister vertieft auf der anderen Seite des Platzes standen.

„Philippa!" In seiner Stimme lag ein Leuchten, das ihr Herz zum Schwingen brachte. Dann stand er vor ihr. „Wie habe ich das Ende der Predigt herbeigesehnt", lachte er.

Sie war glücklich, ihn zu sehen, auch wenn ihr zum Heulen zumute war. Die starken Worte von Neuendorff ließen sich nicht so einfach abschütteln, wie sie gehofft hatte. Sie klebten an ihrem Herzen wie feucht gewordenes Mehl an ihrer Schürze.

„Der Herr Oberpfarrer hat es wohl auf die vielen Bierbrauer abgesehen, die wir in der Stadt haben, oder?", fragte sie. Gefühlt in jedem vierten Haus stand ein Braukessel und die Brauer konnten offenbar gut davon leben, zumindest bis zum Ausbruch des Feuers, wo der eine oder andere Wirt sein Gasthaus verloren hatte. „Die versteckten Anspielungen waren nicht zu überhören. Und die Würfel- und Kegelspiele sind ihm schon immer ein Dorn im Auge gewesen. Im Geiste höre ich noch seine wiederholten Schimpftiraden von der Kanzel."

Caspar grinste und nickte. Dann sagte er mit gesenkter Stimme. „Ich würde dich gerne später treffen. Passt dir drei Uhr? Am Hang unterhalb des Jägergemachs."

„Auf der steilen Streuobstwiese unter dem Bollwerk? Dann weiß ich, wo du meinst."

Mit einem Lächeln verabschiedeten sie sich und Philippa kehrte zu den Hohensteins zurück.

Am Nachmittag kam sie erst um halb vier am vereinbarten Treffpunkt nahe der oberen Marbach an. Sie hatte große Sorge, Caspar könne bereits heimgegangen sein, doch das Gegenteil war der Fall – er wartete immer noch auf sie. „Es tut mir leid", entschuldigte sie sich außer Atem, „aber Hiltgunt hatte heute Mittag einen Schwächeanfall. Glücklicherweise hat sie sich inzwischen wieder erholt."

„Hat man keinen Chirurgus bemüht?"

„Für Dienstboten? Ich bitte dich, Caspar! Das gab es noch nie." Sie ließ sich neben ihn auf die Bank fallen, lehnte sich zurück und betrachtete ihn liebevoll von der Seite. „Du bist wirklich geduldig."

Er griff nach ihrer Hand und schmunzelte. „Ich dachte mir, du wirst sicher einen Grund dafür haben, wenn du dich verspätest."

Sie nickte und drückte seine Hand. „Während ich mich um sie gekümmert habe, sollte Grete nach dem Braten sehen. Sie hat stattdessen einen langen Schwatz auf der Straße gehalten und dann war er völlig verbrannt. Um die miese Stimmung bei den Herrschaften zu mildern, habe ich eine Eierspeise mit Speck zubereitet, wie wir sie daheim oft machen."

Caspar hatte ein Glitzern in den Augen. „Braten gegen Eier? Wer hat gewonnen?"

Sie lachte auf und legte den Kopf schief. „Die Pfanne ist leer geworden, aber der Magister hat Grete den Lohn für diesen Monat gestrichen, obwohl sie Besserung gelobt hat." Als Caspar schwieg, fuhr sie fort: „Ich finde das zu hart. Jeder sollte eine zweite Chance bekommen."

„Die hat sie", widersprach er. „Essen ist etwas Wertvolles und dieser Braten ist bestimmt teuer gewesen. Du wirst dich bald daran gewöhnen müssen, selbst Anordnungen zu geben."

Diese Seite ihrer Zukunft hatte sie noch gar nicht beachtet. „Aber Dienen macht mir Freude."

„Das ist ein hohes Gut, doch als meine Ehefrau wirst du auf der anderen Seite stehen."

Philippa nickte nachdenklich und heftete ihre Augen auf die verbliebenen unbeschädigten Häuser unter ihnen. Von hier oben hatte man wirklich eine schöne Sicht ins Tal. Bis auf ein paar Kühe, die auf der Weide hinter dem letzten Haus grasten, waren sie allein.

Caspar beugte sich vor und bedeckte ihr Gesicht mit Küssen. Wie schön wäre es, wenn die Heimlichtuerei endlich vorbei wäre.

„Konntest du nochmals mit deinem Vater reden?" Ihr Mund fühlte sich trocken an und ihre Augen forschten in seinem Gesicht. Verstand er ihre Sorge?

Caspars Gesicht nahm einen schmerzhaften Ausdruck an. „Ich komme nicht weiter. Mein Vater knapst noch immer an dem Unglück im Stollen. Immer, wenn ich von uns anfange zu reden, fühlt er sich nicht wohl oder pocht auf eine standesgemäße Verbindung." Sein Mund wurde zu einem Strich. „Er wird zur Vernunft kommen. Ich gebe nicht auf, glaube mir."

Ihr wurde flau im Magen und ihr Puls jagte. Durfte sie wirklich noch hoffen? „Es ist doch aussichtslos, findest du nicht?", flüsterte sie enttäuscht, bevor sie verlegen den Blick senkte, der an seinem dunkelbraunen Rock aus feinem Edelbrokat hängen blieb. „In dieser schwierigen Zeit hat unsere Zukunft keinen Platz. Caspar, wie willst du deinen Vater umstimmen? Er hat andere Sorgen. Und ein einfaches Mädchen wie ich ist wie schlechte Luft zum Atmen."

Er knetete die Hände. „Ich will nicht, dass dieses Feuer über unsere Liebe entscheidet!"

Für einen winzigen Augenblick kam ihr Elsa in den Sinn, deren Liebe in diesem Feuer endgültig ihr Ende gefunden hatte, was auch immer bis dahin vorausgegangen war. Dieses wunderschöne junge Mädchen, so voller Leben, die den Beteuerungen ihres Freundes zum Opfer gefallen war. Von wegen heiraten! Hatte er doch anscheinend gleichzeitig anderen Weibern ebensolche schöne Augen gemacht und womöglich noch eine weitere geschwängert. Mochte der Tratsch in den Dörfern weit verbreitet sein, ein Fünkchen Tatsache war meist dabei.

Elsa tat ihr unendlich leid. Selbst wenn die Geschworenen sie für unschuldig befinden würden, war sie für immer gebrandmarkt, was das Leben ihres Kindes anging. Mit einem Strafmaß, über das die Bürger ihr Urteil bereits längst gefällt hatten: unverzeihlich.

„Vielleicht bin ich einfach nur ungeduldig", entschuldigte Philippa sich. Geistesabwesend zupfte sie an den Kelchen von Gemeiner Erdrauch, der neben der Bank emporragte und fast vollständig verblüht war. Ihre Mutter hatte manchmal Tee daraus zubereitet und wegen ihrer Bauchkrämpfe getrunken. Sie spürte seinen Blick auf ihr ruhen und sah auf. „Ich will dir vertrauen."

Neuendorff hatte für den angeordneten Bußtag den traditionellen Vor- und Nachmittagsgottesdienst kurzerhand übertragen und der 2. Juni begann mit einer Andacht in der Stadtkirche. Vielleicht ließ sich der Allmächtige durch diese verordnete Reue milde stimmen und den Häuseraufbau gelingen. Philippa spürte die Ernsthaftigkeit der Leute, die sich im Gesang und in den Gebeten spiegelten. Die Kirche war überfüllt und selbst an den Seiten der beiden Emporen standen Gläubige. Manches Gesicht davon kannte Philippa nicht. In der Predigt frühmorgens band der Oberpfarrer den Vergleich zu Noah und der kommenden Flut in seine Predigt ein, während am Nachmittag Pfarrer Brand den Dienst übernahm.

Ein Hoffnungsschimmer war die Bekanntmachung des Oberpfarrers, dass unaufhörlich Spenden einträfen. Er las ein paar Orte stellvertretend für alle vor, die ihre Kollekten geschickt hatten. Die bisher eingegangene Summe trieb Philippa die Tränen in die Augen. Sie war beschämt. Wie hatte der Herrgott die Herzen der Gläubigen im ganzen Land und darüber hinaus berührt! Es klang unglaublich, verschlug ihr die Sprache und gab ein sachtes Vertrauen, dass die Menschen hier und in Haiger irgendwann in ferner Zukunft wieder ein Dach über dem Kopf haben würden.

Zwischen beiden Gottesdiensten gab es im Haus Hohenstein ein Bibelwort, gelesen vom Hausherrn, und ein eindringliches Gebet, womit sich die gedämpfte Stimmung aus der Kirche im Haus fortsetzte. Die Mädchen wurden angewiesen, ihre kleinen Geschwister zur Ruhe zu mahnen und Philippa durfte sich mit der Dienerschaft zur Andacht treffen, wobei Enners Bibelverse aus dem Gedächtnis zitierte, denn lesen konnte er nicht.

Bewundernd sah Philippa in sein pockennarbiges Gesicht. Er wusste Psalmen und andere Verse ohne Stocken aufzusagen. Die Kinderlehre, die jedes Kind besuchen musste, erwies sich als ein unergründlicher Schatz, der offenbar bis ins hohe Alter reichte.

Philippa nutzte die verordnete Stille, um mit gesenktem Kopf lautlos und ebenso eindringlich und eigennützig für Caspar und seinen Vater eine Fürbitte zu sprechen. Wenn jemand die Auffassung von Bergwerksbesitzer und Ratsherr Mattias Vogt erweichen konnte, dann nur der Allmächtige.

Am übernächsten Tag erfuhr Philippa, dass Gäste eingeladen waren. Mit allem hatte Philippa gerechnet, nur nicht damit angesichts der schwierigen Lage in der Stadt. Zu ihrem Bedauern klagte Hiltgunt wieder mal über ihre steifen Gelenke und verrichtete nur leichte Arbeiten. So blieb der größte Teil der Arbeit an ihr und Grete hängen.

Kammerrat Dapping und Bergwerksbesitzer Vogt kamen zu Besuch. Die beiden verwitweten Herren waren in Hohensteins Alter und seit vielen Jahren verband sie eine Freundschaft, die Hohenstein hin und wieder damit bekräftigte, sie neben den üblichen Abendgesellschaften zum Mittagessen einzuladen.

Die Herrin musste wohl das Unverständnis unter den Dienstboten gespürt haben, und schien sich fast dafür zu entschuldigen, in dieser schwierigen Zeit so zu tun, als gäbe es keine abgekämpften Menschen einen halben Steinwurf entfernt.

Während die Kinder genossen, bei Grete in der Küche zu essen, sorgte Hiltgunt dafür, dass die vorbereitete Mahlzeit warm blieb und Enners den passenden Wein für die Herrschaften auswählte, den Philippa einschenkte.

Sie verdrängte den Argwohn, der Vogts Anwesenheit bei ihr ausgelöst hatte. Er schien von ihr keine Notiz zu nehmen, wie es Höhergestellte bei Dienstboten oft taten, was ihr sogar gefiel und sie versuchte, unvoreingenommen ihre Pflichten zu erfüllen. Doch plötzlich hielt sie inne, als während der Unterhaltung Caspars Name fiel. „… und dass eine familiäre Verbindung mit der des Zunftmeisters der Wollweber“, platzte Vogt voller Stolz heraus, „uns allen nur von Vorteil sein kann. Noch wissen die jungen Leute nichts davon, aber wir werden da etwas nachhelfen …“ Die Lacher hatte er auf seiner Seite.

Philippa schauderte und stand wie erstarrt da. Der Rest des Satzes war nur noch ein Rauschen in ihren Ohren. Die Bestürzung saß tief. Würde sich Caspar wirklich dem Wunsch seines Vaters fügen? Was hatte sie ihm schon zu bieten? Nichts. Kein Ansehen und kein Geld, nur ihre tiefe Liebe zu ihm.

„Philippa, ist alles in Ordnung?“, fragte die Herrin und sah sie voller Sorge an.

Acht Augenpaare blickten verwundert herüber. „Äh, ja“, murmelte sie, peinlich berührt, und nagte an der Unterlippe. Hoffentlich wurde die Tafel bald aufgehoben. Wie ein stiller Geist, den Tränen nahe, bewegte sie sich im Esszimmer und füllte die Weingläser auf.

Vogt biss genussvoll in einen Hähnchenschlegel, während Dapping jetzt eine Anekdote preisgab. Alle lachten und die Stimmung war gelöst wie seit Langem nicht mehr.

Mitten in einer Erzählung von Hohenstein gab Vogt plötzlich merkwürde Geräusche von sich. Der Magister schien es erst nicht zu bemerken, bis das Gesicht von Caspars Vater rot anlief. Jetzt betrachtete ihn auch die Herrin besorgt, sprang auf und wusste nicht so recht, was sie tun sollte. Der Herr Kammerrat griff sich angesichts der Aufregung wortlos ans Herz und starrte auf Vogts aufgeblasene Miene. Das Röcheln wurde schwächer und seine Hautfarbe verfärbte sich bläulich-violett.

Ulrich von Hohenstein stockte mitten im Satz. „Wir müssen was tun!", rief er, stand auf und klopfte Vogt auf den Rücken. Ohne Erfolg.

„Ihm steckt was im Hals!" Die Stimme der Herrin überschlug sich. „Ulrich, wir brauchen einen Arzt. Er kriegt keine Luft!"

Er beugte sich über Vogt, musterte ihn eindringlich und forderte: „Sybilla, lass Hilfe holen."

„Am besten den Medicus", mischte sich der Kammerrat mit ernster Miene ein. Vogt fuchtelte jetzt Hilfe suchend mit den Armen und griff sich mit weit aufgerissenen Augen an die Kehle.

Die Herrin raffte den Rock und stürmte aus dem Zimmer. „Grete!", hallte es durchs Haus.

Verzweifelt starrte Vogt zu Hohenstein und Dapping mit einem Blick wie damals Philippas Vater, als er fast erstickt wäre. Fast – wenn ihm nicht durch das Eingreifen eines Nachbarn das Leben gerettet worden wäre. Durch Dapping ging ein Ruck, er stand auf und schlug Vogt jetzt zwischen die Schulterblätter, aber nichts geschah.

Sollte sie … durfte sie? Nach einer Schrecksekunde und ohne zu zögern stellte Philippa die Weinflasche auf das Tablett, eilte zu Vogt, der jetzt vom Stuhl zu sacken drohte, und umfing beherzt von hinten seinen hageren Oberkörper. Eine Hand zur Faust geballt, die die andere umfasste, hieb sie ihm unterhalb der Rippen in die Magengegend. Woher sie die Kraft nahm, einem erwachsenen Mann in den Magen zu schlagen, wusste sie später nicht mehr. Aber es wirkte.

Vogt rülpste einmal laut und das verstummte Röcheln änderte sich zu einem Gurgeln. Etwas schien in seinen Mund gelangt zu sein. Mit letzter Kraft tastete Vogt nach einer Serviette und spie das Stück hinein. Philippa ließ ihn los. Dann sackte er entkräftet zurück und schnaubte hörbar, das zerknüllte Mundtuch noch immer in der Hand. Mit dem anderen Arm wischte er sich über die Stirn.

Hohenstein sah ebenso wie Dapping Philippa erstaunt an. Erst jetzt wurde sie sich bewusst, was sie Ungehöriges getan hatte. Hoffentlich hatte der Herr Bergwerksbesitzer nicht mitbekommen, wer ihn angefasst hatte. Eine Entschuldigung murmelnd, verließ sie mit klopfendem Herzen das Esszimmer. Durch die geschlossene Tür nahm sie noch die Stimme ihres Herrn wahr, der etwas hinter ihr herrief. Es war ihr egal.

Ihre Knie zitterten heftig, als sie durchs Haus lief, um die Herrin zu suchen. Die Kinder kamen ihr entgegen und stürmten, offenbar nichts ahnend, an ihr vorbei nach draußen.

Philippa fand Sybilla von Hohenstein mit bleichem Gesicht bei Hiltgunt und Enners in der Küche stehend. In knappen Worten berichtete sie, dass es dem Herrn Bergwerksbesitzer besser gehe, ohne zu erzählen, was sie damit zu tun gehabt hatte. Sie schämte sich plötzlich für ihr unbedachtes Eingreifen, auch wenn es Vogt geholfen hatte.

„Grete kann noch nicht weit sein", erklärte die Herrin, zutiefst erleichtert, „du holst sie bestimmt noch ein. Und dann danken wir dem Herrgott, dass das nochmals glimpflich ausgegangen ist."

Nach dem Schrecken konnte das Essen fortgesetzt werden. Später, als die Gäste gegangen waren, lobte der Magister Philippa für ihr mutiges Eingreifen. Erleichtert, dass sie keine Vorwürfe bekam, war damit der kleine Zwischenfall für alle abgetan. Abends jedoch lag Philippa noch lange wach, verwundert über das Leben, das manchmal die skurrilsten Wege beschritt, und war sich sicher, dass sie jedem geholfen hätte. Jedem.

17

Juni 1723, Prozessbeginn

Während in den darauffolgenden zwei Wochen die Aufräumarbeiten in vollem Gange waren, bereitete sich Caspar auf den Beginn des Prozesses vor. Mit dem Rathaus war der Gerichtssaal verloren gegangen und deshalb wurde im Stadtrat beraten, wo die Anklage stattfinden sollte. Zu guter Letzt entschied man sich für das Gasthaus *Zur Krone,* das einen hervorragenden Ruf genoss, und Caspar war neugierig, es endlich von innen zu sehen.

Den Saal im Untergeschoss hatte er gar nicht so geräumig und stattlich erwartet. Ohne allzu großen Aufwand gelang es den Bediensteten, mit Tischen, Stühlen und einem Schreibpult, das man sich bei einer Dillenburger Kanzlei geborgt hatte, eine ehrwürdige Atmosphäre zu schaffen, obwohl es trotzdem noch weit entfernt war von der Ausstattung des gewohnten Gerichtssaales. Keine glänzende Holzvertäfelung und kein großflächiges Gemälde eines bedeutenden Meisters – dafür punkteten die honorigen Herrn mit weißen Perücken und edler Robe.

Der größte Unterschied bestand darin, dass es hier keine Erhöhungen der Sitzreihen gab. Deshalb befanden sich sowohl Amtmann mit Schöffen und Räten als auch die Angeklagte und die Zuschauer auf derselben Ebene. Die gefühlte Rangstufe konnte selbst ein Holzgestühl nicht wirklich darstellen. Für manch einen der Geschworenen hätte dafür das Dach der *Krone* abgedeckt werden müssen. Caspar schmunzelte bei der Vorstellung, doch der gleichzeitige Gedanke an die Beweislast ließ ihn schnell wieder ernst werden.

Selbst für die Zuhörerschaft war ein Bereich ausgewiesen, der seinem Eindruck nach viel zu klein war. Angesichts der Katastrophe würden die Dillenburger die Verhandlung stürmen – so die Befürchtung der Räte. Deshalb begegnete man dem Ganzen mit einigen Wachen mehr. In gewisser Weise gelang es, damit etwas Normalität zu schaffen, hatte doch seit Wochen nichts mehr eine Ordnung.

An diesem Morgen herrschte eine große Anspannung im Saal, die selbst auf die Geschworenen und den Richter überzuschwappen schien. Der Saal war bis zum Rand mit Menschen vollgestopft, Caspar hatte sich mit einem großen Tintenfass, genügend Schreibfedern und einem Stapel Papierbögen bevorratet. Während er an seinem Schreibpult stand und die Unruhe um ihn herum beobachtete, ging plötzlich die Tür auf.

Zwei Gerichtsknechte brachten eine junge Frau herein, die verängstigt den Blick auf den Boden richtete. Sie war von kleiner, normaler Statur, hatte ein schmales Gesicht und die Zeit im Gefängnis hatte offenbar stark an ihr gezehrt. Niemand hätte vermutet, dass sie erst vor wenigen Wochen ein Kind zur Welt gebracht hatte. Und ebenso wenig hatte es keiner der Verwandten für nötig erachtet, ihr gewaschene Kleidung zu bringen. Caspar konnte buchstäblich die Fäule des Stockhauses riechen, als sie an ihm vorbeiging. Ihre Hände zitterten und krallten sich, obwohl gebunden, in den besudelten Rock.

Augenblicklich verstummten sämtliche Gespräche und man konnte insbesondere die stumme Aggression spüren, die aus dem Bereich der Zuschauer kam. Die trügerische Ruhe währte nur kurz, bis erboste Rufe auf Elsa einprasselten. Einige sprangen auf und wollten sich auf sie stürzen.

„Hure!“

„Schafft sie auf den Galgenberg!“

„Mörderin!“

„Zur Hölle mir ihr!“

„Brandstifterin!“

„Macht kurzen Prozess! Weg mit dem Luder!“

Hätten die Gerichtsknechte nicht auf einen Wink eines Schöffen beherzt eingegriffen, die Meute wäre gnadenlos über die junge Frau hereingebrochen und hätte ihr alles gegeben – nur keinen anständigen Gerichtsprozess. Mit großer Mühe und harter Hand zwängten die Gerichtsknechte die Bürger wieder auf ihre Plätze. Zwei unnachgiebige Störer wurden kurzerhand vor die Tür gesetzt. Caspar fiel ein heimisches Sprichwort ein: Um den Leuten die Mäuler zu stopfen, man muss viel Stroh haben.

„Ruhe!“ Mit einem Schlag des Richterhammers auf den Tisch und einer energischen Ermahnung forderte Amtmann Tilemann den Respekt vor dem hohen Gericht ein. Er war ein großer, fülliger und als ein gerecht urteilender Mann bekannt.

Endlich wurde es still im Saal.

Unter Elsas gräulichen Haube hatten sich einige tiefschwarze Strähnen gelöst und hingen freudlos an ihr herunter. Caspar konnte nur erahnen, wie anmutig die Delinquentin gewesen sein musste. Nach Philippas Schilderungen hatte sie sich bis zur Niederkunft nichts zuschulden kommen lassen und war in Breitscheid jeglichen Pläuschchen mit jungen Männern brav aus dem Wege gegangen. Man kannte sie in ihrem Heimatdorf als fröhliches, gehorsames und arbeitswilliges Mädchen, bis sie nach Herborn gegangen war. Dort musste sie, die Unbescholtene, der Verführung jenes Burschen erlegen sein. Wie mussten ihre Eltern sich grämen und schämen!

Die Blicke der Leute blieben an Elsa kleben, als die Eröffnung der Verhandlung begann. Den Vorsitz hatte Tilemann inne, der an einem quer gestellten Tisch saß. Man nannte ihn den Zweiten, denn schon sein Vater hatte dieses Amt bekleidet. Eingerahmt wurde er von Kanzleidirektor Dilthey und einigen Schöffen, die aus Kaufleuten, Rotgerbern, Metzgern und anderen Berufen erwählt worden waren. Matthias Vogt saß mit versteinertem Gesicht inmitten honoriger Herren.

Elsa war Verteidiger Gottfried Craft an die Seite gestellt worden, ein Mann mit klugen Augen und erhobenem Haupt, der ihr Vater hätte sein können. Ob er sie vor den Anschuldigungen retten konnte, die der Amtmann nach Feststellung ihrer Angaben zur Person verlas, war allerdings fraglich.

Die Liste der Vergehen war immens. Es wunderte Caspar nicht, dass aus den anfänglichen zwei Vorwürfen – Kindsmord und Hantieren mit offenem Feuer beim Fluchtversuch – eine ganze Aufzählung wurde: Verschweigen einer Schwangerschaft, womit ihr beabsichtigter Mord unterstellt werden konnte, heimliches Gebären mit Vertuschung der Tötung des neugeborenen Kindes, Widerstand gegen die Obrigkeit, Gebrauch von offenem Feuer in der Nähe brennbarer Bestände, verantwortlich für schuldhaftes Abbrennen von nachweislich zweihundert, in Dukaten nicht zu beziffernden Häusern, Schobern und Werkstätten …"

Ganz zu schweigen von den obdachlos gewordenen Dillenburgern, die sich jeglicher Zukunft beraubt fühlen mussten. Ein wahres Wunder, dass niemand gestorben war.

„… und als erste Zeugin rufe ich die Frau Zunftmeister Baldus aus Herborn auf", dröhnte die Stimme Tilemanns. „Ich fordere sie und alle anderen auf, wahrheitsgemäß zu antworten und nichts Eingebildetes oder Vorgespiegeltes aufzusagen."

Minna Baldus' Kleid raschelte, als sie aufstand und zu den Ratsherren sah. Ihr nugatfarbenes Gewand entsprach der neuesten Mode mit Spitzenbesatz an Ärmeln und Ausschnitt und mit einem durch darunter getragene Poschen weit bauschendem Rock. „Ja."

Nach den Angaben zu ihrer Person fragte Tilemann: „Ist es Ihnen nicht aufgefallen, dass Elsa Petry schwanger war?"

„Ich ... nein ...", stotterte die Baldusin und bekam einen knallroten Kopf. „Ich dachte, sie sei von unserem guten Essen kräftig geworden. Wir waren mit ihrer Arbeit zufrieden und sie wurde gut von uns versorgt." Sie bekannte, dass Elsa die Schwangerschaft vor ihr verborgen gehalten hatte. „Ich hätte ihr doch geholfen", schwatzte sie, was der einen oder anderen Frau im Saal ein müdes Lächeln entlockte, „und sie hätte mit dem Säugling bei uns wohnen bleiben dürfen."

Caspar schluckte. Von wegen! Niemand gestand seinem Dienstpersonal eine Ehe zu und wenn eine ledige Magd dann doch schwanger wurde, jagte man sie aus dem Haus! Keine Familie hatte Lust, das Balg auch noch durchzufüttern. Spätestens da hörte der Beistand gegenüber den Dienstboten auf, wenngleich es als ein stillschweigendes Gebot galt.

Obwohl es über Nacht geregnet hatte und der Morgen kühl war, war es hier drinnen bereits innerhalb kürzester Zeit stickig. Auf einen Wink von Tilemann hin, der mit hochrotem Kopf an seinem Jabot nestelte, riss ein Gerichtsdiener ein Fenster auf.

Caspar tauchte den Federkiel wieder in die Tinte und musterte das Steingrau draußen, das über den Nachbarsdächern hing. Hoffentlich gab es nicht schon wieder Starkregen, der vorige Woche alles in eine Schlammschicht verwandelt hatte. Für die Saat auf den Feldern wären ein paar sonnige Wochen von Vorteil. *Bitte, gütiger Vater im Himmel, lass den Leuten hier wenigstens ihre Ernte.*

Für einen Moment dachte er an daheim und an ihre Haushälterin. Wahrscheinlich war ihr aufrichtiges Verhältnis zueinander nicht alltäglich. Er wusste, dass das Handeln der Zunftmeisterfamilie keine Ausnahme bildete. Wen interessierte schon das Schicksal einer schwangeren Dienstmagd? Konnte sie ihre Arbeit nicht mehr ordentlich verrichten, wurde sie meist kurzerhand durch ein anderes Mädchen ersetzt, selbst wenn das Kind – was durchaus zuweilen vorkam – vom Dienstherrn stammte.

„Wussten Sie, dass sie sich mit einem jungen Mann getroffen hat?“

Die Baldusin zog die Schultern hoch und zeigte die offenen Handflächen. „Sie hat ihren Liebreiz schamlos ausgenutzt. Es ging das Gerücht um, jeder Mann drehe sich nach ihr um.“

„Ich muss doch bitten! Beantworten Sie meine Frage.“ Tilemann stützte sich auf den Tisch, beugte sich vor und sah die Baldusin eindringlich an. „Hat sich die Beklagte mit jemandem getroffen?“

Sie knetete die Hände. „Da war immer dieser Kerl vorm Haus. Manchmal hab ich vom Fenster aus gesehen, wie sie mit ihm weggegangen ist.“

„Wissen Sie, um wen es sich handelte?“

Sie schüttelte den Kopf. „Nein. Einmal habe ich sie gefragt, aber sie hat alles verharmlost. Da wäre nichts. Namen nannte sie keinen.“

„Wusste sonst jemand in Ihrem Haus von dem Verhältnis?“

Die Baldusin spitzte den Mund und schien nachzudenken. „Ich glaube, die Hedwig. Auch eine Dienstmagd. Sie haben sich gut verstanden. Wenn jemand was wusste, dann sie.“

„Und wie haben Sie von der Geburt erfahren?“, wollte er wissen. „Erzählen Sie, was an diesem Tag geschehen ist.“

Es war mucksmäuschenstill im Saal, als die Baldusin anfing: „An diesem Morgen merkte ich nur, dass Elsa so anders im Gesicht aussah, irgendwie aufgedunsen. Genau genommen wirkte sie schon seit zwei Tagen verändert. Irgendwie war sie angespannt, fast, als habe sie Schmerzen. Auf meine besorgte Frage hin erklärte sie aber, sie fühle sich wohl. Eigentlich sollte Hedwig die Kuh melken, aber Elsa hat einfach die Arbeit mit ihr getauscht, ohne es mit mir abzusprechen."

Ein Hauch von Wärme flog über ihr Gesicht. „Erst wollte ich sie schelten, aber da sie sonst immer ordentlich ihren Dienst verrichtet hat, habe ich sie gewähren lassen. Danach sollte Elsa zum Markt gehen, aber sie kam nicht wieder herbei. Ich habe Hedwig geschickt, sie zu suchen, aber Elsa blieb verschwunden. Als Hedwig zurückkehrte, druckste sie rum und das machte mich argwöhnisch. Deshalb habe ich alles abgesucht, schließlich auch den Stall mit dem Heuboden, wo gewöhnlich die Stallknechte schlafen. Die Mägde dürfen dagegen bei uns im Haus nächtigen. Sie haben sogar eine Kammer."

Tilemann zog die Brauen zusammen. „Die Beklagte hat sich vorher nicht über Bauchschmerzen beschwert?"

„Nein", behauptete die Baldusin, „glauben Sie mir, deshalb war ich arglos."

Caspar konnte ihr Profil sehen, wie sie die Nase hoch trug. Es war ein mehr als herablassender Auftritt.

Die Baldusin seufzte. „Im Stall, ja, da gab es Blutspuren am Boden. Niemand hat sie gesehen. Aber ich! Verborgen unter frisch verstreutem Heu. In dem Moment fiel es mir wie Schuppen von den Augen. Ich habe Hedwig zur Rede gestellt und sie hat zugegeben, von der Schwangerschaft gewusst zu haben. Aber sie hat ausdrücklich verneint, zu wissen, wo Elsa sich aufhielt."

„Sie sind der Meinung, Elsa Petry habe dort im Stall entbunden?"

„Ja. Und deshalb war ich mir sicher, dass sie zu ihren Eltern heimgekehrt ist."

Aus dem Bereich der Zuschauer gab es vereinzeltes Hohngelächter. Caspar verdrehte die Augen. Was gab es da zu lachen?

„Hat ihr jemand bei der Geburt geholfen? Haben Sie Kindsgeschrei gehört?"

„Nein, Hedwig war beständig bei mir im Haus und gehört habe ich nichts."

„Wem haben Sie Ihre Vermutung über die Niederkunft mitgeteilt?"

Die Baldusin beschwor, ihrem Mann noch am gleichen Tag davon berichtet zu haben und er habe sogleich den Bürgermeister davon in Kenntnis gesetzt. Es sei eine erneute, vergebliche Suche gefolgt, die erst am Abend abgebrochen worden sei. Elsas Schwester Kunn habe von nichts gewusst und sei entsetzt gewesen, als sie den Verdacht geäußert hätten. Letztlich habe man einen Kurier nach Breitscheid geschickt, aber Elsa sei dort nicht angekommen. Sie und das Kind seien unauffindbar geblieben.

Nach der Vernehmung der Baldusin wurde Hedwig befragt, deren Wissen und Eindrücke sich fast mit denen ihrer Herrin deckten.

„Ich hab gemerkt, dass sie plötzlich dicker wurde", gestand sie zögernd und mit feuerrotem Kopf. „Mir kam das komisch vor. Sie hat ja nie viel gegessen. Dann, als ich sie aushorchte, habe ich Elsa versprechen müssen, niemandem was zu sagen. Als die Geburt näher rückte, bestand sie eines Morgens darauf, meine Arbeit im Stall zu erledigen." Sie zuckte die Schultern. „Mir war's recht. Melken konnte ich noch nie gut. Die Herrin hat auf die Milch gewartet, und als Elsa nicht herbeikam, hat sie mich geschickt, sie zu suchen. Der Milcheimer stand noch da, aber sie war weg. Einfach weg."

„Was geschah dann?"

„Ich hab mir sofort Sorgen gemacht und bin sie suchen gegangen." Hedwig sah nervös auf den Boden. „Aber sie … sie blieb einfach verschwunden."

Die Magd durfte sich wieder zu ihrer Herrin setzen, während jetzt die Vernehmung der Mediziner von Herborn angekündigt wurde.

Wundarzt Weid aus Herborn war wegen eines Magenleidens verhindert auszusagen und hatte sich entschuldigen lassen. Auf die Angaben des Totengräbers hatte man verzichtet, dafür waren die beiden Herborner Räte, Stadtphysikus Schneider und Wundarzt Nies bei Gericht erschienen.

Schneider trat als Nächster in den Zeugenstand, um zum Ort des Verbrechens auszusagen, den er mit Nies am nächsten Tag begutachtet hatte. Er heftete seine Augen auf die Tatverdächtige und zog die hohe Stirn in Falten. „Nach Bekanntwerden der Beschuldigung habe ich mit Wundarzt Nies den Stall genau untersucht. Wir haben auf dem Heuboden farbliche Veränderungen ausgemacht."

„Inwiefern zeigte sich das?"

Der Stadtphysicus wandte den Kopf zum Gericht. „Ich habe zwischen dem Streu rote Flecken gesehen. Das war eindeutig menschliches Blut", versicherte er ruhig. „Ich kenne das von einem früheren Fall. Da war es ähnlich."

„Was macht Sie da so sicher?", fragte Tilemann und zog die Augenbrauen zusammen. „Blut von Tieren ist auch von roter Farbe."

„Mir fiel kein Tier ein, das solch eine Treppe hochklettern kann und gleichzeitig groß genug ist für die Menge an Flecken. Eine Katze hätte weitaus weniger Blut hinterlassen!" Schneider ließ einen Moment verstreichen, bevor er sich zu Nies drehte. Die beiden Ärzte tauschten einen langen, wissenden Blick, dann fuhr er fort: „Man könnte natürlich argumentieren, die Beklagte hätte an ihrer monatlichen Unpässlichkeit gelitten, was die Verschmutzung erklären könnte." Der weißhaarige Mann war klein, drahtig und seine Augen blickten milde. „Ich wünschte, ich könnte dem hohen Gericht etwas anderes berichten. Doch aufgrund meiner Lebenserfahrung wurde ich argwöhnisch. Wundarzt Nies und ich haben alles abgesucht. In einer Ecke, versteckt hinter allerlei Gerätschaften, fanden wir schließlich einen Ledereimer, der gewöhnlich zum

Löschen von Bränden verwendet wird." Er zerrte ein Tuch aus seinem Rock und wischte an der Schläfe eine Spur Schweißperlen weg. „Darin lag die Nachgeburt."

Das Raunen, das durch die Saalluft schwebte, hatte eine bittere Klangfarbe. Caspar musste schlucken. Wer bis jetzt noch an einer Entbindung gezweifelt hatte, wurde eines Besseren belehrt.

Die Befragung von Nies stimmte mit den Beobachtungen seines Kollegen überein. Doch was die beiden Männer zum Friedhof zu berichten wussten, verschlug allen die Sprache.

Wundarzt Nies war sichtlich ergriffen. Ihm fehlte noch die Erfahrung und Abgeklärtheit von Schneider, der im Leben schon viel gesehen hatte. „Dem Totengräber war sofort aufgefallen, dass es eine Veränderung an dem Erdhügel gab", offenbarte er. „Er hat seine Beobachtung gemeldet. Im Beisein von Zeugen, Wundarzt Weid und uns hat er das Grab freigeschaufelt. Er brauchte keine Viertelstunde."

„Was verschwendet das Gericht hier noch seine Zeit?", brüllte jemand von hinten, sprang auf und ballte die Fäuste. „Weg mit dem Gesindel! Bringt sie hoch auf den Gal–"

Weiter kam er nicht. Sofort waren Gerichtsdiener zur Stelle, die den wütenden Kerl packten und aus dem Saal schleppten. „Ich lass mir nicht das Maul verbieten", hörte man ihn schimpfen, bis sich sein Gezeter irgendwo draußen verlor. Caspar meinte, er sei ein Färber aus der Marbachstraße gewesen, der sein Haus verloren hatte. Als schließlich wieder Ruhe eingekehrt war, sprach Amtmann Tilemann eine deutliche Warnung aus und drohte mit Arrest für jeden, der jetzt noch störte.

Ein Schauder überlief Caspar. Noch war nichts bewiesen und die Angeklagte nicht schuldig gesprochen. Dennoch stellten sich die einfachen Leute über diese Dienstmagd und ächteten sie zum niedrigsten Stand, den sie kannten: dem der Lumpenbanden, der Nichtwürdige, Diebe und Gewalttäter angehörten.

Die Gesichter der Schöffen strahlten eine stoische Ruhe aus, trotzdem meinte Caspar bei Ratsherr Schäfer eine erboste Miene mit weit aufgerissenen Augen gesehen zu haben. Was hatte er denn hier erwartet? Die armen Leute waren zu Recht aufgebracht, weil ihnen alles genommen worden war. Niemand wusste, ob sie wirklich ein paar Dukaten finanzielle Unterstützung zum Wiederaufbau bekommen würden. Ihre Zukunft war ungewisser als der Ausgang des Prozesses und sie konnten nur um einen milden Winter flehen.

Caspar legte den beschriebenen Bogen auf den Stapel zu den anderen. Es würde ein langer Tag werden. Die Wahrheit zu finden war wie das Suchen nach einer Muschel mit einer wertvollen Perle. Verborgen im Meer und angeschwemmt durch die Kraft der Wellen. Das hohe Gericht war das Meer und die Fragen die Wellen. Sie brachten die Wahrheit ans Ufer. Was man mit der Gewissheit tat, war in der Constitutio Criminalis Carolina niedergeschrieben. Das würde diese junge Frau auf der Anklagebank zu spüren bekommen.

Nachdenklich tauchte er den Kiel ins Tintenfass und griff nach einem neuen Bogen Papier. Vielleicht würden die Dillenburger am Ende des Prozesses mit mehr Mut in die kommende Zeit blicken können. Aber was war mit dem Kindsvater? Caspar war gespannt, ob sich durch die Vernehmungen herausfinden ließ, wer sich dahinter verbarg. Für ihn selbst wäre es eine Frage der Ehre gewesen, zu heiraten. Warum hatte es der junge Mann nicht getan? War er womöglich gar nicht der Vater des toten Kindes? Wie auch immer – eine Magd war zwar ehelos, aber nicht ehrlos.

Er dachte an sein letztes Zusammentreffen mit Philippa vor ein paar Tagen und wie nachdenklich sie gewesen war. Erst auf sein beharrliches Nachfragen gestand sie, wo und wie sie von den Zukunftsplänen seines Vaters erfahren hatte.

Bis jetzt hatte sein Vater nichts verraten, aber nach Abschluss dieses Prozesses würde ihn nichts mehr halten, seinen Sohn zu verkuppeln.

Caspar hatte Philippa seine Liebe nochmals versichert. Aber konnte er wirklich dafür sorgen, dass die Pläne von Schäfer und seinem Vater misslangen?

*

Hedwig schloss für einen Moment die Augen und die Stimmen und Geräusche im Saal verwischten sich zu einem Rauschen. Sie hatte es von Anfang geahnt, nein, gewusst!

Wenn man so eng beieinanderlebte, war es offensichtlich: das Erbrechen am frühen Morgen, die Abneigung gegen den heiß geliebten Pflaumenmus – alles untrügliche Zeichen einer Schwangerschaft. Doch Elsa hatte vehement geschwiegen, wenn Hedwig sie darauf angesprochen hatte. Erst nachdem sie im Hof in Ohnmacht gefallen war und Hedwig ihr aufgeholfen hatte, hatte sie es zugegeben und sie zur Verschwiegenheit genötigt.

Sie hatte immer gehofft, dass der Liebhaber sie doch noch heiraten würde, hatte Elsa ihr endlich anvertraut. Zwar hätte der Pfarrer ihr dann das Abendmahl verweigert, zumindest fürs Erste, weil sie nicht rein in die Ehe gegangen war, aber das Kind hätte Mutter und Vater gehabt.

Jetzt gab es nur noch eine ausgegrabene Kinderleiche, eine Kindsmörderin und einen verachtungswürdigen Kindsvater.

Warum er nicht gleich mit Elsa ins Gefängnis gesteckt worden war, verstand Hedwig nicht. Ohne ihn wäre sie nie schwanger geworden. Wo war dieser Kerl überhaupt? Seit der Brandnacht hatte ihn keiner mehr gesehen. Was für ein Feigling!

Wie gut, dass Hedwig dem hohen Gericht nichts von ihrem Besuch bei der Westerhofschen gesagt hatte. Womöglich wäre sie gleich mit unter Verdacht geraten, auch wenn sie nichts getan hatte. Alles, was die Schöffen nicht begriffen, schürte ihr Misstrauen.

Neben all diesen Gedanken trieb Hedwig noch eine andere Sorge um: Sie fürchtete sich vor ihrem Herrn, der hier zum Glück nicht im Saal saß. Wenn bekannt würde, dass der edle Herr Baldus manchmal im Stall auftauchte und etwas von ihr erwartete, was sie nie und nimmer laut auszusprechen wagte, würde man sie sicher wegen Verleumdung aus dem Haus verweisen oder sogar in den Turm in Herborn stecken. Wie gut, dass sie ihn sich bisher vom Leib hatte halten können. Nicht auszudenken, wenn er Gewalt angewandt hätte.

Offenbar hatte er Elsa auch verschont, sonst hätte sie ihr bestimmt was gesagt. Leider war sie von dem anderen Kerl geschwängert worden – und jetzt das.

Hedwig drehte den Kopf zu ihrer Herrin. „Bleiben wir den ganzen Tag hier?", flüsterte sie.

„Ich weiß es noch nicht", murmelte sie, ohne den Kopf zu drehen. „Mal sehen, wie sich das hier entwickelt. Ich hoffe, dass schon heute Nachmittag das Urteil gefällt wird."

Etwas krampfte sich in Hedwig zusammen und ihr Herz schlug heftig. So schnell konnte doch kein Gericht über Elsa richten. Bei allem Respekt, aber hoffentlich bewahrheiteten sich die Vermutungen der Baldusin nicht.

Sie fuhr sich mit dem Ärmel über die Stirn. Gerade war Kunn befragt worden. In Tränen aufgelöst gestand sie, nichts von der Schwangerschaft gewusst zu haben. Vielmehr habe sie sich für Elsa gefreut, dass sie sich satt essen dürfe, und den kneifenden Rockbund darauf zurückgeführt. Daheim auf dem Hof seien sie immer hungrig gewesen und hätten sich oft von Wildpflanzen ernährt.

Jetzt läutete der Gerichtsdiener die Glocke zur Pause. Wie

schnell der Morgen vergangen war! Nach dem Mittagessen würde die Verhandlung fortgesetzt werden. Das war das Stichwort: Mittagessen! Ihr Magen knurrte. Sie griff nach dem Korb neben ihren Füßen und stellte ihn auf den Schoß. „Ich habe Essen eingepackt. Wollen Sie?"

Die Baldusin nickte und grinste. „Ich frage mich, wie ich den Morgen überstehen konnte. Mit nichts im Bauch." Sie fuhr sich geziert durch die Locken. „Ich glaube, ich verhungere!"

Die Menge strömte aus dem Saal. Da der Gastraum längst überfüllt war, zwängten sich Hedwig und ihre Herrin raus auf den Hüttenplatz, wo sie sich an die Seite stellten. Hinter ihnen erhob sich ein ansehnliches Wirtshaus, wo ebenfalls niemand mehr eingelassen wurde.

Die Idee, sich draußen zu stärken, hatten viele andere ebenfalls. Während sie ihre Brote aßen, beobachteten sie die anderen Leute. Hedwig fand es kurzweilig. Es war unglaublich, wie viele Menschen hier herumstanden, die – teils herausgeputzt, teils in Lumpen gekleidet – wie wild durcheinanderredeten. Wahrscheinlich hatte der größte Teil während der Verhandlung vor der *Krone* ausharren müssen.

„Gib mal den Schinken und eine Brotscheibe her." Die Herrin ließ sich auch einen Becher mit Wasser reichen. Während Hedwig nachdenklich an einer Brotkante und einem Apfel kaute, wusste sie plötzlich, was sie zu tun hatte.

„Glauben Sie, man lässt mich zu Elsa? Ob ich mit ihr reden darf?"

Die Herrin zuckte mit den Schultern und nuschelte mit vollem Mund: „Sie wird bestimmt streng bewacht. Wer weiß schon, ob die Wachen einen guten Tag haben?"

Hedwig bekam die Erlaubnis, in die *Krone* zurückzugehen. Schnell schluckte sie den Brotrest runter und warf die Apfelkrotze auf die Erde. Im Gasthaus standen alle dicht gedrängt und sie musste sich mit den Ellenbogen durchzwängen, um nach unten zu gelangen. Die Tür zum Saal stand offen und zu ihrer Verwunderung war er bis auf wenige Leute leer. Elsa saß noch immer auf ihrem Platz, bewacht von den Gerichtsdienern, mit vorgebeugten Schultern und die Hände in ihrem Schoß gefaltet. Vor ihr stand ein unberührter Teller. Offenbar hatte sie nichts gegessen. Beim Anblick des Eintopfs lief Hedwig das Wasser im Mund zusammen. Anscheinend hatte ein mitfühlender Mensch Elsa etwas aus der Küche bringen lassen – wahrscheinlich ihr Verteidiger, denn Freunde hatte sie bestimmt keine hier.

Langsam trat Hedwig hinzu, doch als sie die Wachen fast erreicht hatte, wurde sie von einem der finster dreinblickenden Männer angeschnauzt. „Verschwinde Mädchen! Hier hast du nichts verloren."

Elsa drehte den Kopf und blinzelte überrascht, schaute dann aber wieder in Hedwigs Richtung. Als ihre Blicke sich trafen, sah Hedwig in eine Schlucht von Verzweiflung. Konnte eine blühend aussehende, junge Frau sich innerhalb kürzester Zeit so verändern? Ihr Gesicht war blass und die Wangen eingefallen. Was hatte das Leben mit ihr gemacht? Hedwig konnte es kaum ertragen, den bestürzten, leeren Blick und die abgegriffene Kleidung zu sehen. Es schmerzte sie, obwohl sie keine engen Freundinnen waren. Trotzdem hatten sie sich immer durch ihren Dienst einander verbunden gefühlt.

Elsas Augen, die dem blaugrünen Teich zwischen Breitscheid, Medenbach und Amdorf glichen, wo sie als Kinder manchmal gespielt hatten, waren jetzt zu stumpfen, fast farblosen Knöpfen geworden. Gab es irgendeine Möglichkeit, Elsa zu helfen? Wohl kaum. Es blieb nur das verzweifelte Bittgesuch an den Allmächtigen um eine milde Strafe. Die Hoffnung, freigesprochen zu werden, war eher gering.

Obwohl Hedwig die Gottesdienste wie von der Kirche verlangt regelmäßig besuchte, hatte sie keine wirkliche Ahnung von dem Gott, der sich wachend und drohend im Himmel über den Menschen befinden sollte. Wenn sie dem Herrn Pfarrer Glauben schenken durfte, wurde sie ständig von oben beobachtet. Sich Gott als eine Person vorzustellen, war verboten. *Du sollst dir kein Bildnis machen,* hatte sie oft genug von der Kanzel gehört. So stand es schon in den Zehn Geboten. Aber, wie bitte, hatte sie sich Gott dann vorzustellen?

Seit der Reformation gab es keine Fresken mehr in der Kirche. Wie das gekommen war, hatte ihr Großvater ihr erzählt, der es von seinem Großvater gehört und der es wiederum von seinem Vater überliefert bekommen hatte.

Der Mönch Martin Luther war Auslöser für viele solcher Entscheidungen gewesen. Ursprünglich hatte er nur auf Missstände in der Kirche hinweisen wollen, was auf der Erkenntnis beruhte, dass kein Stück gekauftes Papier vor Gott bestehen könnte.

Hedwig dachte nach – ging das auch sie etwas an? Sie konnte die meisten Kirchenlieder auswendig singen und viele Bibelverse aus dem Gedächtnis aufsagen. Und sie stand moralisch nicht so schlecht da wie Elsa. Trotzdem wusste sie, dass es nicht genügte, ein gesittetes Leben zu führen.

Solo gratia – allein durch Gnade, kamen ihr die Worte in den Sinn, mit denen ihr Großvater Luther zitiert hatte. Und nun erinnerte sie sich auch daran, was er dazu ausgeführt hatte: Luthers persönliche Erkenntnis war es gewesen, dass Jesus Christus stellvertretend für alle Menschen sein Leben am Kreuz geopfert hatte und die Bibel die Grundlage des Glaubens war.

Hedwig spürte, dass diese Erkenntnis auch sie betraf. Wenn gute Taten einen nicht in den Himmel bringen konnten, würde sie sich wohl mit diesem Jesus befassen müssen …

Nachdenklich wandte sie sich zum Gehen. Nichts deutete darauf hin, dass der Prozess hier auf einem Missverständnis beruhte. Und sie wusste, dass eine böse Tat eine strenge Strafe nach sich zog. Was konnte sie für Elsa tun? Nichts, aber sie würde noch auf ein Wunder hoffen!

18

„Leg noch ein Gedeck auf, Philippa. Frau von Spina hat sich zum Kaffeeplausch angekündigt.“ Sybilla von Hohenstein lächelte. „Ist das nicht schön? Ein wenig Normalität in diesen unruhigen Tagen.“

Philippa betrachtete die perfekt gekringelten Haare der Herrin und die bleiweißen Wangen, die mit Zinnober gerötet und durch die gefärbten Lippen noch heller und kontrastreicher wirkten. Wie hübsch sie aussah. Nur edle Frauen legten Schminke an Gesicht und Dekolleté auf. Junge Frauen ihres eigenen Standes durften höchstens davon träumen.

Sie knickste höflich und stellte ein weiteres Gedeck des edlen Porzellans auf die Kaffeetafel. „Es wird Ihnen guttun“, stimmte sie ihrer Herrin bei, „und der Frau Schlosskommandant bestimmt auch.“

„Hast du schon gehört, dass heute Morgen die ersten Zeugen vernommen worden sind?“ Die Herrin musterte Philippa von der Seite, bevor sie sich wieder ihrem aufgeschlagenen Buch zuwandte. „Mein Mann hat es erzählt.“

Philippa nickte. Der Magister war heute Mittag kurz heimgekommen. Wie mochte es Elsa jetzt gehen? Sie musste doch von Angst zerfressen sein. Schlimme Tage lagen hinter ihr und weitere schlimme würden folgen. Vor dem hohen Gericht zu verharren, beschuldigt zu werden und zu bekennen, wie es wirklich gewesen war – allein den Gedanken daran fand Philippa herzbewegend. Und dann geschah all das auch noch unter den Augen der Geschädigten und Neugierigen.

„Glauben Sie, dass es irgendjemand hier in der Stadt gibt, der Elsa Petry ihr Tun verzeihen wird?“

„Ich fürchte, nein." Die Herrin hob erstaunt die Augenbrauen und musterte Philippa nachdenklich. „Wie kommst du denn darauf?"

Philippa schwieg. Ja, sie hatte sogar noch mehr als Mitleid, aber sie wagte nicht, das laut auszusprechen. Wer wusste schon, wie man ein solches Denken auffasste.

Die Herrin erklärte: „Unser Herrgott – und darum bitten wir ihn täglich – wird hoffentlich unseren lieben Dillenburgern Gnade schenken, dass sie ihr Haus wieder aufbauen können."

Hatte nicht Jesus auch Mitleid mit allen Gestrauchelten, mit Dieben und Ehebrechern? Er vergab ihnen alle Sünden, wenn sie es denn wollten und von Herzen bereuten. Was würde passieren, wenn Elsa die ihr vorgeworfenen Taten gestand und um Vergebung bat? Würde sie trotzdem bestraft werden? Würden die Dillenburger ihr verzeihen? Konnte sie sich selbst ihr Tun verzeihen?

Philippa schluckte den Kloß runter, der sich in ihrem Hals formte. „Elsa stammt aus meinem Heimatort und ich kannte sie und ihre Familie als gottesfürchtig und rechtschaffen. Wir haben als Kinder zusammen gespielt. Das, was man ihr vorwirft, passt irgendwie nicht zu ihr."

„Kannst du in ihr Herz sehen, Philippa?" Die Herrin stockte. „Den geschädigten Leuten muss Gehör verschafft werden, verstehst du? Wie sollen sie sonst ihren Seelenfrieden wiederfinden?! Böse Taten gehören ans Licht gebracht und dieser Prozess wird die Autorität des hohen Gerichtes darüber aufzeigen. Außerdem –" Ein Geräusch vom Flur ließ sie innehalten. Sie klappte das Buch zu und drückte den Rücken durch. „Die Frau Schlosskommandant kommt. Du kannst den Kaffee servieren."

In der Tür stand Henriette von Spina, wie immer mustergültig angezogen in einem spitzenbesetzten Kleid, und streckte beide Arme nach Sybilla von Hohenstein aus. „Ich danke Ihnen für die

Einladung, verehrteste Frau Magister", flötete sie und ergriff ihre Hände. „Ihre Einladung ist wie ein Licht in der Finsternis."

Nachdem die beiden Frauen sich begrüßt und Artigkeiten ausgetauscht hatten, brachte Philippa den aufgebrühten Kaffee. Zu gern hätte sie gewusst, wie er schmeckte. Vor zwei Jahren, so hatte die Herrin erzählt, sei in Berlin das erste Kaffeehaus eröffnet worden. In dieser Stadt musste es viele reiche Leute geben. Wie sonst konnte man sich einen Kaffee, geschweige denn einen Besuch in einem Kaffeehaus leisten?

Die Frau Schlosskommandant nahm in ihrer ganzen gedrungenen Fülle auf dem angebotenen Stuhl Platz und die Herrin setzte sich ihr gegenüber. Die Nachbarin war im Grunde eine nette Dame, aber sie ließ jeden gleich wissen, welche einflussreiche Stellung ihr Ehemann am Schloss hatte. Nach Philippas Ansicht war sie heute erschreckend gewissenhaft frisiert, als habe es eine der größten Dramen von Dillenburg nie gegeben.

Philippa strich sich die Schürze glatt und blieb im Hintergrund. Wenn man den gedeckten Tisch betrachtete, konnte man meinen, die Welt sei in Ordnung. Zumindest, solange man den Blick auf die Tafel richtete und nicht aus dem Fenster sah. Während sie dastand und auf eine Order wartete, spürte sie noch einen leichten Schmerz im Fuß. Die Schwellung hatte glücklicherweise nachgelassen, ebenso die bläuliche Verfärbung am Knöchel.

Offenbar hatte Henriette von Spina eine feine Nase. Sie beugte sich über die Vase auf dem Tisch und sog den zarten Duft der rosa Blüten ein, wobei sie dermaßen laut seufzte, dass ihre Gastgeberin sie verblüfft ansah. Dann schien sie zu verstehen und lächelte.

Wie gut, dachte Philippa, *dass ich noch ein paar Pfingstrosen im Garten abgeschnitten habe.* Mochten Parfüme die Aufmerksamkeit des Ehemannes wecken, so waren gewisse Blumen in der Lage, eine entzückende Stimmung unter den Damen zu erzeugen.

Eine Bemerkung der Nachbarin riss sie aus ihrer Überlegung.

„Fürst Wilhelm ist viel zu nachsichtig", regte sich die Frau Schlosskommandant gerade auf. „Was haben wir nicht alles wegen dieser Weibsperson zu erdulden!"

Die Herrin machte eine unauffällige Geste mit der Hand. Philippa trat vor und schenkte beiden Frauen ein. Dann rückte sie die Platte mit Gebäck zurecht und legte jeweils ein Stück Quarkkuchen auf die Teller. Langsam trat sie wieder zurück an die Seite, abwartend, ob sie noch gebraucht wurde oder die gute Stube verlassen konnte.

Die Herrin griff über den Tisch und legte sanft eine Hand auf den Arm ihrer Besucherin. „Meine Liebe, wir dürfen uns wahrlich nicht beschweren. Wurden wir und unser Haus doch vor Schaden bewahrt. Wir sollten unserem Herrgott von Herzen danken."

Henriette von Spina zog konsterniert den Arm weg und wackelte geziert mit dem Kopf. „Wenn Sie wüssten! Meine arme, kleine Karoline ist seit der Brandnacht krank. Stellen Sie sich vor, das unablässige Gebimmel mit dieser elenden Feuerglocke hat sie aus dem Schlaf gerissen. Natürlich sind wir gleich aufgebrochen. Es herrschte ja so ein Durcheinander! Mein Mann hat uns zu einer Freundin nach Herborn gebracht, doch leider musste er wieder zurück zum Schloss. Und jetzt kommt Karoline jede Nacht zu uns ins Zimmer. Das geht doch nicht. Da musste ich mal energisch werden!"

„Und?", fragte die Herrin mit beinahe gleichgültiger Stimme.

„Eine von den Dienstboten schläft jetzt bei ihr. Was meinen Sie – ob es was nützt, wenn ich mich beim Herrn Oberpfarrer beschwere?"

Philippa hörte das Japsen ihrer Herrin. „Tun Sie das nicht, Verehrteste", riet diese zwar freundlich, aber mit gekräuselter Stirn. „Man hat im Moment andere Sorgen." Sybilla von Hohenstein sah Frau von Spina aufmunternd an. „Und die wirren Träume bei ihrem süßen Töchterlein werden bald vergessen sein."

Die Brauen der Nachbarin flogen hoch und sie hob die Hände wie zur Entschuldigung. „Ich wollte den Arzt bemühen, aber dann dachte ich an die Leute draußen vor den Toren. Sie haben ihn bestimmt nötiger."

„Ich fürchte, von ihnen kann sich keiner einen Arzt leisten", sagte die Herrin leise und ihre Augen verweilten einen Moment auf dem ungläubig geöffneten Mund, „und glauben Sie mir, Frau von Spina, das Läuten war dringend notwendig. Nur so konnte verhindert werden, dass alle Gebäude abbrannten. Es kam, Gott sei Dank, keine Menschenseele zu Schaden. Anders als in Haiger. Die Leute haben in der Brandnacht Unsagbares bewirkt."

„Das *Feurio* kam aber ziemlich spät, finde ich", bemerkte die Nachbarin mit stolzem Tonfall und vollen Backen. „Ich habe auch niemand die Trommel rühren hören."

Philippa wurde fast übel von der Bemerkung. Was nahm sich diese Frau Schlosskommandant heraus! Außerdem wusste sie anscheinend nicht, was sie überhaupt wollte: Erst schimpfte sie, dass es überhaupt so laut war und dann beklagte sie sich, dass alles zu spät geschehen sei. Was für eine undankbare Person!

Die Herrin legte die Kuchengabel beiseite und lehnte sich zurück. „Wer will das noch ermessen?", bemerkte sie höflich.

Henriette von Spina ließ die Frage offen und tupfte sich zufrieden mit der Serviette über den Mund. „Wie köstlich! Einen Dank an Ihre Köchin."

Eine kleine Kopfbewegung der Herrin legte Philippa nahe, das Zimmer zu verlassen. Beim Rausgehen hörte sie sie hervorheben: „Die Leute aus dem Unteren Steinweg und vom Viehhof haben aufgepasst, dass keine Plünderung geschah und niemand nach verborgenen Schätzen in anderer Leute Haus suchte."

„Gut so. Ich finde, der Brand ist schlimmer als die Pest und andere Seuchen."

„Meine Verehrteste", die entschiedene Stimme ihrer Herrin drang noch bis in die hinterste Ecke des Flures, „diese Ansicht teile ich nicht. Es kamen keine Menschen um, wenngleich eine hohe Anzahl Vieh verbrannte. Das Gebrüll der armen Tiere schallte die Schlossmauern hoch … "

Die Wolkendecke war aufgerissen und die Frühsommersonne blinzelte durch die Obstbäume, als Philippa hinter das Haus ging. Es war wärmer geworden. Den restlichen Nachmittag verbrachte sie damit, Marie und Melusine, die im Garten saßen, an ihre Pflichten zu erinnern und das im Hausunterricht Gelernte abzuhören. Die Jungen wurden währenddessen von der anderen Magd beaufsichtigt.

Später, wenn der Besuch weg war, würde sie mit den Kleinen spielen und die Mädchen Klavier üben lassen. Dabei konnte sie ihnen leider nicht weiterhelfen – wie gebannt starrte sie nur immer auf die Tasten, wenn sie von flinken, feingliedrigen Händen bewegt wurden. Falsche Töne hörte sie zwar sofort, aber mehr verstand sie nicht davon. Das war Sache der Herrin, die ihre Kinder selbst im Klavierspiel unterwies. Der Geigenlehrer für Melusine würde erst nächste Woche wieder ins Haus kommen. Die Melodien, die bis in die oberen Stockwerke schwebten, gefielen Philippa mal mehr oder mal weniger.

Als Philippa den Mädchen jetzt ihr Gelerntes abfragte, stieß sie auf zwei Probleme: Melusine tat sich schwer, Liedtexte aus dem Gesangbuch im Gedächtnis zu behalten und Marie verwechselte ständig die Bibelverse. „Ich habe da eine Idee", erklärte Philippa. Sie hatte sich daran erinnert, wie es ihr damals bis zur Konfirmation ergangen war und wie sie sich das Gelernte besser hatte einprägen können: indem sie die Verse in Liedform gelernt hatte.

Die Mädchen waren von dem Vorschlag, nach jedem vorgetragenen Vers ein passendes Lied zu singen, begeistert und so schallten bald Choräle und Kirchenlieder durch den Garten. Herrschte bei den Bürgern Zorn und Ohnmacht vor, so zauberte hier das Singen eine erfrischende Stimmung und legte einen unsichtbaren Frieden auf Philippas Seele und die der Kinder.

*

Caspar war froh, als die Verhandlung weiterging. Wenn es gut lief, konnte in einigen Tagen die Vernehmung der Zeugen, die Beiträge des Verteidigers und der Rechtsspruch abgeschlossen sein. Wie lange es wirklich dauerte, hing vom Einzelfall ab. Es hatte bei schwierigen Fällen auch schon Wochen gedauert. Bei Elsa Petry war er gespannt, ob sie sich zu ihrer Tat bekannte.

Ein klein wenig Trägheit hatte sich in das Gesicht des einen oder anderen Schöffen geschlichen, die von einem zu üppigen Mittagsmahl herrührte. Links von Tilemann thronte Göst mitsamt den Zunftmeistern und den Kanzleidirektoren. Auf der anderen Seite reihten sich ebenfalls Räte, zu denen auch sein Vater und Magister von Hohenstein gehörte. Nur der Stuhl von Johann Jost Weis blieb leer. Den Zuschauern fiel das sicher nicht auf, aber ihm, als stiller Beobachter, entging keine noch so kleine Gemütsbewegung. Das lag wahrscheinlich auch daran, dass er die Herren beim Protokollieren ständig im Blick hatte.

„Das Mensch hat unsere Stadt zugrunde gerichtet!" Das Gekeife einer Alten aus der hintersten Bank ließ die weiß gepuderten Perücken hochfahren. Plötzlich waren alle wach. „Ein Wunder, dass ich nicht von runterfallenden Balken erschlagen wurde!" Sie hatte die Arme in die Hüften gestemmt und es schien, als habe sie auf die Wachen gewartet. „Das wird sie büßen, die Mörderin!", rief sie noch, bevor sie nach draußen geschafft wurde.

Es entstand eine fast nicht zu bändigende Unruhe mit Zwischenrufen, die Amtmann Tilemann mit lauter Stimme und Schweißperlen auf der Stirn eindämmte. „Sollte noch irgendjemand die Frechheit besitzen, die Verhandlung zu unterbrechen, werde ich den Saal räumen lassen! Ich habe mich hoffentlich deutlich genug ausgedrückt."

Elsa hockte zusammengekauert auf der Bank. Sie hob noch nicht mal zaghaft den Kopf in dem Durcheinander. Caspar musste immer wieder an eine andere Kindsmörderin denken, die er damals zu Beginn seiner Arbeit miterlebt hatte. Die Frau hatte alles vehement abgestritten, dem Gericht sogar noch frech ins Gesicht geblickt und sich lästerlich verhalten. Der Fall war schnell klar gewesen, dabei hatte sie sich noch nicht mal die Mühe gemacht, das Neugeborene zu verstecken. Irgendwo im Gesträuch am Ufer der Dill hatte das Kind gelegen, wo es von spielenden Kindern gefunden worden war. Elsa war das absolute Gegenteil von dieser Angeklagten!

Bevor der nächste Zeuge seine Darstellung vortrug, kam Caspar Philippa in den Sinn. Weder ihre Herrin noch irgendwer von ihren Dienstboten saßen dort drüben. Vielleicht war es gut so, nicht jedes Detail zu erfahren, selbst wenn es wahr war. Wahrheit war schön, meist aber tat sie innerlich entsetzlich weh.

Inzwischen war der alte Kuhmichel in den Zeugenstand getreten. Ihn hatte man als Wache für die Brandstifterin bestimmt. Wahrscheinlich hatte er sich nur dazu breitschlagen lassen, weil man ihm eine Münze versprochen hatte.

„Was geschah, als die Wachen die Beklagte zu Ihnen gebracht hatten?", wollte Tilemann wissen.

Der alte Mann verzog den Mund. „Hätte ich geahnt, wen ich mir da eingehandelt hab, hätt' ich noch nicht mal unter Folter *das Mensch* bei mir ins Haus getan", beschwor er die Schöffen. Vornüber gebeugt stand er da, ein abgemagerter, kleiner Mann, der seinen Hut in den Händen knetete. „Die“, und damit meinte er die Wachen, „haben über mich bestimmt. Keine Ahnung, wie die auf mich gekommen sind.“ Er schüttelte sein spärliches Haar.

Tilemanns Unterkiefer mahlte wartend hin und her. Wenn Kuhmichel noch länger sinnlos daherlamentierte, würde die Befragung bis in den Abend hinein gehen.

„Ganz oben, unterm Dach, hab ich eine Kammer gehabt, die ein Fenster zur Gasse hatte. Ich sollte ihr nach Anweisung Essen und Trinken bringen. Das habe ich an dem Abend vor dem Pfingstsamstag auch getan.“

„Hat Elsa Petry versucht zu fliehen, als Sie die Kammer betraten?“

„Nein. Sie hockte auf dem Strohlager. Kein Wort hat sie gesagt. Die ganze Zeit nicht. Nur vor sich hingestarrt.“ Er rieb sich die Hände an seinem Wams ab. „Ich hab ihr das Essen hingestellt. Dann bin ich wieder raus und habe die Tür versperrt. Und den Schlüssel hab ich eingesteckt.“

Tilemann lehnte sich auf seinem Stuhl zurück und verschränkte die Arme. „Und wer hat ihr eine Kerze gegeben?“

„Also, das war so“, holte Kuhmichel aus, sichtlich aufgeregt und Caspar bemerkte die Furcht in seinem Gesicht. „Als es Abend wurde, kam ein junger Mann zu mir. Er bot mir Geld, dass ich Elsa freilasse. Das hab ich abgelehnt. Etwas später, als es schon dämmrig draußen war, kam er wieder und gab mir eine Flasche Wein. Trotzdem habe ich *das Mensch* da nicht freigesetzt.“

„Wer war der junge Mann?“, fragte Tilemann. „Kannten Sie ihn?“

„Nein.“

„Hat er seinen Namen genannt?“

Der alte Kuhmichel schüttelte den Kopf. „Der war nicht von hier. Hab ihn noch nie gesehen.“

„Was geschah dann?“

„Es war schon dunkel, als die da“, er wies mit dem Daumen nach hinten, „laut nach Licht verlangte. Wer will schon, dass die Notdurft mitten im Zimmer verrichtet wird? Also habe ich ihr eine Kerze gebracht. Sie hat sich sogar bedankt. Der Eimer stand noch in der Ecke. Gerochen habe ich nichts.“

Es war ruhig geworden im Saal. Von oben hörte man Getrampel und von draußen klang Gewieher herein. Solange die *Krone* stand, würde man Gäste bewirten, einen Platz für mitgebrachte Tiere haben und sie in einem der Ställe versorgen.

Caspar mahnte sich innerlich zur Ruhe und konzentrierte sich auf Kuhmichels Darstellung.

„Was haben Sie mit dem Wein gemacht?“

Kuhmichel zog den Mund breit. „Getrunken, was sonst?!“

Ein paar Leute schnauften hörbar.

„Haben Sie sich dann schlafen gelegt?“

Der Hut des Alten hatte jetzt die Form eines Wollknäuels angenommen und Kuhmichel brachte plötzlich keinen Ton mehr heraus. Er war schließlich als Wache bezahlt worden. Was hatte er also getan?

Tilemanns Ton wurde schärfer. „Sind sie eingeschlafen?“

Der alte Mann biss sich auf die Lippen. Nach einer Weile nickte er betreten.

„Wann wurden Sie wach? Können Sie eine Uhrzeit benennen?“

Endlich schien Leben in den Alten zu kommen. „Ich bin bloß eingenickt. Nur ganz kurz. Es war ja, glaub ich, schon kurz vor Mitternacht, als ich … ich …“ Er verstummte.

„Als was?“ Kuhmichel holte tief Luft. „Es war so hell vor den Fenstern. Und die Elsa hat aus Leibeskräften geschrien.“ Er zuckte die Schultern. „Vielleicht war es auch das Feurio, ich weiß nicht mehr. Dann war ich wirklich wach.“

„Und?“

„Sofort war klar, dass es brannte. Ganz nah bei uns war das Feuer schon. Ich habe die Tür aufgesperrt und *das Mensch* da rausgeholt. Sie sollte draußen auf mich warten, während ich noch was eingepackt habe.“

„Hat jemand beobachtet, wie Elsa Petry das Dach in Brand steckte? Vielleicht jemand von den Nachbarn?“

Kuhmichel hob die Schultern und sah betrübt drein. Hätte man eine hohe Belohnung ausgelobt, wie es in Uckersdorf und Merkenbach nach zweifelhaften Bränden gewesen war, hätte es vielleicht schon Zeugen gegeben. Bei der in den Dörfern angesetzten Summe von fünfzig Gulden hatte es geholfen.

Gleich darauf erschienen zwei Nachbarn vom Kuhmichel, die ihre Version des Abends erzählten. Der Nachbar von gegenüber wusste es ganz genau.

„Ich stand abends vorm Haus und habe meine Pfeife gestopft. Eine richtig schöne, ein Erbstück, mit gefälliger Maserung. Nie hätte ich mir so eine leisten können.“ Der Nachbar griff in seine Kitteltasche und holte sie heraus, um sie in der Luft zu schwenken.

Caspar hielt die Luft an. Wusste er nicht, dass für gewöhnliche Leute auf rauchen Strafe stand?

„Da stand er, der junge Kerl. Als er mich sah, hat er gefragt, ob da beim Kuhmichel eine Weibsperson eingesperrt worden sei.“ Mit erhobenem Zeigefinger fuhr er fort: „Das muss er schon gewusst haben! Jedenfalls hat er, als ich das bejahte, gleich nach ihr gerufen. Sie schaute aus dem Fenster. Dann hat sie ihm Vorwürfe gemacht. Hat gebrüllt, warum er sie nicht heirate. Er solle sich endlich zu ihr bekennen, wie er es ihr seit Monaten versprochen habe.“ Er verzog das Gesicht. „Also, wenn Sie mich fragen, der hat sie ausgenutzt!“

Tilemann gefiel, darüber hinwegzusehen. „Was hat er geantwortet?“

„Zuerst verschwand er eine Weile im Haus, dann ging er wieder auf die Straße. Da ging der Streit von Neuem los. Plötzlich war er weg." Er zuckte mit den Schultern. „Ist wohl weggelaufen."

„Kannten Sie ihn wirklich nicht?"

Der Nachbar schüttelte den Kopf. „Der war kein Dillenburger. Den hätte ich doch gekannt."

„Das genügt. Setzen Sie sich."

Dieser Unbekannte war vielleicht ihr Liebhaber gewesen. Dass er sie einfach sitzengelassen hatte und nach dem Wortgefecht in der Hintergasse verschwunden war, zeigte, dass es ihm an Ehrenhaftigkeit fehlte. Die junge Frau, die diesen elenden Prozess durchstehen musste, tat Caspar aufrichtig leid. Bei keinem anderen Verfahren hatte er sich Gefühle erlaubt. Ein Prozess brauchte sachliche Richter und Räte, um ein angemessenes Urteil zu fällen. Er gestand sich ein, dass es diesmal anders war.

Nach der Vernehmung des anderen Nachbarn war klar, dass der Kindsvater in der Hintergasse gestanden und mit Elsa Petry geredet haben musste. Aber warum hatte er das gemacht, nur um wenig später zu verschwinden? Merkwürdig, dass ihn niemand danach mehr gesehen hatte.

Für den heutigen Tag wurde die Zeugenvernehmung beendet. Niemand hatte wirklich beobachtet, dass die Beklagte das Strohdach angezündet hatte. Von wahrer Liebe zwischen Elsa und dem jungen Mann ganz zu schweigen. Caspar ahnte, dass nur sie selbst diese Frage beantworten konnte. Er war gespannt, was der morgige Tag im Gerichtssaal bringen würde.

19

Zweiter Prozesstag

Caspar hatte schlecht geschlafen und spürte noch eine gewisse Müdigkeit, als er an sein Schreibpult trat. Der Saal füllte sich, wobei die meisten Schöffen bereits an ihrem Platz saßen. Es war ein besonderer Prozess, den viele Menschen verfolgten. Caspar sprach eine stille Fürbitte für die Feuermagd, denn er hatte trotz der verheerenden Folgen Mitleid mit ihr und spürte tief in sich, dass ein Wunder geschehen müsste, um einen gnädigen Richterspruch zu erwirken.

Während er prüfte, ob genug Tinte im Fass war, dachte er an den vorangegangenen Tag.

Als er gestern mit seinem Vater nach Hause gegangen war, war selbst Rat Vogt wortkarg gewesen, etwas, was er bei ihm eher nicht kannte. Nach dem Abendessen war Caspar alleine über die Felder der Herrenwiese, vorbei an der Schneidmühle und danach Richtung Feldbach spazieren gegangen, um seinen Kopf freizubekommen. Die Anklage lastete wie ein Mühlstein auf der jungen Frau, die in Kindertagen eine Freundin von Philippa gewesen war. Selbst ihn ließ der erste Verhandlungstag nicht los.

Während er die Stadt hinter sich ließ, schweifte sein Blick über die Felder. Die Sommergerste keimte erstaunlich gut. Unter anderen Bedingungen würden sich die Dillenburger Brauer jetzt freuen. Wenn alles gut lief, würde im Herbst eine ertragreiche Ernte viele Dukaten einbringen. Doch wenn es bis dahin nicht wieder genügend Braukessel gab, müsste man die Ernte verfüttern. Zu Beginn des Jahres hatte es zwar viel geregnet, aber jetzt gab es wahrscheinlich keine Staunässe mehr.

Selbst Besitzer von schwachen Lagen konnten auf eine Ernte hoffen, vielleicht nicht allzu ertragreich, aber immerhin. Emmer, eine Weizenart, brachte keine große Ausbeute, dafür war sie genügsam, wie die Menschen, die hier in der Stadt lebten. Zumindest die, die nicht dem Stadtrat angehörten.

Als Caspar zurückkehrte, setzte er sich mit seinem Vater noch eine Weile in die gute Stube, trank einen Wein und unterhielt sich mit ihm über den Verlauf der Verhandlung. Sein Vater fand keine achtbaren Worte für die Beklagte.

„Ein dummes Ding", lamentierte er. „Hast du gesehen, wie sie dagesessen hat? Noch nicht mal aufgeschaut hat sie. Die weiß schon warum!"

Caspar ahnte, dass Elsa Petry nach Philippas Beschreibung alles andere als dumm sein musste.

„Meinst du nicht, sie hat Angst?", wandte er deshalb ein. „Niemand sitzt entspannt in einem Gerichtssaal, am allerwenigsten eine junge Frau mit dieser Anklage."

Vogt brummte Unverständliches vor sich hin und ließ die Frage unbeantwortet.

Eigentlich war es unsinnig, sich weiter über den Prozess zu unterhalten. Es mochte vor der Urteilsfindung vielleicht von Nutzen sein, aber bestimmt nicht vor der Nachtruhe. Das konnte nur schlechte Träume anregen.

„Was ich dich noch fragen wollte", lenkte Caspar ab, „gibt es was Neues von der Grube?"

„Es gibt nur ein schlimmeres Wort als Feuer: Tod!"

Nachdenklich betrachtete Caspar seinen Vater und spürte fast körperlich, wie das Schicksal des verunglückten Bergmanns ihm zusetzte. Nach außen wirkte er souverän und oft hart in seinen Ansichten. Hier im heimischen Wohnraum legte er mit jedem Glas Wein mehr von der Maskierung ab, die ihm Ansehen beschert hatte. Gefühle taugten wenig, um die Geschicke einer Stadt und ein Bergwerk zu lenken. Das zumindest glaubte sein Vater.

„Wie geht es der Familie?“

Vogt sah seinen Sohn mit müden Augen an, die für einen Moment aufblitzten. „Ich habe der Witwe einen Betrag zukommen lassen. Du glaubst nicht, wie dankbar sie war. Sie wollte mich gar nicht mehr gehen lassen.“

„Das ist vorbildlich“, hatte Caspar erwidert. Er war erstaunt gewesen, denn so viel Herzensgüte hatte er seinem Vater nach seinen letzten Bemerkungen gar nicht zugetraut. „Es sollte ein Vorbild für alle Bergwerksbesitzer sein.“

All das beschäftigte Caspar auch jetzt noch, da er wieder hinter seinem Schreibpult im Gerichtssaal stand und auf den Fortgang des Prozesses wartete. Sein Vater setzte sich Schäfer gegenüber und nickte dem Ratsherrn freundlich zu. Mochte die Begrüßung belanglos wirken, für Caspar rief sie Magenbrennen hervor. Die Töchter von Schäfer ließen nicht ab, ihm lange Blicke zuzuwerfen, wenn sie ihm, wo auch immer, begegneten und die Hüften wiegten. Doch er würde sich nicht verbiegen lassen. Für ihn gab es nur eine – Philippa. Irgendwo bei den Räten fiel etwas geräuschvoll zu Boden. Caspars Kopf fuhr hoch. Elsa Petry war bereits aufgestanden und hob jetzt für einen Moment den Kopf, nur um ihn gleich wieder zu senken. Ihr entging, wie Kammerrat Dapping, dem ein Aktendeckel mit Dokumenten heruntergefallen war, die Blätter hastig aufsammelte. Obwohl gestern ihre Personalien schon geklärt worden waren, begann der Amtmann nun in ruhigem Ton mit der Befragung, um die entstandene Unruhe im Raum zu begrenzen.

„Sie sind Elsa Petry?“

„Ja.“ Nichts von ihrer piepsigen Stimme erinnerte mehr an die junge Frau, die Philippa beschrieben hatte – als eine, deren strahlendes Lächeln jeden Raum erhellt hatte.

„Wie alt sind Sie?"

„…" Ihre Stimme war kaum zu hören.

„Lauter!"

„Neunzehn Jahre."

Tilemann nickte kaum merklich. Seine Miene war undurchdringlich. „Sagen Sie uns, woher Sie stammen und wo Sie zuletzt gewohnt haben."

„Aus Breitscheid. Mein Vater ist Bauer, ich habe noch Geschwister. Und ich habe in Herborn im Haus der Familie des Zunftmeister Baldus als Magd gedient. Und da gewohnt."

„Erzählen Sie, warum Sie im Stockhaus einsitzen und warum Sie hier sind."

Elsa blickte verlegen in das Gesicht des Amtmanns. Im Saal gab es niemand mehr, der hustete. Als sie zu sprechen begann, vergaß Caspar für einen Moment, das Gesagte aufzuschreiben.

„Ich war in der Hintergasse in ein Zimmer eingesperrt worden. Weil …, weil man mich beschuldigt, mein Kind getötet zu haben." Sie stockte und hielt sich die Hand vor den Mund, unter der sich ein unterdrückter Schluchzer den Weg barst. In die entstandene Stille rief jemand aus einer Ecke: „Freudentränen!"

Trotz Order von Tilemann gelang es den Wachen nicht, den Zwischenrufer ausfindig zu machen, als hätte sich das Publikum plötzlich paktiert. Tilemann verdrehte die Augen, bevor er Elsa mit einer Handbewegung aufforderte weiterzusprechen.

Elsa fuhr stockend fort: „Als das Haus dann zu brennen begann, und auch ringsum die Bauten, war ein großes Durcheinander. Ich hatte plötzlich große Angst. Und habe den Tumult genutzt und bin geflohen. Äh … vor die Stadttore. Dann, am nächsten Morgen, haben mich die Leute verfolgt und verhaften lassen. Seitdem bin ich im Stockhaus." Plötzlich wirkte sie, als sei ihr Mut dahin und sie müsse sich irgendwo abstützen.

Das Fenster, das zum Hüttenplatz zeigte, stand bereits offen. Hufgeklapper und Gesprächsfetzen der Pferdeknechte drang herein. Caspar sog die Morgenluft in sich auf, die jetzt ein Windstoß hereinwehte. Zum Glück stand er nicht in der Nähe des Fensters, sonst hätte er seine gestapelten Papierbögen jetzt ebenfalls einsammeln müssen.

Die Augen der Schöffen hingen von beiden Seiten an Elsas Lippen. Vielleicht wussten sie um das Getratsche, mit der sich die Leute vor der *Krone* die Wartezeit verkürzt hatten. Eine Frau hatte laut getönt, sie wisse ganz genau, dass ein gewisser Thies Küster vom Westerwald der Kindsvater sei. Er sei kein Freund von Arbeit gewesen, als Tagelöhner gelegentlich unterwegs und habe sich ständig in Gasthäusern aufgehalten. Kein Mensch wisse, wie er die Rechnungen beglichen habe. Von seinem Vater sei wohl kaum was zu erwarten, denn er habe schon seit Langem seine Arbeit beim Grafen von Greifenstein verloren, als der nach Braunfels zog. Leider habe der Sohn nur Weiber statt Arbeit im Kopf und zu allem Unglück noch eine andere Frau geschwängert. Man war einhelliger Meinung: Er sei ein Lump. Ein Liederlicher!

„Seit wann wussten Sie, dass Sie in anderen Umständen sind?", fragte der Amtmann.

„Ich weiß nicht … irgendwann hab ich es vermutet."

„Erzählen Sie uns, wie es dazu kam."

Elsa schaute stur geradeaus, mit geweiteten Augen, als sehe sie in die Vergangenheit. Wahrscheinlich war das ihre Art, die vielen Schöffen, Ratsherren und Zuhörer auszublenden. Stockend und mit hochrotem Gesicht berichtete sie: „Bei einem Tanzfest in Herborn im letzten Sommer, da haben wir uns kennengelernt. Er war nett und anständig, was man nicht oft findet. Danach haben wir uns manchmal getroffen."

Jetzt sah sie Amtmann Tilemann fest an. „Thies Küster wollte mich heiraten, er hatte es mir fest versprochen. Deshalb … also, ich weiß, es war nicht richtig, aber er hat mir ewige Liebe geschworen." Ihre Stimme versiegte. „Dann blieb meine monatliche … äh … Unpässlichkeit aus … als mein Leib immer dicker wurde, hab ich geahnt, dass ich schwanger bin. Thies …" Sie geriet erneut ins Stocken und schluchzte dann leise vor sich hin. „Er hatte es geschworen!" Der Satz war kaum zu verstehen.

„Haben Sie Ihre Hausherrin, die Baldusin, über Ihren Zustand eingeweiht?"

„Nein." Elsa senkte den Kopf.

Das war ein entscheidender Fehler, dachte Caspar, denn wenn sie wirklich bewusst ihre Herrin im Unklaren gelassen hatte, würde sich das bei der Strafe nachteilig auswirken. Heimlichtuerei war ein Grund, die Strafe zu verschärfen. Offenbar war ihr in diesem Küster das Schicksal begegnet. Ein verheerendes Schicksal! Liebe und Schuld gehörten näher zusammen als Feuer und Asche.

„Haben Sie eine Hebamme aufgesucht?"

Sie schüttelte stumm den Kopf.

„Antworten Sie!"

Sie zuckte zusammen. „Nein", hauchte sie und fältelte nervös ihren Rock.

„Hat Sie niemand auf Ihren Zustand angesprochen?" Tilemann breitete die Handflächen zuoberst. „Das kann doch niemand verborgen geblieben sein. Es gibt verräterische Zeichen."

„Einzig die Hedwig, aber ich habe mich rausgeredet. Dass ich heimlich Essen mit in die Kammer nehme und so."

„Und, haben Sie das?"

Die Antwort kam wie ein Pfeil. „Nein, natürlich nicht. Wir hatten doch genug zu jeder Mahlzeit. Die Herrin war gütig."

Aus den Augenwinkeln nahm Caspar ein zufriedenes Grienen

auf dem runden Gesicht der Baldusin wahr. Die Kirchenglocke rief zur Mittagsstunde und der Amtmann unterbrach die Sitzung. Am Nachmittag würden sie erfahren, wie das Kind zu Welt gekommen war und was Elsa mit ihm gemacht hatte – ob sie es tatsächlich umgebracht hatte.

Beim Mittagessen im Gastraum saß Caspar am Tisch zusammen mit seinem Vater, Magister von Hohenstein, Kanzleidirektor Dilthey, Amtmann Tilemann und Ratsherr Horn. Die Küche der *Krone* hatte sich offenbar gut auf den Ansturm vorbereitet. Angesichts der vielen Gäste hatte man nicht nur im überfüllten Gastraum, sondern auch vor dem Haus Tische und Bänke aufgestellt.

Es gab heute nur zwei Gerichte, eines mit Fleisch und eines ohne, das letztere war wohl für ärmere Mitbürger gedacht. Kaum, dass sie alle einen Schluck Bier getrunken hatten, standen die Teller mit Bohnen, Erbsen, frischem Brot und einer gehörigen Scheibe Braten vor ihnen. Caspar aß das erste Mal hier, obwohl er so nah wohnte und oft mitbekam, wer hier ein und aus ging. Ihre Haushälterin bereitete auch das Essen zu, was in vielen wohlhabenden Familien von einer Köchin erledigt wurde. Doch Katharine konnte hervorragend kochen, weshalb ihm erst gar nicht in den Sinn kam, in die *Krone* zu gehen.

Caspar ließ sich das zarte Stück Fleisch mit der kräftigen dunklen Soße auf der Zunge zergehen und staunte über sich selbst. Wie war es möglich, dass selbst dieser bittere, düstere Prozess nicht verhinderte, eine köstliche Mahlzeit zu genießen?

Nur das Gespräch am Tisch kannte kein anderes Thema.

Ratsherr Schäfer stand mit seinem Teller am Tisch und ließ sich auf dem einzigen freien Platz neben Caspar nieder. „Vor dem Essen sind alle gleich", witzelte er vielsagend in die Runde und beendete den Satz, „hungrig."

Die Herren grinsten, nur Caspar wollte es plötzlich nicht mehr schmecken. Tilemann zwinkerte Schäfer zu, als der ihm mit dem Bier zuprostete.

„Was halten wir uns eigentlich so lange mit der Befragung der Feuermagd auf?“, wandte sich Schäfer an die Männer.

„Alles muss seine Ordnung haben“, erwiderte Caspars Vater in ernsten Worten, „und, ob nun diese Feuerteufelin oder ein Marktdieb vor dem hohen Gericht steht: Allen wird ein ordentlicher Prozess gemacht. Sie werden gehört, können sich verteidigen lassen und ihr Vergehen wird bewertet. Erst dann fällt das Urteil.“

„Hier ist die Sachlage doch klar“, proklamierte Dilthey mit vollem Mund, „was man von anderen Verfahren wahrlich nicht immer behaupten kann. Glauben Sie mir, die ganze Angelegenheit wird bald vergessen sein.“

„Da bin ich anderer Meinung“, mischte sich Caspar entschieden ein und tat seinen Vorsatz beiseite, sich aus der Diskussion rauszuhalten. „Hat denn niemand von Ihnen Mitleid mit dem armen Mädchen? Erst wird ihr Liebe vorgegaukelt, die Ehe versprochen und dann, als sie auf den Burschen reingefallen ist, schiebt man ihr die Schuld zu!“

Dilthey riss die Brauen hoch. „Sie *hat* Schuld! Sonst gäbe es kein totes Kind, oder? Das Schlimmste wäre, wenn wir sie nicht bestrafen würden.“

Die Männer nickten zustimmend, bis auf Caspar. „Die Verantwortung liegt beim Kindsvater“, befand er laut. „Ein Mann ist das Haupt der Familie und das ändert auch eine Liebschaft nicht. Es zeigt sich hier, wie verkehrt die Welt ist. Wäre er auf ihre Ehre bedacht gewesen, wäre sie nicht schwanger geworden. Er gehört angeklagt!“

Spöttisches Gelächter folgte. „Sie sind noch jung“, tat Tilemann Caspars Einwurf ab und machte eine Handbewegung, „und das ist diese Magd auch. Ihr Bursche hat über die Stränge geschlagen, ja, aber waren wir nicht alle mal jung? Fest steht, die Beklagte hat alle ehrenhaften Gebote außer Acht gelassen und sich ihm wahrscheinlich noch an den Hals geworfen." Er verzog seinen Mund an einer Seite. „Würde mich nicht wundern, wenn er vermögend ist."

„Du warst wohl noch nie verliebt, was?" Schäfer rückte näher zu Caspar und legte den Kopf schief. „Ich könnte da was arrangieren."

Caspar starrte geradeaus und statt einer Antwort forderte er: „Sollten wir hier nicht gnädig sein?"

Die Frage blieb unbeantwortet im Raum hängen. Er glaubte zu fühlen, dass sein Vater die gleichgültige Erbarmungslosigkeit teilte. Darum wiederholte er aufgeregt seine Ansicht. „Das Schicksal der Magd liegt in Ihren Händen. Lassen Sie Gnade walten", bat er nachdrücklich. „Wie würden Sie entscheiden, wenn es Ihre Tochter beträfe?"

Unter den gepuderten Perücken der honorigen Herren blieben die Mienen unbeeindruckt und selbst sein Vater warf ihm nur einen unwirschen Blick zu.

„Wenn der Kindsvater feststeht und verheiratet sein sollte, kann er sich noch auf eine Anklage wegen Ehebruchs gefasst machen", bebte Horn und riss an seinem Jabot. „Was für eine Schande!"

„Na ja, wenn er ledig ist, kommt er mit ein paar Tagen Arrest richtig gut davon", ergänzte Dilthey und verzog den Mundwinkel nach oben. „Man könnte es allerdings umgehen, wenn man die Kindsmutter heiratet."

Horn stocherte auf seinem leer gegessenen Teller in übrig gebliebenen Erbsen.

„Wünschen wir uns nicht alle Gerechtigkeit?" Magister von

Hohenstein sog hörbar die Luft durch die Nase ein, ehe er hervorhob: „Sollte jemals eine Anklage erhoben werden, können wir in einem anständigen Prozess Rede und Antwort stehen. Wozu lehren wir in der Hohen Schule diese wesentlichen Grundlagen der Rechtsprechung? Das Studium der Juristerei ist bedeutend für unser *Sacrum Imperium Romanum Nationis Germaniæ.* Der innere Frieden wird damit gewährleistet. Wer immer sich nicht an die gültigen Gesetze hält, wird bestraft."

„In einem allgemein gültigen und von den Menschen respektierten Gerichtsverfahren", pflichtete Amtmann Tilemann bei, schob zufrieden seinen geleerten Teller in die Tischmitte und schlug die Beine übereinander. Die goldenen Schnallen auf seinen polierten Schuhen glänzten.

„Ich wünschte, das hätte man vor hundert Jahren in Haiger auch gekonnt", bedauerte der Magister mit gekräuselter Stirn. „Da haben Spanische Truppen die Stadt geplündert und gebrandschatzt. Die Soldaten vom Regiment Don Lorenzo de Maestro haben sich ihrer Bestrafung durch Abzug entzogen."

„Mein lieber Herr Magister", flüsterte der Amtmann, aber für alle hörbar, „dann hätte man im Dreißigjährigen Krieg die halbe Welt hinter Gitter bringen müssen."

Daraufhin folgte eine rege Debatte am Tisch. Caspar wäre am liebsten aufgestanden und gegangen. Doch das würde nicht gut ankommen, gerade jetzt, wo er tief in seinem Innern noch hoffte, die Herzen zu bewegen. Noch war das Urteil nicht gesprochen. Noch gab es eine kleine Hoffnung auf Straferlass.

„Verehrte Herren", lenkte Schäfer mit dröhnendem Ausruf ein, „ich habe keine Zweifel an der Rechtmäßigkeit unserer Ordnung und an unseres gnädigen Fürsten Regentschaft. Es war nur eine Anmerkung, um Sie ein wenig aus Ihrer Zurückhaltung zu locken." Er schob sich genüsslich eine Gabel mit einem dicken

Fleischstück in den Mund und kaute schmatzend, ohne dass jemand daran Anstoß nahm. Als eine Schankmagd herzutrat, spendierte er eine Runde Bier für den Tisch.

„Und keine Fraglichkeit an des Herrn Geboten“, ergänzte Dilthey und hob den Becher.

Die Männer lachten und tranken, auch Caspar lächelte, obwohl er eine gewisse Unruhe verspürte, und ließ seinen Blick über die Gäste schweifen. Ob einer der Dillenburger Pfarrer zufällig anwesend war? Mochte Schäfers Ausspruch noch so amüsant gemeint sein, eine gewisse Wahrheit darin ließ sich nicht leugnen.

Während die eine oder andere Billigung gemurmelt wurde, trat die Schankmagd erneut an den Tisch und stellte die gefüllten Becher ab. Schäfer warf ihr einen nachdrücklichen Blick zu, den sie ignorierte, bevor er das Bier hob. „Auf eine gerechte Strafe.“

Caspar konnte sich der Aufforderung nicht entziehen. Sein Vater blickte in seine Richtung und hob beschwörend die Brauen. Wahrscheinlich war es besser, jetzt den Mund zu halten und sich auf die kommende Aufzeichnung der Aussagen zu besinnen.

„Noch eine Frage“, warf sein Vater in die Runde und Caspar hielt die Luft an, ob er Schäfer zu neuen Ideen anstachelte. „Weiß jemand, ob man bereits einen Kurschmied verpflichten konnte?“

Erleichtert hörte Caspar, wie der Amtmann die Männer davon in Kenntnis setzte, dass ein gewisser Hufschmied Meckel aus Herborn solange die Pferde versorgen würde, bis Wolmar wieder seine Werkstatt aufgebaut hatte.

„Wir haben uns gleich darum gekümmert“, berichtete Tilemann, „schließlich müssen die Tiere in regelmäßigen Abständen beschlagen werden. Da ändert auch ein Stadtbrand nichts dran. Einige Pferde konnten gerettet werden und diese brauchen wir dringend.“

Tilemanns Beteuerungen hatte Wirt Heydersdorff wohl mitbekommen, der grüßend an den Tischen entlangging. Er blieb neben Caspar stehen, rieb sich verlegen über die Glatze, bevor er sich vor der Runde verbeugte. „Meinen untertänigsten Dank, verehrter Herr Amtmann. Sie haben uns sehr geholfen, denn selbst die Rösser der Reisenden benötigen öfters einen Schmied."

„So soll es sein!", lachte Tilemann. „Helfer in der Not. Übrigens, einen Gruß an die Hauswirtin. Es hat hervorragend gemundet."

Die Männer nickten und noch bevor eine weitere Diskussion entstand, mahnte die Kirchturmuhr, die Verhandlung fortzusetzen.

„Ach, schade", fand Schäfer mit einem Augenzwinkern und trank die Neige, „wenn ich jetzt bei einem Schnaps sitzen bleiben könnte, wäre ich viel erträglicher."

„Herr Rat!" Tilemann war aufgestanden und legte ihm freundschaftlich die Hände auf die Schultern. „Ich darf doch sehr bitten. Der Prozess verlangt eine sachliche und besonnene Erörterung. Und jetzt lassen Sie uns hineingehen und die Geschichte zu Ende bringen."

Caspar bemerkte ein paar neue Gesichter unter den Zuschauern. Wahrscheinlich freuten sich jetzt ein paar Leute, die freigewordenen Plätze einzunehmen. Die Dillenburger Bürger unterschieden sich nicht mehr von den Bauern von außerhalb. Wer von ihnen vielleicht mal gebührlichere Kleidung besessen hatte, musste sich jetzt mit groben Jacken, bescheidenen Leinenröcken und unauffälligen Schultertüchern begnügen.

Die Befragung von Elsa Petry wurde fortgesetzt.

„Woran merkten Sie, dass die Geburt begann?", wollte der Amtmann wissen.

„Mir zog es im Leib, erst wenig, dann immer heftiger. Ich wusste von der Herrin, dass das die Anzeichen sind. Sie hat fünf Kindern das Leben geschenkt und bei zweien musste ich das Wasser kochen und Tücher bringen."

Tilemann setzte erneut an. „Wer hat Ihnen bei der Entbindung geholfen?"

„Niemand", gestand sie. Man merkte, dass ihr die Befragung mehr und mehr zusetzte.

„Was taten Sie, als die Wehen stärker wurden?"

Ihre Stimme wollte ihr nicht mehr gehorchen. Ein Hustenanfall rüttelte sie und wollte nicht enden. Es hörte sich an, als fauche sie aus hohler Lunge. Zweimal setzte sie an, bis sie endlich beim dritten Mal erschöpft hervorpresste: „Es war am frühen Morgen. Die ganze Nacht konnte ich wegen der Schmerzen nicht schlafen. Dann habe ich Hedwig vorgeschlagen, die Kühe zu melken. Ich wusste, dass sie das hasste. Sie arbeitete viel lieber in der Küche. Ich glaube, die Herrin war einverstanden, ihr war es egal, wer die Arbeit tat. Hauptsache, sie wurde getan. Dort, im Stall, bin ich nach dem Melken auf die Tenne geklettert. Und dann … dann weiß ich nicht mehr."

Ihr Schluchzen ließ niemand kalt. Davon war zumindest Caspar überzeugt.

„Sie müssen doch wissen, was passierte", stutzte sie der Amtmann zurecht. „Oder sind Sie etwa in Ohnmacht gefallen?"

Ein paar Lacher waren zu hören, doch sofort war es wieder leise, als Elsa erklärte: „Die Schmerzen waren stark, es war kaum auszuhalten. Ich dachte, ich sterbe. Plötzlich war es da, das Kind. Ein Junge. Und die Schmerzen waren weg. Einfach weg." Elsa sah mit ihren angstvollen Augen zur Decke des Saales. „Ich hab ihn angeschaut. Aber er atmete zuerst nicht."

„War er tot?"

Caspar sah, dass sie jetzt stark zitterte.

Sie musste mehrmals schlucken, bevor sie gestand: „Nein. Aber dann hörte ich, wie Hedwig nach mir rief. Als er zu jammern begann, habe ich das gebügelte Tuch, das ich aus der Kammer mitgenommen hatte, über ihn gelegt, damit wir nicht entdeckt werden. Plötzlich war er still. Ich hab mich ruhig verhalten. Hedwig wusste ja nicht, dass ich von da oben sehen konnte, wie sie mich im Stall suchte. Dann ist sie wieder weggegangen."

„Was haben Sie dann mit dem Säugling gemacht?"

„Ich weiß nicht mehr ... ich glaube, ich hab das Tuch von ihm weggenommen." Ihre Stimme wurde gedämpft. „Er hat nicht mehr geatmet."

Ein Raunen ging durch den Raum.

„Was geschah weiter?"

„Da war noch die Schnur ... also, die Schnur zum Kind, ich wusste nicht, was ich damit machen sollte. Ich zog daran."

„Und?"

„Da war plötzlich eine schwammige Masse. Ein riesiger Blutklumpen. Ich habe mich erschrocken, dachte, es käme noch ein Kind. Plötzlich war alles vorbei. Ich wusste gar nicht, was ich tun sollte. Hab mich ausgeruht." Jetzt fing Elsa unbeherrscht an zu schluchzen.

Caspar spürte, dass sie ehrlich um ihr Kind weinte. Warum hatte dieser elendige Thies sie nicht geheiratet? Dann wäre bestimmt der kleine Junge noch am Leben. Ein verschenktes Herz und seine Folgen erlebte er hier.

Er sprang auf und sein Stuhl schabte geräuschvoll nach hinten, dass die Köpfe in seine Richtung flogen. „Habt doch Erbarmen mit Elsa Petry!", brüllte er – aber nur in Gedanken. Den Mund geöffnet, brachte er keinen Ton heraus, als ob eine stille Macht ihn daran hinderte. Unzählige Augenpaare starrten ihn an, was das nun zu bedeuten habe.

Verwirrt klappte Caspar den Mund wieder zu und ließ sich ernüchtert zurück auf den Stuhl fallen. Wahrscheinlich würde man ihm sonst Missachtung des Gerichts vorwerfen und auch sein Amt als Gerichtsschreiber versagen – mit schwerwiegenden Folgen für seine Zukunft. Und das Urteil würde trotzdem so ausfallen, wie es bestimmt war. Doch Gott war größer und stand über allem. Caspar würde im Stillen für die Feuermagd beten!

„Was geschah dann?" Tilemann ließ nicht locker und musterte sie unentwegt.

Elsa schniefte und rang die Hände. „Ich habe diesen … diesen Klumpen erst mit einem Messer, das ich bei den Geräten im Stall fand, vom Kind getrennt, ihn in einen Eimer versteckt und dann das Kind in das Tuch eingewickelt. Eigentlich sollte ich nach dem Melken zum Markt gehen. Aber ich habe stattdessen die Zeit genutzt, im Stall das Bündel zu holen und zu fliehen. Ich sah, dass das Kind gestorben war und habe mich deshalb in einer Scheune von Bekannten versteckt. Ich wusste, dass kurz zuvor jemand auf dem Friedhof beerdigt worden war. In der Nacht bin ich heimlich hin und habe das Kind dort unter der frischen Erde begraben. Ich wollte ihm", sich schluchzte auf, „die letzte Ehre geben. Ich habe dann noch das Vaterunser gesprochen."

Man könnte meinen, sie redete von einem Fremdkörper. Warum sagte sie nicht ‚mein Sohn'? Vermutlich wahrte sie Abstand, um von ihren Gefühlen abzurücken. Wie ihr totes Kind gefunden worden war, war inzwischen bekannt. Tilemann berichtete es nochmals für alle.

Er neigte den Kopf zur Seite und ließ sie nicht aus den Augen. „Geben Sie zu, dass Sie Ihr Neugeborenes durch Ersticken umgebracht haben?"

„Ja."

Mindestens die Hälfte der Anwesenden schnappte nach Luft. Damit hatte offenbar niemand gerechnet, wohl eher mit vehementem Abstreiten und unsinnigen Ausreden.

Selbst Amtmann Tilemann wirkte für einen kurzen Moment

verwirrt, fing sich aber sofort wieder. „Sie können sich setzen. Ich erteile dem Verteidiger, Herrn Advokat Craft, das Wort."

Rundlich wie der Mond blickte das Gesicht von Verteidiger Craft zu den Schöffen, der mit allen Mitteln der Kunst versuchte, das Geständnis seiner Klientin zu relativieren. Weder ihn noch die Herren Schöffen ließ gleichgültig, was nun mit Elsa geschehen würde. Craft appellierte an das hohe Gericht, ihren Ausnahmezustand anzuerkennen und dass sie nicht Herr ihrer Sinne gewesen sei.

„Niemand hat gesehen, dass sie entbunden hat. Das sind alles nur Verdächtigungen. Vielleicht ist das Kind von jemand ganz anderem und wurde ihr böswillig untergeschoben?"

Ein Wispern schwebte durch den Saal.

„Die Beklagte hat die Vorwürfe umfänglich eingeräumt", widersprach Amtmann Tilemann scharf. „Die Dienstmagd Elsa Petry macht nicht den Eindruck, durchgedreht zu sein. Wir glauben ihr und sind überzeugt, dass sie schuldig im Sinne der Anklage ist."

„Dem widerspreche ich. Wie sonst ließe sich erklären, dass sie, die einen besten Ruf in ihrem Heimatort und bei ihrem Dienstherrn genoss, angeblich völlig sinnlos das Tuch über den neugeborenen Sohn gelegt hat?" Er spitzte die Lippen und überlegte. Elsa hatte ihm, fand Caspar, alle Argumente zerschlagen. Wahrscheinlich hatte er sie sogar angehalten, vor Gericht zu schweigen, was sie aber nicht getan hatte.

„Hohes Gericht, ich kann versichern, die Geburt hat ihre Sinne verwirrt", beteuerte er. „Sonst hätte sie doch nie ein Tuch über ihr Kind gelegt. Eine Entbindung ist ein tiefgreifendes Erlebnis und da ihr niemand zur Seite stand, wusste sie nicht, was sie in ihrer Verzweiflung tat. Wahrscheinlich hatte der kleine Junge auch ein schwaches Herz. Ich bitte das hohe Gericht, diese Aspekte bei der Urteilsfindung mit Wohlwollen zu berücksichtigen." Der kleine, kräftige Mann klemmte sich sein Monokel vors Auge. „Alles dürfen Sie meiner Mandantin unterstellen, aber keine böse Absicht. Sie ist unschuldig und entsprechend ist ihre uneheliche Entbindung zu bewerten."

Wahrscheinlich hatte Elsa sogar das Tuch über ihn ausgebreitet, um den Säugling vor dem Erfrieren zu schützen. Zu gerne wollte Caspar glauben, dass sie harmlos und ohne Absicht gehandelt hatte. Doch ob das genügte? Elsa hatte alles zugegeben, was man ihr vorwarf!

Alle christlichen Ermahnungen hatte diese Magd verworfen und sich dem Frauenschwarm und Nichtsnutz Thies Küster hingegeben, der geflüchtet und trotz Nachforschens unauffindbar blieb. Wie es schien, hatte er noch weitere Frauengeschichten am Hals.

In Caspars Magengegend brannte es heftig. Das angezettelte Feuer wog ebenso schwer wie die Kindstötung, vielleicht sogar noch schwerer. Er betete still um Milde für Elsa Petry. Vielleicht ging es noch glimpflich für sie ab und sie bekam nur eine Zuchthausstrafe und Landesverweis. Würde sie Erbarmen finden? Vor Gott ja, wenn sie Reue zeigte, aber auch vor den Menschen? Wie würde das Urteil ausfallen?

20

„Und an den Wänden hängen unglaubliche Bilder!“, verkündete Enners, dabei strahlte sein fast zahnloses Gesicht, als habe er den Herrgott selbst gesehen. „Meister aus den Niederlanden sollen sie gefertigt haben.“

Philippa sah auf und hob das schwere Eisen an, weg von dem blütenweißen Leinentuch, das sie auf dem großen Tisch bügelte. Normalerweise wäre es auf der Bleiche, jenseits des Obertores, getrocknet worden. Doch durch den Ascheregen war das jetzt undenkbar und die Herrin hatte angewiesen, die Wäsche im Haus zu trocknen, ein etwas schwieriges Wagnis. Doch irgendwie hatte es geklappt und jetzt lagen im Korb viele Teile, die sie noch plätten musste. Nach Bedarf ließ sie sich von Grete die eiserne Platte wieder austauschen, wenn sie zu sehr abkühlte. Im Küchenherd lag das andere Eisenstück, das dann mit einer Zange ins Innere des Kasteneisens eingelegt wurde.

Das Plätteisen hing wie eine bleierne Kanonenkugel an ihrer Hand. Und wenn sie wie jetzt nicht aufpasste, versengte sie auch noch die Wäsche mit einem ordentlichen Brandfleck.

„Warum braucht der Fürst Künstler aus den Niederlanden? Er hat doch Hofmaler Susewind!“

Enners schien der Einwurf nicht zu stören und hörte nicht auf zu schwärmen. „Die Teppiche hättet ihr mal sehen sollen! Selbst an den Wänden hängen welche. So was Schönes! Noch nicht mal auf dem Wochenmarkt wurde je so was angeboten.“

Philippa schmunzelte bei dem Vergleich mit dem Markt, aber sie musste dem Diener zugestehen, dass er schon viel in seinem Leben gesehen hatte. Zumindest das, was in der Stadt geschehen war. Sie freute sich mit ihm, dass er auf seine alten Tage tatsächlich im Inneren des Schlosses gewesen war und seine Begeisterung nun mit seinen Zuhörern teilen konnte. Vergessen war das Brettspiel Tables, das Philippa eben noch nebenbei den Jungen zu erklären versucht hatte. Es stammte aus England und war mittlerweile auch hier in vornehmen Häusern beliebt.

„Ich mag mir nicht vorstellen, wenn das alles nicht mehr wäre", erklärte Enners und seine Stirn zeigte tiefe Falten. „Unser Fürst hatte wahrlich in Gott einen Beschützer."

Wie er dastand, in seiner Montur, die inzwischen viel zu weit geworden war, und wie er mit glänzenden Augen fabulierte, rührte Philippa. Und die Kinder hingen an Enners Lippen. Der alte Knecht war das erste Mal in seinem Leben im Schloss gewesen. Nicht da, wo die Lakaien die Waren entgegennahmen oder in dem Zimmer, wo die Besucher mit dem Fürsten sprechen durften. Nein, er hatte bis in das Allerheiligste, den großen Saal, gehen dürfen.

Noch war ihr nicht klar, warum Enners dort hereingelassen worden war. Wenn ihr die Kinder nicht ständig ins Wort gefallen wären, hätte sie das sicher mitbekommen. Sie würde Enners später danach fragen. Gerade hatte sie eigentlich sowieso keinen Kopf für Spiele und Plaudereien.

Ihre Gedanken und Gebete weilten bei Elsa. Heute war der zweite Prozesstag und seit den frühen Morgenstunden konnte sie an nichts anderes mehr denken. Der Magister hatte am Abend zuvor mit ein paar Anmerkungen einen Einblick in die Verhandlung gewährt, aber heute ging es um Elsa selbst. Wie würde sie die Befragung überstehen? Würde sie den Geschworenen verraten, dass sie bei ihr für eine Nacht Zuflucht gesucht hatte? Hoffentlich kam das nicht raus!

Philippa atmete tief durch. Es sah nicht gut aus für ihre Freundin, nach dem, was sie gehört hatte. Und wenn sie wirklich Hand an ihr Kind gelegt haben sollte … das war ein Verbrechen! Dann könnte die Strafe furchtbar werden. Trotzdem konnte und wollte Philippa das nicht glauben. Es passte nicht zu Elsa. Von klein auf hatte sie nie einem Tier etwas zuleide tun können und sie war auch nicht streitsüchtig oder grob gewesen. Mit ihr hatte es bloß Harmonie gegeben, ein stilles Verstehen. Philippa konnte sich nicht erinnern, sich mit Elsa mal richtig gezankt zu haben. Und jetzt das!

Der Geruch von Fett drang durchs Haus und stieg Philippa in die Nase. Das konnten nur Reibekuchen sein. Trotz ihres schweren Herzens machte sich mit einem Mal Hunger in ihr breit und der Gedanke an das Mittagessen überlagerte einen kurzen Moment ihre bedrückenden Fantasien. Im Hintergrund hörte sie Grete mit dem Geschirr lärmen. Sie stellte das Eisen weg und trug die Plättwäsche in die Zimmer. Wenn sie sich heute Nachmittag beeilte, könnte sie Caspar noch vor der *Krone* abfangen. Sie musste aus erster Hand wissen, wie es um Elsa stand!

Schon als Philippa den Kirchberg hinunterging, hörte sie das gewaltige Stimmengewirr und unvermittelt stand sie in der Menschenmenge, die aus der *Krone* herausströmte und sie mit unterschiedlichsten Ausdünstungen umgab. Tod, Feuer, Schuld und viele andere beklemmende Wörter wurden laut in die Luft gebrüllt. Sie zog ihr Wolltuch enger um die Schultern und stellte sich auf die Zehenspitzen, um Caspar zu suchen. Sie entdeckte ihn gleich neben dem Eingang. Sein Anblick inmitten der Schöffen erwärmte ihr Herz und ein Lächeln umspielte ihren Mund. Ein wenig Stolz und Belustigung zugleich wegen seiner weißen Perücke schwelte in ihr. Irgendwie sahen die Männer alle gleich aus und doch wieder nicht. Unverrückbar drückte der Kopfputz das herausragende Amt seiner Träger aus: weiße, braune oder silberfarbene lange Haare zum Zopf gebunden, den eine Schleife zierte.

Philippa drängte sich an schwatzenden Frauen und Männern vorbei und stellte sich etwas seitab hin, Caspar im Blick, um mitzubekommen, wenn er nach Hause ging. Ein paar Gesichter kannte sie, aber es waren auch etliche hier, die vermutlich aus den umliegenden Dörfern das Spektakel um die Feuermagd erleben wollten. Aus Elsas Familie konnte sie nur einen Onkel festmachen. Ihr traten unvermittelt Tränen in die Augen. Elsas Eltern musste es unsagbar wehtun, was geschehen war. Womöglich waren sie zu verzweifelt, um herzukommen oder, was wahrscheinlicher war, betrachteten sie Elsa nicht mehr als ihre Tochter.

Und Elsa? Bestimmt fühlte sie sich von ihrer Familie verraten! Von der allgemeinen Vorstellung, Blut sei dicker als Wasser, war nichts als Schmach übrig geblieben. Philippa konnte sich nicht vorstellen, dass, wenn es sie selbst beträfe, sie in einer ähnlichen Lage auf Unterstützung oder Mitgefühl ihrer Eltern hoffen dürfte. Es würde ihrer Mutter das Herz brechen.

Irgendwo da vorne entdeckte Philippa eine laut heulende junge Frau, eingekesselt in der Menge, aber offenbar gab es niemanden, der sich um sie kümmerte. Im ersten Moment dachte sie, es sei Elsa, aber das konnte nicht sein. Beim genauen Hinsehen wusste sie: Es war Kunn, Elsas Schwester.

Philippa kämpfte mit den Tränen. Am liebsten hätte sie mitgeweint, aber sie wusste ja noch nicht mal, weshalb Kunn so litt. Was war im Gerichtssaal vorgefallen, dass die Magd hemmungslos weinte? Voller Mitgefühl versuchte sie, in die Nähe von Kunn zu kommen, aber es war nicht möglich. Zu viele Menschen drängten ihr entgegen. Nach einem weiteren Versuch gab sie auf, bevor die kaum Sechzehnjährige scheinbar von der Menge verschluckt wurde und nicht mehr zu sehen war.

Die Schöffen und Räte waren derweil noch in Gespräche vertieft und so dauerte es eine Weile, bis sich endlich das Volk auf den Heimweg machte. Jetzt schien auch Bewegung in die Männer zu kommen. Als Caspar sich von ihnen verabschiedete und Richtung Hüttenplatz wandte, schweiften seine Augen umher, bis sie an Philippa hängen blieben. Er bedeutete ihr mit den Augen, zum Viehhof zu gehen.

Sie folgte seinem Vorschlag und bog auf den Viehhof ein. Dort begegnete sie einigen Menschen, die den heutigen Verhandlungsverlauf lautstark kommentierten. Trotzdem war nicht schlüssig zu verstehen, was der heutige Tag für Erkenntnisse gebracht hatte. Am anderen Ende des Platzes blieb Philippa stehen. Die Häuser ringsum waren gepflegt und verrieten, dass sie weder Feuer gesehen hatten noch von einfachen Handwerkern bewohnt wurden. Wer etwas auf sich hielt, wollte in eines der neuen Gebäude hier einziehen.

Irgendwie hatte sie plötzlich ein ungutes Gefühl, als sie Caspar herannahen sah. Sein Gesicht wirkte wie in Stein gemeißelt.

„Liebes", sagte er nur und blieb vor ihr stehen.

Sie sah es ihm sofort an, während sie darauf wartete, dass er weitersprach, aber er schwieg. In seinen Augen lag eine Spur von Traurigkeit, die mehr erzählte, als es Worte jemals tun konnten. Jetzt war klar, dass Kunns Tränen damit in Verbindung standen. Sie schluckte, drehte den Kopf und starrte auf die Wachen, wie sie am Untertor die Leute überprüften, die die Stadt verlassen oder betreten wollten. Heute waren es mehr Menschen, die rauswollten.

Caspars starke Hand umschloss ihre. Plötzlich zog er sie mit sich hinter eine Hausecke, wo sie vor neugierigen Augen geschützt waren. Ihre Augen suchten seine, als er die Arme um sie legte, und sie genoss seine Nähe und seinen Schutz. Ihr Herz pochte genauso heftig wie seines.

„War es schlimm?", fragte sie mit belegter Stimme. Warum wollte sie ihr nicht gehorchen? Vielleicht, weil sie ahnte, dass er nichts Gutes preiszugeben hatte. In ihrem Kopf brandeten eine Menge hoffnungsvolle und aussichtslose Erkenntnisse und Gefühle durcheinander.

„Erinnerst du dich an die Zeit, als ihr in Breitscheid befreundet wart?"

Sie nickte. Natürlich tat sie das. Was sollte diese Frage?

Er fuhr sich mit der freien Hand übers Gesicht. „Seitdem hat sich offenbar vieles geändert. Mit ihrem Wechsel nach Herborn ist Elsa unvorsichtig geworden. In der Befragung hat sie zugegeben, ein Verhältnis mit Thies Küster gehabt und den Säugling erstickt zu haben. Sie hat …"

Sie ließ ihn nicht ausreden. „Was ihr da aus ihr rausgequetscht habt, stimmt doch gar nicht. Sie hat das alles bestimmt nur zugegeben, um nicht gequält zu werden!"

„Philippa!" Seine Stimme wurde hitziger. „Sag so was nicht. Sie wurde doch nur befragt. Ihr Verteidiger hat sich nur noch die Haare gerauft!"

„Warum?" Irgendwas war hier völlig falschgelaufen.

„Sie hat die Vorwürfe ausnahmslos zugegeben, verstehst du? Sie wurde gefragt und sie hat ohne nachzudenken oder Ausflüchte anzuführen, ihre Schuld eingestanden. Die Schuld am Tod ihres neugeborenen Kindes!"

„Aber mir hat sie gesagt, der Junge habe kaum geatmet. Sie dachte sogar, er sei tot zur Welt gekommen. Dann hat wohl er doch gewimmert. Als sie dann das Tuch über ihn gelegt hat … sie wollte ihn nur zudecken, weil sie nicht wollte, dass man ihn hört … und er hat doch bestimmt gefroren …" Sie konnte keinen klaren Gedanken mehr fassen. „Kannst du denn nichts für sie tun?"

Er schluckte. „Leider nicht."

Was bald folgen würde, wusste sie. Philippa entzog ihm die Hand und schlug sie vors Gesicht. Tränen brannten in ihren Augen. Mit größter Mühe drängte sie die aufsteigende Enttäuschung zurück, trotzdem konnte sie nicht verhindern, dass ihre Unterlippe zitterte. Sie spürte seinen mitfühlenden Blick auf sich ruhen. Als sie ihn von unten ansah, bemerkte sie sein Stirnrunzeln. „Sie ist unschuldig, Caspar“, stieß sie hervor. „Unschuldig.“

Sein Atem flatterte. „Ach, Philippa“, sagte er jetzt gedehnt und wischte ihr sanft eine Träne von der Wange. „Es tut mir so leid. Wäre ich nicht dabei gewesen, ich hätte den Schöffen und dem Amtmann unterstellt, sie zum Geständnis gedrängt zu haben. Aber viele Zuschauer – ich glaube, so viele hatten wir noch nie – können es bezeugen!“

Großer Gott im Himmel, flehte Philippa stumm, lass ein Wunder geschehen. Oder, dass ich den heutigen Tag nur geträumt habe. Bitte, bitte!

Sie zog die Nase hoch. „Tut mir leid, Caspar“, erwiderte sie leise. „Ich wollte das hohe Gericht nicht infrage stellen. Aber kannst du verstehen, dass ich Angst um Elsa habe?“

Er nickte. So wie er jetzt auf den festgetrampelten Boden starrte, ging der Prozess auch an ihm nicht spurlos vorbei.

Als er weiter schwieg, wagte sie einen Vorstoß. „Weißt du, wie lange die Verhandlung noch dauern wird?“

„Noch dauern?“ Er sah sie mit großen Augen an. „Gar nicht mehr.“

„Was meinst du damit?“

„Das Urteil ist gesprochen.“

Ihr Atem stockte. „Das Urteil? Ich … ich verstehe nicht“, sagte sie konfus, „geht das so schnell? Ich meine, wie viele Jahre hat sie bekommen?“ Ihr Herz klopfte mit einem Mal, als erschüttere der Klöppel der Kirchturmuhr ihr Innerstes.

Er antwortete nicht, stattdessen umarmte er sie erneut und presste sie an seinen Brokatrock.

Seine Wärme übertrug sich auf sie. Während sie seine Nähe und seinen Duft in sich aufsog, sagte er: „Wir wissen alle, dass es gefährlich ist, mit einem Kienspan durchs Haus oder den Stall oder über die Straße zu laufen, nicht wahr? Das bläuen uns die Eltern von Kindesbeinen ein. Notfalls mit dem Stock. Ganz abgesehen von einer Kerze oder glühende Kohlen. Elsa wusste, was sie tat. Sie hat, trotz ihrem Wissen, die Kerze an das Stroh gehalten! Sie wollte fliehen, nachdem sie mit diesem Thies lautstark gestritten hatte. Die Leute aus der Straße haben es bezeugt. Wer denkt sich denn so was aus? Nein, das ist belegt." Er schluckte, sichtlich bewegt. „Was sie nicht bedacht hatte, war, dass das Feuer durch den Wind unfassbar schnell auf alle umliegenden Häuser übergriff. Was dann geschah, wissen wir."

Philippa biss sich auf die Lippen. „Aber hat sie ihr Kind denn wirklich zu Tode gebracht?" Es fiel ihr schwer, das Wort auszusprechen: „Hat sie es … umgebracht?"

„Offenbar. Sie hat es gestanden. Alle haben es gehört."

Philippa spürte, wie er sich innerlich krümmte. „Sie hat das Kind tatsächlich erstickt? Nicht nur zugedeckt?"

„Vielleicht nicht bewusst. Das ist mein Eindruck. Ich glaube, im Innersten weiß sie, dass der Säugling unter dem Stoff keine Luft bekommen hat. Warum also sollte sie etwas zugeben, was nur Vorwurf und nicht Wahrheit ist?"

„Und dann?" Schon mit der Frage stieg Übelkeit in ihr auf.

„Sie wurde zum Tode verurteilt."

Philippa stöhnte auf, sie vermochte kaum noch zu stehen.

Caspar schob sie ein wenig von sich, um ihr in die tränengefüllten Augen zu sehen. „Es ist schlimm", nickte er, „und sie tut mir unendlich leid. Sie … sie", jetzt fing er an zu stottern, etwas, was sie noch nie bei ihm erlebt hatte. Doch der heutige Prozesstag warf ihn aus der Bahn. Einen Moment verharrte er schweigend und sein Blick glitt jetzt an ihr vorbei, bevor er sich räusperte und angemessen sagte: „Die Schuld am Stadtbrand wiegt noch schwerer als die Bluttat. Vor der Hinrichtung auf dem Galgenberg wird sie gepeinigt werden. Hier, auf dem Viehhof. So lautet der Schuldspruch. Dann wird sie mit der Holzschleife zum Richtplatz gebracht. Alles andere kannst du dir denken."

„Nein!" Sie glaubte sich einer Ohnmacht nahe und schluchzte laut auf. Caspar drückte sie fest an sich, sein Herz hämmerte gegen seinen Brustkorb.

„Mir tut sie auch unendlich leid."

Philippa wollte es nicht verstehen. „Wie konnten sie denn so ein hartes Urteil verhängen? Das hat sie nicht verdient!"

„Manche Strafen müssen so hart sein. Es wäre sonst ein Freibrief für alle anderen."

„Freibrief? So was macht man doch nur aus schierer Verzweiflung! Womöglich hat er sie gegen ihren Willen –"

„Dann hätte sie das bei der Befragung sagen können. Hat sie aber nicht."

Ihr Schluchzen verschluckte fast die Frage. „Ist es … das Strafmaß … endgültig?"

Er nickte. „Fürst Wilhelm hat das Urteil bestätigt."

„War er beim Prozess dabei?"

„Ja, wenn auch erst zum Schluss, zur Urteilsverkündung, aber ein Beamter vom Schloss war die gesamte Zeit anwesend. Denn dieser Prozess hat mehr als manch anderer des Fürsten Interessen berührt. Bei einem normalen Kindsmord wäre er wohl kaum gekommen. Doch hier war es anders. Brandstiftung in diesem Ausmaß verknüpft mit dem Tod eines Neugeborenen – die Schuld wiegt schwer. Unser Fürst hat ein großes Herz und Mitleid mit den Hilfsbedürftigen, aber das hier ging einfach zu weit."

Sie traute sich kaum, die Frage auszusprechen. Das Mitgefühl wollte sie überwältigen. „Wie hat sie reagiert?“

„Sie zuckte zusammen, als habe jemand mit einem Brett auf sie eingeschlagen. Dann verharrte sie wie vor Schreck gelähmt.“

Die arme Elsa! „Dabei habe ich ständig und ernsthaft für sie gebetet! Wie kann Gott nur zulassen, dass sie sterben soll?“

Caspar nickte. „Ich verstehe deine Gedanken. Es liegt auch nicht daran, dass deine Fürbitten zu oberflächlich waren. Manchmal lässt Gott Dinge zu, die wir nicht verstehen. Und schweigt.“

Philippa schluckte. Es war so schwer für sie, das zu begreifen. „Das Schweigen ist aber kaum auszuhalten!“

„Das stimmt. Aber wir dürfen daran festhalten, dass er gut ist. Und allmächtig“, fuhr Caspar fort. „Er kennt unsere Sorgen, hört unsere Gebete, aber erfüllt nicht immer unseren Willen. Seine Ziele kennen wir nicht.“

Philippas Herz war voller Zweifel. „Aber ob Gott uns dann überhaupt liebt?“

Er presste sie fester an sich. „Er liebt uns mehr, als wir uns vorstellen können“, flüsterte er, „auch wenn wir das heute nicht sehen.“

Sie standen ein Weilchen nachdenklich beieinander. Seine Nähe war beruhigend und tröstend. Ein stilles Verstehen und ohne Worte, geborgen an seiner Schulter. Die Stimmen vom Viehhof verloren sich. Sie spähte zur Seite. Offenbar war niemand in ihrer Nähe und der Platz hinter ihr fast leer. In ihr schwelte noch eine unbeantwortete Frage. „Hat sie gesagt, wo sie nach ihrer Flucht aus Herborn die Nacht verbracht hat?“

„Ja. Sie meinte, sie habe sich in einem Hinterhof versteckt, bis der Nachtwächter vorüber gegangen sei. Dann müsse sie vor Erschöpfung eingenickt sein. Und noch bei Anbruch des Tages sei sie von dort verschwunden.“

Philippa atmete auf. Das war zwar eine Lüge, aber ihr Schlupfloch hatte sie nicht verraten. Und von Hiltgunt würde nichts angezeigt, solange sie nicht befragt wurde.

Noch etwas quälte sie: „Wann ist die Hinrichtung?“

„Übermorgen. Am Vormittag wird ihr das Urteil auf dem Viehhof nochmals verkündet, wie es üblich ist.“

Philippa seufzte schwer. „Und dein Vater, was sagt er dazu? Weiß er, dass ich sie kenne?“

„Es dürfte ihn nicht interessieren. Glaube mir, die Strafe wurde nicht leichtfertig gefällt. Selbst wenn man anderer Meinung ist, sind die Gesetze und Strafen nun mal benannt. Nach der Befragung der Zeugen und Angeklagten wurde seitens des Gerichts begründet, beraten und das Für und Wider abgewogen. Durch ihr Geständnis hat Elsa Petry die Verhandlung enorm verkürzt. Sie ist schuldig im Sinne des Gesetzes.“

Schuldig. Wie es dazu gekommen war, dass sie, die immer zurückhaltend gewesen war, zum gefallenen Mädchen wurde, interessierte nach der Urteilsverkündigung niemand mehr. Mit der Strafe und ihrem Vollzug war die Angelegenheit für alle erledigt. Bis auf die unglückliche Familie, die gebrandmarkten Eltern, die nun geächtet waren, ein Luder großgezogen zu haben.

„Der Liebhaber soll mal als Knecht bei einem Glockengießer in Sinn gearbeitet haben. Das ist aber lange her. Jetzt wird nach ihm gesucht. Er muss sich auch verantworten. Und je nachdem, ob er ledig oder verheiratet ist, wird er entsprechend gerichtet.“

„Aber nicht zum Tode!“

„Nein. Er hat sein Kind ja nicht umgebracht und die Stadt nicht gebrandschatzt.“ Sein Gesichtsausdruck wurde hart. „Obwohl ihn genauso die Strafe treffen müsste. Ohne ihn wäre sie nicht schwanger geworden.“

Lautlos rollten Tränen über Philippas Wangen. Wie schnell

konnte das Recht auf das eigene Leben verwirkt sein – eine falsche Entscheidung, ein übertretenes Verbot und einem Kind das Lebensrecht abgesprochen.

„Plötzlich ist alles unumkehrbar anders und das Leben kann schnell zu Ende sein – wie in Haiger“, sagte Caspar leise.

„Ich hoffe nur, dass Elsa mit Gott im Reinen ist“, sagte Philippa leise. „Auch wenn sie schuldig und zum Tode verurteilt ist – Gottes Liebe und Vergebung gelten ihr immer noch. *Denn also hat Gott die Welt geliebt, dass er seinen eingeborenen Sohn gab, auf dass jeder, der an ihn glaubt, nicht verloren gehe, sondern ewiges Leben habe“*, zitierte Philippa mit bebender Stimme die bekannte Bibelstelle aus dem Johannesevangelium.

„Sie hat zumindest noch die Gelegenheit dazu“, erwiderte Caspar sanft. „Der tote Bergmann dagegen hatte keine Zeit mehr, etwas zu ordnen.“

Philippa schluckte. „Was ist aus seiner Familie geworden?“

„Die Beerdigung war eindrucksvoll, hat mein Vater erzählt. Die Nachbarn haben ihn, wie es üblich ist, bis zum Friedhof getragen. Aus allen Häusern sind die Leute dazugekommen, um sich dem Leichenzug anzuschließen. Das gesamte Dorf hat ihm damit die letzte Ehre erwiesen. Man wird von ihm mit Anerkennung sprechen.“ Ein Leuchten lag in seinen Augen. „Und mein Vater hat der Familie eine Spende zuteilwerden lassen.“

Bei ihrer Freundin würde es genau umgekehrt sein. Noch Generationen danach würden sie die Schande nicht vergessen haben. Wie schnell hatte sich das Blatt des Lebens gewendet. Elsa tat ihr unendlich leid.

Sie hob das Kinn und sah ihn fest an. „Sag mal, darf man Elsa noch im Stockhaus besuchen?“

„Willst du das denn?“ Caspar riss bestürzt die Brauen hoch. „Glaubst du, das ist eine gute Idee?“

Philippa zuckte mit den Schultern. „Weiß nicht. Ich dachte nur, vielleicht würde es ihr guttun.“

Caspar wiegte den Kopf hin und her. „Wahrscheinlich wird ihr nur geistlicher Beistand vom Pfarrer gewährt werden – den dann aber so viel und solange sie möchte.“

Eine tiefe Traurigkeit übermannte Philippa erneut und sie seufzte schwer. Am liebsten hätte sie noch länger in Caspars Umarmung verharrt, doch der Glockenschlag der Kirchturmuhr zeigte ihr an, dass es Zeit war zu gehen. „Ich muss nun zurück. Wann sehen wir uns wieder?“

Caspar gab ihr einen sanften Kuss auf die Stirn. „Spätestens übermorgen.“

21

In den beiden folgenden Nächten machte Philippa kein Auge zu. Über Stunden schickte sie stille Gebete in die Dunkelheit. Was hatte sich in den letzten Wochen alles geändert! Trotz der verworrenen Lebensumstände war die Hilfsbereitschaft für die notleidenden Menschen immens. Nur mit Elsa hatte außer ihr anscheinend niemand auf der Welt Mitleid.

Als sie mit der Herrin, Hiltgunt und den größeren Kindern den Kirchberg hinunterging, wälzte sich bereits eine Menschenmenge Richtung Viehhof. Enners war mit einem Knecht der Nachbarn bereits vorgegangen und Severin blieb bei Grete. Dass viele Leute die Hinrichtung sehen wollten, war klar, aber wie die Stadt regelrecht von Menschen überrollt wurde, unaufhaltsam wie eine Invasion von Ameisen, erschreckte Philippa. Warum fluteten sie die Stadt, um sich an diesem Spektakel zu erfreuen? Und warum nahmen sie selbst ihre kleinen Kinder mit? Niemals hatte sie so viele Leute auf einmal gesehen. Waren jetzt die Dörfer zu Gespensternestern geworden?

Philippa betrachtete die Menschen, die vor und neben ihr hergingen. Niemand schien es zu stören, dass sie in geflickten und fleckigen Kleidern daherkamen, geradeso, als hätten sie sich in der Stadt verlaufen. Wahrscheinlich hatten sie sogar ihre Arbeit unterbrochen, um ja nichts zu verpassen. Sie bildeten in ihrer Ärmlichkeit das genaue Gegenteil des ehrwürdigen hohen Gerichts, das bereits auf dem Viehhof in der Nähe vom Haus des Kanzleidirektors wartete. Gaukler und Marktschreier standen herum und zogen dem Volk mit dargebotenen Geschicklichkeiten und belanglosen Sachen die letzten Münzen aus der Tasche.

Über ihnen hatte sich ein wolkenloser Sommerhimmel gespannt und Philippas Blick schweifte über die Köpfe, streifte die Scheunendächer des Hüttenplatzes, bis er sich über den Baumwipfeln der Eberhart verlor. Sie schluckte. Warum musste die Sonne mit geballter Kraft den Todestag ihr lieben Freundin Elsa beleuchten? War es eine geheime Botschaft, dass sie in ein paar Stunden das ewige Licht sehen würde? Falls sie Buße getan und Gottes Vergebung empfangen hatte ...

„Oh", stöhnte sie und schlug sich die Hand vor den Mund, um nicht jetzt schon laut loszuheulen. Bis heute hatte sie sonnige Tage geliebt – die Leichtigkeit, die ein Sommertag mit leichtem Wind verhieß, mochte er auch noch so anstrengend sein. Nichts um sie her wies auf verhaltenes Flüstern hin, wie es zu hören war, wenn jemand im Dorf gestorben war. Hier war es laut, ein Durcheinander an Stimmen, Voraussagen und Lamentieren über Weiber und ihre Sündhaftigkeit. Und dass die Strafe heute bei Weitem nicht so hart sei wie der Herrgott sie für die arme Seele bereithielt.

Philippa fühlte sich schon jetzt untröstlich. Sie erinnerte sich an eine Predigt, die vor ein paar Wochen der zweite Pfarrer Brand gehalten hatte. Gott sprach Menschen frei, wenn sie ihre Verfehlungen bekannten. Selbst der Verbrecher am Kreuz wurde in letzter Minute gerechtfertigt und durfte sich des ewigen Lebens sicher sein. Gott interessierte es von da an nicht mehr, welche Sünden ein Mensch auf sich geladen hatte. Ob er ein Dieb, Lügner oder Mörder gewesen war, nein, seine Fehler waren durch Jesus Christus für immer beseitigt worden, als habe es sie nicht gegeben.

Ihr Herz pochte laut. Die Menschentraube war zum Stehen gekommen. Ab und zu bekam Philippa einen Stoß ab oder jemand trat ihr auf die Füße. Sie konnte jetzt den Viehhof sehen, wo Amtmann Tilemann mit Räten und Schöffen bereits Aufstellung genommen hatten. Wachen sorgten dafür, dass um sie herum genügend Platz freigehalten wurde und die Menschenmenge in gebührendem Abstand den Schuldspruch verfolgen konnte. Oder die Strafe nicht durch wütende Zuschauer selbst vollzogen wurde.

Mit einem Mal wurde es um Philippa stiller. Erst jetzt hörte sie die Stimme, die über die Köpfe tönte. Dann schollen Rufe in die Menge.

„Platz da!“

„An die Seite!“

„Lasst uns durch, sonst setzt's was!“

Ein Gedränge entstand, wieder wurden ihre Herrin vor ihr, sie selbst und die Kinder neben ihr geschubst und Unruhe verbreitete sich vehement. Sehen konnte sie erst mal nichts, bis sie endlich die Köpfe der Gerichtsknechte erkannte. Sie stellte sich auf die Zehenspitzen. Jetzt konnte sie eine weibliche Gestalt ausmachen: Es war Elsa, die sie herführten, vom Stockhaus droben aus dem kalten Loch hervorgezerrt bis hier zum Viehhof. Dann waren sie inmitten der Leute verschwunden. Wahrscheinlich waren sie jetzt am Viehhof angekommen.

Während Philippa noch nachdachte, wie sie in die Nähe von Elsa kommen könnte, hörte sie Sybilla von Hohensteins energische Stimme vor sich: „Wollt ihr mir wohl Platz machen?“, schimpfte sie und trat vor, als sich ein paar Leute vor ihr umdrehten. „Lasst mich durch, ihr Ungezogenen. Was bildet ihr euch ein, herzukommen und könnt euch nicht benehmen?!“

Die Worte und ihre vornehme Kleidung zeigten Wirkung. Mit einem Mal tat sich eine winzige Gasse vor ihnen auf, dass ihre Herrin voranschritt, weiter befehlend und sich beschwerend, während Philippa mit den Kindern Schritt zu halten versuchte.

Nach wenigen Minuten standen sie in der zweiten Reihe in der Menge, die sich, wenn auch weit von ihm entfernt, um Amtmann Tilemann scharte.

Sie hörte, wie Tilemann zu sprechen begann.

„Bürger von Dillenburg!", rief er. „Wir, das Schöffengericht, sind heute hier, um das Urteil gegen Elsa Petry öffentlich zu verkünden. Bildet jetzt einen inneren und einen äußeren Kreis um sie, wie es das Gesetz vorsieht." Er trat einen Schritt zurück und reihte sich ein bei den Räten und Schöffen, die hinter ihm standen, um auf die Leute zu warten. Stadtgericht und Pfarrer würden den inneren Kreis zur Verlesung des Urteils formen. Der äußere Kreis war dazu gedacht, dass kein wütender Geschädigter vor Vollstreckung des Urteiles über Elsa herfiel.

Vor Tilemann harrten die Gerichtsknechte aus mit Elsa, die barfuß war und ein helles, grob gewebtes Gewand trug, mit einer Haube auf den schwarzen Haaren. Der Kanzleidirektor stand direkt neben ihr und ringsum hatten sich Soldaten postiert. Ihre Verantwortlichkeit trennte die Beklagte samt Amtspersonen von der Menge. Nur so konnten sie gewährleisten, dass das Strafmaß verkündet und ausgeführt wurde.

Philippa keuchte. Die Aufregung machte ihr arg zu schaffen. Elsa so zu sehen, ließ ihr Herz sterben. Sie krallte die Hände in den Stoff ihres Rockes, bis ihr die Finger wehtaten, und hob den Kopf, um die Freiwilligen zu mustern.

Aber der Platz vor den Räten blieb leer. Philippa sah sich um und hörte, wie ein Raunen durch die Menge ging. Was war denn los? Ließen die Wachen sie nicht durch?

Schwer atmend wischte sie sich ein paar Tränen weg, die ihr in den Augen brannten und den Viehhof verschleierten. Sie blinzelte, doch als sie wieder klar sehen konnte, war immer noch niemand vorgetreten – bis auf den Amtmann, der jetzt brüllte: „Wachen, holt die Leute von den Dörfern nach vorne, dass sie die Aufgabe der Dillenburger übernehmen." Er wischte sich mit einem Tuch über die Stirn. „Das ist ein Befehl!"

Die Unruhe unter den Zuschauern wurde immer größer. Jetzt traten die Wachen vor und mischten sich unters Volk, fragten, wer von wo käme und suchten Männer, um sie auf dem Platz zu postierten.

„Herrgott im Himmel", stöhnte die Herrin auf, mit bebendem Nasenflügeln und flatternden Lidern, „das hat es ja noch nie gegeben."

War das das Wunder, auf das Philippa gehofft hatte? Wenn sich niemand aufstellte, konnte das Urteil nicht verlesen werden und wurde nicht rechtskräftig. Ein winziges Fünkchen Hoffnung schwelte in Philippa. Hatten die Dillenburger Bürger sich auf die Seite von Elsa geschlagen? Wollten sie zeigen, dass Gnade möglich war?

Philippas Herz klopfte wie wild. Sie drehte den Kopf, um zu sehen, ob irgendwer sich nach vorne zerren ließ. Die Wachen ließen sich kaum ausmachen, weil zu viele Leute herumstanden. Doch kurz darauf stolperten etliche Männer nach vorne, begleitet von Soldaten.

Schlimm, dachte Philippa und starrte resigniert auf das Stadtgericht. Die verwirrten Gesichtsausdrücke der fein ausstaffierten Herren mit ihren weißen Strümpfen und Schnallenschuhen glätteten sich. Auf ein Nicken des Amtmanns in seiner Funktion als Richter hin traten die Wachen zur Seite und überließen die nervösen Männer um Elsa ihren Aufgaben als Statisten, hübsch im Kreis aufgestellt, wie es die Vorschrift gebot.

Das Lächeln in Tilemannns Gesichts war eher ein Ausdruck des Triumphes als der Freude über die, die ihre Meinung durch Zurückhaltung kundgetan hatten. Er hielt einen Bogen Papier in der Hand und rief mit durchdringender Stimme über den Platz:

„Ihr Bürger von Dillenburg und ihr Leute, die ihr heute zusammengekommen seid, um an der Verkündigung des Urteils gegen Elsa Petry teilzunehmen. Die äußeren Umstände hierzu sind nun ausgeführt."

Philippa seufzte und ihre Augen schweiften an der Häuserfront entlang. Aus jedem Haus starrte jemand aus dem Fenster und an einem erkannte sie den älteren Bürgermeister Weis. Die Häuser daneben gehörten dem fürstlichen Mundkoch und dem Oberjägermeister. Gegenüber lebten der Hofbüchsenmacher, der Bereiter und der Oberförster. Sie und noch ein paar ehrenwerte Familien besaßen allesamt die edelsten Plätze, das Ereignis zu beobachten.

Nur ein paar Schritte von Elsa entfernt stand breitbeinig der Schinder. Philippa wusste seinen Namen nicht, aber anhand seiner Kleidung und seiner Geräte musste er es sein. Über seinem schwarzen Wams trug er noch eine kurze, schwarze Pelerine mit Kapuze. Jetzt trat er, das Richtschwert an der Seite befestigt, neben Elsa und wartete, bis Amtmann Tilemann mit der Lesung des Urteils begann.

„Ich sehe nichts", jammerte Georg und streckte den Kopf nach oben.

Wie gut, dachte Philippa und sagte: „Es passiert grade nichts. Die Elsa kriegt nur ihr Urteil verlesen."

Sie blickte zur Seite und war überrascht, dass die Mädchen wohl die Tochter eines Ratsherrn getroffen hatten und miteinander schwatzten. Hoffentlich merkten sie nicht, dass sich die Situation vor ihnen zuspitzte. Niemand wusste, was gleich kommen würde, aber es konnte nur schlimm werden. Abgrundtief scheußlich. Wer ein klein wenig verstanden hatte, welche Vergehen welche Strafen bekamen, ahnte, wie solch ein Todesurteil für Elsa aussehen würde.

Kaum hatte Tilemann seine Stimme erhoben, zuckte Philippa zusammen, weil hinter ihr und überall aus der Menge Drohrufe und Schimpftiraden auf Elsa niederprasselten. Es würde sie nicht wundern, wenn sie faules Obst mitgebracht hatten, um es auf Elsa zu schleudern. Philippa duckte sich instinktiv, obwohl sie gar nicht gemeint war, und musste sich anstrengen, den Worten des Amtmanns zu folgen.

„Die Dienstmagd Elsa Petry, gebürtig aus Breitscheid, wird beschuldigt, außerhalb des heiligen Bunds der Ehe schwanger geworden zu sein und ihr neugeborenes Kind getötet zu haben. Erschwerend kommt hinzu, dass sie die Schwangerschaft ihrer Herrschaft verschwiegen hat und das Kind, nachdem sie es erstickte, heimlich auf dem Herborner Friedhof in der Erde eines zuvor bestatteten, redlichen Bürgers vergraben hat. Die Flüchtige wurde gefasst und durch die Nachsicht unseres Landesherrn Fürst Wilhelm in der Hintergasse festgesetzt. Dort hat sie das Haus mit der Absicht zu fliehen, angesteckt, was in dem entsetzlichen Stadtbrand gipfelte, bei dem mindestens zweihundert Häuser niedergebrannt und sehr viele Menschen obdachlos und mittellos geworden sind. Die Angeklagte hat die ihr vorgeworfenen Taten umfänglich eingeräumt. Das Hochnotpeinliche Halsgericht hat gemäß der Constitutio Criminalis Carolina das Urteil gefällt …"

Philippa schnappte nach Luft. In ihrem Kopf brandete es. Alles flimmerte vor ihren Augen. Tilemannns Stimme drang wie durch eine Nebelwand in ihr Ohr und sie bekam nur noch Satzfetzen mit.

„… wird Elsa Petry wegen Brandstiftung und Töten ihres neugeborenen Kindes zum Tode … mit einer feurigen Zange … an Stangen … zum Richtplatz … dem Feuer zu übergeben …"

In einer blitzartigen Reaktion schlug sich Philippa die Hand vor den Mund und biss die Zähne derart fest zusammen, dass es knirschte, um den Brechreiz zu unterdrücken, der sie überfiel. Sie konnte vor Schreck noch nicht mal weinen.

Dass die Herrin die Kinder hierhin mitgenommen hatte, konnte sie nicht verstehen. Wahrscheinlich würden sie heute Nacht eingeschüchtert wachliegen oder von Albträumen geschüttelt nach ihrer Mutter oder ihr rufen.

Ach, könnte doch Caspar an ihrer Seite sein! Stattdessen stand er bei honorigen Herren und protokollierte womöglich noch diese Stunde. Philippa sah wieder nach vorn und war erstaunt, wie gefasst Elsa wirkte. Kerzengerade, als habe sie keine Schuld zu tragen, hatte sie den Urteilsspruch entgegengenommen. Während ein Gerichtsknecht ihr die Hände auf dem Rücken fesselte, suchte Philippa weiter hinter ihr nach Caspar. Da! Jetzt sah sie ihn. Er stand, bleich im Gesicht wie die kreideweißen Perücken seiner Räte, neben seinem Vater – gleich daneben Ratsherr Schäfer. Was ging wohl in ihm vor?

Zu Philippas Bedauern würde Elsa die Gnade eines Schwertes versagt bleiben. Mit einem kurzen Seitenblick vergewisserte sie sich, dass die Kinder noch neben ihr standen. Als sie wieder aufschaute, war Caspar verschwunden und obwohl sie die Gruppe der Räte ausforschte, war er nirgends zu sehen. Vielleicht war er weggerufen worden oder es war ihm zu nahe gegangen.

„Herrin“, sagte sie und drehte den Kopf zu Seite, „wäre es nicht besser, mit den Kindern nach Hause zu gehen?“ Erst jetzt bemerkte sie das aschfahle Antlitz von Sybilla von Hohenstein. Wahrscheinlich hatte diese auch nicht mit so einer grausamen Todesstrafe gerechnet.

Die Herrin rang nach Worten, verstummte wieder und nickte plötzlich. „Du hast recht. Mir ist das auch nichts. Ich gehe wieder heim.“ Zu ihren Kindern gewandt, raunte sie: „Und ihr kommt mit!“

Marie sah enttäuscht drein, aber Melusine wollte nicht aufgeben. „Aber du hast es uns versprochen! Bitte, Mutter.“

Die Herrin seufzte tief. Dann straffte sie die Schultern, griff nach den Jungen und zog sie zu sich. „Kommt nicht infrage! Ihr kommt mit. Philippa, du trägst Sorge, dass sie nicht alleine wohin gehen, verstanden?“

Philippa nickte. Obwohl Georg murrte, blieb die Herrin unnachgiebig und war im Nu aus Philippas Blickfeld verschwunden. Artig hakten sich die Mädchen bei ihr unter. Philippa würde sie wie ihren Augapfel behüten, was angesichts der dicht gedrängten Menge fast nicht möglich war.

Plötzlich spürte sie eine Hand auf der Schulter.

Instinktiv unterdrückte sie einen Schrei und stolperte nach vorne. Sofort wurde sie durch den Rücken eines Bürgers aufgehalten. Er drehte sich um und warf ihr einen wütenden Blick zu. Sie entschuldigte sich für die Unachtsamkeit und wandte den Kopf. Da stand Caspar mit besorgtem Gesicht und nestelte fahrig an seinem Jabot.

Philippa ließ die Mädchen los. „Kannst du einfach dort weg?" Sie wies zu den Räten und Schöffen.

Er nickte. „Ich musste dich sehen. Wie geht es dir?", fragte er leise.

Philippa zog die Schultern hoch. „Na ja … nicht gut." Dass sie wiederholt ein Würgegefühl verspürte, verschwieg sie. „Heute ist ein schlimmer Tag. Der schlimmste überhaupt."

Caspar hob hilflos die Hände und holte Luft. „Gott sei's geklagt."

Beifall brandete auf. Philippa schaute verwirrt umher, bis sie den Schinder vor Elsa stehen sah. Seine Kapuze verhinderte, dass man ihm dabei ins Gesicht sehen konnte, aber eigentlich wollte das auch niemand. Elsa war inzwischen rücklings an zwei langen Stangen festgebunden.

Philippa schnappte nach Luft, ihr Herzschlag raste und sie presste die Hand an den Mund. Alle wollten Elsa sehen, wie sie litt, wie sie schrie. Für eine Feuerteufelin und Kindsmörderin gab es dieses besondere Blutgericht in aller Öffentlichkeit.

Die Weinhändler, Bauern, Bierbrauer, Räte, Schöffen, Küchenmädchen, Pfarrer, Tagelöhner, Holzhauer, Spinnerinnen, Apotheker, Schuhmacher, Bader, Kinder, Kesselflicker und wer auch immer in der Menschenmenge zu finden war. Sie alle verstummten plötzlich. Philippa griff nach den Händen der Mädchen, nickte Caspar zu und drängte mit ihnen zum Kirchberg. Sie wollte nicht mitansehen, wie Elsa misshandelt wurde und erst recht nicht sollten die Mädchen den Schinder beobachten.

Erst als sie beim Haus der Familie von Hohenstein angekommen waren, blieb Philippa stehen. Sie drehte sich bang vor Kummer nochmals um. Aus den Gassen klangen Frauenstimmen, die andächtige Choräle sangen. Philippas Blick verlor sich am Galgenberg, der auf der gegenüberliegenden Talseite aufragte. Allenfalls würde man den Feuerschein erkennen und womöglich einen grölenden Haufen hören.

Sie würde die Mädchen ablenken müssen, vielleicht mit einem Spiel oder ein paar gemeinsamen Liedern am Klavier, obwohl ihr nicht nach Singen zumute war. Auf keinen Fall durften die Kinder aus dem Fenster sehen. Das Leben würde noch herzlos genug sein, aber heute mussten ihre zarten Seelen geschützt werden.

*

Die öffentliche Verlesung des Urteiles durch Amtmann Tilemann auf dem Platz und für alle, die es hören wollten, war vorgegeben. Selbst Bürgermeister Weis hatte seinen Beobachtungsplatz am Fenster aufgegeben und war herzugetreten. Der Drang, alles aus nächster Nähe mitzuerleben, hatte anscheinend wahre Wunder an seiner Gesundheit bewirkt haben, sodass er auf einen Stock gestützt dabeistand. Als er Philippa erblickt hatte, hatte Caspar nur noch weggewollt aus dem Kreis der Ratsmitglieder. Ihm war nicht nur wegen der angekündigten Details der Strafe schlecht geworden, sondern auch wegen eines Gespräches, das er inmitten der Räte unfreiwillig mitgehört hatte.

„Wissen Sie, woran ich denken muss?", hatte Ratsherr Schäfer gefragt.

„Dass sie vorher ein hübsches Mädchen war?", riet Ratsherr Daniel, der neben Schäfer stand, mit seiner ungewöhnlich hohen Stimme. „Davon ist leider nicht viel über."

Schäfer belehrte ihn. „Als man damals die Hexen verbrannte, wurden den Hinterbliebenen nicht nur die Kosten für die Hinrichtung aufgebrummt, nein, es konnten sogar Wein und Speise im Wirtshaus bestellt werden. Für alle am Prozess Beteiligten. Ich finde, das sollte man wieder einführen."

Niemand lachte. Selbst sein Vater, der sonst manchen rauen Spaß verstand, verschränkte die Arme vor der Brust und warf dem Wollwebermeister einen missbilligenden Blick zu. „Es gibt Zeiten, die wollen wir uns nicht zurückwünschen! Sinnlose Bosheiten waren das."

Schäfers Miene gefror. Kanzleidirektor Dilthey dagegen schwelgte in Erinnerungen mit glänzenden Augen. „Ratione suptuum et expensarum." Und für die begierig dreinblickenden Eisentraut und Schäfer glänzte er herablassend mit gerecktem Hals durch sein Examen-Latinum: „Zur Erstattung der Ausgaben und Unkosten."

Schäfer stieß einen leisen Fluch aus.

Caspars Vater sprach dann aus, was er selbst gedacht hatte: „Manchmal hat ein Graf auch gnädig den Tod durch das Schwert gewährt." Und fügte bedauernd hinzu: „Was hier wahrscheinlich nicht infrage kam." Er hatte seine Worte mit Bedacht gewählt. Um nichts in der Welt wollte es sich sein Vater mit dem Fürsten und den Ratsmitgliedern verscherzen.

Ganz aus der Nähe rief ein alter Bauer, der wohl dem Gespräch gelauscht hatte: „Wahrscheinlich, weil er wusste, dass der Schinder nicht richtig trifft! Hätte mich nicht gewundert, wo doch sein Vater schon mal nachschlagen musste."

Bürgermeister Göst drehte sich in seine Richtung. „Dich hat keiner um deine Meinung gefragt. Also halt's Maul."

Ein paar Räte hatten laut gelacht.

Nachdem Philippa den Heimweg angetreten hatte, stellte sich Caspar wieder zu den Schöffen und Räten. Der erste Teil der Strafe stand nun an. Caspar wurde erneut schlecht, als er sah, wie Elsa unter der Folter litt.

Dann wurde eine Pause gemacht. Auf dem Weg zum Richtplatz würde Elsa noch mehrmals malträtiert werden, so sah es das Urteil vor. Die Räte nahmen zufrieden ihre Gespräche auf, die aber schon kurz darauf wieder verstummten. Es kam plötzlich Bewegung in die Menschenmenge. Stimmen wurden laut und holten ihn in die Wirklichkeit zurück. Leute, die sich ihre mitgebrachten Brotkanten und Käsestücke in den Mund schoben, hörten auf zu kauen und starrten in die Richtung, aus der der Tumult kam. Sie bildeten eine Gasse, durch die ein Mann ein Pferd führte. Der Mann blieb mit dem Tier vor Elsa und Hofprediger Arndorf stehen, der gerade laut mit ihr betete.

„… und so bitten wir dich, allmächtiger Vater im Himmel, die Sündenlast dieser armen Magd in der Fülle deiner Gnade zu tilgen. Du hast uns in deinem Wort gelehrt, wie wir beten sollen: *Unser Vater im Himmel, geheiligt werde dein Name, dein …* "

Elsas Worte, wenn sie denn welche sagte oder das Gebet mitsprach, waren nicht zu verstehen. Vermutlich konnte sie vor Schmerzen gar nicht mehr reden. Aber warum schrie sie nicht? Weinte nicht?

War sie schon tot? Sie musste eine einzige Enttäuschung für die Leute sein, die *das Mensch* um Gnade flehen und wimmern hören wollten. Doch statt gellender Schreie, die bis zum Schloss hoch drangen oder sie noch in der letzten Stunde ihres Lebens in den Wahnsinn trieb, blieb sie stumm wie die Steine der Stadtmauer.

Caspar kniff die Augen zusammen und versuchte, ihr Gesicht zu sehen. Er betrachtete sie im Profil, den Kopf geneigt, aber tot schien sie nicht zu sein. Da! Ihr malträtierter Brustkorb bewegte sich leicht. *Erlöse sie von ihrem Leiden,* bat er Gott in einem stummen Gebet, *bevor man ihr noch mehr zufügt. Die Schande, hier vor allen Gaffern und dem hohen Gericht schuldig gesprochen zu werden und halbnackt gequält zu werden, reicht doch. Oder nicht? Hab Erbarmen mit diesem armen Geschöpf. Sie ist doch schon mehr tot als lebendig!*

Unruhig flogen seine Augen über die Köpfe auf dem überfüllten Viehhof. Was taten die Menschen nur hier? Was wollten sie sehen, dass sie sogar ihre Felder verließen und die Aussaat von Möhren, Zwiebeln, Steckrüben und anderen Gemüsen vernachlässigten? Und wenn das Wetter hielt, so hatte es Katharine am Vortag noch prophezeit, würde bald die Ernte der Gerste beginnen.

Offenbar gab es heute nichts Wichtigeres auf der Welt, als die Hinrichtung einer Feuerteufelin und Kindsmörderin zu feiern.

22

Auch Hedwig war entsetzt, wie sehr der nahende Tod die Massen faszinierte.

Die Stimmung wurde immer verworrener und unter dem Jubel der Gaffer zog das eben gebrachte Pferd das leichenblasse, festgebundene Elend über die Gasse, umringt von Wachen und gefolgt von honorigen, perückenbestückten Herren in ihren Brokatjacken. Wie absonderlich!

Dieses geschundene Geschöpf konnte doch nicht die Elsa sein, mit der sie zusammen gedient hatte! Das, was Elsa einst ausgemacht hatte – ihre Lebensfreude, ihr anmutiges Gesicht und ihr angenehmes Wesen –, war verschwunden.

Unermüdlich flehte Hofprediger Arndorf laut und entschieden mit Elsa. Er sprach Psalmgebete und zitierte Bibelstellen.

„Miststück!" und „Hure!" waren noch die ehrbarsten Bezeichnungen, die Elsa umtobten. Der Schinder schritt mit regungslosem Gesicht hinter ihr her, das Richtschwert an der Seite und die Klüftzange in der Hand, die für die Folter gebraucht worden war. Ein Bursche trug den Kroppen, ein anderer hielt den Blasebalg bereit, um notfalls die Kohlenglut neu anzufachen.

Nur langsam kam der Zug in Gang und führte an der *Krone* vorbei Richtung Obertor. Plötzlich kam alles ins Stocken.

Gütiger Himmel! Über allem hing der bestürzende Geruch von Zerstörung und Aufbau. Während die Prozession weiterging, sah Hedwig, dass sie die stehen geblieben Häuser passiert hatten und schon beim niedergebrannten Gasthaus *Zum Hirsch* angekommen waren. Gegenüber stand das Haus der Familie Zeugs zwar noch, aber das Dach war vollständig zerstört. Es gab keine Abgrenzungen mehr und man konnte nur noch vermuten, wo die Grundstücksgrenzen gewesen waren. Alles wirkte, als habe ein Bauer seine Schweineherde zur Fütterung mit Eicheln in den Forst getrieben, und das hier war, was sie hinterlassen hatten.

Unmittelbar vorm Stadttor trat plötzlich der Schinder vor, nahm seine eiserne Zange und schmiss sie gegen die Stadtmauer. Eine fast unwirklich anmutende Situation. Warum tat er das?

Ohne sich an den verwirrten Gesichtern um ihn herum zu scheren, riss er dem Gehilfen den Kroppen aus der Hand und schleuderte ihn gleich hinterher. Eine Wolke aus Feuerfunken zerstob mit einem Krachen, was in einem Aufschrei der Menge endete. Zerbrochen in zwei Teile lag der Kroppen da. Das war unheimlich, was hier vor sich ging! Wollte er ein Zeichen setzen gegen die Grausamkeit gegenüber Elsa?

Plötzlich verstummten alle. So etwas hatte es ja noch nie gegeben: einen Schinder, der sein Amt verachtete. Er stampfte aus dem Stadttor, wo der Schlagbaum fehlte, weil er verkohlt war, und verlor sich irgendwo auf den Dillwasen hinter der Stadtmauer.

Und genauso einzigartig wie das Verhalten des Schinders war Elsas Benehmen: keine Rufe um Gnade, keine Verwünschungen für ihre Peiniger oder Richter.

Hedwig hörte die Räte, Schöffen und Tilemann mit Dilthey und Göst lautstark über den Schinder beratschlagen, nachdem sich der erste Schrecken gelegt hatte. Noch konnte der Fürst eingreifen, wenn er von der verworrenen Situation hier erfuhr. Vielleicht würde Elsa dann am Leben bleiben – sofern die schlimmen Wunden heilten.

Hedwig stand, aufgewühlt vom Geschehen und von der riesigen Menschenmenge, die aus dem Stadttor strömte, etwas abseits an der Obertorbrücke und beobachtete den Tross, der an ihr vorüberzog. Die Herrin hatte sie irgendwo in der Menge verloren. Sie würden sich bestimmt später wiederfinden.

Bekümmert senkte sie den Kopf und starrte auf den staubigen Feldweg. Die Leute sollten ihre Tränen nicht sehen. Mit dem Ärmel fuhr sie sich über die Augen und zog die Nase hoch. Immer noch liefen Leute an ihr vorbei und unterhielten sich lautstark. Anhand der kleinen Unterschiede nassauischer Dialekte wusste sie, dass die Menschen aus vielen umliegenden Dörfern gekommen waren.

Manche sangen, aber weniger fromme Lieder, sondern weil sie die Gelegenheit als Jahrmarkt nutzten. Am Wegesrand wurden doch tatsächlich Getränke und Speisen verkauft, und alle nutzten dieses grausame Schauspiel insgeheim als Vergnügung, da so etwas nach dem Stadtbrand und dem heutigen Tag wahrscheinlich sehr lange nicht mehr stattfinden würde.

Plötzlich entdeckte sie Elsas Schwester. „Kunn!" Sie winkte heftig. „Kunn, hier bin ich!"

Das junge Mädchen schien sie gehört zu haben und reckte den Kopf. Sie war kleiner und jünger als Hedwig und noch nicht lange als Dienstmagd tätig. Prüfend sah sie Richtung Dill. Dann trafen sich die Augen der beiden jungen Frauen. Hedwig musste wieder weinen, als sie das verquollene Gesicht bemerkte. Der Schmerz hatte sich wie eine Bleimaske auf Kunns sonst so eigensinnige Mimik gelegt.

Sie schluckte und machte ein paar Schritte auf den Menschenstrom zu. „Du gehst mit?"

„Das bin ich ihr schuldig", stieß Kunn hervor und machte einen schwachen Versuch, sich aus der Menge zu lösen, doch sie konnte dem Druck der marschierenden Leute nichts entgegensetzen. Dann winkte sie Hedwig zu sich.

Hedwig wog kurz ab, bevor sie sich Kunn anschloss. „Ich habe große Angst", flüsterte sie und schluchzte auf, „eigentlich will ich da nicht hin. Ich kann da nicht zuschauen."

„Denkst du, ich gehe da zum Spaß hin, wie die Leute hier?“ Kunns Stimme war schrill geworden. „Die hier wollen doch nur –“

„Halt deinen frechen Mund, dumme Göre.“ Der Mann neben ihr stieß ihr mit dem Ellenbogen in die Seite. „Jetzt kriegt die da vorne, was sie verdient!“

„Ja, jetzt wird die Täuschung zu Asche.“ Ein Weib beugte den Kopf vor und fauchte Kunn an. „Mädchen, das muss jeder sehen! Das schreckt ab. Und wird dich von Begierde abhalten.“

Das Schwatzen um sie her wollte nicht enden. Jeder hatte eine Meinung zum Prozess und dem Urteil. Sie hatten sich bereits ein Stück von der Stadt entfernt. Sowohl der Grabenturm als auch der Köppelturm wurden immer kleiner und verschwanden bald aus ihrem Blickfeld. Auf der einen Seite der Dill lag die Bleiche, wo seit dem Stadtbrand niemand mehr Wäsche in die Sonne gelegt hatte. So ein Tag wäre heute gewesen, aber sie wünschte sich mehr einen tiefgrauen Himmel, der zu der Stimmung hier passte.

Verstohlen sah Hedwig zur anderen Seite. Dort hinten, am Fuße der Eberhart, lag der Friedhof, sorgfältig umrahmt von einer Steinmauer, als würde sie sagen wollen: Wir beschützen unsere Toten vor einer Kindsmörderin. Dort würde Elsa nicht ihre letzte Ruhe finden, nicht inmitten von braven und geachteten Bürgern der Residenzstadt des Fürstentums Nassau-Dillenburg. Nein, man würde sie verschachern, irgendwo, vielleicht am hinteren Galgenberg.

Plötzlich geriet der Zug ins Stocken. Von weiter vorne hörte man eine lautstarkes Streitgespräch.

„Was ist denn los?“, fragte Kunn mit gekräuselter Stirn. Die Angst stand ihr im Gesicht geschrieben, dass etwas Entscheidendes im Gange war.

Hedwig zuckte mit den Schultern. „Bestimmt ist jemand gestolpert und hingefallen“, vermutete sie. „Oder jemand prügelt sich um die bessere Sicht." Sie beobachtete die Frauen und Männer ringsum und die Unruhe, die sie ergriffen hatte. Einen Satz schnappte sie auf, der wahrscheinlich der Grund für die Unterbrechung war. „Der Gaul kommt den Berg nicht hoch."

Kurz darauf hatten Hedwig und Kunn den Richtplatz erreicht, blieben aber am äußersten Rand stehen. Die Leute drängelten um den mehr als mannshoch aufgeschichteten Scheiterhaufen, der aus Schafwolle, Reisig und Holz bestand, und bei dessen Aufbau die Leinweber hatten anpacken müssen. Erst die energischen Befehle des Amtmanns, der vor Elsa und dem Pferd herging, und die Drohgebärden der Soldaten ließen die Leute zurückweichen.

Ein grauhaariger Herr, der der Kleidung nach ein Wundarzt sein musste, trat zu Elsa und begutachtete ihren geschwächten Körper, bevor er mit einem Nicken seine Zustimmung gab. Als er zurücktrat, war sein Gesicht so bleich wie die Haut von Elsa vor der Tortur. Der Anblick Elsas schmerzte Hedwig so sehr, dass sie wegsah, als sie losgebunden wurde.

Kunn griff nach Hedwigs Hand und drückte sie, bis es wehtat. Hedwig nickte ihr verstehend zu und sah auf die Menschen. Erwartungsvolle, staunende, erschrockene, verbissene, traurige und hämische Mienen, Frauen, Kinder und Alte, Bauern und Handwerker, sie alle wollten dabei zusehen, wie Elsa bezahlte.

„Sie ist unendlich tapfer", sagte Kunn mit erstickter Stimme. „Wie kann ich je ohne sie weiterleben? Oh, meine geliebte, große Schwester." Der Druck ihrer Hand wurde immer eiserner, als ob man sie in einen Schraubstock geklemmt hätte.

Die ganze Wegstrecke hatte ein Gedanke Hedwig bewegt. Jetzt traute sie sich endlich, die Frage auszusprechen. „Sind eure Eltern hergekommen?"

Kunn schüttelte den Kopf. Dafür würden sie für ihre verachtete Tochter Rechnungen kriegen. Für das Brot im Stockhaus, für das

Öl in der Lampe und für das Holz auf dem Galgenberg. Womöglich noch für die Schöffen hier und überhaupt die Prozesskosten oder was auch immer. Spätestens da würden sie sich wünschen, nicht mehr unter den Lebenden zu sein.

Jetzt schlossen die Dillenburger den Kreis, den sie auf dem Viehhof nicht fertig gebracht hatten. Dabei nahm das Geschwätz überhand, als befänden sie sich beim Feilschen auf dem Wochenmarkt. Hedwig trat schwer atmend zurück, schlug ihr Umschlagtuch enger und zerrte Kunn am Ärmel. Sie spürte, dass die Hinrichtung unmittelbar bevorstand. „Komm, lass uns gehen!“, rief sie. „Wir müssen sofort weg!“

Kunn, die die ganze Zeit nach unten gestarrt hatte, sah sie mit zerbissenen Lippen und weit aufgerissenen Augen an, bevor sie nickte und ihr den Berg hinab folgte.

23

Caspar versuchte, sich mit einem Blick über die Stadt vom Geschehen rings um ihn herum zu lösen. Doch das misslang, weil er von hier einen noch genaueren Überblick über die Schäden bekam. Deshalb war der heutige Tag in zweierlei Hinsicht ein trostloser Tag. Wer spazierte schon von sich aus gerne zu einer Richtstätte?

Er stand bei den Mitgliedern des Stadtgerichtes. Nachdem man zuerst noch verwundert diskutiert hatte, dass Elsa Petry am Morgen ihre Henkersmahlzeit abgelehnt hatte, waren inzwischen die Gespräche der Männer fast verstummt. Selbst der sonst so redselige Ratsherr Schäfer stand betroffen da.

„Jetzt wird der Feuersturm, den sie entfacht hat, sie selbst verschlingen“, raunte Kammerrat Reichmann mit einer Spur von Genugtuung in der sonoren Stimme, „und mit dem heutigen Tag wird damit ein Exempel statuiert.“

„Es ist so schwer auszuhalten“, erwiderte Horn mit schwerem Atem und zog die Augenbrauen zusammen „Ich wünschte, ich könnte mir das Grauen ersparen.“

Ratsherr Matthias Vogt, der neben Horn stand, griff nach seinem Arm, ohne den Blick von der Verurteilten zu nehmen. „Was machen die da? Warum legen sie ihr Ketten an?“, stieß er mit blutarmem Antlitz hervor. „Wo wurde das beschlossen? Mir ist da nichts bekannt.“

Reichmann beugte sich leicht vor und musterte ihn erstaunt. „Mein lieber Rat Vogt. Das wurde hochoffiziell mit dem Urteil festgelegt.“

Das stimmte. Sein Vater war leider oft in Gedanken versunken. Er hatte sich nach dem Grubenunglück verändert und litt an

Stimmungsschwankungen. Mal war er in sich gekehrt, mal schien er beflügelt, wovon auch immer. Nur selten ließ er andere an seinen innersten Gedanken teilhaben und Caspar beschlich das Gefühl, dass er sich schuldig fühlte, als habe er den Tod des Bergmanns selbst verursacht.

Abgesehen davon sah er momentan wahrlich totenbleich aus. Das war bestimmt nicht nur auf den Unfall zurückzuführen. Zwar litt er seit Jahren an Gliederreißen, aber hier war vermutlich noch was anderes im Spiel. Caspar waren Luftnot, Brustenge und manchmal Schwindel aufgefallen, aber sein Vater stritt das alles vehement ab. Er sei im Vollbesitz seiner Kräfte, hatte er ihm entgegengeschleudert, und brauche niemanden, der ihn untersuche. Doch von Tag zu Tag fiel ihm alles zusehends schwerer. Heute Morgen erst war er kaum in seine Schuhe gekommen, so angeschwollen waren seine Füße. Dass er bis zum Galgenberg hatte aufsteigen können, grenzte an ein Wunder. Caspar machte sich ernsthaft Sorgen!

Horn setzte nun zu einer Erklärung für die Ketten an: „Wahrscheinlich nagelt man sie mit den Ketten an dem Holz fest, um ganz sicher zu sein, dass keine magischen Kräfte sie befreien können."

Mit schwerem Herzen beobachtete Caspar das Treiben. Wie verzweifelt musste Elsa gewesen sein – wie belastend war die Aussicht auf ein entbehrungsreiches Leben als der Dreck der Gesellschaft, dass sie die schlechteste ihrer Seiten gezeigt hatte!

Caspar wollte sich diesen Tag ins Gedächtnis rufen, wenn seine Gefühle für Philippa ihn zu überwältigen drohten. Das nahm er sich fest vor. Wahre Liebe verlangte manches Opfer, denn sie war nicht einfach ein Geschenk, sondern wollte immer wieder neu gewonnen werden. Aufrichtigkeit gehörte dazu, und alles was man aus Liebe tat, würde zu einem Gewinn für beide werden.

Caspar wurde von Hofprediger Arndorfs Stimme in die Wirklichkeit zurückgeholt, die zunehmend eindringlicher und lauter wurde. Er stand neben der Verurteilten und betete so ergreifend, dass viele sich über die Augen wischten.

Dann trat der Hofprediger zur Seite und machte vier Soldaten Platz, die inzwischen brennende Fackeln in den Händen hielten. Elsa starrte geradeaus ins Leere und wirkte, als habe die Sonne wie ein überirdisches Licht bereits Besitz von ihr ergriffen.

Caspar schluckte und wandte sich ab. Hinter ihm war es still geworden, hier und da schnappte jemand laut nach Luft, während das Feuer sich in rasender Eile durch Wolle und Stroh fraß, bis das Knistern des Holzes den Ton angab und das Schweigen der Sterbenden gen Himmel trug. Nein, er konnte und wollte nicht länger hierbleiben, so hilflos, wie er sich fühlte. Was für ein schrecklicher Tag!

Er folgte dem weniger steilen Weg, den das Pferd mit Elsa genommen hatte und rannte mehr talwärts als dass er ging. Elsa hatte mit den Konsequenzen ihrer Liebelei gelebt und würde mit ihnen sterben. Ihre letzten Stunden waren von Häme und Demütigung geprägt, wobei dem Pfarrer eine besondere Rolle als seelischer Beistand zuteilwurde.

Hoffentlich würden sich die Menschen jetzt auf die Instandsetzung und Wiederherstellung ihrer Häuser besinnen können.

Irgendwo kläffte ein Hund. Caspar warf einen Blick zu dem Gehöft zu Mannhausen, das wie die Felder ringsum verlassen ausharrte. Seine Besitzer waren sicher unter den Schaulustigen zu finden. Als er die breite Straße erreicht hatte, blieb er bei den Händlern, Gauklern und anderen Menschen stehen, die es nicht auf den Berg geschafft hatten, und hielt inmitten der aufgekratzten Menge inne.

Plötzlich hörte er ganz nah hinter sich ein trommelndes Geräusch und noch bevor er es richtig erfasste, wurde er vom Leib eines Pferdes gestreift und umgeschmissen. Die Leute schrien auf und stürzten zur Seite, als sich das Pferd vor einem Karren mit Waren aufbäumte und seinen Reiter abwarf. Noch ehe jemand eingreifen konnte, schmiss es noch ein paar Verkaufsstände um, bevor es über die Felder davonpreschte. Caspar rieb seine schmerzende Seite und rappelte sich auf. Offenbar hatte er keine größeren Blessuren davongetragen. Er klopfte sich den Staub vom Rock und sah, wie sich jemand über den abgeworfenen Mann beugte, der immer noch gekrümmt auf dem Boden lag. War das nicht der Wundarzt, der eben noch auf dem Galgenberg Elsa angeschaut hatte? Was tat er hier?

Caspar gesellte sich zu den Neugierigen, die den Arzt und den am Boden Liegenden umringten. Den Verletzten kannte er nicht. Sein Gesicht sah lädiert aus und er blutete stark im Bereich des Mundes. Händler sammelten mit Geschimpfe ihre runtergefallenen und teils zerbrochenen Waren ein und richteten die Stände so gut es ging wieder her.

„Kann ich helfen, Chirurgus Stahl?“, fragte Caspar. Der Kiefer des Verletzten war irgendwie schief und ein klägliches Stöhnen drang aus seiner Kehle. Der Arzt fischte ihm einige lose Zähne aus dem Mund. Caspar sah sich um. Wo vorher Schmiedewerkzeuge und Töpferwaren gestanden, Tuchhändler ihre Webstoffe ausgebreitet und Taschenspieler und Musikanten für Frohsinn gesorgt hatten, wich die von gegrilltem Fleisch durchsetzte Luft einer eher aufgeheizten Stimmung.

Stahl bewegte den Kopf, unbeeindruckt von dem Gezeter um ihn herum. „Wir müssen ihn ruhigstellen. Wir brauchen eine Pritsche.“

Trotz des Grolls einiger Händler schleppte Caspar mit ein paar Männern Holzbohlen herbei. Er bewunderte Stahl, der den ausgerenkten Kiefer mit sicheren Griffen zurechtrückte und den Kopf des Mannes verband.

Der Wundarzt richtete sich auf und wischte sich Blut und Speichel mit einem Tuch, das eine Händlerin ihm reichte, so gut es ging von den Händen. Er gab einem der Männer noch Anweisungen, sich um den Mann zu kümmern, bevor er sich Caspar zuwandte.

Caspar hielt ihm einen Krug Würzbier hin, den er an einem der Tische erstanden hatte. „Das können Sie bestimmt jetzt gebrauchen."

Stahl grinste und trank ohne abzusetzen den Krug leer. Caspar wandte sich zum Gehen.

„Warten Sie", sagte der Arzt, drückte einer Frau den Krug in die Hand, „ich gehe mit Ihnen."

Vom Galgenberg schallte Gesang und Gelächter herüber, dass Caspar fast übel wurde und er zwang sich, nicht hinzusehen. Schweigend verschärfte er den Schritt, was Stahl nicht davon abhielt, es ihm gleichzutun.

Hin und wieder begegnete Caspar dem Chirurgus in der Stadt oder wenn sein Vater seiner Künste bedurfte. Doch auch wenn sich der Bergwerksbesitzer im Moment nicht bester Gesundheit erfreute, war seine letzte Visite eine Weile her. Von Stahls Stand gab es einige in der Stadt und auch ein paar Heilpraktiker. Sie alle stritten im Verborgenen um die feinen Patienten, seien es Angehörige des Stadtrates oder Beamte des Fürstenhauses, weil sie ihnen ein schönes Honorar garantierten. Trotzdem konnten sie nicht verhindern, dass viele Leute an Lungenerkrankungen litten, die oft tödlich endeten. Der Schlagfluss, von dem sich gerade Bürgermeister Weis erholte, gehörte wie Brustschwachheit und Kindbettfieber ebenso dazu.

„Waren Sie auf der Flucht vor den Flammen?", keuchte Stahl jetzt neben ihm mit hochrotem Gesicht.

Caspar sah ihn an und blieb dann stehen. „Mich hat das alles ziemlich mitgenommen“, gestand er. „Sie etwa nicht?“

Stahl nickte mit pfeifendem Atem.

Er legte ihm eine Hand auf die Schulter. „Mein lieber Herr Gerichtsschreiber“, sagte er mit seiner volltönenden Stimme, „Ihnen geht es offenbar wie mir, denn sonst wären wir uns heute hier nicht begegnet.“

Caspar lächelte gequält. „Sie können sich mir gerne anschließen, wenn Sie möchten“, sagte er höflich, als sie eine Wegkreuzung erreicht hatten. *Und hoffentlich bald den Mund halten,* fügte er in Gedanken hinzu. „Ich mache einen kleinen Umweg über die Dillwasen.“

Stahl nickte. Caspar musste seinen Gang seinem Begleiter anpassen, der in seinem Brokatrock mit der Luft und einem viel zu engen Hemd kämpfte.

Stahl blieb stehen und zog seinen Rock aus. „Gut, dass wir rechtzeitig weg sind. Doch eines kann ich Ihnen versichern: Es wird etwas dauern, bis die Eindrücke verschwinden, denn das Grauen setzt sich in unseren Gedanken fest wie der Borkenkäfer am Baum.“

Caspar hob hilflos die Hände. „Ich gebe zu, die Geschichte beschäftigt mich mehr, als mir lieb ist. Sie sollte uns Männern ein Fingerzeig sein, einer Frau mit Würde zu begegnen. Wer wünscht sich schon, dass sein Liebchen in eine gewagte Situation kommt und man dann nicht zu ihr stehen kann? Stehen will?“

Der Arzt nickte. „Möge der Herrgott unser Temperament zügeln helfen. Allerdings ist die Feuermagd nicht unschuldig an ihrem Ende. Sie hat das Schicksal herausgefordert. Und in Gottes Namen die Qual hat abbüßen müssen.“

Caspar fiel es schwer, seinen Schrecken zu verbergen. Doch wie Stahl dachten die meisten Menschen. Und das Gesetz gab ihnen recht. Oder umgekehrt.

„In diesem Fall waren es zwei Verliebte, mein lieber Stahl. Ich wüsste gern, was der Kindsvater dazu zu sagen hat, aber er hat das Weite gesucht. Das ist nicht gerecht."

„Was ist denn schon Gerechtigkeit? Die gibt es nicht wirklich. Nicht unter uns Menschen und unseren Gesetzen."

„Stimmt, aber die Gebote Gottes können uns helfen, angemessener miteinander umzugehen."

„Die Weiber sind doch alle gleich", rümpfte der Wundarzt die Nase und winkte ab. „Was glauben Sie, was ich nicht alles erlebe. Sie hat bestimmt nicht mit Reizen gegeizt."

In Caspar brodelte es. Dachten denn etwa alle Männer gleich? Sah denn niemand die Schuld auch beim eigenen Geschlecht? Trotz seines Zorns schwieg Caspar. Er wollte alles andere als ein Streitgespräch mit dem geschätzten Arzt. Wahrscheinlich würden ihn Widerworte nur anstacheln. Schweigen war Gold, hieß es doch immer. War er nicht deshalb auch vom Berg geflohen?

Sie folgten dem Weg, der noch eine Weile an der Dill entlangführte, stumm Richtung Südosten und machten einen großen Bogen um die Menschen vor der Stadtmauer. Es war bemerkenswert ruhig dort. Nach einer Weile sagte Caspar: „Vielleicht ist unser Treffen nicht zufällig. Im Moment gilt meine Sorge meinem Vater."

„Ach ja? Ich habe ihn in letzter Zeit nicht gesprochen."

„Er ist verändert, mal scheint er vom Glück getragen, mal in Trauer versunken. Aber in den letzten Tagen ist er von einer unerklärlichen Schwäche befallen, die er nicht wahrhaben will. Können Sie ihm etwas empfehlen? Am liebsten wäre mir, dass Sie ihn untersuchen."

Während er das aussprach, kämpften zwei Seelen in seiner Brust. Konnte er den Arzt bemühen, wenn er sich gleichzeitig so über ihn empörte? Wahrscheinlich war es angebracht, die

Künste und die Ansichten zu trennen. Wenn Vater geholfen werden konnte, war es doch unerheblich, welche Ansicht jemand zu einem Gerichtsurteil vertrat. Letztendlich hatte das hohe Gericht die Angeklagte verurteilt und nicht der Wundarzt.

Stahl musterte ihn von der Seite. „Zweifellos würde ich es zuerst mit einem Aderlass versuchen. Wenn dann keine Besserung eintritt, könnte Hofapotheker Friedrich mit einer Arznei beistehen. Wenn es Ihnen beliebt, komme ich gleich morgen vorbei."

Der Hofapotheker hatte bekanntermaßen inzwischen auch die Stadtapotheke übernommen, was durch seine Heirat mit der Witwe des bisherigen Inhabers ein maßgebender Schachzug gewesen war. Sie steigerte sein Einkommen und Ansehen gleichermaßen. Sein umfangreiches Wissen, mit dem er der Fürstenfamilie diente, kam daher auch den Bürgern zugute.

„Tun Sie das! Ich hatte ihm bereits ein Stärkungsmittel verabreichen lassen. Ich fürchte, es hilft nicht wirklich. Vielleicht ist es auch das Alter. Zudem ist er noch schmerzlich berührt über den Tod eines Mannes in seinem Bergwerk." Er seufzte innerlich. „Ich werde Sie meinem Vater ankündigen. Im schlimmsten Fall möchte er Sie nicht sehen, doch es geht ihm wirklich schlecht. Ich werde auch unsere Haushälterin einweihen."

Ihr Weg führte hinter dem Friedhof entlang.

„Ich war lange nicht hier, aber mich fasziniert die Stimmung, die von dieser verlassenen Stätte ausgeht. Dazu bin ich regelrecht gerührt von der erhabenen Schönheit der Grabmäler." Der Arzt seufzte. „Wobei ich alles daransetze, dass meine Patienten nicht hier liegen."

Dieser Mann hatte offenbar viele Seiten. „Sie werden hoffentlich trotzdem nicht schwermütig!", meinte Caspar, verlegen von den fast geheimen Gedanken des Arztes.

Während des Rückweges spürte Caspar, dass ihm der Gang bereits jetzt schon gutgetan hatte, obwohl er zu schwitzen begann. Seine Anspannung hatte nachgelassen und er fühlte sich müde. Gedankenverloren betrachtete er seine Schuhspitzen, die Pflanzen wie die Knoblauchsrauke und den Gundermann zertrampelt hatten, die hier wuchsen.

Das Stadttor lag in Sichtweite vor ihnen. Es war still hier, er hörte er nur sein eigenes Atmen, das Keuchen seines Begleiters und das Rascheln der rhythmischen Schritte.

Caspar brach einen Farnwedel am Wegesrand ab und fächelte sich kühle Luft zu, während Stahl neben ihm japste. Wenn nichts dazwischenkam, würde er morgen Abend Philippa sehen können. Den Treffpunkt hatten sie schon abgesprochen: Bei der imposanten Wilhelmslinde vor dem Tor des Schlosses – ein Ort mit Bedeutung! Wilhelm von Oranien hatte dort einst die niederländische Gesandtschaft empfangen, bevor er für sie in den Freiheitskampf gegen die Spanier gezogen war.

Dieser Gedanke beflügelte ihn. Er hoffte, dass Philippa und er für immer zusammenbleiben konnten.

Jetzt überquerten sie die Holzbrücke und erreichten das Wicktor.

Stahl tupfte sich mit einem Tuch die Schweißperlen von der Stirn. „Ich werde nach Ihrem Vater sehen", sagte er und reichte ihm die Hand zum Abschied. „Und wenn ihn plagt, was ich vermute, bringen Sie ihn dazu, sich an meine Anweisungen zu halten." Er lüftete den Hut und sah ihn ernst an. „Sonst könnte es böse enden."

24

Melusine und Marie konnten wie erwartet nicht einschlafen. Nicht auszudenken, wie es ihnen ergangen wäre, wenn sie den Vollzug der Strafe wirklich miterlebt hätten. Vorhin hatten die Mädchen ihre Mutter nochmals gebeten, Philippa zu ihnen zu schicken, obwohl sie gehofft hatte, ihr Dienst sei bereits zu Ende. Natürlich war sie zu ihnen gegangen, in das mit schönen Möbeln und duftigen Vorhängen ausgestattete Zimmer im Obergeschoss. Sie war nicht oft hier, aber wenn sie den Raum betrat, durchflutete sie ein Gefühl der Dankbarkeit, in dem Wissen, dass es ein Leben abseits von abgewetztem Holz und kratziger Bettwäsche gab.

Wenn sie jemals Kinder bekam, dann hoffentlich solche reizenden Töchter wie die der Hohensteins. Beide grundverschieden, aber mit sonnigem Gemüt und einem Lachen, das wie Sonnenstrahlen ins Herz traf. Es war ein sorgloses Gelächter von unschuldigen Seelen und Philippa wusste aus eigener Erfahrung, dass in Häusern, in denen das Essen kaum zum Überleben reichte, oft wenig Freude und Gelassenheit herrschte.

Die Kinder waren endlich erschöpft eingeschlafen. Philippa war bereits spät dran, als sie das Untertor hinter sich ließ und den Weg zur Schütte einschlug, wo manchmal Soldaten exerzierten. Von Weitem sah sie ihn bereits warten. Caspars Schattenbild hätte sie unter Tausenden erkannt. Sie liebte es, wie er dastand, aufrecht, mit rot schimmerndem Vollbart und einer Klarheit im Gesicht, die sie an die Offenheit eines Gewässers erinnerte.

Von der Wilhelmslinde aus bot sich ein Blick Richtung Herborn zum Feldbachswäldchen, hinweg über die Felder, auf denen Hafer, Gerste und Dinkel wuchsen und hoffentlich für den Winter reichten, falls nicht anhaltender Regen oder Unwetter alles zunichtemachte.

Als sie etwas außer Atem vor ihm stehen blieb, umschloss er ihr Gesicht mit beiden Händen. „Philippa." Seine aschgrauen Augen strahlten, dass ihr ein wohliger Schauer über den Rücken lief.

„Ich hatte schon befürchtet, dass ich es nicht schaffe. Die Kinder, weißt du …" Sie schluckte.

Er ahnte wohl die Worte, die sie nicht auszusprechen wagte. „Sie haben doch wohl gestern nicht zugesehen?"

Philippa schüttelte den Kopf. „Wir sind vor Ausübung des Urteils nach Hause gegangen. Aber das, was wir mitbekommen haben, war schon schlimm genug."

Er nickte und zog sie weg vom Feldtor, an dem Wachen standen. Sie schlugen einen Fußweg ein, der aufwärts in Richtung Alte Rheinstraße führte. Hier draußen, fernab der Leute, ließ sich ungehindert reden.

„Ich fühle mich unendlich müde."

„Ich kann dich verstehen. Das lässt niemanden kalt, was gestern geschehen ist." Sie sah zu ihm hoch. Er war fast einen Kopf größer und seine Schultern wirkten breiter, als sie in Wirklichkeit waren. „Das denkst du wirklich? Ich habe es anders in Erinnerung. Die Menschen haben gefeiert."

„Das tun sie, um sich zu betäuben. Wenn sie ehrlich vor sich selbst sind, haben sie Angst, genauso zu enden."

„Konntest du schlafen?"

„Nein."

„Ich auch nicht."

Sie hatte sich bei ihm untergehakt. „Ist sie bereits begraben?", fragte sie leise. In ihrem Hals hing ein Kloß, der es ihr schwer machte, nicht laut loszuheulen. Bestimmt hatte man Elsa im Morgengrauen still und ohne Aufsehens verschachert.

Plötzlich blieb er stehen und schloss sie fest in seine Arme. Ehe sie sich's versah, lag ihr Kopf an seine Brust gepresst. Jetzt flossen ihre Tränen wie eine nicht versiegende Quelle, als müsse sie ihm ihre Hilflosigkeit und Trauer überlassen. Es war ein tiefes, ergreifendes Sein, sich gehenlassen zu können, sich leichter zu fühlen, als sei sie nach Hause gekommen. Zu Caspar.

Sie hielten jetzt einander fest – nein, es war mehr: ein Umklammern. Nie mehr loslassen. Die Vertrautheit war durchdringend. Wie ein Moment für die Ewigkeit. Ein ergreifendes Gefühl von Erkenntnis um Einklang und Liebe.

Eine Weile standen sie so beisammen, bis sie zu ihm hochsah.

„Und … wo ist sie beigesetzt?" Als er schwieg, setzte sie erneut an. „Hinter der Friedhofsmauer? Ich meine, außerhalb?"

Er atmete schwer. „Vorerst nicht."

„Was? Soll sie nicht begraben werden? Soll ihr Leib etwa einfach verrotten? Ist … ist das im Nachhinein beschlossen worden?", fragte sie fassungslos und machte sich von ihm frei.

Er sah sie traurig an. „Nein, das wurde im Urteil festgelegt. Doch irgendwie habe ich es verdrängt. Jetzt, wo alles vorüber ist, erscheint es mir sinnlos und unwürdig." Er schluckte und brauchte einen Moment, bevor er weitersprach. „Aber ich wüsste nicht, wer sie bestatten würde. Jedenfalls niemand aus Dillenburg."

„Doch! Ich!"

Caspar griff nach ihrer Hand. „Philippa, sei doch vernünftig. Ich weiß um deine Freundschaft zu ihr, aber ich hoffe, du erklärst es nicht öffentlich. Womöglich sagt man dir noch etwas nach, das nicht stimmt. Hüte also deine Zunge."

„Du machst mir Vorwürfe?" Mit einem Mal schien der Zauber verflogen, als fühle sie nichts mehr von der unvergänglichen Verbindung, die eben noch untrennbar anmutete.

„Nein, bitte, ich … ich meine doch nur, dass du vorsichtig sein sollst, was du sagst."

Sie sah ihn lange an, nickte dann und wischte sich über die Augen. „Können wir noch ein paar Schritte gehen?" Wahrscheinlich hatte Caspar recht.

Sie nahmen schweigend den Weg hinunter ins Tal, das Richtung Donsbach wies, und wieder hoch bis zum Köppel. Dort bogen sie in einen schmalen Feldweg ein, der zum Marbachtor und in die Marbachstraße führte.

„Der Magister hat sich beschwert, dass man nicht weiß, wo man das viele Holz für den Wiederaufbau hernehmen soll", sagte sie beim Blick auf die Schuttberge. „Wir könnten doch nicht den ganzen Stadtwald abholzen, hat er gemeint. Es werde schon seit ewigen Zeiten genug in den Wäldern gestohlen."

Die abgebrannten Häuser würde man in drei Klassen, schlechte, mittelmäßige und gute, einteilen und entsprechend die Spendengelder vergeben. Hohensteins Vorschlag, im Zuge des Wiederaufbaus gleich die Straßen zu verbreitern, um den Funkenflug zu erschweren, war abgelehnt worden.

„Das wird sicher in Absprache mit unserem Fürsten, dem Amtmann und dem Stadtrat geklärt."

Nur ein Teil der Leute würde problemlos Baumaterial kaufen und die Arbeiter bezahlen können. Wer in einer heruntergekommenen Hütte gehaust hatte, würde den Aufbau mit Nachbarn und Verwandten selbst erledigen und zusehen müssen, wie er an Holz und Lehm kam. Und wenn die fürstlichen Wälder für das Fachwerk herhalten mussten, wie würden die neu errichteten Häuser beheizt werden? Das Brennmaterial war doch seit jeher knapp.

Einige Kinder spielten zwischen Schutt und Asche Verstecken. Philippa war gerührt von ihrer Sorglosigkeit und dachte an den fehlenden Schulunterricht. Was für eine Zukunft würden sie haben? Und die Haigerer? Sie standen genauso vor dem Nichts und beweinten obendrein Tote. Von den übel zugerichteten Leuten, verletzt durch herabstürzende Balken oder Brandwunden, gar nicht zu reden.

Diese Gedanken schienen auch Caspar zu beschäftigen. Es war wie ein geheimes Verstehen. „Die Bezahlung der vier Präzeptoren Otterbein, Knipper, Habicht und Horch sowie Pfarrer Brand werden, wie du weißt, durch die Bürger Dillenburgs geleistet. Das wird gegenwärtig nicht möglich sein. Ich werde mich dafür einsetzen, dass sie von den Kollekten bedacht werden, vorausgesetzt, es gehen genügend Gelder ein, sonst können sie nicht unterrichten."

Sie drückte seine Hand. Wie sehr mochte sie seine Einfühlungsgabe für andere und dass er sogar Verständnis für Räuber hatte, die aus der Not heraus handelten. Für viele Männer gab es andere Ziele und vor allem forderten sie unbedingten Gehorsam, sei es nun von der Ehefrau, den Kindern oder Menschen, die mit dem Gesetz in Konflikt geraten waren. Barmherzigkeit oder Vergebung war bei ihnen nur selten zu finden.

„Ich wünsche mir für unsere Kinder eine gute Schulbildung", sagte er und warf ihr einen Seitenblick zu. „Natürlich verstehe ich, dass Bauern oft die Feldarbeit vorrangig sehen, trotzdem sollten sie den Anordnungen des Landesherrn gehorchen und die Kinder zur Schule schicken. Wissen vertreibt Ängste und gibt Sicherheit und Zukunft. Wie denkst du darüber?"

„Du sprichst schon von Kindern, obwohl wir noch nicht einmal wissen, wo wir wohnen werden?", fragte sie, statt eine Antwort zu geben, und ein Lächeln huschte über ihr Gesicht.

„Mir macht es nichts aus, in ein oder zwei Zimmern zur Miete mit dir zu leben", bekannte Caspar mit fester Stimme. „Und ich verspreche, dich zu lieben, selbst wenn wir nicht immer einer Meinung sein werden."

Er knüpfte seine Zuneigung nicht an Bedingungen – wie wunderbar! Wahrscheinlich hätten sie in einigen Zimmern zur Miete auch ihr Auskommen, wobei der Gedanke, in einem schönen Haus zu leben, verlockend war. „Natürlich sollten wir einander nicht nach unserem Wissen beurteilt werden, sondern nach all dem, was von Herzen kommt. Liebe, die wir schenken, Freude, die wir versprühen und Geborgenheit, die wir geben. Aber du hast recht, es würde mich traurig stimmen, wenn ich unsere Kinder nicht äußerst fördern und fordern würde. Es würde mir das Herz brechen, wenn sie keinen ehrenhaften Weg einschlagen würden. Ich werde bestimmt keine perfekte Ehefrau sein."

Er zog ihre Hand an seine Lippen und drückte einen Kuss darauf. „Niemand ist vollkommen."

„Ich werde dich sicher auch enttäuschen, obwohl ich es nie möchte", sagte sie. „Wir müssen uns womöglich viel verzeihen."

„Auch wenn unser Sohn Gerichtsschreiber würde?"

Ihre Augen blitzten amüsiert. „Solange du ihm nicht vorschreibst, welchen Beruf er ausüben muss, bin ich auf deiner Seite."

Nicht weit vor dem Obertor schlugen sie den Weg zum Kirchberg ein, wo Caspar stehen blieb. „Ich muss nach meinem Vater sehen", verabschiedete er sich. „Seine Gesundheit hat sich in den letzten Tagen nicht gebessert. Irgendwie habe ich ein ungutes Gefühl."

Das hatte sie auch und senkte den Kopf. Alles schien plötzlich so ungewiss, dass es ihr den Hals zuschnürte …

Philippa hatte schlecht geschlafen. Die Angst vor der endgültigen Zurückweisung durch Bergwerksbesitzer Vogt hatte ihre Träume bestimmt. Oft war sie aufgewacht, versuchte sich einzureden, dass noch alles offen sei und fiel erneut in einen fahrigen Halbschlaf. Noch vor Sonnenaufgang war sie aufgestanden und saß jetzt in der voll besetzten Stadtkirche.

Während der Pfarrer noch ein paar Ankündigungen verlas, drehte sich Betradis zu ihr um und flüsterte: „Ich hab gehört, man habe unter den Zuschauern den Thies gesehen."

Das klang unglaublich! Philippa beugte sich vor. „Ist das wahr? Wie abscheulich ist das denn!"

Betradis hob die Schultern und richtete mit einer Hand ihre verrutschte Haube. „Es sollen mehrere Leute bezeugt haben."

„Er wird doch gesucht."

Was Betradis dann sagte, konnte sie nicht mehr verstehen, denn einen kräftiger Rempler in die Seite ließ Philippa zusammenzucken.

„Weißt du nicht, was sich gehört?", zischte die ältere Frau neben ihr mit erzürntem Gesichtsausdruck. „Still jetzt."

Philippa kniff die Lippen zusammen und sah wieder zu Oberpfarrer Neuendorff auf der Kanzel, der ein Papier in der Hand hielt.

„… denn durch Gottes gnädiges Wirken in den Herzen der Gläubigen ist schon jetzt eine große, nein, eine beträchtliche Summe an Dukaten zusammengekommen. Sogar aus fernen Ländern, von Dänemark, über die Niederlanden bis zur Schweiz. Nun verlese ich, welche Summen eingegangen sind."

Plötzlich herrschte im Gotteshaus eine fast heilige Stille. Die meisten, in der Mehrzahl müde Augen klebten an dem Mann im Talar, um jeden einzelnen Betrag zu hören, den er herunterleierte und dabei Orte nannte, die Philippa noch nie gehört hatte.

„Einen fröhlichen Geber hat Gott lieb", zitierte Neuendorff eine Stelle aus dem Korintherbrief. „Wie sehr unser Herr und Gott die Herzen berührt hat, sehen wir anhand der bereits erhaltenen Gelder, die weiterhin beständig in großer Höhe eingehen. Es ist zu früh, die Gesamtsumme zu nennen, doch darf ich an dieser Stelle verkünden, was mit der Stadt Haiger beschlossen wurde. So können wir auch den geschwächten Witwen helfen …"

Das klang nach einer salomonischen Entscheidung, dachte Philippa. Man durfte den Räten und allen beteiligten hohen Herren ruhig zutrauen, das Beste für die Menschen hier und in Haiger zu wollen. Von ihrem Herrn bekam sie mit, dass es große Bemühungen gab, den Schutt so schnell wie möglich wegzuräumen und mit dem Bauen zu beginnen. Auf schnellstem Wege sollten die Leute wieder in Häuser unterkommen. Der Behelf in den Verschlägen, Zelten und Hütten musste ein baldiges Ende haben. Sie wollte sich nicht vorstellen, wie die Orangerie mit all ihren ausgefallenen Pflanzen und Bäumen aus fernen Ländern mittlerweile aussah, nachdem sie als Schlafplatz herhalten musste.

„Philippa!" Ihre Freundin hatte sich erneut umgewandt und riss sie aus ihren Überlegungen. „Frag doch mal nach, warum ihn niemand festgenommen hat."

Philippa nahm ein Taschentuch und hielt es vors Gesicht, als wolle sie sich schnäuzen. „Warum machst du das nicht?", raunte sie, dabei huschte ihr ein Lächeln übers Gesicht. „Du bist doch noch näher an den Berichten."

„Der Kanzleidirektor verrät nichts", bedauerte Betradis und kicherte vor sich hin, „und seine Frau darf nichts sagen."

Neuendorff war inzwischen von der Kanzel herabgestiegen und hatte seine Schäfchen entlassen, was die beiden jungen Frauen nicht mitbekommen hatten. Neben ihnen erhoben sich die Gottesdienstbesucher und auch Philippa sprang auf, um wie alle anderen Frauen aus der Bank zu drängen.

Während sie gemeinsam mit Betradis durch das Mittelschiff ging und die Freundin ihr ein paar Neuigkeiten erzählte, sah Philippa Caspar in der Menge. Freundschaftlich legte sie Betradis die Hand auf den Arm. „Du, sei mir nicht böse – wir reden ein andermal weiter, ja? Ich würde gerne noch kurz mit Caspar reden."

Betradis nickte verstehend, zwinkerte ihr zu und verschwand inmitten der Gottesdienstbesucher. Enttäuscht bemerkte Philippa, dass Caspar jetzt aber nicht mehr zu sehen war. Doch bevor sie sich noch auf die Suche nach ihm machen konnte, tauchte er draußen urplötzlich vor ihr auf. Seine Augen leuchteten und nichts deutete auf die Verstimmung vom Tag zuvor hin.

„Hast du gut geschlafen?"

Sollte sie ihm gestehen, dass sie sich die halbe Nacht im Bett herumgewälzt hatte? „Es geht so", druckste sie herum und sah an ihm vorbei auf das Tal, das sich in einem satten Grün und hellen Gelb jenseits der Dill bis zum Weinberg erstreckte.

Seine warme vertraute Hand ergriff ihre und sie sah zu ihm auf. Er rieb sich mit der freien Hand am Ohr, was er selten tat, und nur, wenn er nervös war.

Philippa vergaß die Leute ringsum und hielt seinem Blick stand, wie wohl sie jetzt fühlte, wie ihr Aderschlag drängte, es in ihren Ohren rauschte und Hals und Wangen glühten. Sie war viel zu verwirrt, um irgendetwas zu sagen.

Er bedeutete ihr mit den Augen, ihm zu folgen. Im Schatten der Kirche blieb er stehen, wo ein Weg vorbei hoch zum Schloss führte, den meist nur Bedienstete nutzten. Hier fühlte sie sich unbeobachtet. Seine Hand berührte sanft ihre Wange. „Hier haben wir als Kinder Streiche ausgeheckt", lachte er unbeschwert, „und wenn uns der Pfarrer erwischte, war das gar nicht lustig."

Als in ihrer Nähe eine Tür quietschte, sah sie sich um. Zwei Männer traten aus dem Hintereingang der Kirche und schlugen den Pfad zum Schlossberg ein. Sie hob das Kinn und sah Caspar an. Doch bevor sie etwas entgegnen konnte, hörte sie eine Stimme hinter sich und zuckte zusammen.

„Ach, hier bist du!" Es war Grete – spionierte sie ihr nach?

Misstrauisch starrte Philippa sie an. „Was ist denn?"

Impulsiv trat Grete einen Schritt zurück und grinste. „Man hat den Thies Küster gesehen."

„Was soll das, Grete? Geh heim. Ich komme gleich nach."

„Wenn Hiltgunt in der Nähe ist, kann ich nicht reden." Philippas gekräuselte Stirn schien sie nicht aufzuhalten und sie schwatzte weiter: „Ich habe von meiner Schwägerin gehört, er sei auf dem Westerwald erkannt worden. Danach soll sich seine Spur in Richtung Rhein verloren haben."

„Richtung Rhein? Was will er denn da? Findet man dort Arbeit?"

„Bestimmt. Von da gehen Schiffe in alle Welt."

„Es reicht, Grete!"

Die Magd warf Caspar und Philippa noch einen triumphierenden Blick zu, raffte den Rock und bog um die Ecke auf den Kirchplatz.

Caspar legte beruhigend eine Hand auf Philippas. „Eine unangenehme Person", meinte er, „du solltest dich vor ihr in Acht nehmen."

„Ich weiß nicht, was in sie gefahren ist. So habe ich sie noch nie erlebt", sagte sie mit einem Zittern in der Stimme. „Hoffentlich tratscht sie jetzt nicht jedem die Ohren voll, dass sie uns gesehen hat."

Nachdenklich nickte Caspar. Grete hatte ihre heimliche Zweisamkeit gestört und sie in die Wirklichkeit zurückgeholt. Philippa würde trotzdem versuchen, gut mit ihr auszukommen, auch wenn sie sich danebenbenommen hatte. Schließlich war es wichtig, Hand in Hand zu arbeiten, wenn ihr Tun gelingen sollte.

„Er ist also abgehauen", ergänzte Caspar mit leisem Ton die Neuigkeit um Thies Küster. „Wie erbärmlich."

Philippa nickte. „Ein Mann ohne Charakter. Welch ein Unterschied zu dir, Caspar."

Bei ihren Worten leuchtete sein Gesicht auf, er sah sie mit einem tiefen Blick an, von dem sie oft träumte, und zog sie in eine liebevolle Umarmung. Sie sog den würzigen Duft ein, den seine Haut verströmte, und fühlte sich unendlich geborgen.

Nach einer Weile löste sie sich von ihm, denn wie so oft war ihre gemeinsame Zeit begrenzt. Ihre Hände trennten sich nur widerwillig voneinander und Philippa seufzte. „Ich wünschte, wir wären schon verheiratet. Dann müsste ich jetzt nicht schon wieder heimgehen, um noch einiges für die Herrschaften zu schnippeln und zu schneiden."

„Vielleicht können wir uns später, nach dem Abendessen, noch mal sehen? Was denkst du – vielleicht am Obertor?" Er lockerte sein Halstuch. „Ich hab dir noch was zu erzählen, wofür wir wirklich ungestört sein sollten."

Was zu erzählen? Dann war es wohl mehr als harmlos. Philippa hatte plötzlich einen dicken Kloß im Hals und nickte bedrückt. In ihr stiegen Tränen hoch und sie musste sich schnäuzen, voller Angst, dass es ein Abschied werden könnte.

Sie kehrten beide auf den Kirchplatz zurück. Ob er eine gute Nachricht hatte? Oder ein Bedauern, dass sein Vater mit der Wahl seines Sohnes nicht einlenken wollte? Und wenn es ein Nein war, würde sie dann jemals wieder fröhlich sein können?

Plötzlich stand Hiltgunt neben ihnen. Mit gekräuseltem Mund und einer Kopfbewegung mahnte sie heimzugehen. Philippa erschrak, als sie sah, dass sich der Platz geleert hatte. Hoffentlich würden sie nicht Anlass zu Gerede geben.

Als Caspar den Hut grüßend lüftete, hob Philippa entschuldigend die Schultern und stolperte hinter der Haushälterin her, die bereits Richtung Hohenstein marschierte. Wenn das Essen einigermaßen pünktlich auf dem Tisch stehen sollte, musste sie sich jetzt sputen.

25

Dillenburg

Wenige Tage später kehrte Caspar erst gegen Abend von einer Ratssitzung nach Hause. Er war noch immer beflügelt von der Aussicht, im Haus des Oberförsters zwei Zimmer für sich und Philippa bekommen zu können. Als er ihr das bei ihrem letzten Treffen erzählt hatte, schien Philippa sehr erleichtert gewesen zu sein.

Caspar öffnete beschwingt die Haustüre, blieb dann aber verwirrt stehen, als er den Wundarzt im Flur bemerkte.

„Chirurgus Stahl? Schön, Sie zu sehen, aber Sie haben doch erst die Tage meinen Vater zur Ader gelassen. Geht es ihm nicht besser?"

Der Mann mit dem ausgebleichten Haarkranz schüttelte den Kopf. „Leider nicht, es ist ernst. Ich habe Ihren Vater nochmals untersucht und mein Verdacht aufgrund Ihrer Beschreibungen hat sich bestätigt: Sein Herz macht ihm Probleme. Er sollte sich schonen."

„Schonen? Das passt nicht zu ihm. Was sagt er dazu?"

„Seien Sie gewiss, das wird er tun. Sein Körper sagt ihm bereits: Ich kann nicht mehr." Stahl wechselte die Tasche in die andere Hand. „Morgen schaue ich wieder nach ihm."

„Ich danke Ihnen."

Als Caspar die Tür hinter dem Wundarzt geschlossen hatte, betrat er das Wohnzimmer. Sein Vater saß zurückgesunken in seinem großen Sessel vor dem Fenster, die Füße auf einen Schemel gelegt und schlug jetzt die Augen auf, als Caspar sich ihm gegenüber setzte. Die Nachmittagssonne umleuchtete die zerzausten langen Haare wie auf einem Ikonenbild die Madonna.

„Hast du geschlafen?“

„Nein“, brummte sein Vater und sah ihn unter halb gesenkten Augenlidern an, „nur gedöst. Katharine hat wieder gut gekocht. Da fällt es schwer, sich nicht noch mal nachlegen zu lassen.“

„Stimmt. Leider konnte ich nicht rechtzeitig zum Essen da sein. Die Sitzung hat länger gedauert und du weißt ja, wie das ist, bis das Protokoll fertig ist.“ Er rückte vor auf die Sesselkante. „Deine Blässe gefällt mir gar nicht“, begann er, „und ich glaube, das hängt mit deiner Schwäche zusammen.“ Er beugte sich zu ihm und musterte ihn eindringlich. „Das kann aber nicht der eigentliche Grund sein, dass du in letzter Zeit verschlossen und abwesend wirkst. Vater, sag mir, was beschäftigt dich wirklich?“

Vogt winkte ab. „Was du dir da zusammenreimst. Es ist nichts. Bin nur ein bisschen müde.“

„Kann ich dir irgendwie helfen?“

„Nein. Das wird wieder, glaube mir.“

Er würde ihm gerne glauben, aber sein Gesicht erzählte etwas anderes. Etwas, was ihn beunruhigte. Hoffentlich würden die Medikamente ihm wieder auf die Beine helfen. Schlimm würde es für seinen Vater, wenn er dahinsiechen müsste.

Draußen war Hufgeklapper und Stimmengewirr zu hören. Eine der Scheunentüren, die zur *Krone* gehörte, krachte mit Wucht an die Wand. Er kannte das Geräusch, wenn die Pferdeburschen lustlos ihre Arbeit taten. Caspar stand auf und schloss das Fenster.

„Kann es sein, dass es immer noch mit dem Unglück im Bergwerk zusammenhängt?“ Er ging zurück zum Sessel.

Vogt schloss die Augen. „Mag sein.“

„Du hast der Familie deine Anteilnahme gezeigt. Mehr konntest du nicht tun.“

Sein Vater schüttelte den Kopf. „Ich mache mir Vorwürfe. Habe ich wirklich alles getan, dass die Bergarbeiter sicher sind? Den

Steiger angewiesen, darauf zu achten statt auf die Menge des gehauenen Steins?“ Er seufzte. „Ich weiß nicht. Vielleicht hätte ich statt der Berghaube die neumodische Mooskappe anordnen sollen. Dann wäre der Unfall möglicherweise nicht tödlich ausgegangen.“

Aber was nicht war, konnte ja noch werden. Ein Versuch wäre es allemal wert!

„Wir können es nicht ungeschehen machen, Vater.“ Er legte eine Hand auf seine. „Gib deinen Kummer bei unserm Herrgott ab. Hat er uns nicht zugesagt, unsere Lasten zu tragen? Für uns zu sorgen? Er geht jeden Weg mit uns, auch den steinigen. Du darfst ihn an deiner Seite wissen.“ Caspar erinnerte sich an einen Bibelvers, den er in der Kinderlehre gelernt hatte, in dem Gott seine Hilfe versprach.

„Was habt ihr denn besprochen?“, unterbrach Vogt seine Gedanken. „Ich hoffe, du hast mich entschuldigt. Mir droht sonst ein Bußgeld.“

Caspar sah auf. „Natürlich habe ich das und mir wurden von allen Grüße und Genesungswünsche für dich aufgetragen, besonders von Schäfer. Verzeih, dass ich das nicht sofort getan habe.“

Es war einiges besprochen und beschlossen worden, und er überlegte, wo er zuerst anfangen sollte. „Landmesser Kromm soll ein Lagenbuch anfertigen. Da wir keine Unterlagen mehr besitzen, ist dies die dringlichste Aufgabe. Er ist ja selbst betroffen.“ Sein Haus gehörte zu denen mit ordentlicher Materie und demnach würde er einen Batzen Geld erwarten können. „Hofmaler Susewinds Pinsel und Farben sind mit seinem schönen Haus verbrannt. Ich denke, unser Fürst wird ihm die Arbeitsmittel bestimmt wieder bereitstellen. Schade um sein herrliches Fachwerkhaus. Dabei hatte er es erst kürzlich erneuern lassen.“

„Ein Jammer“, pflichtete ihm sein Vater bei, „es ist fürchterlich, wie die Leute da draußen leben müssen! Noch nicht mal beim Vieh im Stall oder in einem Verschlag können sie schlafen. Die sind ja auch ruiniert. Die meisten Tiere sind wohl tot, oder?"

Caspar nickte. „Nur wenige konnten geborgen werden, genauso wie Bettwerk oder Leinwand. Die Menschen haben kaum Kleider oder Schuhe mitnehmen können. Wenn man bedenkt, wie mühsam es ist, Vorräte anzulegen. Alles vergeblich. Kaum jemand hatte Zeit, Geräuchertes oder Kraut einzusäckeln und das wenige ist sicher schon aufgebraucht."

„Es ist eine Schande. Auch die Einkommen der meisten Handwerker und Wirte sind weggebrochen."

„Ja. Aber wir werden alle gemeinsam mithelfen, dass alles wieder aufgebaut wird. Fürst Wilhelm hat bereits genaue Instruktionen gegeben, wo und in welchem Umfang Hölzer abgeholzt werden dürfen. Er möchte verhindern, dass in den Wäldern Kahlschlag entsteht, was ich auch verstehen kann. Wie du und alle anderen bereits anstreben, soll alles getan werden, um die Gestaltung der Stadt voranzutreiben. Die Spenden, die immer noch eingehen, und an denen wir uns ja ebenfalls beteiligen, helfen und ermutigen sehr. Wir werden noch viele Kollekten dafür brauchen."

Vogt nickte und lächelte müde. „Es ist Zeit, wieder nach vorne zu sehen."

„Da stimme ich dir zu", erwiderte Caspar. Es schien, als sei mit dem hoffnungsvollen Ausblick etwas Licht und Farbe in das Leben seines Vaters zurückgekehrt. Caspar freute sich über die kleine Veränderung. Es machte ihm Mut, seine Zukunftspläne nochmals anzusprechen. Es war ihm wichtig, dass sein Vater seinen Segen gab, solange es ihm noch möglich war. Die Worte des Arztes hatten nicht zuversichtlich geklungen.

Vogt fuhr sich mit der Hand übers Kinn und wechselte unvermittelt das Thema. „Was ist mit dem Barbier? Ist er irgendwo draußen vor den Toren? Oder im Hofgarten? Kannst du ihn mal zu mir schicken?“

Anscheinend schien es seinem Vater tatsächlich etwas besser zu gehen, wenn er nach dem Barbier verlangte. Caspar lächelte und erwiderte freundlich: „Ich werde sehen, was sich machen lässt.“

Zunächst läutete er aber und ließ Kaffee für sie beide bringen. Als die Küchenmagd das Zimmer wieder verlassen hatte, sagte er: „Wir müssen den Menschen da draußen Zuversicht vermitteln und sie ermutigen, sich einzusetzen. Ich fürchte, sonst werden sie müde und gleichgültig, im schlimmsten Fall gereizt oder bleiben obdachlos. Natürlich werden sie sich alle über beide Ohren verschulden müssen. Die Spenden werden die Not lindern, aber nicht wegnehmen. Mir blutet das Herz, wenn ich nur daran denke. Dass wir verschont geblieben sind, macht mich demütig. Ich bin Gott von Herzen dankbar, und doch fühle ich mich verpflichtet, den Menschen beizustehen.“

Als sein Vater an der Tasse nippte und ihn schweigend mit großen Augen ansah, fuhr er fort: „Ich bin froh, dass du nach vorne sehen willst. Das möchte ich auch. Deshalb, Vater, möchte ich dich heute erneut um deine Zustimmung bitten, Philippa Schwarz heiraten zu dürfen.“

Vogt kräuselte die Stirn, stellte die Kaffeetasse ab und verschränkte die Arme vor der Brust. „Die Stadt liegt in Asche und du machst dir Gedanken über eine Heirat?“

„Was spricht dagegen? Sieh, selbst in dieser Not hier werden Kinder geboren und Verstorbene zu Grabe getragen, wenn auch die Feierlichkeiten sehr abgeschwächt stattfinden. Selbst das Töchterchen unseres Bürgermeister Weis hat kürzlich die Segnung der Taufe erhalten.“

„Was macht dich sicher, dass diese Schwarz einem Haushalt wie unserem vorstehen könnte?“

Caspar war überrascht und erleichtert zugleich. Er hatte starken Protest erwartet, wie es bisher immer der Fall gewesen war, aber anscheinend brach die starre Haltung seines Vaters allmählich auf.

Von dieser Änderung ermutigt führte er seine Argumente an: „Sie hat einen ausgezeichneten Leumund. Magister Ulrich von Hohenstein wird es dir bestätigen. Ich bin überzeugt, dass sie mir eine liebevolle und pflichtbewusste Gefährtin sein wird." Für einen Augenblick fühlte er bitter den Verlust seiner Mutter, bevor er weitersprach. „Wenn ich daran denke, welche Schwierigkeiten dich und Mutter umgaben und was ihr daraus gemacht habt, ermutigt es mich, euch als Vorbild zu sehen."

„Und die Töchter von Schäfer kommen für dich wirklich nicht infrage? Sie sind nach wie vor eine gute Partie. Zunftmeister Schäfer hat sogar ein eigenes Siegel. Ich finde es gelungen, mit Weberschiff, Tuchschere und zwei Kardierbürsten drauf. Und die Qualität seiner verarbeiteten Schafwolle wird zu Recht gerühmt. Ich habe mir auch von seiner Ware schneidern lassen."

Caspar schüttelte bestimmt den Kopf. „Ich empfinde noch nicht mal Sympathie für sie. Wie könnte dann eine Ehe gelingen?" Schäfers Handwerk in allen Ehren – der Zunftmeister wurde zu Recht bewundert und geachtet. Nur verwandt sein wollte Caspar nicht mit ihm. Lieber würde er für alle Zeiten unverheiratet bleiben.

Als sein Vater schwieg, fuhr er fort: „Bestimmt werden Schäfers Töchter genügend Verehrer finden, die sich eine Familie mit ihnen vorstellen können. Vielleicht ist sogar ein Tuchmachermeister dabei, der später mal das Handwerk seines Schwiegervaters fortführen kann. Ich bin allerdings nicht darunter." Er schluckte. „Vater, ich bitte dich um deinen Segen."

Wehmütig sah sein Vater an ihm vorbei, dass er befürchtete, er würde seine Äußerung falsch auslegen und seine Bitte wieder abschmettern. Hörbar sog er die Luft durch die Nase ein, bevor er einlenkte: „Gut. Wenn es denn sein soll, gebe ich dir meinen Segen."

Caspar kräuselte erstaunt die Stirn. „Wirklich? Was hat dich zu dieser Entscheidung bewegt?" Meinte sein Vater es tatsächlich ernst oder steckte eine andere Idee dahinter?

Vogt kniff die Zähne zusammen, trotzdem war er deutlich zu vernehmen. „Also ... da gab es letztens ein Erlebnis ..."

„Ein Erlebnis? Was willst du damit sagen?"

Vogt erklärte: „Während eines Abendessens bei den Hohensteins geriet mir ein Stück vom Hühnerschlegel in die falsche Kehle. Ich dachte, mein letztes Stündlein habe geschlagen. Hohenstein und Dapping konnten mir nicht helfen. Plötzlich umfasste mich jemand von hinten und schlug mir in den Magen. Da kam das Übel raus und ich konnte wieder atmen. Erst später erfuhr ich, dass es diese Dienstmagd gewesen war." Er stockte. „Ich habe in der Aufregung vergessen, mich zu bedanken, aber in den Tagen danach habe ich mich näher nach ihr erkundigt. Wäre sie nicht gewesen ... Jedenfalls haben mir alle Befragten ein tadelloses Zeugnis über sie ausgestellt, so wie du immer beteuert hast. Ihr Engagement hat mich nachdenklich werden lassen ..."

„Tatsächlich?" Caspar schluckte und sah ihn ungläubig an. „Sie hat dir das Leben gerettet? Warum hast du mir nichts erzählt?"

Sein Vater zuckte mit den Schultern und wich seinem bohrenden Blick aus. „Es war mir peinlich ... Und sie hat dir nichts davon gesagt?"

„Nein, gar nichts."

Vogt dachte nach. „Nun, ich habe jedenfalls meine Meinung geändert. Sie ist anscheinend eine besondere junge Frau. Die Leute werden zwar reden – darauf müsst ihr euch einstellen –, aber ich denke, das werden wir überleben."

„Wirklich? Grundgütiger!" Caspar sprang auf und umarmte seinen Vater. Eine Geste, die er schon seit Ewigkeiten nicht mehr ausgeübt hatte. Voller Euphorie sandte er einen stillen Dank zum Himmel und sagte. „Wir werden dich nicht enttäuschen, Vater!"

26

Philippa genoss den Spaziergang zum Gründchen und mit jedem Schritt, den sie den Hang hochschritt, dachte sie an die letzten Monate, an die dramatischen Ereignisse und die vielen liebenswerten Menschen, die ihr Leben wertvoll machten. Caspars Zuneigung überwog alles und er war wie ein Parameter in ihrem Leben geworden. Hoffentlich würde sie ihn niemals an eine andere Frau verlieren müssen.

Sie hatte gerade die letzten Häuser passiert, da entdeckte sie am Wegesrand ein allzu bekanntes Gesicht – der Junge, der sie schon mal verfolgt hatte. Diesmal ging sie auf ihn zu und fragte fordernd: „Was machst du hier?"

Der Junge zog seine Kappe ab und starrte Philippa an. „Ich … ich", stotterte er und knetete sie in den Händen, „ich soll Würzpflanzen für die Suppe suchen."

„Du? Seit wann schickt man einen Jungen los? Oder bist du etwa neuerdings dort oben in der Schlossküche beschäftigt?"

Er schüttelte betreten den ungekämmten Kopf.

„Merkwürdig, nicht wahr?" Sie biss sich auf die Lippen. „Du hast uns doch damals schon beobachtet. Schämst du dich nicht, mich anzulügen?" Philippa stand auf dem Feldweg nahe des Köpelturms, den Jungen am Kittel gepackt, und starrte ihn mit blitzenden Augen an. „Sag, wer hat dich beauftragt?"

Als er anfing zu wimmern, rüttelte sie ihn. „Wer?"

Der Junge ging in die Knie. „Der Herr Ratsherr Vogt, der Vater von … von …", jetzt fing er laut an zu heulen. Sie wartete geduldig, bis er sich beruhigt und sich mit dem Ärmel die Tränen und den Schnodder abgewischt hatte.

„Von wem?"

„Mit dem Sie sich getroffen haben."

Sie sagte nichts, bis sich ihr Schrecken gelegt hatte.

„Steh auf! Du sollst nur vor dem heiligen Gott knien, merk dir das. Nicht vor Menschen. Sag endlich, was hat er dir bezahlt?"

Er stand auf und blieb mit gesenktem Kopf vor ihr stehen. „Nichts."

„Das glaube ich dir nicht. Niemand macht etwas ohne Belohnung. Du schon mal gar nicht", fuhr sie ihn an. „Du sollst nicht lügen. Und warum hat er dich geschickt?"

Aus den Augenwinkeln blinzelte er hoch und schien mit sich zu ringen. „Er hatte mich gesehen, wie ich auf dem Markt ein paar Rüben mitgehen ließ", druckste er herum. „Ich sollte Sie beobachten und es ihm melden, sonst würde er den Diebstahl anzeigen. Was sollte ich denn tun?"

Das nannte man Erpressung. Sie legte die Hand auf seine Schulter und fragte ihn in einem milderen Ton: „Und was soll das heute hier?"

„Bitte glauben Sie mir, ich suche nur Brennnessel und so was. Nach dem Brand wollte ich nicht mehr spionieren. Der Herr Ratsherr Vogt hat mich aber auch von sich aus in Ruhe gelassen. Ich verspreche, ich mache das nie wieder."

Philippa ließ ihn los und betrachtete ihn mitleidig, wie er in seiner viel zu großen Hose und mit Holzschuhen an den Füßen dastand. Ein wirklich armer Bursche. Sie blickte an ihm vorbei, beschirmte ihr Gesicht vor der Sonne und erkannte in diesem Moment Caspar, wie er hinter dem Grabenturm auf den Weg bog, der zu ihr hochführte.

„Geh woanders suchen. Hinter dem Marbachtor, Richtung Donsbach", sie wies in die Richtung, „da, in der Nähe des Weihers, findest du mehr Grünzeug als du tragen kannst. Und wag es nicht mehr, solche Dummheiten zu machen!"

Kleinlaut nickte der Bursche, zog seine Kappe wieder auf und stolperte davon.

Einen Moment später, stand Caspar vor ihr.

„Gut, dass du kommst!“ Philippa fiel ihm um den Hals und er zog sie in eine feste Umarmung.

Nach einer Weile löste er sich wieder von ihr und sah sie prüfend an. „Was war das eben mit dem Jungen?“ Besorgnis klang in seiner Stimme mit. „Ich habe gesehen, dass du mit ihm geredet hast. War er frech zu dir?“

„Geredet? Das ist gelinde ausgedrückt. Ich habe ihn ausgeschimpft. Er hat uns damals beobachtet, als wir hier spazieren gingen. Ich fand es etwas merkwürdig. Erinnerst du dich?“

Caspar grinste und zuckte mit den Schultern. „Ich habe nur dich gesehen, Liebes.“ Seine Augen funkelten heute besonders und er drehte den Kopf in die Richtung, in der der Junge verschwunden war. „Es wird höchste Zeit, dass die Kinder wieder unterrichtet werden“, fand er. „Nur, weil sie zu Hause gebraucht werden, ist das keine Ausrede, sie nicht in die Schule zu schicken. Ich werde mich dafür starkmachen, dass für den Unterricht ein Raum gefunden wird. Man erzählt, in Eibelshausen fände er sogar in der alten Kapelle statt. Präzeptoren haben wir ja genug. Irgendeiner der Ratsherren hat bestimmt noch Platz im Haus und ein Herz für Kinder.“

„Und wie ich sie kenne, beschwichtigen sie gerne ihr Gewissen mit großzügigen Spenden“, schmunzelte Philippa. Sie gab ihm einen Kuss mitten auf den Mund. „Gerade dafür liebe ich dich“, sagte sie mit berührtem Herzen. „Wollen wir ein wenig zusammen spazieren gehen?“

Er nickte und klemmte ihren Arm unter seinen. Sie nahmen den Weg, der weiter hoch und dann Richtung Donsbach führte. „Sag mal, hast du die Kirschkerne gesehen, die man gestreut hat?“, fragte sie und dachte an den Brauch, der in ihrem Dorf und vielen anderen geläufig war. Sie grinste. „Ich wusste gar nicht, dass man die Gepflogenheiten der Leute vom Dorf übernommen hat."

„Kerne? Was für Kerne?" Caspar sah sie hilflos an.

„Wenn bekannt wird, dass sich ein Pärchen gefunden hat, streut heimlich jemand gesammelte Kirschkerne oder andere vom Liebchen zum Liebsten. Dann wissen alle im Dorf gleich Bescheid."

„Oh!" Caspar war sichtlich amüsiert. „Ich war so in Gedanken, dass ich sie übersehen habe. Wer war das denn?!"

Philippa lachte und zwinkerte ihm zu. „Bestimmt jemand, der davon Wind bekommen hat. Vielleicht Grete? Sie hat uns doch letztens zusammen gesehen und sich vielleicht ihren Teil gedacht."

Er grinste. „Es bleibt offenbar nichts verborgen."

Eine Weile gingen sie schweigend nebeneinander. Kurz musste sie über seine Aussage nachdenken. Es stimmte – irgendwann wurden alle Geheimnisse offenbar. Ihre Gedanken wanderten zu ihrer Herrin, die ebenfalls etwas vor ihr verborgen hatte, ganz wie Philippa vermutet hatte. „Ich weiß jetzt, warum mich die Herrin damals zum Viehhof geschickt hat, damit ich mich nach dem Wochenmarkt erkundige. Das war nur ein Vorwand, wusste sie doch ganz genau, dass das noch dauern könnte." Philippa musste plötzlich kichern.

„Wollte sie dich nicht bei einem Besuch dabeihaben? Oder sich einen Scherz erlauben?"

„Sie hat wohl dem Herrn Magister ein kleines Geheimnis anvertraut. Und dafür braucht man keine Zeugen. Aber jetzt kann es jeder sehen."

Er stutzte, bis er begriff. „Es gibt wieder Nachwuchs bei den Hohensteins?"

Philippa lachte. „Ja! Ich freue mich darauf, denn Kinder sind ein ganz besonderes Geschenk, findest du nicht? Sie verheißen uns Zukunft. Diesen Ausblick brauchen wir gerade jetzt."

Er nickte und sah in die Ferne. „Vielleicht ruft uns Gott jetzt zum Neubeginn? Mit ihm können wir die Enttäuschungen bewältigen und neue Wege wagen."

Als sie zu ihm aufblickte, bemerkte sie ein Schmunzeln in seinem Gesicht.

Liebevoll sah er zu ihr hinab. „Auch ich habe gute Nachrichten."

„Seltsam, das jetzt zu hören. Ich kann es kaum glauben." Sie blieb stehen und sah auf das graue Durcheinander im Tal. Ob es je wieder unbeschwerte Tage geben würde? „Was sind denn deine guten Nachrichten?"

„Beharrlichkeit führt zum Ziel." Sein Gesicht war jetzt ganz nah und seine Arme umfingen sie fest. Er sah ihr tief in die Augen und seine Stimme klang weich. Er hatte ein Lächeln auf den Lippen. „Mein Vater hat eingelenkt."

Ihr Herz klopfte bis zum Hals. „Du meinst ...?" Sie wagte es nicht auszusprechen.

„Ja!" Er rief es laut. „Wir können heiraten!"

„Oh, Caspar!" Mehr brachte sie nicht heraus. Ein Schluchzer vor Glück ließ ihre Stimme versagen.

Er nahm ihr die Haube ab und strich ihr sanft über die Haare, bis seine Hand auf ihrem Nacken liegen blieb. „Echte Gefühle sind es wert, dass man nicht aufgibt." Er bog ihren Kopf nach hinten, dass sie ihn ansehen musste. „Kannst du mir sagen, warum?"

Sie lachte. „Weil du zu mir hältst."

Seine warmen Lippen legten sich auf ihre. Ein Gefühl von Schwerelosigkeit, Schwindel und Wärme durchzog sie von den Fußspitzen bis unter die Haarwurzeln. Es durfte nie mehr enden.

Irgendwann löste er sich von ihr und fragte: „Was gibt es Wertvolleres, als die Beziehung zweier Herzen? Sich in wahre Liebe einzubringen?"

Philippa lächelte und ein tiefer Friede durchdrang sie. Sich unzertrennlich mit ihm fühlend, legte sie ihren Kopf an seine Brust und sah hinab zum Grabenturm. Das Ackerland lag ruhig da, nur ein Feldhase hoppelte unbekümmert über den Weg und verschwand im Gebüsch. Das Tier wusste nichts von den Schwierigkeiten, die über der Stadt lagen. Vielleicht sollten Caspar und sie genauso unbefangen an ihrer Liebe festhalten und gemeinsam den Menschen da draußen helfen, wieder Fuß zu fassen und auf bessere Zeiten zu hoffen.

Sie waren es wert.

NACHWORT

Dreihundert Jahre sind es im Jahr 2023 her, dass die heutige Oranienstadt Dillenburg von einem fürchterlichen Stadtbrand getroffen wurde. Es war ein prägendes Ereignis und nicht der erste Brand dieser Art, den die Stadt traf, aber wahrscheinlich der schlimmste. Diese Katastrophe habe ich so realistisch wie möglich verarbeitet, eingebettet in die Geschichte dreier fiktiver Personen, nämlich der jungen Magd Philippa, dem Gerichtsschreiber Caspar und der Magd Hedwig. Ich überlasse es meinen Lesern, zu beurteilen, ob mir das gelungen ist.

Unter *Dramatis personae* kann man alle Figuren der Handlung wiederfinden. Historische Personen sind mit einem * gekennzeichnet. Sie tauchen mit ihren echten Namen und Berufen auf, die Worte habe ich ihnen aber in den Mund gelegt.

Mit einem Augenzwinkern habe ich zwei Personen aus meiner Ahnendatei und der meines Mannes Jochen in die Geschichte eingepflegt: Müller Johannes Weitzel aus Wissenbach und Hufschmied Johannes Meckel aus Herborn. Ihre Namen und Berufe sind echt und es hat mir Spaß gemacht, ihnen eine fiktive Rolle zuzuweisen.

Matthias Vogt agiert in diesem Buch als Grubenbesitzer von Neuer Muth in Nanzenbach. Sehr wahrscheinlich war sie in fürstlichem Besitz. Erst ab den 1840er-Jahren gehörte sie der Wetzlarer Firma Buderus. Dieses Kupferbergwerk, in dem auch mein Großvater als Bergmann gearbeitet hat, bestand seit 1464 und wurde erst 1939 aufgegeben.

Wie es zum großen Stadtbrand in Dillenburg kam, ist in manchen Quellen genannt worden: Eine Magd aus Breitscheid, die in Herborn arbeitete, war dafür verantwortlich. Sie wurde als *das*

Mensch betitelt, was auf eine besondere Art von Geringschätzung hinweist. Den wirklichen Namen der Magd konnte ich nicht herausfinden, deshalb habe ich ihr einen gegeben: *Elsa Petry.* Der Name ist zufällig gewählt und hat keinerlei Bezug zu einer existenten Familie.

Die schwierige Situation der Magd wurde dadurch verschärft, dass der Kindsvater sie im Stich ließ. Das war in einer von Männern dominierten Gesellschaft kein Wunder. In der deutschen Geschichte gibt es zahlreiche solcher Biografien wie die von „Elsa“. Sie sind durch noch vorhandene historische Prozessakten belegt. Von der eigenen Familie und der Gesellschaft durfte sie ebenso wenig Hilfe erwarten. Mit einer Schwangerschaft und Geburt als ledige Magd war sie auf der untersten Stufe der Gesellschaft angelangt und wurde verachtet und gemieden.

Das ist keine Entschuldigung für ihre Tat, doch erklärt es vielleicht, warum die Dinge diese dramatischen Entwicklungen nahmen. Nicht klären konnte ich, auf welche Art und Weise das Kind von Elsa tatsächlich starb. Fest steht aber, dass sie für die Tat verurteilt wurde.

Aber was war mit dem Kindsvater Thies? Er übernahm tatsächlich keine Verantwortung, sondern flüchtete laut Johann Peter Haas, einem Zeitgenossen, nach Amerika, wo er als Söldner und Soldat arbeitete und offenbar eine Familie gründete. Sein echter Name war vermutlich Philipp Müller, das geht zumindest aus den Aufzeichnungen von Haas hervor, dessen Lebenserinnerungen von E. L. Betz in seinem Buch „Bauernkappe – Fürstenhut“ (Westerwaldverlag, 1996) veröffentlicht wurden, und die mir einen wertvollen Blick in den Alltag der Leute erlaubten. In meinem Buch habe ich ihn als „Thies“, Knecht eines Glockengießers, fiktionalisiert.

Die Prophezeiung von einem gewissen Schnabel, von der im Buch die Rede ist, hat es offensichtlich gegeben. Wie sehr der Aberglaube oder das „zweite Gesicht“ in der Bevölkerung verankert war, sollen die Reaktionen von Amtmann und Schöffen zeigen. In einer anderen Chronik ist ein alter Schäfer aus dem Haigerer Raum erwähnt, der vier Jahrzehnte vor den Bränden beide Unglücke befürchtet haben will. Ich möchte das „Feuersehen“ unkommentiert stehen lassen.

In den Dillenburger Intelligenznachrichten von 1779, ist am 26. Juni zu lesen, dass Uckersdorf und Merkenbach Belohnungen für Hinweise zu ungeklärten Bränden ausgesetzt hatten: Es winkten 50 Gulden und die Aussagen wurden vertraulich behandelt. Ich habe diese interessante Nachricht zurückdatiert ins Jahr 1723, was natürlich historisch nicht belegt ist.

Das denkwürdige Verhalten des Schinders, wie er die eiserne Zange gegen die Stadtmauer schleuderte, soll sich der Überlieferung nach so zugetragen haben.

In früheren Zeiten gab es in Dillenburg vier Plätze, an denen Markt gehalten wurde. In einer Quelle von 1703 wird sogar ein Fastenmarkt am Wicktor vermerkt. Offenbar ist es kaum möglich, den immer mal wechselnden Handelsplätzen genaue Jahreszahlen zuzuordnen, weshalb ich für meinen Roman den Viehhof als Marktplatz im Jahr 1723 gewählt habe. Nach dem Stadtbrand hat es Jahre gedauert, bis 1740 die Wochenmärkte in Dillenburg wieder aufgenommen wurden.

Das desaströse Bankett im Rathaus nach der Begehung hat es tatsächlich gegeben. 1724 wurde das Rathaus wieder neu aufgebaut.

Es wird in den Überlieferungen von einem Haus im Oberen Steinweg berichtet, das wegen einer Gebärenden mit aller Macht vom Feuer geschützt wurde. Der Name des Besitzers und der Entbindenden ist mir nicht bekannt. In meinem Buch taucht sie als Brunnenmeisterin auf. Die Häuser von Magister Ulrich von Hohenstein und dem Schlosskommandanten Johannes L. von Spina gibt es tatsächlich noch, wobei nur von Spina nachweislich das wunderschöne Fachwerkhaus am Kirchberg bewohnt hat. Die jetzige Hauptstraße bestand damals aus zwei Straßen, sie hießen Oberer und Unterer Steinweg und wurden erst Jahrzehnte später umbenannt.

In der damaligen Zeit war es keine Seltenheit, dass ein offenes Feuer oder eine Unachtsamkeit eine Katastrophe hervorrief. Besonders in der Geschichte Dillenburgs war es aber, dass es nur eine Woche zuvor in der sechs Kilometer entfernten Nachbarstadt Haiger ebenfalls gebrannt hatte. Im Gegensatz zu Dillenburg starben dort leider einige Menschen. Es waren zwei voneinander unabhängige Brände mit schlimmem Ausgang.

1920 gab es erneut ein großes Feuer in Dillenburg, ausgehend von der Hintergasse, wie in den beiden Dillenburger Bränden (1524, 1723) zuvor. So erklären es die meisten Quellen zumindest. Einige wenige benennen das gleich danebenliegende Violinengässchen als Ausgangspunkt, doch ich habe in meinem Roman die erste Auffassung gewählt.

Die Original-Prozessakte um die Magd gibt es leider nicht mehr. Im Hauptstaatsarchiv in Wiesbaden und in den Archiven der Städte Dillenburg und Haiger fanden sich nur wenige Unterlagen rund um den Stadtbrand. Sie betreffen vielmehr Spenden und Listen der Holzbestände für den Wiederaufbau. Die in Chroniken bezifferten niedergebrannten zweihundert Häuser beinhalten auch Scheunen und Werkstätten. Die betroffenen Menschen in Dillenburg und in Haiger wurden durch enorme, europaweite Spenden befähigt, ihr verlorenes Zuhause wiederaufzubauen. Doch blieben sie meist über Jahre, manche sogar über Generationen, mit Schulden belastet.

Ihre Not und die anstrengenden Lebensumstände sind für uns heute kaum mehr nachzuvollziehen. Ihnen half keine Brandversicherung, die für uns heute zumeist selbstverständlich ist. Für die Brandgeschädigten beider Städte wurden zwei Jahre lang europaweit Kollekten eingesammelt und dabei kamen 30 000 Gulden zusammen, die sich beide Städte teilten. Wir können heute dankbar sein, die vielen Ehrenamtlichen in den Freiwilligen Feuerwehren und die Berufsfeuerwehren zu haben. Ihre Aufgaben sind heute zudem von technischen Hilfeleistungen geprägt.

Neuere Untersuchungen legen die Möglichkeit nahe, dass das Stockhaus am Schloss nicht der einzige Ort gewesen ist, in dem Leute eingesperrt wurden, sondern es vielleicht noch einen Kerker im Fürstenhaus gegeben haben könnte. Dies ist aber noch nicht abschließend bewiesen.

Viele Bücher und Beiträge, Karten, Bilder, die Website von Alt-Breitscheid und Online-Datenbanken haben mir geholfen, das damalige Stadtbild mit den wenigen, aber dicht bebauten Straßen, historischen Persönlichkeiten und den Alltag der Leute nachzuempfinden. Wichtigste Grundlagen waren Bücher zur Stadtgeschichte Dillenburgs, das oben genannte Buch von E. L. Betz, die Brandkarte von Dillenburg, die Liste der Kollekten aus dem Stadtarchiv und die Festschrift „75jähriges Jubiläum der Freiwilligen Feuerwehr 1849 Dillenburg“ von 1924.

Dieses Buch hat meine wunderbare Lektorin Carolin Kotthaus vom Brunnen-Verlag mit ihren wertvollen Hinweisen begleitet. Vielen Dank dir, liebe Carolin!

Ich möchte an dieser Stelle einigen Personen herzlich danken, die mich bei der Recherche zur Stadtgeschichte unterstützt, einen Blick auf meinen Manuskriptentwurf geworfen und wertvolle Hinweise für die Brandkarte, die topografische Karte und zum Leben in Dillenburg im 18. Jahrhundert geliefert haben:

Anja Graser Leiterin Stadtarchiv Dillenburg; Ursula Hatzfeld, Dillenburg; Mitarbeiter des Stadtarchivs Haiger; Thomas Kaulich, TSK-Film, Sinn-Fleisbach; Kim Lilly Burmester, Manderbach; Katrin Kretz, Manderbach; Ilona Krüger, Herborn-Uckersdorf; Helmut Menz, Dillenburg; Jani Müller, Breitscheid, Volkmar Nix, Dillenburg; Susanne Orth, Dillenburg; Erhard Ossner, ehemaliger Vorsitzender Geschichtsverein Dillenburg; Thomas Schmidt, ehemaliger Leiter Stadtarchiv Dillenburg.

Ingrid Kretz

Ein Schmankerl zum Schluss

REIWEKUCHE

Reibekuchen, auch als Hatscheln bekannt – aus der Bauernküche
Zutaten für 4 Personen:
1 kg Kartoffeln
6 Eier
1 Zwiebel
Salz
Haferflocken oder Mehl
Öl, z.B. Sonnenblumenöl

Kartoffeln schälen und raspeln (geht am besten mit einer Küchenmaschine), überschüssige Flüssigkeit ggf. abschütten. Zwiebeln würfeln. Kartoffeln, Zwiebeln und Eier mit einem Löffel vermischen. Ein paar EL Haferflocken oder Mehl dazugeben und mit Salz würzen.

Reichlich Öl in der Pfanne erhitzen und mit einem größeren Löffel (am besten ein Kartoffellöffel) Teig hineingeben. Es passen etwa drei bis vier Reibekuchen in eine große Pfanne. Portionsweise die Reibekuchen von beiden Seiten auf höchster Flamme goldbraun braten. Auf Küchenkrepp abtropfen lassen und warmstellen. Nach Bedarf wieder Öl in die Pfanne geben, die Reibekuchen sollen im Öl schwimmen.

Reibekuchen heiß servieren mit Apfelmus.

Tipp: Übrig gebliebene Reibekuchen schmecken kalt gut auf Bauernbrot.

Version der Schlossküche: Mit geräuchertem Lachs und Kräuterschmand servieren.